MYRIAM KLATT

Liebe geht immer

atb aufbau taschenbuch

MYRIAM KLATT, geboren 1984, studierte Literatur und Politik und lebt heute als freie Autorin und Redakteurin in Berlin. »Liebe geht immer« ist ihr erster Roman. Um den Alltags-Stress aus ihrem Leben zu verbannen, ist sie für sechs Monate nach Südamerika gereist. Allerdings hat sich der Laptop ins Gepäck geschmuggelt.

Ist das Liebe, oder kann der weg? Für Charlotte jahrelang eine rhetorische Frage. Natürlich ist es Liebe, die große, herzschmelzende Für-immer-und-ewig-Liebe. Oliver sieht gut aus, kann zuhören und kochen, liebt Fußball genauso wie Theater und hat als Programmmacher eines lokalen Senders einen spannenden Job. Dass er auch Charlottes Chef ist, stört sie nicht. Noch nicht. Doch dann gibt Oliver von heute auf morgen einer anderen den Job, von dem Charlotte so lange geträumt hat, und ihr Paradies steht Kopf. Als er dann noch erklärt, er habe ihren Wunsch, Moderatorin zu werden, immer für einen Witz gehalten, schließlich sei sie einfach ein bisschen zu moppelig fürs Fernsehen, ist die rosarote Brille endgültig runter: Von wegen für immer – der Mann geht gar nicht. Frustschokolade und Rotwein mit der besten Freundin Matilda gehen dagegen immer. Und schnell ist ein Plan gefasst: Charlotte wird ab jetzt alles daransetzen, um Moderatorin zu werden, Selbstoptimierung inklusive. Ob das gutgeht?

MYRIAM KLATT

LIEBE GEHT IMMER

ROMAN

atb aufbau taschenbuch

MIX
Papier aus verantwortungsvollen Quellen
FSC® C083411

ISBN 978-3-7466-3393-0

Aufbau Taschenbuch ist eine Marke der Aufbau Verlag GmbH & Co. KG

1. Auflage 2018

Umschlaggestaltung www.buerosued.de, München
unter Verwendung eines Bildes von ©www.buerosued.de, München
Gesetzt aus der Whitman durch Greiner & Reichel, Köln
Druck und Binden CPI books GmbH, Leck, Germany
Printed in Germany

www.aufbau-verlag.de

Kapitel eins

Wenn man heimlich mit dem eigenen Chef liiert ist, dann bleiben Fragen offen, die andere Frauen sich gar nicht erst stellen müssen. So kommt es denn auch, dass ich am Sonntagmorgen in Olivers Bett liege und nicht schlafen kann. Die grünen Ziffern der Digitaluhr auf dem Nachttisch zeigen, dass es auf sechs zugeht, und ich beschließe, dass ich lange genug gewartet habe. Es wird Zeit für ein paar Antworten.

»Oliver?«, raune ich und drehe mich dabei auf die Seite. Der blondgelockte Mann neben mir im Bett brummt leise, macht aber keine Anstalten, mir zu verraten, ob er nun plant, mich zu heiraten, oder ob er mich befördern will. Dass eines von beidem kurz bevorsteht, dessen bin ich mir nach langer Debatte mit meiner besten Freundin Matilda sicher. In anderthalb Jahren Beziehung hat mein geliebter Vorgesetzter mich schließlich noch nicht ein einziges Mal ausgeführt, erst recht nicht so opulent wie gestern Abend: Erst ein teures Restaurant in Mitte, dann eine romantische Bootstour auf der Spree und zum Abschluss zwölfeinhalb Minuten Sex mit Licht an. Ein zumindest phasenweise spektakuläres Programm, und wenn ich eines genau weiß, dann das, dass Oliver so etwas nicht umsonst veranstaltet. Während ich hoffe und vermute, dass er mit diesem Abend meine Beförderung zur Moderatorin unseres Lokalsenders einläuten wollte, glaubte Matilda fest an einen Heiratsantrag. Doch bisher: nichts.

Na ja, ein paar ominöse Andeutungen, dass zu Hause noch was ganz Großes passieren würde, die hatte er gemacht, aber nach dem Sex hatte Oliver nicht Klartext geredet, sondern war spontan in einen totengleichen Tiefschlaf gefallen.

»Oliver?«, gurre ich ihm ins linke Ohr. Er grunzt. Ich stupse ihn mit dem Fuß an, und er grunzt ein weiteres Mal.

»Oliver?«, sage ich wieder, diesmal so laut, dass selbst der Banker im Nachbar-Loft davon wach geworden sein dürfte. Auch Oliver schlägt jetzt endlich die Augen auf. Sie sind zwar ein wenig gerötet, aber trotzdem sehr anziehend. Vom ersten Moment an bin ich in seinen kühnen blauen Blick vernarrt gewesen. Auch alles andere an ihm finde ich mindestens so attraktiv wie am ersten Tag: seinen konsequent eleganten Kleidungsstil, die kompromisslose Art, mit der er unsere Entscheidungen trifft, und nicht zuletzt das unerschütterliche Selbstbewusstsein, mit dem er allem und jedem gegenübertritt.

»Lotte?«, murmelt er, »was ist denn los?«

»Warum das alles?«, frage ich. Eigentlich ist es nicht meine Art, mit der Tür ins Haus zu fallen, aber meine Geduld habe ich in den Stunden aufgebraucht, in denen mein werter Partner gemütlich vor sich hin geschlafen hat. »Warum der ganze aufwendige Abend? Was steckt dahinter?«

Oliver runzelt die Stirn. Dann dreht auch er sich auf die Seite und gähnt. »Ach Lotte«, seufzt er, »du und dein Spürsinn.«

Ich werde rot, peinlich, dass ich mich bei dem kleinsten Kompliment von ihm immer noch geschmeichelt fühle … »Der wird den Leuten in der Redaktion bestimmt fehlen«, fügt er hinzu, und ich blinzle entzückt. Außer Oliver hat bei uns nur eine einzige weitere Person ein eigenes Büro: die Moderatorin. Die Redakteure dagegen hocken hinter lachsfarbenen Aufstellwänden wie Hühner auf der Stange. Also doch die Beförderung! Mein Herz nimmt Fahrt auf. Bei aller Liebe für Glockengeläut und Sträuße werfen: Von Oliver träume ich erst seit einundzwanzig Monaten – von dem Job als Moderatorin dagegen schon mein ganzes Leben.

»Wird es das?«, säusel ich und lasse meine Lider auf Halbmast sinken. Wie immer, wenn ein sehnsuchtsvoller Wunsch nach langer Zeit in Erfüllung geht, fühlt sich das sehr surreal an. Surreal, aber wunderbar. So wie damals, als ich nach jahrelangem Betteln endlich den Drei-???-Detektivkoffer zum Geburtstag bekommen hatte. Den ersten selbstgenommenen Fingerabdruck habe ich heute noch an der Wand hängen.

»Ja. Ich sehe da beim besten Willen keine andere Möglichkeit«, Oliver richtet sich auf und fasst meine Hände, »es fehlt einfach das Geld.«

Wunderbar war einmal: Ich schlage verwirrt die Augen auf und lege den Kopf schief. »Das Geld? Was meinst du denn damit?«

»Kerstin Bayer ist ein Name, und ein Name kostet.«

»Kerstin Bayer?«

»Unsere neue Moderatorin für die Abendschiene.«

Mir wird heiß. Dann kalt. Dann kotzübel. Ich kann nicht fassen, was ich da gerade gehört habe. Ich bekomme eine Gänsehaut, und zwar nicht die von der guten Sorte.

»Unsere neue Moderatorin?!«

»Genau. Ein Talent vom Wetterkanal. Hübsch, seriös, ein echter Blickfang und außerordentlich begabt. Wirklich ein Glücksfall, dass ich sie überreden konnte, zu uns zu wechseln. So ein Name wie Kerstin Bayer, der kann uns weit bringen. Aber wie gesagt, das kostet natürlich.«

Ich schlucke vernehmlich.

»Natürlich«, wiederhole ich. Was Besseres fällt mir gerade nicht ein: In meinem Kopf ist Chaos, in meinem Herzen auch. Mir ist, als hätte ich auf einen Schlag komplett die Orientierung verloren, als wüsste ich nicht mehr länger, wo oben und unten und was richtig und falsch ist. Alles, was ich noch fühlen kann, ist eine bittere Enttäuschung, die ein riesiges schwarzes Loch in mein ganzes Leben reißt.

Oliver redet weiter. »Und deshalb«, sagt er beherzt, »muss ich dich leider entlassen. Ich weiß, das hört sich erstmal grausam an, aber Lotte, ich habe keine andere Wahl – und werde es wiedergutmachen, versprochen.«

»Entlassen?!«, rufe ich und setze mich erschrocken auf. Eben dachte ich den Tiefpunkt meines Daseins erreicht zu haben, doch jetzt wird mir klar, dass ich nicht mal in seiner Nähe gewesen bin. »Entlassen?«, wiederhole ich ungläubig, »was soll denn das heißen? Wie meinst du das?«

»Lotte, es tut mir wirklich unsagbar leid, aber *Kiez TV* kann dich nicht länger beschäftigen. Wir müssen die Ressourcen umverteilen. Mir sind da die Hände gebunden. Ich kann schließlich nicht Helene kündigen. Wie würde das auf die Anderen wirken, wenn ich eine alleinerziehende Mutter auf die Straße setze?«

»Aber …«, piepst meine Stimme, »aber du weißt doch, dass ich unbedingt selbst Moderatorin werden will. Nur deshalb bin ich doch überhaupt zu deinem Sender gekommen! Weil ich moderieren will!«

»Lotte«, Oliver tätschelt zärtlich meinen Arm, »nun sei doch nicht albern.«

»Wieso ist das denn albern?«

»Ach Lotte …« Oliver seufzt. »Bitte verstehe mich jetzt nicht wieder falsch, okay? Du weißt, dass ich finde, dass du deine Sache sehr gut machst – wenn es allein nach mir ginge, dann würden wir dich auch behalten. Aber Nachrichten-Moderation ist doch etwas ganz anderes. Da braucht man eine komplett andere Haltung als für Modeberichte und Beiträge über Lokal-Promis.«

»Das mag ja sein, aber wer sagt denn, dass ich diese Haltung nicht genauso gut einnehmen kann wie diese Wetterfrau?«

Schließlich leiste ich preisgekrönte Arbeit, bin bei den Leuten beliebt und in Berlin gut vernetzt, also eigentlich ideal, um das neue Aushängeschild von *Kiez TV* zu werden. Doch sein Gesicht verrät mir, dass Oliver anders denkt. Es ist die Art, wie seine Augenbrauen sich zusammenziehen, während auf seinen Lippen ein Lächeln liegt, das halb genervt und halb begütigend wirkt. Genauso guckt er Lieferanten an, die die falsche Pizza bringen.

»Ach Mensch Lotte, nun mach es mir doch nicht so schwer. Jeder hat halt andere Talente; der eine ist perfekt für Unterhaltungssendungen, der andere für seriöse Moderationen. Das ist doch ganz normal. Ich würde auch nicht plötzlich Sportveranstaltungen kommentieren.«

»Aber ich wünsche mir das doch schon so lange! Und ich bin sicher, dass ich ausgezeichnet seriös sein kann.«

Oliver seufzt auf.

»Wir haben im Sender lange darüber gesprochen, das ist ja nicht alleine meine Entscheidung, das heißt schon, aber ich entscheide natürlich immer im Sinne des Zuschauers. Und da sind die Umfrageergebnisse ganz klar.«

Ich rolle mit den Augen. Sobald es um die Einschaltquote geht, wird Oliver handzahm.

»Und was bitteschön haben die Zuschauer dagegen, dass ich die Nachrichten moderiere?«

»Ach, Lotte«, antwortet Oliver, und ich höre ihm an, dass er das Nächste eigentlich lieber nicht sagen würde. Aber er weiß genau, dass er damit bei mir nicht durchkommen würde. Nicht heute, nicht wenn es um so viel geht für mich. »Du weißt doch, wie die Leute sind. Haben ein ganz genaues Bild davon, wie eine Nachrichtenmoderatorin sein muss. Ernst, gepflegt, seriös … und schlank.«

Mein Herz bleibt beinahe stehen. Ich bin unfähig, ein Wort herauszubringen, unfähig zu reagieren, unfähig zu denken. Denn mit allem hätte ich gerechnet. Nur nicht damit, dass Oliver mir so kommt. Dabei war ich eigentlich vorgewarnt. Matilda war nämlich schon gestern Nachmittag in mein Schlafzimmer geplatzt und hatte mir lautstark verkündet: »Charlotte, du musst aufpassen! Früh geborene Stiere sollen heute mit besonderer Vorsicht durch die Stunden gehen, denn die Gefahr reist stetig mit! Hüte dich vor falschen Wünschen, Missverständnissen und Zwiebeln.«

»Zwiebeln?«

»Zwiebeln. Eventuell auch Knoblauch.«

»Knoblauch passt zu einem romantischen Dinner ja auch in etwa so gut wie ein Keuschheitsgürtel. Oder Lockenwickler.«

»Das Schicksal ist kein Scherz, Charlotte! Die Sterne sagen, heute wird etwas Schlimmes passieren!«

Meine Freundin hatte sich mit weit aufgerissenen Augen auf mein Bett gesetzt und nervös an ihren roten Locken gezupft. Ernst genommen hatte ich sie trotzdem nicht. Matilda wechselt die übersinnlichen Hobbys so zuverlässig wie mein Vater das Öl in seinem Mercedes und hatte sich nach einem halben Jahr Quija-Brett erst vor zwei Wochen der Astrologie zugewandt. Ihre Trefferquote war bisher allerdings nicht besser gewesen als meine beim Lotto.

»Die Zeichen stehen auf Aufruhr!«, hatte sie gerufen.

»Ich glaube, du hast da was fehlgedeutet. Irgendwelche Interpunktionen oder Konjugationen oder wie das heißt.«

»Konjunktionen. Die Sterne sind kein Grammatikbuch.«

»Siehst du, deshalb kannst du sie auch nicht einfach beugen.«

»Aber ich weiß, was ich gesehen habe! Und Gerald, mein Seminarleiter, betont immer, dass wir auf unsere Instinkte vertrauen müssen. Wegen der universellen Kräfte.«

»Also *mein* Instinkt sagt, dass Oliver mich zur Moderatorin macht. Es passt einfach alles zu gut: Die Stelle wird bald frei, ich will sie, und außerdem habe ich gerade diesen Preis bekommen.«

Matilda hingegen hatte auf einen Heiratsantrag getippt. Begeistert war sie davon allerdings nicht gewesen.

»Die Sterne stehen ungünstig bei euch beiden!«, hatte sie erklärt, »es fehlen einfach die harmonischen Schwingungen!«

»Was soll denn das jetzt bitte heißen?«

»Dass ein anderer Mann vielleicht besser für dich wäre. Jemand, der sensibel ist, dich stärkt und unterstützt. Nicht einer, der Termine bei der Kosmetikerin für dich macht und an deinem Kleidungsstil rumkrittelt. Ganz zu schweigen von der Sache mit der Waage.«

»Oliver hat sie mir nur geschenkt, weil meine kaputt war. Das sollte nur zeigen, dass er gerne für mich sorgt. Mehr steckt da nicht hinter«, hatte ich ihre Bedenken abgewehrt. Ich bin eher der Typ Mädchen von nebenan: durchschnittlich groß (1,66), mit durchschnittlichen Haaren (schulterlang und hellbraun), durchschnittlichen Augen (ebenfalls hellbraun) und durchschnittlichen Gesichtszügen. Nur mein Gewicht, das ist überdurchschnittlich, und zwar überdurchschnittlich hoch. Doch ich war mir absolut sicher gewesen, dass all das für Oliver nie ein Problem gewesen war und auch nie eines werden würde. Aber Pustekuchen: Jetzt sitze ich hier, frisch gefeuert und mit meinem Latein am Ende. Ich schweige, Oliver schweigt, und am liebsten möchte ich mir die Decke über den Kopf ziehen und sterben. Ohne viel Tamtam. Doch dann ist plötzlich Schluss mit Denken. Stattdessen explodiert etwas in meiner Brust, wahrscheinlich mein Herz oder das ganze Cholesterin.

»Ich bin also zu dick für meinen Traumjob?!«, schreie ich so laut, wie ich noch nie geschrien habe, »ich glaube, du hast sie nicht mehr alle!«

»Lotte, komm. Lass uns ordentlich darüber reden. Ich habe nie gesagt, dass du zu dick bist.«

»Stimmt, du hast gesagt, dass Moderatorinnen schlank sein müssen und ich leider keine Moderatorin sein kann. Heißt: Ich bin zu dick. Wie sonst soll ich das denn bitte verstehen?«

Oliver schweigt.

»Weißt du was? Fick dich!«

Er zuckt zusammen. Ich auch. Wenn ich Schimpfworte benutze, dann sind diese in etwa so gesalzen wie ein Vanillepudding. Selbst in der Pubertät bin ich nie aufmüpfig gewesen. Doch jetzt, Anfang dreißig, fühlt es sich erstaunlich gut an, keine Rücksicht auf Anstand und Vernunft zu nehmen.

»Fick dich!«, wiederhole ich also und kämpfe mich wütend aus dem Bettzeug. »Ich habe dir vertraut, hörst du? Vertraut!«

Tränen brennen in meinen Augen. Meine Stimme ist rau, mein Hals heiser und mein Herz wund. »Ich dachte, wir sind ein Team. Aber von wegen. Dich kümmert doch einen Scheißdreck, wie es mir geht.«

»Das ist nicht wahr!«

Ich schnaube, während ich mit der einen Hand das Kleid unter dem Bett hervorzerre und mit der anderen nach den Sandalen taste. »Mein ganzes Leben träume ich davon, eines Tages Nachrichten zu moderieren. Darauf arbeite ich seit Jahren hin, verstehst du, seit Jahren! Tag für Tag mache ich mich in deinem dummen Sender krumm in der Hoffnung, dass sich all die Mühe einmal auszahlt. Und was machst du? Du feuerst mich! Wie soll ich denn bitte meine Miete zahlen?«

Ich kann mir zwar nicht vorstellen, dass Matilda mich vor die Tür setzt, aber es geht mir ums Prinzip. Oliver schaut mich an und wagt es sogar, zu lächeln. »Ich habe dir doch vorhin gesagt, dass ich das alles wieder gutmache, das war kein leeres Gerede. Mir ist ja klar, dass das nicht so toll ist mit der Kündigung. Aber was hältst du davon: Du ziehst einfach bei mir ein!«

Ich stoppe in der Bewegung und starre ihn an. Er versteht das als Aufforderung, weiterzureden.

»Denn das ist das Gute daran, dass du nicht mehr im Sender bist: keine Heimlichkeiten mehr. Kein Grund mehr, zu verstecken, dass wir beide, na ja, ein Paar sind. Dann kannst du schön hier einziehen, und es macht auch nichts, dass du nichts verdienst. Ich sorge für das Geld, und du machst es uns gemütlich.«

»Ach, ist das so?«, höre ich mich fragen, »na, das ist ja großzügig. Ein Traum. Wenn das dein toller Plan ist, dann kannst du dir den sonst wohin stecken. Ich spiel doch nicht das Frauchen am Herd, während irgend so eine Tussi meinen Traumjob macht, nur weil mein eigener Freund mich zu fett findet.«

Als ich meine Stimme höre, schnell, laut und hart, bin ich plötzlich ganz schön verblüfft über die Frau, die da zum Vorschein kommt.

»Ex-Freund, meine ich«, sagt diese Frau jetzt, und ich falle fast hinten über. Habe ich das wirklich gerade gesagt?

»Aber Lotte, nun beruhige dich doch mal. Das ist doch halb so wild. Du kannst dir doch auch einen anderen Job suchen, wenn dir das so wichtig ist, ich meine, ich habe Kontakte und du selbst doch sicher auch, da finden wir schon was für dich. Gemeinsam.«

Endlich entdecke ich die Schuhe beziehungsweise einen der Schuhe. Und schon ist er wieder weg, denn meine Hand schleudert ihn unverzüglich in Richtung Oliver.

»Lotte!«, brüllt er empört, dabei habe ich ihn um einen halben Meter verfehlt, »du bist ja geisteskrank! Das kannst du doch nicht machen.«

Ohne ein weiteres Wort – und ohne Schuhe – stürme ich aus der Wohnung.

Eine halbe Stunde später sitze ich auf dem Bordstein an der Admiralbrücke und starre auf meine verdreckten Zehen. Die Sonne ist höher in den blauen Himmel gestiegen, das Wasser im Kanal glitzert, die Vögel singen und die Luft ist frisch. Doch heute kann mich nicht mal das gute Wetter trösten. Müde fische ich mein Smartphone aus der Tasche und rufe Matilda an.

»Und? Wie war es?«

»Er hat mich gefeuert, und ich hab Schluss gemacht.«

»Wie bitte?! Ist das dein Ernst?«

Ich schildere ihr in knappen Worten, was geschehen ist.

»Das tut mir so leid«, sagt sie, als ich geendet habe, »ich fühle mit dir, Charlotte, ich kann mir vorstellen, wie schlimm das für dich sein muss. Wenn die Sicherheit des Seins so heftig erschüttert wird, dann leidet die gesamte Seele. Ich meine …« Sie verstummt, und ich rechne es ihr hoch an, dass sie die Gelegenheit nicht nutzt, mich darauf hinzuweisen, dass ich wohl doch besser auf sie und ihre Sterne gehört hätte.

»Und was willst du jetzt machen?«, fragt sie mich stattdessen. Wenn sie mich sehen könnte, wüsste sie, dass ich keinen Plan habe. Menschen mit Plan hocken selten im Rinnstein.

»Keine Ahnung«, antworte ich, »erstmal muss ich mich wohl aufraffen, nach Hause zu laufen. Barfuß, wohlgemerkt. Und dann werde ich mir wohl oder übel einen neuen Job suchen.«

Matilda zieht aufgeregt Luft ein. »Warte, warte, warte«, sagt sie so drängend, als wäre ich im Begriff, ihr jeden Moment davonzurennen, »ich glaube, ich habe da eine Idee.«

»Hast du die auch in den Sternen gelesen?«

»Ach was, nein«, antwortet sie, »das wäre doch dumm, wie soll ich das denn so schnell machen? Also wirklich. Nein, die Idee kommt vom Yoga, also nicht vom Yoga selbst, sondern aus Andreas' Freitagskurs beziehungsweise von Adrian, der immer zu Andreas' Freitagskurs kommt. Also eigentlich nicht von ihm, also sie kommt nicht von ihm, sondern sie ist über ihn beziehungsweise sie betrifft ihn.«

»Wie jetzt?«

»Also der Adrian, der ist in Andreas' Yoga-Kurs. Freitags. Und der hat mir letzte Woche erzählt, dass sie expandieren und dringend neue Leute suchen.«

»Beim Yoga?«

»Nein, doch nicht beim Yoga! Also du kannst natürlich gerne kommen, das sage ich dir ja lange schon, dass das der Harmonie deiner Sinne gut tun würde, aber Adrian arbeitet ja nicht im Studio, sondern bei Friendz. Mit Z.«

»Bei Friendz? Mit Z?«

»Ja, ganz genau.«

»Und was ist das?«

»Na, der Laden von Adrian.«

Etwas stößt mich heftig ans Schienbein. Ich unterdrücke ein Quietschen und gucke runter. Es ist ein Kater, hellrot und kugelrund. Seine Schnurrbarthaare stehen kreuz und quer von seinem rosafarbenen Schnäuzchen ab, und eine kleine, gezackte Narbe zieht sich über seine Stirn. Sein zuckender Schwanz ist entschieden zu kurz für seinen Körper, und sein Bäuchlein baumelt so ausladend zwischen seinen Beinen, als wäre er kein Kater, sondern ein zu klein geratenes Hängebauchschwein. Schön ist anders. Aber als er den Kopf schief legt und mich aus grünen Augen anblinzelt, bin ich trotzdem hin und weg.

»Wirklich, ich mache da einen Anruf und zack bist du drin«, sagt Matilda gerade, und ich runzle verwirrt die Stirn.

»Aber wo drin denn genau?«

Ich streichle über den Kopf des Katers, der begeistert schnurrt. Wieder einmal denke ich, wie schön es doch wäre, ein Haustier zu haben.

»Na, bei Friendz«, sagt Matilda, die zwei Kaninchen und ein Aquarium hat. Und ein Haus, einen Job und einen Mann. Die Glückliche.

»So viel habe ich verstanden, Tilli. Aber was genau machen die denn da bei Friendz?«

»Online-News!«

»Online?«, frage ich gedehnt.

»Was hast du denn jetzt?«, fragt Matilda, »du klingst ja, als wäre das Internet ein Verbrechen.«

»Nicht das Internet an sich. Ich bestelle ja selber gern im Internet, das ist so schön bequem. Nur: Shopping ist das eine, Nachrichten was ganz anderes! Ich hab halt was gegen diesen Pseudojournalismus. »

»Aber warum denn? Du postest deine Beiträge doch auch immer bei Facebook. Außerdem lese ich so was gern!«

»Ich habe mein Handwerk gelernt, mit Journalistenschule und allem drum und dran. Mir sind so Sachen wie Recherche, Faktenüberprüfung und deutsche Grammatik wirklich wichtig, verstehst du? Meine Berichte mögen sich nicht immer um die wichtigsten Themen drehen, aber ich setze sie professionell und sorgfältig um – ohne Effekthascherei. Da habe ich keine Lust, für einen Hungerlohn mit meinem Smartphone zu filmen und über virale Videos zu berichten, die mit neonfarbenen Schriften zugeknallt sind. Til Schweiger spielt schließlich auch nicht die Hauptrolle in einem YouTube-Clip.«

»Til Schweiger ist auch nicht arbeitslos.«

»Das mag ja sein, und es ist lieb, dass du mir helfen willst. Aber ich schaue lieber, ob ich nicht noch was anderes finde.«

»Vielleicht wäre sogar ein ganz neuer Anfang gut, in einem neuen Arbeitsfeld … viele wechseln Anfang dreißig noch mal den Beruf, weißt du?«

»Ich aber nicht!«, sage ich empört, »die Kamera ist mein Leben!«

»Bist du dir da sicher?«

»Absolut. Weißt du, sobald ich ein Mikro in der Hand habe, bin ich glücklich. Weil … weil ich dann genau weiß, was ich tue, verstehst du? Wenn ich im Job bin, ist alles andere vergessen. Dann habe ich einen Grund, so zu handeln, wie ich es für richtig halte. Dann habe ich das Recht, nachzufragen oder sogar unhöflich zu sein, wenn es sein muss. Sobald ich als Reporterin unterwegs bin, hat der Job Vorrang. Dann hinterfrage ich nicht, was ich tun muss, ich tue es einfach. Und das ist ein gutes Gefühl, ein richtig gutes.«

Eines, das ich sonst nie habe, vor allem nicht im Privatleben. Gut, das, Oliver anzubrüllen, das fühlte sich – trotz meines gebrochenen Herzens – irgendwie ähnlich an, aber das war auch eine Ausnahme. Eine ziemlich große.

»Okay Charlotte. Ich unterstütze dich, egal wohin dein Weg dich führt!«

Nachdem wir uns verabschiedet haben, sehe ich mich etwas ratlos um. Natürlich interessiert es hier niemanden, dass ich ohne Schuhe und im dreckigen Kleid verloren an einer Brücke sitze. Das ist das Schöne und Schreckliche an Berlin; Du musst schon mit zersägten Leichenteilen unter dem Arm über die Straße gehen, damit jemand dich wahrnimmt. Oder mit einem Model-Körper, das funktioniert vielleicht auch. Ich beiße mir auf die Zunge. Olivers Worte hallen in meinem Kopf wieder: Der Zuschauer will eine schlanke Moderatorin. Ernst, seriös und schlank, schlank, schlank.

Am liebsten würde ich mich zusammenrollen und mich selbst bedauern. Aber ich vermute, dass eine Dusche mir mehr hilft als Selbstmitleid. Gott sei Dank wohne ich nur zwei Straßen weiter. Das bedeutet aber auch, dass mein Ex-Freund-Ex-Chef-Ex-Geliebter mir quasi jederzeit über den Weg laufen kann.

»Tschüss Kater«, sage ich im Aufstehen. Der Kater legt fragend den Kopf schief. »Oder willst du etwa mitkommen?«

Tatsächlich steht der Kater ebenfalls auf. Ich mache einen Schritt nach vorn. Der Kater tut es mir gleich. Ich laufe etwas schneller und gucke über die Schulter. Er bleibt weiter hinter mir. Ich schüttle verblüfft den Kopf. Vielleicht ist der Kater ja gar kein Kater, sondern ein Hund, gefangen im falschen Körper, so wie ich: eigentlich superdünn, nur leider grade ganz schön fett. Klar, es war irgendwie schon okay mich so durchzumoppeln in den vergangenen Jahren, aber durch und durch wohl mit mir selbst habe ich mich zuletzt als Kleinkind gefühlt. Nicht nur wegen der vielen Kilos auf den Hüften, auch wegen dem, wofür sie bei mir stehen: nämlich Mangel an Kampfgeist – gerne auch Faulheit genannt.

Der Kater bleibt an meiner Seite und marschiert bis in meine Wohnung, als wäre es das Natürlichste der Welt. Verirren wird er sich auch kaum, so groß ist es hier nicht. Vom Flur geht es ins Wohnzimmer und zur Küche, die zwar eng ist, aber dank des bodentiefen Fensters wenigstens hell. Eine Wendeltreppe führt hinauf in mein Schlafzimmer und das Bad. Weil die zweite Etage früher ein eigenes Apartment war und ich keinen zusätzlichen Eingang brauche, habe ich den Flur oben zum Kleiderschrank umgebaut. Eigenhändig, versteht sich, mein Werkzeugkasten ist nämlich ähnlich gut ausgestattet wie mein Schuhregal, und ich benutze besagten Inhalt auch ebenso routiniert wie Stilettos und Stiefel. Der Kater hält sich allerdings nicht mit einer Besichtigung der oberen Räumlichkeiten auf, sondern wandert schnurstracks zu meinem Esstisch und springt hinauf. Dort lässt er sich fallen, und zwar genau in der Mitte, da, wo die Vormittagssonne durchs Fenster fällt und ein großes Viereck auf die dunkle Holzplatte zeichnet.

Eigentlich müsste ich ihn verscheuchen, bringe es aber nicht übers Herz, ihn vom Tisch zu schmeißen. Er ist einfach zu süß: Mit dem Hintern liegt er halb auf einem Buch und mit den Pfoten auf der Zeitung vom Vortag. Sein buschiger Schwanz wischt entspannt über den Griff eines geflochtenen Präsentkorbes. Ich runzle die Stirn. Ich bin mir sicher, dass da gestern noch kein Korb war. Dann erhellt sich mein Gesicht. In diesen Körbchen serviert Matilda nämlich in ihrem Yoga-Studio zum Familientreff die Dinkelbrötchen und selbstgemachte Marmelade.

Bei mir ist, wie ich kurz darauf feststelle, was anderes drin, nämlich Schokoladenkekse, getrocknete Aprikosen, Haselnüsse, Pyramidenbeutel grünen Tees, ein Riegel von Lindt und ein dünnes Buch. Es ist in einen bunten Werbeprospekt eingeschlagen. Darauf klebt ein Zettel mit der unverkennbar schwungvollen Handschrift von Matilda: »*Alles-wird-gut-Paket*«, steht da.

Ich bin gerührt. Während ich die Nüsse knabbere, mache ich mich daran, das ökonomisch wertvoll verpackte Geschenk auszuwickeln. »Was meinst du?«, frage ich den Kater, »vielleicht ist es ein Katzenratgeber? Könnte ja sein, dass die Sterne Tilli schon verraten haben, dass du jetzt eingezogen bist. Oder hier ein Gastspiel hältst oder was auch immer.«

Aber nein, mit Katzen hat das Buch nichts zu tun: *Das Geheimnis der Selbstliebe – 15 kurze Listen für ein besseres Leben.*

»Aha«, sage ich etwas ratlos, »und was soll ich jetzt damit?«

Weil mir nichts Besseres einfällt, lese ich erst einmal den Klappentext, und zwar laut, der Kater soll schließlich auch was davon haben.

»Besiegen Sie den inneren Kritiker«, deklamiere ich, »und erkennen Sie Ihren eigenen Wert. Finden Sie achtsam und aufmerksam zu einem neuen Lebensgefühl – ganz ohne Zweifel und Ängste. In unterhaltsamen, lebensnahen Beispielen gibt Dr. Rebecca Hagenbeck wertvolle Tipps. Amüsant verfasst und gut umsetzbar! Mit Übungen.«

Gerade als ich mich gemütlich neben den Kater setzen und das Buch aufschlagen will, klingelt das Telefon. Ich greife ohne großes Nachdenken zum Hörer.

»Mai?«

»Hallo, Frau Mai, Ingo Prinz mein Name, von Umfrageinstitut Quotara! Hätten Sie einen Augenblick Zeit für mich?«

»Also eigentlich …«

»Es dauert nur eine Minute!«

»Ich bin im Moment sehr beschäftigt …«

»Es geht ganz schnell, versprochen!«

Ich beiße mir auf die Unterlippe und verfluche nicht zum ersten Mal meine Entscheidung, in Sachen Telefon voll auf Retro zu setzen. Der Apparat verströmt Dank schauerlichem

Beige, fester Wandverkabelung und Wählscheibe zwar echten Siebziger-Charme, hat aber den entscheidenden Nachteil, dass ich nie sehen kann, wer mich anruft. Und die Jungs von Quotara rufen oft an. Sehr oft. Und zwar immer genau dann, wenn ich wirklich keine Zeit habe.

»Ich habe doch erst vor zwei Tagen mit Ihnen gesprochen…«

»Da ging es um Politik! Jetzt geht es um Kind und Karriere!«

Ich stöhne. Genau mein Thema im Moment.

»Ich merke schon, das liegt Ihnen am Herzen!«

Ich setze an, den gut gelaunten Ingo abzuwürgen, aber als trainierter Telefonterrorist weiß er, dass er mich am besten gar nicht erst zu Wort kommen lässt.

»Gut«, sagt er geschäftig, »kurz ein paar Abfragen für die Statistik: Leben Sie allein im Haushalt?«

Da der Kater wohl nicht zählt, antworte ich mit ja. Obwohl ich eigentlich viel lieber nein sagen würde, nämlich zu dieser ganzen Umfrage. Trotzdem mache ich brav mit, denn ich will trotz meiner Abneigung nicht unhöflich sein, der Mann macht schließlich auch nur seinen Job. Und jetzt, wo wir bereits angefangen haben, wüsste ich ohnehin nicht, wie ich abbrechen soll, ohne mich komplett mies dabei zu fühlen. Also alles wie immer, wenn diese Anrufe kommen.

»In welcher Gehaltsklasse sind Sie. Ich zähle mal auf…«

»Ähm, eigentlich bin ich gerade arbeitslos.«

»Und Ihr Alter?«

»Zweiunddreißig.«

»Familienstand?«

»Ledig.«

»Kinder?«

»Nein.«

Mit jeder kleinlauten Antwort sacke ich mehr in mich zusammen.

»Wunderbar«, ruft Ingo, als wir durch die Folter der Statistik durch sind, »dann fangen wir mal an: Wie wichtig finden Sie die Frauenquote?«

»Ähm. Wichtig? Also es sollte definitiv mehr Frauen in Führungspositionen geben«, stottere ich, »wenn da nur eine Quote hilft …«

Ich starre auf die Wanduhr, während Ingo mich weiter mit Fragen zur Frau im Allgemeinen und ihrer Funktion in der Gesellschaft im Besonderen traktiert. Nach vierzehneinhalb endlosen Minuten scheint er endlich am Ende seiner Forschungsorgie angekommen zu sein.

»Letzte Frage: Wenn Sie sich frei entscheiden könnten, welches Leben würde Sie am liebsten führen?«

»Ähm, wie jetzt, frei entscheiden?«

»Wenn jedes Familien- und/oder Karriere-Modell für Sie zugänglich wäre, welches würden Sie wählen?«

»Ähm … Karriere? Ja. Ja, auf jeden Fall: Karriere. Ich wäre gern erfolgreich im Beruf.«

»Auch auf Kosten des Privatlebens?«

Ich zögere und lasse meine letzten Lebensjahre im Eilverfahren Revue passieren. Wenn ich ehrlich bin, dann habe ich beruflich vor mich hingedümpelt und gehofft, dass ein wenig nett und freundlich sein schon ausreicht, um irgendwann nach oben zu kommen. Statt Fortbildungen zu besuchen oder Überstunden zu machen, habe ich lieber zu Hause rumgesessen und gelesen oder mit Matilda gemütlich ein Glas Wein getrunken. Auch mit Oliver habe ich viel zu wenig über unseren Job geredet und viel zu viel über irgendwelche unwichtigen Alltagsdinge.

»Ja!«, antworte ich entschlossen, »man muss Prioritäten

setzen. Und wenn man ein hohes Ziel hat, dann muss man bereit sein, dafür auch Opfer zu bringen!«

»Das war es auch schon, vielen Dank. Dürfen wir Sie wieder anrufen?«

»Ja klar«, sage ich und möchte mich im selben Moment kräftig ohrfeigen. Dass diese Typen es aber auch jedes Mal schaffen, mich kleinzukriegen! Bevor ich meine Zustimmung zurücknehmen kann, hat Ingo aufgelegt. Nun, dann eben beim nächsten Mal.

Seufzend wende ich mich wieder dem Selbsthilfebuch zu. Doch es ist wie verhext: Noch ehe ich es aufgeschlagen habe, klingelt es schon wieder, diesmal an der Tür. Ich fahre erschrocken zusammen. Mein Puls fällt in einen Jagdgalopp. Matilda hat einen Schlüssel. Das kann nur eines heißen: Oliver steht vor der Tür.

Schock weicht Hoffnung und Hoffnung blitzschnell Wut: Wenn er meint, ich wäre jetzt erleichtert, dass er mir nachrennt, dann hat er sich geschnitten. So schnell verzeihe ich ihm ganz sicher nicht. Instinktiv ziehe ich den Bauch ein, als ich in den Flur gehe, allein schon der geraden Haltung wegen. Als ich die Tür öffne, glaube ich zu fühlen, wie mein Herz aussetzt. Dann schlägt es aber doch einfach weiter, vielleicht weil es nicht Oliver ist, der vor mir steht, sondern Frau Mai aus dem Dachgeschoss, die vornehme alte Dame, die das Unglück hat, sich mit mir den Nachnamen zu teilen.

»Frau Mai!«, ruft sie nun aus und zupft an ihrer jadegrünen Seidenbluse. Meine Namensgenossin ist über achtzig und immer so angezogen, als ginge sie gleich auf eine Filmpremiere. Einmal habe ich sie auf einer Demo getroffen, und selbst da trug sie ein hellblaues Etuikleid. Wobei dieser elegante Aufzug sie nicht davon abgehalten hat, sich die Seele aus dem Leib zu schreien und ein Nazis-raus-Plakat zu schwingen.

Heute kommt sie allerdings ohne meinungsbildende Utensilien aus. Dafür trägt sie ein kleines gelbes Pillbox-Hütchen.

»Hallo, Frau Mai«, grüße ich zurück, »was gibt es denn?«

»Ich hab schon wieder Post von Ihnen!«, erklärt sie fröhlich und winkt mit einem grauen Fensterumschlag. Dann zeigt sie auf das Selbsthilfebuch in meiner Hand. »Oh, Sie lesen das gerade?!«, fragt sie begeistert, »das ist ja toll, das hat Ihnen doch sicher unsere Vermieterin gegeben? Frau Engelbert? Sie sind doch befreundet, nicht wahr?«

Ich nicke, aber höre ihr nur mit halbem Ohr zu. Denn mit Argusaugen habe ich den Schriftzug auf dem Umschlag erspäht: der Otto-Versand. Ich denke an meinen neuen Laptop und an die Waschmaschine und an das Bett und an die Klamotten, und mir wird ein bisschen übel.

»Sind wir«, sage ich kläglich, »und hat sie.«

»Das dachte ich mir«, erklärt Frau Mai, »die Frau Engelbert ist eine sehr sensible junge Dame, da wundert es mich nicht, dass sie ein Gespür für diese Dinge hat. Ich glaube wirklich, dass dieses Buch Menschen helfen kann.«

»Wollen Sie es sich ausleihen?«, frage ich hoffnungsvoll. Ich spekuliere auf einen diskreten Geiselaustausch: Buch gegen Briefumschlag. Aber Frau Mai schüttelt den Kopf, wobei das Hütchen auf ihren aschblond gefärbten Haaren fröhlich hin und her wippt.

»Nein, nein«, sagt sie, »ich habe es schon gelesen.«

Sie beugt sich vor und zwinkert mir verschwörerisch zu. »Mir hat es geholfen. Sie wissen ja, wie schüchtern ich bin.«

Ich starre sie ungläubig an. Ich hätte vermutet, dass sie sich höchstens vor Flecken auf ihren Kostümen fürchtet, aber ganz sicher nicht vor der Kritik anderer Menschen.

»Ich freue mich schon drauf, es zu lesen. Aber jetzt bin ein bisschen in Zeitdruck.«

»Die fleißige Frau Mai, selbst am Sonntag keine Ruhe. Aber was soll ich sagen, das liegt wohl am Namen, ich bin ja auch immer nur am Schaffen und Tun, und wissen Sie was? Das ist auch gut so, da kommt man nicht auf dumme Gedanken!«

Meine Post behält sie trotzdem.

»Der Brief?«, frage ich also, und sie schreckt auf.

»Ach so, natürlich!«

Kaum dass wir uns verabschiedet haben und die Tür ins Schloss gefallen ist, reiße ich hektisch den Umschlag auf. Vielleicht hätte ich das lieber gelassen, denn wie schon vermutet enthält er keine tollen Sonderangebote, sondern eine fette Rechnung. Eine Rechnung über 4698,95 Euro. 4698,95 Euro, die ich beim besten Willen nicht bezahlen kann, solange ich keinen Job habe. Was übersetzt heißt: Entweder ich gewinne wirklich im Lotto, oder ich schlucke keine Schokolade mehr – sondern nur noch meinen Stolz.

Dr. Hagenbecks Selbsthilfe-Tipps
Fünf Argumente für die Selbstliebe

1. Schärfen Sie Ihren Blick: Wenn wir lernen, uns zu lieben, fällt es uns leichter, Anforderungen gerecht zu werden und Ziele zu finden, die uns glücklich machen!

2. Sorgen Sie für Katastrophenschutz: Wer innerlich gefestigt ist, der wankt auch wenig, wenn es draußen stürmt. Sie können also produktiver mit negativen Momenten umgehen.

3. Geben Sie die Liebe weiter: Wenn Sie mit sich im Reinen sind, können Sie auch andere mehr lieben – schließlich sind Sie darin geübt, wenn Sie das bei sich selbst gelernt haben!

4. Seien Sie gerecht mit sich: Denn so wenig, wie Sie einen geliebten Menschen ausschließlich über seine negativen Seiten definieren, so wenig sollten Sie das bei sich tun.

5. Geben Sie sich nicht auf: Egal wie lange man sich schon mit Selbstzweifeln quält: Man kann dieses Gefühl ändern!

Kapitel zwei

Adrian Salzleder sieht aus wie ein Mett-Igel mit Hornbrille und spricht so hell und hoch wie ein Kastrat. Aber wenigstens trifft er schnelle Entscheidungen.

»Du kannst sofort anfangen«, quietscht er nach einem flüchtigen Blick in meine Unterlagen, »du hast gesagt, du kannst was und du willst was, und das ist alles, was wir wollen: dass man will. Dass man sich reinhängt. Engagement zeigt.«

»Ich bin immer engagiert«, versichere ich, »ich war auf einer Waldorf-Schule.«

»Das ist gut, wirklich! Ohne Engagement kann man nämlich nichts Visionäres aus dem Himmel stampfen, schon gar nicht in diesen Zeiten, aber das macht nichts, wir sind der Zeit ohnehin voraus! Die Uhren laufen hier nämlich schneller, und ohne Engagement geht da natürlich gar nix. Da beißt der Hase kein Öhrchen ab.«

Ich runzle irritiert die Stirn, aber mein neuer Chef schaut nur gebannt auf seinen Schreibtisch. Vielleicht sind auf seiner neongrünen Unterlage noch mehr verdrehte Weisheiten notiert. »Da liegt der Rettich im Pfeffer«, sagt er nachdenklich, »im Engagement.«

Ich nicke. Matildas Yoga-Bekanntschaft Adrian hatte Gott sei Dank nicht nach einem Empfehlungsschreiben gefragt; dem eiskalten Schweigen nach, mit dem Oliver mich straft, hat mein ehemaliger Chef und Liebhaber gerade nicht viel

Gutes über mich zu berichten. Trotz meiner Wut tut die Funkstille weh, vor allem wenn nichts mich ablenkt. Wie eine kleine Nadel im linken Lungenflügel, die ausgerechnet dann ganz besonders sticht, wenn man tief durchatmen will.

»Na, das ist doch wunderbar, ganz phantastisch, dann sind wir uns doch tiptop einig, das ist doch prima.«

»Mehr als prima! Überprima.«

Tatsächlich ist es hier auf den ersten Blick nicht so übel, wie ich vermutet habe. Friendz sitzt in der obersten Etage eines ehemaligen Fabrikgebäudes in der Nähe des Ostbahnhofs. Statt dem üblichen Riesenraum, in dem dreißig Redakteure sitzen, gibt es hier kleine Gruppenbüros, allesamt mit einer persönlichen Note; eine schillernde Tapete und eine exotische Pflanze hier, ein Ölgemälde oder ein Poster dort.

Adrian steht jetzt von seinem Drehstuhl auf und kommt um den Schreibtisch herum, um mir beschwingt die Hand zu schütteln.

»Willkommen unter Friendz«, sagt er und winkt mich in den Flur. »Heute machst du mal locker«, entscheidet er, während ich ihm brav hinterherdackle, »schaust erst mal, wie unsere Abläufe so sind, was hier so passiert, lebst dich ein. Magst du Espresso? Wir haben eine neue Maschine. Unsere Schnitträume sind eine Etage tiefer, da haben wir auch den technischen Kram; DLSRs, die 5D natürlich, kein EB allerdings, das ist zu sperrig. Besser viele kleine Tauben als einen großen Spatz!«

Mir schwirrt der Kopf. Selbst wir als Lokalsender haben uns einen anständigen Kameramann gegönnt. Mein Grinsen bei der Erinnerung an den jugendlichen Richard mit seinem roten Käppi erlischt allerdings sogleich wieder, als mir klar wird, dass es dieses wir, an das ich da denke, gar nicht mehr gibt. *Kiez TV* ist nicht mehr wir. Wir sind jetzt *Friendz*.

»Ach so, und ein Studio haben wir auch da unten.«

»Wirklich?«

»Ja, ja«, bestätigt Adrian, der mittlerweile vor einer geschlossenen Tür am Ende des Flurs stehen geblieben ist, »online heißt frisch, nah, direkt. Deshalb senden wir jeden Morgen zwei Stunden im Livestream. Über alles, was abgeht, Promis, Trends, ein bisschen Politik. Grandiose Klickzahlen haben wir da! Ich plane jetzt auch abends eine Sendung. Eine ganz heiße Nummer wird das, ein echter Coup. Lifestyle live, hot, hot, hot. Deshalb müssen alle extra Engagement zeigen.«

»Habt ihr denn für diese neue Sendung schon alle Leute zusammen? Redakteure und so?«, frage ich. Meine Stimme klingt gelassen, aber mein Puls schlägt schneller. Online hin und her: Sollte es hier überraschend die Möglichkeit geben, meine Moderationstalente in einer Livesendung zu beweisen, dann werde ich diese ganz sicher ergreifen. »Ich bastle da noch ein bisschen rum«, antwortet Adrian vage, und bevor ich nachhaken kann, ob er sich denn schon eine passgenaue Moderatorin zurechtgeschnitten hat, hat er schon die Tür aufgerissen. »Das ist Sandrine!«, ruft er, »Sandrine, das ist die Charlotte, die sitzt jetzt bei euch!«

Im Büro steht eine Blondine mit Bräune und Wespentaille. Sie blinzelt mich aus tiefdunkelblauen Kulleraugen an. Ihre zartrosa bemalten Lippen, voll und herzförmig, verziehen sich zu einem Lächeln, als sie um den Schreibtisch herumkommt und mir die Hand reicht.

»Hallo, Charlotte«, sagt sie. Sie klingt wie Zucker und Zitrone zugleich, eine süßsaure Mischung mit einem Schuss teurem Alkohol. Ein Whisky Sour auf zwei Beinen. »Es freut mich, dass endlich noch jemand im Büro sitzt. Ich hoffe, es gefällt dir bei uns!«

»Sandrine kann dir auch gleich alles zeigen«, schaltet sich Adrian wieder ein, »sie ist am häufigsten unten. Sandrine ist die Moderatorin von *Liveflash.*«

War ja klar: Das pseudo-französische Supermodel ist die mit meinem Traumjob. »Natürlich«, rutscht es mir sarkastisch heraus. Die beiden blicken mich überrascht an. Innerlich bricht so etwas wie Panik in mir aus. Äußerlich allerdings bleibe ich cool. Es gehört schließlich zur Grundausstattung einer guten Reporterin, sich im Sekundentakt der aktuellen Lage anzupassen oder wenigstens so zu tun, als hätte sie die Dinge unter Kontrolle – selbst wenn in Wirklichkeit nichts mehr hilft als sanfte Gebete und eine beinharte Valium. »Ich meine, ich finde das großartig, dass du das machst«, sage ich strahlend, »einfach super. Awesome. Ein toller Job, um nicht zu sagen der beste, und ich glaube gern, dass Sandrine … Sandrine, ja? Dass Sandrine absolut perfekt dafür ist, das sieht man ja gleich. Und hört man. Eine tolle Stimme hast du.«

»Danke«, antwortet Sandrine, »für meine Stimme habe ich schon viel Lob bekommen. Allerdings ist das wohl eher unverdient, schließlich bin ich schon so geboren! Aber trotzdem danke für das Kompliment.«

Sie sagt das alles ziemlich unblasiert. Vielleicht kann sie ja auch für die Figur nichts. Einfach angeboren.

»Was ist denn das für einen Menschenauflauf?«, schallt es von hinten, und ich drehe mich nach der tiefdunklen, aber heiteren Stimme des Neuankömmlings um. Dabei sehe ich, dass die andere Hälfte des Büros bunter ist als die von Sandrine: Punkband-Poster, Gitarren-Bilder und Eintrittskarten hängen dort an der Wand, und auch der Schreibtisch ist über und über mit Kram bedeckt. Vor mir steht ein junger Mann in den Zwanzigern, von dem ich kurz vermute, er habe sich auf der Suche nach dem neusten Geheimtipp-Club im Gebäude geirrt. Seine Haare sind eisgrau gefärbt und zum Bob geschnitten, die Augen unter dem langen Pony glitzern tiefdunkelbraun und sind von kohlschwarzem Eyeliner umrahmt. Er trägt eine glänzende Leggings mit Regenbogenstreifen, ein weißes weites T-Shirt, auf dem in Neonorange der Schriftzug *Fuck Donald* prangt und zerfetzte pinke Boots mit goldenen Schnürsenkeln. Außerdem dürfte er noch gut zwanzig Kilo mehr wiegen als ich.

»Ich bin Julian«, sagt er und kommt beschwingt ganz ins Büro marschiert, wobei er Adrian fast an der Wand zerdrückt und Sandrine keines Blickes würdigt, »du bist der dritte Tisch? Na endlich! Ich liege Adrian schon seit Ewigkeiten in den Ohren, dass wir Redakteure brauchen. Du …?«

»Charlotte«, antworte ich verblüfft.

»Ich lasse euch mal allein, ich hab Termine«, lässt sich unser Chef vernehmen, »wir klären dann morgen dein Aufgabengebiet, Charlotte! Ich muss jetzt dringend mit Lagerfeld sprechen.«

»Dem Designer?«

»Dem Kameramann«, erklärt Sandrine, weil Adrian schon weg ist, »soll ich dich mal rumführen?«

»Das kann ich doch auch machen, Engelchen«, flötet Julian und beugt sich vor, um Sandrine Hand zu tätscheln, die ihr Gesicht sogleich säuerlich verzieht und nach hinten weicht. Ich bin ganz klar zwischen etablierten Feindeslinien gelandet. »Gern, Julian«, sagt Sandrine jetzt erzwungen höflich, »wie du möchtest. Das ist doch in Ordnung, Charlotte, oder?«

Als Julian mich aus dem Büro gezogen hat, lacht er herzlich und knufft mich in die Seite. »Lass dich nicht irritieren von uns, Charlie«, sagt er, und irgendwie gefällt es mir, dass er mich Charlie nennt. Das klingt viel cooler als das »Lotte« von Oliver. Ich muss grinsen. »Sag mal, weißt du zufällig, was genau Adrian mit mir vorhat? Das Bewerbungsgespräch eben ging so schnell, da hatte ich kaum Zeit ›Danke‹ zu sagen.«

»Ja, ja, so ist er meistens, der kleine Superboss. Voll dabei und trotzdem planlos.«

Julian unterbricht sich, um mich kurz einer hochgeschossenen Mittdreißigerin vorzustellen, deren Namen ich sofort wieder vergesse, und zieht mich dann in einen Raum, der sich als Küche entpuppt. Es ist gemütlich hier. In der Mitte stehen ein Tisch aus Akazienholz mit passenden Stühlen, und auf der Theke gibt es nicht nur die gerühmte Kaffeemaschine, sondern auch Müslis, eine Obstschale und mehrere Flaschen mit Wasser. Die Spüle ist sauber, die Hängeschränke passen zum Rest der Möbel, und der Fernseher über der Tür ist auf stumm geschaltet, was keine Selbstverständlichkeit ist in einem Medienbüro.

»Ich würde mir aber keine Sorgen machen, Schnucki«, nimmt Julian den Faden wieder auf, während er den Kopf in den Kühlschrank steckt, »hier gibt es mehr als genug zu tun.«

»Wegen der neuen Sendung?«

»Pff, Adrian hat doch eh jeden Tag vier neue Ideen, da ist dieser abendliche Live-Kram nur eine von. Ich hab damit aber sowieso nichts zu tun, ich berichte nur über Film und Musik, da kriegt mich auch keiner von weg.«

»Ja, wenn man einmal was gefunden hat, was einen wirklich glücklich macht …«

»Genau!« Julian kommt von seinem Tiefkühlgang zurück. Er ist mit zwei Kuchenstücken bewaffnet, die aussehen, als hätte er sie frisch vom Konditor geholt. Ich bedanke mich artig für die köstliche Verpflegung. Es wäre schließlich wirklich unhöflich, wenn ich Julian alleine futtern ließe. »Dann sag doch mal, Charlie-Babe, was ist dein Glücksthema?«

»Mein Glücksthema? Also ehrlich gesagt …«, ich zögere,

unsicher, ob es klug ist, meine Karten offen auf den Tisch zu legen. Andererseits hat Julian ja schon klar gemacht, dass er mit seinem Job zufrieden ist, insofern muss ich wohl keine Konkurrenz fürchten. »Ehrlich gesagt würde ich gern moderieren.«

»Verstehe, Schätzchen. Tja, kann durchaus sein, dass er dir da die Chance gibt. Also an deiner Stelle würde ich ihn mal fragen …«

Aufgeregt stelle ich meine Tasse ab. »Meinst du wirklich?«

»Klar, warum nicht? Gut möglich, dass du ruckzuck das neue Format-Face wirst. Das heißt, wenn Sandrine da nicht schon dran ist. Unser Eisengel teilt das Rampenlicht nur äußerst ungern.«

Ich lächle beseelt und denke mir, dass dieser Job bei *Friendz* vielleicht wirklich ein unvermuteter Glücksgriff ist, der Start einer phantastischen Karriere, die mich nicht nur berühmt, sondern auch glücklich machen wird. Und das ganz ohne Diät! Dass ich von der Wahrheit kaum weiter entfernt sein könnte, ahne ich da leider noch nicht. Sonst hätte ich vielleicht wenigstens den Kuchen abgelehnt.

Aber auch ohne zu wissen, dass mich im Büro demnächst die Hölle auf Erden erwartet, ist meine Euphorie am Abend merklich abgeklungen. Zum einen, weil ich meinen neuen Boss keine Sekunde mehr gesehen habe, zum anderen, weil sich Oliver immer wieder schmerzlich in meine Gedanken drängt. Wenigstens habe ich Matilda. Die beäugt gerade den Kater, der es sich auf einer hellblauen Matte gemütlich gemacht hat. Der letzte Kurs hat vor einer Stunde aufgehört und wir hocken auf dem Holzboden von Matildas Yoga-Studio und trinken Rotwein.

»Fluffi?«, schlägt sie vor.

»Auf gar keinen Fall! Der wiegt doch fünfzehn Kilo, da können wir nicht so tun, als wäre er aus zarten Wolken gemacht!«

»Stimmt auch wieder.«

»Wie ist er überhaupt hier reingekommen?«, wundere ich mich. Ich hätte schwören können, dass ich alle Türen geschlossen habe.

»Keine Ahnung. Vielleicht hat er dich gesucht. Manche Tiere haben da einen sechsten Sinn.«

»Ich kann ihn ja einfach Nostradamus nennen.«

»Oder Lassie.«

Ich seufze, leere mein Weinglas und gieße mir nach. Draußen wird es langsam dunkel, aber Matilda hat die Kerzen des riesigen Kronleuchters angezündet, und vom Tresen gegenüber der Eingangstür schimmert goldenes Licht. Aus den kleinen Boxen in den Ecken des großen Raumes dringt leise eine Jazz-Melodie. »Weißt du«, sage ich schließlich und kraule den weiterhin ungetauften Kater unterm Kinn, »das ist jetzt auch gerade wirklich mein geringstes Problem. Also der Kater. Es ist ja nett, überhaupt noch einen Mann im Haus zu haben. Aber irgendwie hätte ich mir einen mit weniger Beinen gewünscht.«

»Du musst versuchen, das positiv zu sehen. Wenn du gute Gedanken in das Universum sendest, dann bekommst du das auch zurück. Außerdem ist es viel besser so. Und für dich ist so ein Neustart jetzt Seelenbalsam. Das sagen auch die Sterne: Für Stiere kommt eine Zeit der Veränderung. Wage den Absprung und blicke nach vorn! Von langen Autofahrten ist abzuraten.«

Ich leere mein Glas und nicke. Ihre Prognosen hat Matilda sich redlich verdient, ohne meine Freundin stünde ich schließlich immer noch ohne Job da. Sie ist natürlich hellauf begeistert davon, dass es bei Friendz so umstandslos geklappt hat.

»Es ist wirklich okay da. Vielleicht sogar mehr als okay, ich meine, das mit dieser neuen Sendung klingt vielversprechend. Nur dass selbst das leider nichts daran ändert, dass Oliver mir wahnsinnig fehlt – was total bescheuert ist, weil ich ihm gleichzeitig jedes Haar einzeln rausreißen will. Aber ich bin es einfach nicht gewöhnt, ohne ihn zu sein. Außerdem ...«

Ich unterbreche mich und gucke in der Luft rum, als gäbe es begründeten Anlass zu glauben, dass es gleich Lametta regnet.

»Außerdem?«, hakt Matilda nach, als weder was vom Himmel kommt noch aus meinem Mund.

»Außerdem weiß ich nicht, wie sich bei Friendz für mich etwas ändern soll, wenn ich mich nicht selbst ändere«, antworte ich.

»Das ist immer gut«, sagt Matilda erfreut, »das eigene Ich mit frischen Ideen zum Strahlen zu bringen, ist der beste Weg zur Zufriedenheit. Deshalb mache ich doch auch meine Astrologie-Fortbildung bei Gerald. Es gibt nichts, was lohnenswerter ist, als seinen Charakter weiterzuentwickeln!«

»Ich hatte dabei nicht ausschließlich an den Charakter gedacht ...«

»Sondern?«

Ich zucke zusammen. Die Frage kommt nämlich nicht von Matilda, sondern von deren Ehemann Andreas. Er ist unerwartet hinter mir aufgetaucht und lässt sich jetzt geschmeidig neben seiner Angetrauten nieder. Wie immer ist er schlicht gekleidet und strahlt eine unerschütterliche Ruhe aus. Seine Glatze ist frisch geschert, die braunen Augen glänzen, und seine großen Pranken ruhen sanft auf den Knien. Man könnte ihn glatt mit einem Mönch verwechseln, wären da nicht die Tribal-Tattoos auf den Oberarmen und der graubraune Vollbart.

»Wenn du dich verändern willst«, sagt Matilda, als ich zögere zu antworten, »dann schau doch mal in den Ratgeber, den ich dir geschenkt habe. Da geht es nämlich ums Selbstwertgefühl, und ein positives Selbstwertgefühl ist die Basis für jede neugeschaffene Facette des Ichs! Und jetzt, wo kein Oliver da ist, der meint, dir sagen zu müssen, wo es langgeht …«

»Entschuldigung?«

»Ach Charlotte, tief in deinem Herzen weißt du, dass Oliver dir alles abgenommen hat … du hast dich darauf verlassen, dass er die Dinge für dich regelt. Ich verstehe auch, dass das eine große Stütze sein kann. Aber ich glaube, jetzt ist das die Chance, endlich auf eigenen Beinen zu stehen!«

»Aber das tue ich doch die ganze Zeit schon!«

»Du hast es definitiv in dem Moment getan, als du ihn in die Wüste geschickt hast. Wie konnte er nur so etwas sagen!«

»Was hat er denn gesagt?«, fragt Andreas.

»Nichts«, murmle ich, »also nichts Wichtiges.«

»Dass sie zu dick fürs Fernsehen ist, das hat er gesagt!«, ruft Matilda, die in ihrer Empörung gar nicht bemerkt, dass mir das Ganze vor ihrem Mann ziemlich peinlich ist.

»Ich meine, das ist doch wirklich grausam! Grausam und falsch. Oder findest du es etwa in Ordnung, wenn ein Mensch, der dich doch angeblich liebt, dir so weh tut?«

Andreas schaut mich an.

»Fühlst du dich denn auch selbst zu dick?«

Ich spüre, wie mir das Blut in die Wangen steigt. Es ist mir unangenehm, ihm tiefe Einblicke in mein verqueres Innenleben zu geben. Dabei weiß ich umgekehrt eine ganze Menge über ihn, was er sicher lieber geheim hielte: Er wechselt die Zahnbürste alle drei Tage aus Angst vor Herpesviren, steht darauf, wenn Matilda handgenähte Seidenwäsche trägt, und hat an der linken Hinterbacke einen Leberfleck, der aussieht wie eine rostige Krone. Insofern wäre es nur fair, wenn ich ihm auch etwas verrate, was mir peinlich ist.

»Ja«, sage ich also, »wenn ich ehrlich bin, dann finde ich schon, dass ich zu dick bin.« Ich fühle mich gut bei meinen Worten, befreit und erleichtert. »Obwohl Oliver das so auch nicht gesagt hat, also dass ich zu dick bin. Eher, dass die Zuschauer einen bestimmten Typ Frau sehen wollen, dem ich nicht so richtig entspreche.«

Matilda starrt mich an und schüttelt entrüstet den Kopf.

»Das ist doch Quatsch!«, sagt sie mit ungewohnter Heftigkeit, »als ob es darauf ankommt, wie dick oder dünn du bist oder was für ein Typ Frau! Die Formulierung alleine! Es macht mich traurig, dass du denkst, du müsstest etwas an deinem Körper ändern. Wirklich, richtig traurig.«

»Du hast gut reden, du bist ja schon dünn.«

»Das hat doch damit nichts zu tun!«

»Hat es wohl! Du hast doch keine Vorstellung davon, wie es ist, wenn Leute an der Kasse tuscheln, nur weil du was Süßes kaufst, oder wie sich das anfühlt, einen Job nicht zu bekommen, weil man nicht schön genug ist.«

»Aber es ist doch vollkommen egal, was andere Leute sagen!«

»Nein«, erwidere ich ernst, »ist es nicht. Meine Figur ist einer der Gründe, warum ich jetzt arbeitslos bin statt Moderatorin. Oder hast du schon mal gesehen, dass eine wie ich irgendwo die Nachrichten spricht? Ganz sicher nicht. Bisher habe ich das gut verdrängt und mir schöngeredet, aber diesen Fehler werde ich nicht noch mal machen. Ein Pummel wie ich darf lustig sein und durch Renovierungsshows hüpfen, aber nichts Seriöses. Wer soll mich denn auch ernst nehmen, wenn ich ganz offensichtlich keine Disziplin habe? Wenn ich mit der Konkurrenz mithalten will, dann sollte ich mir Mühe geben, die optimale Version meiner Selbst zu sein. Und die ist schlank!«

»Wenn du das wirklich so siehst«, schaltet sich Andreas ein, bevor Matilda antworten kann, »dann solltest du vielleicht einfach eine Diät machen.«

Erstaunt gucke ich zu ihm hinüber. Von einem Mann, der sogar in einem Hundehaufen nach spiritueller Erleuchtung sucht, hätte ich kein Verständnis für meine Oberflächlichkeit erwartet.

Auch Matilda ist überrascht, allerdings nicht positiv.

»Wie kannst du denn so was sagen? Wenn du das wirklich ernst meinst, dann bist du nicht der Mensch, der ich dachte! Wirklich nicht! Findest du etwa Charlotte zu dick oder was?«

»Das habe ich doch gar nicht …«

»Und was hast du dann?! Was verheimlichst du?«

Andreas ist von dem Wutausbruch seiner Frau sichtlich getroffen. Meine beste Freundin neigt nicht zum Jähzorn, und auch wenn ihre flapsigen Bemerkungen manchmal tief treffen, ist sie immer die Erste, die zu schlichten versucht.

»Verheimlichen?«, fragt er gleichsam verwirrt wie entrüstet.

»Jetzt tu nicht so unschuldig! Du weißt genau, was ich meine.«

In den ganzen Jahren, die ich die beiden kenne, habe ich sie nur ein einziges Mal wirklich streiten sehen. Damals hatte Matilda in einem mittelschweren Anfall von Feng-Shui das halbe Inventar der heimischen Wohnung an ihre Freunde und Kunden verschenkt. Andreas hatte einen regelrechten Tobsuchtsanfall bekommen, leider genau in dem Moment, in dem ich eine hübsche antike Stehlampe aus dem Wohnzimmer entführen wollte. Was sich dann vor meinen Augen abgespielt hatte, war ein erstklassiges Drama gewesen, und gerade schien sich eine Fortsetzung anzubahnen. Wobei ich beim Stück »*Wir können doch nicht ohne Möbel leben*« nur ein unbeteiligter Zuschauer war. Bei der Aufführung von »*Charlottes Figur wirft Fragen auf*« dagegen bin ich Teil des Programms und darauf kann ich gut und gerne verzichten.

»Charlotte muss selbst wissen, was gut für sie ist!«, sagt Andreas gerade und klingt jetzt nicht weniger biestig als Matilda, »wenn sie dünn sein will, dann will sie dünn sein! Jeder definiert sein Glück selbst.«

»Ach, das hast du dir ja schön zusammengedichtet. Darf ich annehmen, dass das dann auch für dich gilt?«

»Was?«

»Dass ich dich lassen soll?«

»Es geht doch hier nur um mich, Tilli«, gehe ich dazwischen, »nicht um Andreas. Er will mir nur helfen. Es ist nun einmal so: Ich will abnehmen. Einmal im Leben will ich dünn sein! Überhaupt, warum bist du denn jetzt so sauer?«

»Weil es gefährlich ist, wenn man sich davon abhängig macht, was andere von einem denken«, sagt sie mit einem Seitenblick auf ihren Ehemann, »das führt nur zu Problemen.«

»Aber ich will das doch nur für mich selbst machen, nicht für andere. Klar, Oliver hat das mit den Zuschauern gesagt, aber am Ende geht es doch um meinen Traum, den ich mir erfüllen will. Und durch Olivers blöde Bemerkung ist mir einfach klar geworden, dass ich dafür was machen muss. Manchmal muss man einfach ein ganz neuer Mensch werden, Tilli, das hast du doch selbst gesagt.«

»Ein neuer Mensch, als ob das die Lösung wäre!« faucht sie, schnappt sich das Weinglas vom Boden und springt auf. Zwei Sekunden später kracht die Tür hinter ihr ins Schloss.

»Was war denn das? So habe ich sie noch nie erlebt. Hab ich wirklich so etwas Dummes gesagt?«

»Ich weiß nicht, ob es da nur um dich ging«, murmelt Andreas ein wenig verlegen, »in den letzten Tagen ist sie dauernd so angespannt. Ich schaue mal lieber nach ihr.«

In der Tür dreht er sich plötzlich wieder um und kommt schnurstracks zurück. Dabei wühlt er in den Taschen seiner Pluderhose. Als er vor mir steht, hält er mir eine büttenweiße Eintrittskarte unter die Nase.

»Was ist das?«, frage ich halb neugierig, halb skeptisch.

»Ein Vortrag, heute Abend im Omega-Haus. Wollte ich eigentlich Matilda schenken, aber ich glaube, du hast gerade mehr davon. Außerdem ...«

Er beendet den Satz nicht, aber ich weiß auch so, was er meint: Außerdem ist Matilda gerade nicht in Stimmung für Vorträge. Außer ihre eigenen.

»Dankeschön!« sage ich. Ich gucke auf die Karte: Als Frau seinen Mann stehen – ein Motivations-Event mit Managerin Maria Montabauer.

Ich hebe skeptisch die Augenbrauen. Mein erster Impuls ist es, einfach nicht hinzugehen. Der Vortrag soll schon in einer Stunde losgehen, und ich habe keine Lust, quer durch die Stadt nach Mitte zu hetzen. Doch dann denke ich an den Anruf von Quotara und an die Rede, die ich dort und auch eben gerade geschwungen habe. Wenn ich Karriere machen will, dann muss ich meinen Arsch hochkriegen, und zwar besser jetzt als gleich.

»SIE KÖNNEN PERFEKT SEIN!«

Ich zucke zusammen und blicke mich hektisch um, denn die kleine Bühne des Omega-Hauses ist leer. Anders als der schmucklose Saal: So viele Frauen auf einem Haufen habe ich zuletzt auf dem Robbie-Williams-Konzert in Hamburg gesehen. Da wurde allerdings deutlich mehr gekreischt als hier.

Obwohl rund 150 von uns dicht an dicht auf schmalen Stühlen sitzen und seit einer guten halben Stunde auf den Beginn des Vortrags von Maria Montabaur warten, hat man bisher nicht mehr gehört als ein verlegenes Hüsteln, hin und wieder mal ein Rascheln und zwischendurch eine überschwänglich vorgetragene Entschuldigung, weil jemand der Nachbarin auf den Fuß getreten ist. Wundern tut mich diese Stille nicht. Schließlich sind wir hier, weil wir Schwierigkeiten haben, uns durchzusetzen. In diesem Augenblick erblicke ich Maria Montabaur. Sie hat sich von hinten an ihr Publikum geschlichen und bewegt sich jetzt in gradlinigen, präzisen Schritten durch den Mittelgang auf die Bühne zu. Dabei lächelt sie freundlich von rechts nach links und scheint es irgendwie hinzubekommen, jedem von uns kurz offen in die Augen zu sehen. Als ich an der Reihe bin, werde ich sofort tiefrot und rutsche tiefer.

»Sie können perfekt sein«, sagt Frau Montabaur wieder, und klingt diesmal weniger wie ein Drill-Instruktor und mehr wie eine gute Fee. Trotz des leiseren Tonfalls füllt ihre Stimme mühelos den ganzen Raum – ohne Mikrofon. »Und noch ein drittes Mal: Sie können perfekt sein!«

Mit zwei gekonnten Sprüngen ist sie auf der Bühne. Es ist schwer zu sagen, wie alt sie ist; ihr Gesicht scheint nahezu faltenfrei, aber in den kastanienfarbenen Haaren schimmert es bereits ein wenig silbern. Sie ist komplett in schwarz: schwarze, enge Jeans, schwarzer Rollkragenpullover und Stiefel mit Mörderabsatz.

»Perfektion ist der Schlüssel zu Ihrem wahren Ich«, fährt sie nun fort, während sie lächelnd in die Runde blickt. »Sie können alles sein, was Sie sich wünschen – Sie müssen nur lernen, es wirklich zu wollen!«

Ich merke, dass ich automatisch nicke. Die Frau hat eine Art, der man zustimmt, einfach, weil es klar scheint, dass sie weiß, wovon sie redet. Eilig hole ich meinen abgegriffenen Reporterblock aus der Tasche und fange an, mitzuschreiben. Nach einem kurzen Abriss ihrer Wandlung von der zurückhaltenden Zahnspangenträgerin zur Übermutter aller Motivationstheorien und einer effektvollen Videoshow mit Positivbeispielen vergangener Kursteilnehmer kommt Frau Montabaur auf die drei wichtigsten Eigenschaften einer Frau auf der Suche nach ihrer Manneskraft.

»Wissen – Willen – Wandel!«, ruft sie und klatscht in die Hände. »Sie müssen wissen, wer Sie sein wollen, Sie brauchen den Willen, anzustreben, wer Sie sein werden und dann müssen Sie wandeln, wer Sie sind!«

Mir schwirrt ein wenig der Kopf von so vielen W's, aber bevor ich darüber nachdenken kann, ob jetzt Willen vor Wissen kam oder umgekehrt, ist Frau Montebauer schon beim nächsten Punkt: »Wollen Sie perfekt sein?«

Auffordernd schaut sie in die Runde. Das Publikum schweigt.

»Ich habe Sie gefragt: Wollen Sie perfekt sein?«

Vereinzelt ertönt ein leises Ja.

»Sagen Sie es mir!«, fordert sie uns auf. »Wollen Sie perfekt sein?«

Diesmal kommt die Antwort laut und deutlich: »Ja!«, schreit der halbe Saal.

Maria Montabauer macht einen großen Schritt nach vorn und öffnet die Arme. »Und jetzt alle zusammen«, fordert sie uns auf, »wollen Sie perfekt sein?«

»Jaaaaa!«, jubelt es um mich herum. Ich schweige, ich bin noch nicht soweit, hauptsächlich, weil ich mit Notieren beschäftigt bin und keine Zeit hatte, darüber nachzudenken, was ich da eigentlich schreibe und ob ich mitbrüllen möchte. Leider bemerkt das auch unsere Motivation-Trainerin.

»Was ist mit Ihnen?«, fragt sie in meine Richtung. Da ich recht spät vor Ort war, blieb mir nur ein Platz in der ersten Reihe, ein Umstand den ich schon beim Setzen eher mäßig gut fand. Frau Montabaur guckt mich an. Ich gucke zur Seite in der Hoffnung, dass wir dann so tun werden, als ob sie meine Sitznachbarin meint. Meine Sitznachbarin spielt leider nicht mit, denn sie schaut umgekehrt mich an. Mit einem strahlenden Grinsen. So wie alle anderen hundertneunundvierzig Frauen im Raum.

»Na, was ist mit Ihnen?«

Ich drehe mich wieder nach vorn. Mein Herz klopft mir bis zum Hals dabei, und ich muss den Impuls unterdrücken aufzustehen und rauszurennen. Zwar wollte ich schon immer ein großes Publikum, nur will ich selbigem gern die tagesaktuellen Nachrichten vortragen und nicht meine Probleme.

»Wollen Sie nicht perfekt sein?«, fragt Frau Montabaur mich. Sie tut das sehr freundlich und mit einem Augenzwinkern, aber es fällt mir trotzdem schwer, ihr einfach zuzustimmen. Bei aller Überzeugungskraft, die sie hat, bin ich doch Reporterseele genug, um zu hinterfragen, was sie mich da fragt. Denn perfekt sein wollen, das klingt nun doch ein wenig übertrieben.

»Eigentlich möchte ich bloß Nachrichtenmoderatorin werden«, sage ich also, »und nicht unbedingt perfekt.«

Frau Montabaur lacht.

»Darf ich Sie nach Ihrem Namen fragen?«

»Charlotte.«

»Danke, Charlotte, für diesen klugen Einwand. Denn das denken sicher viele von Ihnen: Ich will doch nur dieses, ich will doch nur jenes … aber die Wahrheit ist: Sie wollen alles, was sie kriegen können! Und Sie haben es auch verdient! Sie sind es wert, perfekt zu sein! Charlotte hier ist ein hervorragendes Beispiel: Sie wünscht sich einen Job, der alles von ihr fordert, Disziplin, gutes, gepflegtes Aussehen, selbstbewusstes Auftreten, freundliche Ausstrahlung, Durchsetzungskraft, einen kühlen Kopf …«

Während Frau Montabaur da so runterrasselt, was in ihren Augen die Bedingungen für meinen Traumjob sind, wird mir klar, dass sie leider Recht haben könnte. »Und wie«, ruft Frau Montabaur jetzt wieder, »wird Charlotte ihr Ziel erreichen?«

»Wissen – Willen – Wandel!«, rufen alle. Diesmal auch ich. Denn auch wenn Frau Montabaurs Stil mir ein bisschen zu überschwänglich ist, kann es nicht schaden, ihre Worte ernst zu nehmen. Denn dass ich mich ändern muss, das habe ich begriffen: Es reicht nicht, von meiner Zukunft zu träumen – ich muss sie endlich anpacken. Und dass sich das gar nicht so übel anfühlt, das hat mir mein Streit mit Oliver gezeigt. Ihm »Fick dich« entgegenzubrüllen, war vielleicht nicht die feine Art – aber dafür verdammt befreiend.

Kaum dass ich eine gute Stunde später wieder zu Hause bin, nehme ich meinen geliebten Reporterblock und schlage eine neue Seite auf, die vielleicht wichtigste meines Lebens. Während ich mit dem Kater auf der Couch lümmele, mache ich mich daran, mir eine Liste zu schreiben:

- Abnehmen (mindestens 15 Kilo!)
- Lernen, mich besser durchzusetzen (Selbstbehauptungs-Kurs?)
- Ein neuer Stil (mehr schwarze Rollkragenpullover! Seriöse Frisur!)
- Täglich Sport (Vielleicht sogar Yoga?! Oder Kickboxen …)
- Vorbilder finden (gute Moderatorinnen!)

- Mehr Wissen über das Weltgeschehen (Jeden Tag Zeitung lesen, politische Diskussionen anhören und vielleicht ein paar Geschichtsbücher lesen?)
- Eine neue Sprache lernen (Französisch? Chinesisch? Kisuaheli?)
- Wohnung »entkuscheln« (keine niedliche Deko mehr! Mehr Kunst, weniger Kitsch!)

Ich halte inne und gucke zufrieden auf meinen Block. Meine Ziele scheinen mir genug, um ein halbes Leben zu füllen. So viel Zeit werde ich mir jedoch nicht lassen. Schließlich möchte ich nicht erst aus dem Grab heraus moderieren – sondern so bald wie möglich.

Dr. Hagenbecks Selbsthilfe-Tipps
Fünf Grundlagen zum Glücklichsein

1. Öffnen Sie sich: Sie müssen es ernst meinen mit der Selbstliebe, sonst werden Sie von ihr auch nicht ernst genommen. Öffnen Sie sich für Veränderungen!

2. Warten Sie nicht auf einen Retter: Nur Sie selbst können sich ändern. Das macht aber nichts, Sie bringen alles mit, was sie brauchen. Das müssen Sie bloß noch verinnerlichen.

3. Lassen Sie sich Zeit: Sie können nicht erwarten, auf einen Schlag zu Mrs Selbstbewusstsein zu mutieren. Gönnen Sie sich die Zeit, die es braucht, sich zu ändern!

4. Lernen Sie Visualisieren: Also Situationen ausmalen, erinnern und Realität von Einbildung unterscheiden. Dafür braucht es kein Diplom, sondern nur ein wenig Übung.

5. Üben, üben, üben: Wie jedes Instrument müssen Sie auch sich selbst erst spielen lernen. Das bedeutet: üben! Und wieder: üben! üben, üben!

Kapitel drei

Als ich am nächsten Morgen ins Büro komme, sitzt mein Chef Adrian auf Sandrines Schreibtisch und blättert in einem Hochglanzmagazin. Von meiner Kollegin selbst ist nichts zu sehen.

»Ah, Charlotte«, sagt Adrian und legt das bunte Blättchen zur Seite, »wunderbar. Ich habe genau die richtige Aufgabe für dich. Das passt wie Schuh auf Fuß!«

»Geht es um die Sendung?«, frage ich hoffnungsvoll und ignoriere, dass er schon wieder eine Redewendung völlig verdreht hat. Es kommt schließlich nur auf die Botschaft an und nicht auf ihre Verpackung – und vielleicht ist Adrian ja ganz von selbst darauf gekommen, dass ich wie geschaffen dafür bin, als Moderatorin vor der Kamera zu stehen.

»Welche Sendung?«, fragt Adrian und runzelt die Stirn.

»Na, dein neues Live-Format am Abend! Das klingt nach einer tollen Aufgabe, und ich würde da sehr gerne mal moderieren. Ich denke, ich könnte das gut.«

»Aber ich habe doch die Idee schlechthin für dich! Ein Knallerformat, das wollte ich immer schon machen, aber es fehlten die Leute. Und um Leute geht es auch, das heißt um das, was Leute wollen, vor allem hier und vor allem immer: Essen.«

Ich glaube, ich habe mich verhört. Verstanden habe ich jedenfalls nichts.

»Ähm, was meinst du jetzt genau?«, frage ich vorsichtig.

»Um eine Idee, die das Internet verändern wird! Du weißt ja, wie man sagt: Treue geht durch den Magen! Wir wollen das natürlich, Zuschauerbindung und so. Und das machen wir jetzt, wir machen das mit einer ganz allerneusten Idee, die ist echt der Hammer: Wir testen ein Restaurant pro Tag, mittags und abends wird gedreht und am nächsten Tag geschnitten, so runde drei bis fünf Minuten pro Beitrag, und abends gehen wir damit auf Sendung. Ich will jeden der geilsten Läden in Berlin, und wenn die Nummer läuft – und das wird sie – schicken wir dich nach Hamburg, nach München, you name it. Wir werden DIE Instanz fürs kulinarische Gespür.«

»Und wie genau werden wir das machen? Ich meine, was heißt das konkret für mich?«

»Na, du gehst da hin, also in die ausgesuchten Restaurants, quatschst mit den Gästen, dem Besitzer, dem Koch, und vor allem testest du das Essen. Vielleicht alles von der Karte, was dir gefällt? So von wegen, mehr ist mehr? Nein, das wäre wohl zu viel des Guten …«

Er legt den Kopf in den Nacken, trommelt mit den Fingern auf dem abgelegen Magazin und starrt konzentriert an die Decke. »Na Mensch, das ist doch ganz klar!«, ruft er dann, »du nimmst ein Standard-Gericht und irgendwas Exotisches, plus Nachspeise, das ist doch offensichtlich. Perfekt! Ich weiß auch schon, mit welchem Laden wir anfangen. Das Burgerbegehren ist nämlich der letzte Schrei. Das wird grandios!«

Freudestrahlend springt er ein Stück in die Höhe. Erst will ich mitspringen, einfach weil seine Begeisterung so ansteckend ist, aber dann wird mir klar, was er von mir will, und meine Euphorie bekommt einen schweren Dämpfer.

»Burgerbegehren?«, frage ich gedehnt.

»Ja, ja, das Burgerbegehren. Ist in Kreuzberg.«

»Und da soll ich das Essen testen?«

»Ja, genau!«

»Also ich soll da dann Burger essen?«

»Zwei. Und Pommes, die Pommes nicht vergessen. Ich finde, das macht den Unterschied von Klasse und Masse: die Pommes. Ein geiler Laden hat Pommes, mit denen man schlafen würde!«

»Mit Pommes?«

»Ja, Pommes. Das O und A im Fast-Food-Geschäft. Gute Pommes, die können dir schon mal das Herz rauben. Wie ein guter Nachtisch – den auch nicht vergessen, okay, Charlotte? Einmal Menü, die Zeit muss sein.«

»Sicher«, krächze ich, »die Zeit muss sein.«

Adrian zeigt mir den erhobenen Daumen und wendet sich schwungvoll zum Gehen. »Das wird der Knaller, Charlotte!«

Ein Knaller mit Kalorien, wenn ich mich nicht vertue – und das jetzt, wo ich doch endlich Optimal-Charlotte werden will!

»Adrian, ich weiß ja nicht … vegan liegt doch viel mehr im Trend!«

»Aber nein, Charlotte. Das ist so 2014. Fast Food is back!«

»Aha«, sage ich, »ich mag das ja gar nicht so …«

»Da muss man durch als Reporter, da sind wir an vorderster Front. Du weißt doch: Der Zuschauer geht vor.«

»Na gut«, seufze ich geschlagen, »ist ja nur fürs Bild.«

Sprich: Einmal Abbeißen reicht. Das ist ja das Schöne daran, dass wir nicht live senden.

»Nur fürs Bild?!«, echot er entsetzt, »Charlotte, ich bin überrascht, so etwas zu hören. Du musst das natürlich aufessen, ich meine, wo kämen wir denn da hin? Wie willst du den Genuss denn beurteilen, wenn du ihn gar nicht zur Gänze erlebt hast?«

»Aber das kann doch kein Mensch auf einmal essen!«

»Papperlapapp, das geht schon. Wir können nicht riskieren, dass man uns vorwirft, wir würden betrügen. Das hat schon ganz andere Leute den Job gekostet. Außerdem musst du ja auch später die Kommentare betreuen, und wie willst du denn da dann alle Fragen beantworten? Effiziente Social-Media-Präsenz baut auf Ehrlichkeit, Charlotte, auf Ehrlichkeit!«

Das ist mir neu. Ich dachte, Internetidentitäten bauen in erster Linie auf Photoshop.

Plötzlich steht Julian vor uns.

»Lagerfeld ist im Krankenhaus!«

»Im Krankenhaus!«, wiederholt Adrian und fährt sich mit zitternden Fingern durch den Bürstenschnitt, »was ist passiert? Da stockt mir die Luft in der Lunge!«

»Ist meine Schuld«, murmelt Julian. »Er hat gesagt, er schafft das, ich konnte doch nicht wissen, dass er noch nichts gegessen hatte und so … und er ist immer so dynamisch, da vergesse ich immer ganz, wie alt er schon ist.«

»Was habt ihr denn gemacht?«, frage ich vorsichtig. »Halbmarathon«, erklärt Julian kläglich, »also Viertelmarathon eigentlich, wir üben ja noch. In unserer Laufgruppe.«

»Ausgerechnet jetzt, wo Charlottes große Zeit ist.«

Charlottes großer Albtraum trifft es eigentlich eher, aber ich lasse mir nicht anmerken. »Macht doch nichts«, sage ich, »dann buchen wir einfach einen Kameramann von außerhalb.«

»Von außerhalb?!« Adrian schüttelt vehement den Kopf, »nein, nein, das kommt gar nicht in die Vase. Ich setze echt viel auf dieses neue Format, das muss tipptopp aussehen, da kann ich nicht irgendeinen Fremden buchen …« Er beugt sich vertraulich näher. »Da mache ich das lieber selber.«

Ich nicke. Doch innerlich stöhne ich verzweifelt auf. Wenn

ich gedacht hatte, ich könnte mich um den ein oder anderen Happen herumschummeln, dann ist diese Hoffnung ab jetzt gestrichen.

Am Abend suche ich vergeblich nach Matilda: Das Yoga-Studio liegt dunkel und leer, ihre Wohnungstür im zweiten Stock ist fest verschlossen, und auf meine Anrufe reagiert sie nicht. Nur ihr geblümtes Fahrrad steht an den Laternenpfahl vor unserem Haus gefesselt. Ein wenig merkwürdig finde ich das alles schon, denn Matilda verlässt den Häuserblock nur, wenn es nicht anders geht. Meistens geht es natürlich auch so, in Kreuzberg gibt es im Radius von einem Kilometer eigentlich alles, was das Herz begehrt – und mindestes genauso viel, von dem man gar nicht wusste, dass man es überhaupt begehren kann.

Nachdem ich zwei aufgeschmissenen Touristen den Weg zum Görlitzer Park erklärt und auf dem Handy vierzig Runden Candy Crush gespielt habe, bekomme ich endlich eine SMS von Matilda. Doch leider wirft sie mehr Fragen auf, als dass sie welche beantwortet: *Ich brauche etwas Zeit für mich, denn zu viel Enttäuschung liegt in der Luft, und die Sterne raten mir zur Einsamkeit.*

Ich stecke mein Smartphone in die Hintertasche meiner Hose und sage mir, dass ich Matilda nicht nachlaufen werde. Schließlich bin ich kein Mann, der sie betrogen hat, sondern nur eine Frau, die sich ein bisschen optimieren möchte. Als ich wieder reingehen will, öffnet sich die Tür, und Frau Mai steht vor mir. Bei meinem Anblick leuchtet ihr Gesicht unter dem neckischen hellblauen Fascinator freudig auf.

»Ach, meine Namensvetterin, wie schön! Geht es Ihnen gut?«

Ich bejahe halbherzig, reiße mich, als ich ein gewisses

Misstrauen in den Augen meiner Nachbarin sehe, dann aber zusammen und erzähle von meinem neuen Job im Internet.

»Großartig«, befindet Frau Mai, »das klingt nach einem klugen Schachzug. Es lässt sich doch kaum bestreiten, dass die Medien sich im Wandel befinden, und es erscheint sinnvoll, sich da moderner aufzustellen. Solange der Fokus darauf bleibt, sich selbst treu zu bleiben, natürlich.«

Ich hebe überrascht die Brauen, ich habe immer gedacht, dass für die Menschen jenseits der Siebzig das Internet ein größerer Mythos als die Insel Avalon ist.

Mit einer völlig selbstverständlichen Geste holt sie ihr iPhone aus der schmalen Ledertasche und notiert sich die Webadresse von *Friendz*. »Damit ich mal schauen kann, was Sie da so machen«, erklärt sie, und ich bedanke mich, gerührt von ihrem ehrlichen Interesse. Als ich meiner Mutter am Telefon von meinem Jobumzug berichtet habe, war die Antwort lediglich ein langer Vortrag über die Beförderung meiner Schwester gewesen.

»Und die Frau Engelbert? Ist mit ihr alles in Ordnung?«, fragt Frau Mai jetzt. »Matilda? Ich weiß nicht«, antworte ich also offen, »Sie haben sie heute nicht zufällig mal gesehen?«

»Doch, habe ich …«, vertraulich kommt Frau Mai ein Stück näher, »das war ein wenig merkwürdig; ich war auf dem Weg zu meinem Friseur und ging gerade die Treppen nach unten, als die Frau Engelbert aus der Tür kam. Im Trenchcoat, mit Schlapphut und Sonnenbrille, was doch ein seltsames Outfit ist bei diesem heißen Wetter. Als ich sie gegrüßt habe, hat sie sich richtiggehend erschrocken und ist dann ruckzuck weiter, dabei plaudern wir doch sonst immer so nett. Ich hoffe, es geht ihr gut – das ist schließlich auch viel Stress mit dem Yoga-Laden und jetzt, wo sie noch die Astrologie ins Auge gefasst hat. Dazu ein Eheleben und das eigene Ich, da kann man schon mal ein wenig den Überblick verlieren.«

Ich nicke und spüre, wie ich innerlich rot werde. Darüber, dass meine patente und meistens gut gelaunte Freundin selbst ganz schön viel am Hals haben könnte, habe ich in meinem eigenen Chaos gar nicht richtig nachgedacht. Das muss sich dringend ändern!

Dr. Hagenbecks Selbsthilfe-Tipps
Drei Mittel gegen Rückschläge

1. Atmen Sie durch: Wenn die Welt sich gegen Sie verschworen hat und Sie sich alleine fühlen, halten Sie kurz inne und atmen Sie durch. Bringen Sie Ruhe ins innere Chaos – manchmal hilft das schon!

2. Gucken Sie nach vorn: Meistens verliert alles seinen Schrecken, wenn es nur lang genug her ist: Erinnern Sie sich an etwas, das Ihnen einmal furchtbar erschien – und heute egal oder sogar lustig ist.

3. Ändern Sie die Perspektive: Überlegen Sie sich, wie Ihr bestmögliches Ich reagieren würde. Wenn Sie sich schon voll und ganz selbst respektieren würden – wie gingen Sie dann mit einem Rückschlag um?

Kapitel vier

Als wir am nächsten Tag am Burgerbegehren ankommen, habe ich ausgesprochen schlechte Laune. Schuld daran ist zum einen Adrian, der die komplette Autofahrt davon gefaselt hat, dass wir das Internet, ach was, die Welt, revolutionieren werden mit unserem dummen Fress-Format. Zum anderen habe ich nichts im Magen als Kaffee und Wasser. Irgendwie muss ich gegen die bevorstehende Fett-Verköstigung ankämpfen, und ein präventiver Hungerstreik schien mir da genau das Richtige. »Das sieht doch gut aus, da der Laden«, sagt Adrian, der mit dem ganzen technischen Equipment auf dem Buckel wirkt wie ein japanischer Tourist, »das ist ein Geheimtipp, aber nicht mehr lange, wir machen da den Trendladen schlechthin draus, ich sage es dir, die müssen uns wirklich dankbar sein.«

»Bestimmt«, sage ich, obwohl ich nicht so recht weiß, ob die unsere Empfehlung überhaupt brauchen, es ist nämlich gerammelt voll.

Drinnen sieht es zugleich stylish und gemütlich aus: weiß getünchte Wände, quadratische Holztische mit passenden Stühlen und vor den bodentiefen Fenstern zwei lange Tresen mit hohen Sitzhockern, auf denen ein bunt gemischtes Publikum sitzt und Burger mampft. Von der Decke hängen zwei riesige Stahllampen, und links scheint so was wie eine Theke zu sein, hinter der ich wegen der Dämpfe die Küche vermute.

Ich halte Adrian die Tür auf, frage ihn das dritte Mal, ob ich ihm nicht doch etwas abnehmen soll von dem ganzen Kram, und zucke, als er schnaufend ablehnt, mit den Schultern. Dann drehe ich mich in den Raum, in dem es nach Ketchup, Grill und Pommes riecht, aber nicht alt und eklig, sondern so, dass mir vor Hunger ganz schlecht wird. Bevor ich mich auf die Mahlzeit eines Kunden stürzen kann, kommt mir ein kleiner Mann entgegen, der mich anstrahlt und mit einem uralten Pfannenwender winkt. Er trägt ein schwarzes T-Shirt, eine Baseball-Mütze vom Hamburger SV und eine Schürze mit Blumen drauf.

»Ihr seid dann wohl die Tester, ne?«

»Stimmt!«, antworte ich »ich hoffe, ihr habt noch ein Plätzchen frei für uns?«

»Ja sicha«, sagt mein Gegenüber mit hartem Nordeinschlag und tippt sich munter ans Käppi, »is alles schon fertich, der Chefe kommt auch gleich.«

Er führt uns zwischen den besetzten Tische nach hinten. Erst denke ich, er setzt uns in den Keller, aber nein, wir gehen durch einen kleinen Gang weiter nach hinten, und dann plötzlich kommt ein kleiner Torbogen, und wir stehen in einem riesigen Glaspavillon.

»Unser Wintergarten. Aber ihr könnt auch ganz raus, wenn ihr wollt, da ist auch noch was freigehalten.«

»Ach nein«, sage ich, während mein Blick gebannt von rechts nach links und von oben nach unten wandert, »ich mag es hier.« Der Wintergarten ist geräumiger als der Innenraum, auch weil die Tische und Stühle weniger wuchtig gebaut sind und weiter auseinander stehen. Das mittägliche Sonnenlicht bricht sich an allen Ecken und Enden, so dass überall glitzernde Flecken leuchten, die dem Raum etwas Verzaubertes und Magisches geben. Außerdem ist alles voller Blumen. Große, bunte Sträuße mit Tulpen und Rosen stehen auf den Tischen, und an den Glaswänden wechseln sich schwere Töpfe mit zarten kleinen Sträuchern und robusten Heckenpflanzen ab. Sie sind die einzigen dunklen Flecken, denn ansonsten ist hier alles weiß lackiert: die Möbel, der Boden und die Vasen. Es sieht eher nach vornehmem Steak-Restaurant aus als nach beliebiger Burger-Bude.

»Ich guck dann mal, wo der Chefe bleibt«, sagt der Käppiträger, »da links ist alles frei für euch, machts euch bequem, ne?«

»Danke«, sage ich. Adrian stellt das Zeug ab, lässt sich schnaufend auf einen der Stühle fallen und guckt sich mit einem Ausdruck echter Befriedigung um.

»Wirklich genial der Laden hier, ich meine, so muss das sein, man muss auch mal Erwartungen brechen, mal ein bisschen Engagement zeigen, das sage ich ja immer.«

»Du kannst ja schon mal aufbauen und ein paar Bilder machen«, schlage ich unbarmherzig vor. »Recht hast du«, sagt er und fängt an, an der Kamera zu fummeln, »von nichts kommt nichts, und auch wenn Paris vielleicht nicht an einem Tag gebaut worden ist, muss man trotzdem gucken, dass man in die Höschen kommt.«

Ich bin noch dabei, seine Redewendungen zu entschlüsseln, als sich plötzlich hinter mir jemand räuspert.

»Charlotte Mai?«

Ich drehe mich um. Hinter mir steht ein Riese von einem Mann. Er ist einen halben Meter größer als ich, mit breiten Schultern, mächtigem Brustkorb und einem kleinen Bäuchlein, das ganz ausgezeichnet zu seinem Gesamtwuchs passt. Er trägt eine schwarze Kochjacke und die dazu passende Stoffhose, und seine rostroten Haare stehen ganz schön verwuschelt vom Kopf ab. Aber vielleicht ist das ja nur so, weil er bis eben noch eine Kochmütze getragen hat. Auch sein Bart ist rot, allerdings deutlich besser getrimmt. Er schaut mich aus braunen Augen fragend an.

»Ja genau«, sage ich, »das bin ich. Die Frau Mai. Charlotte Mai. Von *Friendz*. Und vom Telefon.«

Der Riese räuspert sich noch einmal. Dann seufzt er schwer.

»Ich bin Lars«, sagt er kläglich, »und das ist mein Laden.«

»Das macht doch nichts«, sage ich prompt und werde genauso prompt rot. Mein Gegenüber guckt mich an und sieht jetzt wirklich völlig hilflos aus. »Also, ich meine, Verzeihung, da habe ich mich versprochen«, stottere ich, »ich war in Gedanken woanders, also nicht dass ich mich nicht konzentriere bei der Arbeit, ich hab nur ... also ich meine, du hast so traurig ausgesehen, und da habe ich wohl, also ich meine ...«

Plötzlich grinst er über das ganze Gesicht und beginnt schallend zu lachen. Es ist ein gutes Gelächter; ein bisschen zu laut und dröhnend, aber gerade deshalb bestechend. Dieser Mann schert sich nicht darum, dass die Hälfte der Leute mit dem Essen aufhört und ihn anstarrt. Als er fertig ist mit dem Lachen, sind seine Züge plötzlich entspannt, und mir fällt auf, dass seine Augen gar nicht braun sind, sondern tiefdunkelgrün.

»Sollen wir noch mal?«, fragt er, »also ich bin Lars, das ist mein Laden, und ich freue mich, dass ihr da seid.«

Er reicht mir die Hand, und ich drücke fest zu. Sein Ärmel rutscht ein bisschen nach oben, und ich kann die Ausläufer einer Tätowierung erkennen, aber nicht, was sie darstellt.

»Freut mich sehr«, sage ich erleichtert, »und vielen Dank, dass das alles so leicht geklappt hat.«

Er zwinkert mir zu, und ich merke, dass meine schlechte Laune plötzlich verfolgen ist.

»Du kannst mich übrigens gern Charlie nennen«, sage ich und wundere mich nur ganz kurz, dass ich plötzlich nicht mehr Charlotte oder Lotte heiße. Irgendwie scheint das schon ganz richtig so.

Es dauert nicht lang, und Lars ist vollkommen aufgetaut. Er erzählt mir sogar zwischen zwei Aufnahmen, dass er ziemlich aufgeregt war, aus Sorge vor schlechten Kritiken. Völlig zu unrecht, denn nach dem ersten Bissen weiß ich, dass ich in einem Fast-Food-Himmel bin. Adrian schwirrt mit der Kamera um mich herum, während ich beschreibe, warum Sterben gar nicht so schlecht ist, wenn man danach vielleicht hier aufwacht; im Paradies für Edel-Burger.

»Wir bei Friendz sind zwar nicht der Michelin«, sage ich mit meiner Reporter-Stimme, »aber das ist auch besser so, denn drei Sterne reichen nun wirklich nicht für das Burgerbegehren. Da müsste man schon das ganze Firmament herunterholen und selbst dann …«

Lars steht ein wenig abseits, hat die Arme vor der Brust verschränkt und schaut eingeschüchtert dabei zu, wie ich dem potentiellen Zuschauer sein Essen schmackhaft mache. Ich lächle ihm aufmunternd zu und winke ihn heran.

»Zu verdanken haben wir die neuste Kreuzberger Burgerperle diesem jungen Koch mit dem Händchen für das Herzhafte, Lars Bergmann.«

Lars kommt zu mir an den Tisch, wird kreidebleich und guckt starr in die Kamera. »Ähhh … Cut?«, sagt er, und ich habe sofort Mitleid mit ihm. Nachdem ich ihm erklärt habe, dass wir nicht live drehen und alles gerne auch noch einmal wiederholen können, taut er langsam auf, erzählt begeistert von Kochen und Burgern und scheint meinen Chef und seine Kamera völlig vergessen zu haben. Er hat jetzt sichtlich

Spaß an der Sache und feuert einen unterhaltsamen Kommentar nach dem anderen raus. Irgendwann fragt er mich, ob ich eigentlich auch selbst gerne koche und mir kommen vor Lachen die Tränen.

»Ich?! Kochen?!«, pruste ich, »ich kann nicht mal ein Ei braten, ohne dass die Pfanne explodiert!«

»Das ist natürlich sehr gefährlich«, sagt er ernsthaft, wobei es in seinen grünen Augen aber verdächtig funkelt, »da muss man sich natürlich erstmal mit der richtigen Ausrüstung versorgen. Das FBI soll ganz ausgezeichnete brandsichere Kleidung haben.«

»Na, und eine Gasmaske wäre dann vielleicht nicht schlecht, nicht dass ich mich schon bei der Zubereitung vergifte.«

»Das würden wir natürlich nicht wollen«, sagt er und lächelt mich an.

»Nicht?«

»Könnt ihr das alles vielleicht noch mal erzählen?«, trötet Adrian dazwischen, »mein Akku ist leer.«

In der Wiederholung ist wie immer der Witz raus. Aber dafür kommt Lars dazu, mir zu erklären, dass wirklich jeder kochen kann, auch ich, und dass er schon lange überlegt, ob er nicht eine Kochschule aufmachen sollte, weil er seine Leidenschaft einfach gerne weitergeben möchte.

»Man braucht nur jemanden, der einem zeigt, warum das alles Spaß macht. Denn das tut es. Ehrlich. Und ich glaube, ich könnte das ganz gut, also den Spaß dabei zeigen.«

»Bist du denn eigentlich schon lange Koch?«

»Schon immer! Ich hab schon mit drei Jahren bei meiner Oma die Küche auf den Kopf gestellt … »

Plötzlich scheppert es draußen im Gang, und zwar ordentlich. Die anderen Gäste lassen ihren Burger sinken, und

Adrian, der alte Vollprofi, reißt sofort die Kamera herum. Ein roter Blitz kommt hereingeschossen und direkt dahinter der Hamburger Hilfskoch, dem seine Mütze bei der Verfolgungsjagd vom kahlen Kopf geflogen ist.

»Bleib hier, du olle Katt!«

Unterdrücktes Lachen macht sich breit, nur mir bleibt das Kichern im Hals stecken. Denn der rote Blitz macht einen erstaunlich eleganten Absprung und landet mit einem ordentlichen Krawumm direkt vor mir auf dem Tisch. Teller und Gläser scheppern, Lars springt auf, und ich wünschte, ich hätte heute Morgen die Balkontür zugemacht.

»Was zur Hölle ist denn das?«, fragt Adrian entsetzt, klammert sich aber weiter an die Kamera, nur für den Fall, dass sich das Tier als Gestaltwandler entpuppt oder anfängt mit den Blumen zu jonglieren, »ihr habt eine Katze in einem Lebensmittelladen, seid ihr denn irre?!«

Lars hat sich bemerkenswert schnell vom ersten Schock erholt und setzt sich wieder. »Das ist nicht unsere Katze.« Ich sinke tiefer unter die Tischplatte und der Kater legt sich quer neben meinen Teller. Er schnurrt sogar, der Verräter. Ich hole kleinlaut Luft: »Ähmmm …«

»Und was ist dann das?«, fragt Adrian empört.

»Nicht unsere, ehrlich nicht! Thorsten, wo kommt denn die jetzt her?

»Ich weiß nicht, wo die herkommt. Is einfach aufgetaucht, mir nichts, dir nichts, die Tessa hat fast 'nen Herzanfall bekommen …«

»Nein, also das ist wirklich unhygienisch, hätten Sie denn das Tier nicht wegsperren können, wenn wir schon vorbeikommen? Ich meine, wir können da jetzt auch nicht mehr viel machen, wir können nicht einfach neun gerade sein lassen, das geht nicht bei uns.«

Ich rutsche immer tiefer, und der Kater schnurrt immer lauter. »Ähhhmm…«

»Also, das ist jetzt aber auch nicht ganz gerecht«, knurrt Thorsten, der kahlköpfige Hamburger, und verschränkt die Arme, »da machen sich alle so Mühe für Sie, und dann drohen Sie uns, nur weil da von irgendwo so eine Katze herkommt. Die gehört uns doch gar nicht.«

»Sie sieht aber sehr vertraut mit der Umgebung hier aus, das müssen Sie zugeben, ich meine, gucken Sie doch mal, wie dreist sie sich dahin gelegt hat, wie die Fliege im Honig!«

»Goldig«, sagt Lars, der das alles erstaunlich locker nimmt. Vorsichtig hält er dem Kater die Hand hin, der großzügig daran schnüffelt und sich dann hinter den Ohren kraulen lässt, »und eine Katze ist doch auch keine Ratte, insofern … außerdem schwöre ich, dass ich sie noch nie im Leben gesehen habe.«

»Das kann ja jeder sagen«, empört sich Adrian. Die Kamera hat er endlich abgestellt. »Die ist doch ganz klar Ihre, das sieht man doch.«

»Also eigentlich ist es meiner«, schaffe ich endlich zu sagen. Drei Augenpaare starren mich an: eines völlig entsetzt, eines verwirrt und eines amüsiert.

»Deiner?«, fragt der Besitzer des Letzteren und streichelt weiter gemütlich den Stein des Anstoßes, »ehrlich?«

»Du bringst deinen Kater mit zum Dreh? Also Charlotte, also ehrlich, also… da weiß ich gar, nicht was ich sagen soll, also das hätte ich nun wirklich nicht erwartet, nicht von jemandem, der früher auf einer Waldorfschule war.«

»Das war doch keine Absicht! Der läuft mir irgendwie immer hinterher, ich weiß auch nicht. Manchmal denke ich, er ist ein Hund.«

»Aber das ist doch eindeutig eine Katze.«

»Ein Kater«, verbessere ich ihn, »glaube ich zumindest.«

»Und der ist dir jetzt hierhin nachgelaufen oder was?«

»Scheint so.«

»Also, so tja, dann, dann tut mir das leid, Herr Bergmann, ich hätte da nicht so schnell urteilen dürfen, das tut mir leid, ich hätte ja nie gedacht, dass die Frau Mai, also die Charlotte, also … Entschuldigung, Herr Bergmann.«

»Ja«, sage auch ich ganz kleinlaut, »Entschuldigung.«

Lars lacht und alles dröhnt, außer dem Kater, der pennt.

»Soll ich ihn schnell nach Hause bringen?«, schlage ich vor, obwohl das natürlich doof ist, weil wir noch gar nicht fertig sind, »ist nicht so weit, ich meine, der Kater ist nicht durch die ganze Stadt gelaufen, so weit geht er dann doch nicht, also das ist wirklich ganz nah hier.«

Adrian guckt auf die Uhr und schüttelt bestimmt den Kopf.

»Nein, wir hier müssen fertig machen, ich habe noch Termine.«

Lars steht kurzerhand auf und nimmt den Kater auf den Arm. Dieser protestiert nicht im mindesten. Er kuschelt sich an dessen Brustkorb und wirkt in den großen Armen sogar ziemlich klein.

»Passt auf«, sagt Lars, »ich bring den Kater jetzt hinten raus, da kann er die Gäste im Biergarten amüsieren und dann entweder über den Hof zurück nach Hause laufen oder warten, bis Charlie fertig ist. Die Zwischentür mache ich dann halt zu, das ist ja auch nicht weiter schlimm, und die Tessa, die bedient dann eben so lange nur drinnen. Okay?«

»Klingt gut«, sagt Adrian, der zwar schon wieder die Kamera ansetzt, aber schnell noch einen Rüffel in meine Richtung anfügt: »Über diese Sache müssen wir noch reden, Charlotte, das geht wirklich nicht, dass dein Kater dir auf der Arbeit nachstellt, der Herr Bergmann ist ja jetzt sehr umgänglich,

Gott sei Dank, aber wir könnten da noch in Teufels Kuhstall kommen, wenn dein Tier plötzlich überall auftaucht. Das geht so nicht.«

Ich nicke. Auf die zweite Kündigung innerhalb von fünf Tagen kann ich verzichten. Den Rest des Drehs bin ich leider etwas unkonzentriert und abwesend. Selbst als Lars mir zum Abschied sein Kärtchen und frischen Fisch für den Kater mitgibt, schaffe ich nur ein schwaches Danke und Auf Wiedersehen. Sowohl mein Kater als auch Adrian sind da schon lange abgedampft, und ich bin einfach frustriert: Meine Diät ist ein Witz, mein Job steht auf der Kippe, und trotz der zwei Burger, der Pommes und dem Tiramisu bin ich irgendwie hungrig. Doch statt dem nachzugeben, entschließe ich, mir ein Beispiel an Julian und Lagerfeld zu nehmen und mich an den nächsten wichtigen Punkt meiner Zukunfts-Liste zu wagen: Ich gehe Laufen. Und zwar heute noch.

Es heißt, der erste Schritt sei, zu erkennen, dass man ein Problem hat, und der zweite, der käme dann von ganz allein. Als ich jedoch den dritten tue und am Abend meine Jogging-Pläne in die Tat umsetze, bezweifle ich, dass ich mich überhaupt jemals nach vorn bewegen werde. Nach nicht einmal zweihundertfünfzig Metern habe ich das Gefühl, meine Lunge kollabiert. Meine Haut fühlt sich an, als hätte ich in einem Backsteinofen gelegen und wäre danach in Öl gerollt worden: Wangen, Stirn und Hals sind krebsrot, und der Schweiß läuft in dicken Rinnsalen überall an mir herunter. Ich keuche verzweifelt auf, als ich beinahe umknicke und kopfüber auf dem Kiesweg lande – und das machen die Leute wirklich gerne?!

»Pfft«, pfeife ich, während ich mühevoll um mein Gleichgewicht kämpfe, und dann »arrgh« und »chchch« und »chuchu«. Die Beine werden mir nach und nach immer schwerer, dabei bin ich so langsam, dass ich mühelos all die Dialogfetzen belauschen kann, die an mir vorbeiwehen.

»Und dann sagt er, dass es keinen Sinn macht, was ich sage …«

»Kommste jetzt vorbei oder was? Wir ham kein Bier mehr!«

»Nachts fährt hier ein Sauerstoffboot, das ist romantisch.«

Wenigstens beachtet keiner mein schnaufendes Abmühen. Alle Spaziergänger und Rumhänger sind zuverlässig mit ihren eigenen Dramen beschäftigt; kein Mann, kein Bier, ein Boot.

Nach sieben endlos langen Minuten ätzend qualvoller Jogging-Schritte mache ich endlich eine Pause. Die einzige Alternative wäre, kurze Zeit später einfach tot umzufallen. Ich schnappe nach Luft und gehe wackelnd in die Hocke. Das Blut hämmert mir im Schädel und mir ist schlecht.

»Alles okay?«

Neben mir steht plötzlich ein Vollprofi in knappen Hosen und knallgelben Turnschuhen. Er trägt kein T-Shirt, dafür aber einen Brustgurt und den dazugehörigen Pulsmesser. Er kann es sich auch leisten, halbnackt durch die Gegend zu laufen. Er sieht nämlich aus, als wäre er dafür geboren, ausgezogen präsentiert zu werden: Anfang zwanzig, schlank, muskulös und mit strubbeligen, gerade etwas verschwitzten blonden Haaren. Er hat die durchtrainierten Arme in die Hüften gestemmt und schaut besorgt auf mich herab.

»Ja, ja«, schnaufe ich, »ich brauche nur mal kurz 'ne Pause.«

»Anfänger übernehmen sich oft«, sagt er und schaut mich intensiv an, »lieber weniger und langsam als alles auf einmal.«

»Mein erstes Mal«, gestehe ich und schaffe es immerhin, mich wieder ordentlich auf meine Beine zu stellen. »Ist wirklich nicht einfach.«

»Na, besser spät als nie. Vielleicht schaffst du's ja noch, ich mein, ich finde das super, wenn man nicht aufgibt. Das ist echt toll, Kompliment.«

Ich werde hochrot, was er natürlich nicht bemerkt, weil ich sowieso schon aussehe wie ein Kochkrebs. »Aber wirklich, wenn man so mollig ist, ist es besser, mit Ruhe ranzugehen, also nicht, dass ich mal dick gewesen wäre oder so, um Gottes Willen, aber das weiß man natürlich als Läufer. Also: nicht zuviel auf einmal, okay?«

Erst bin ich zu verblüfft, um zu antworten. Aber dann fällt mir ein, was noch auf meiner kleinen, aber feinen Liste steht: Durchsetzungskraft! Und dank meines lautstarken Streits mit Oliver weiß ich, dass ich durchaus Widerworte geben kann. Und das muss ja keine Ausnahme bleiben.

»Du meinst das sicher nett«, sage ich also, »aber ganz ehrlich? Deine Meinung interessiert mich nicht. Ich weiß schon, was ich tue, und ich brauche weder dein Mitleid noch deinen Rat.«

Der Typ starrt mich verblüfft an, und ich kämpfe gegen den Impuls, mich sofort bei ihm zu entschuldigen. Gott sei Dank macht er es mir leicht, er dreht sich nämlich ruckartig um und sprintet los.

Ich atme erleichtert aus und finde, dass ich das ganz gut gemacht habe. Außerdem hat sich meine Lunge wieder beruhigt, und da ich nun ohnehin dieses bescheuerte Outfit trage (ein ausgeleiertes T-Shirt mit Superhelden-Druck, grüngraue Baumwollhosen mit Bündchen an den Knöcheln und ein Schweißband um die Stirn) und sowieso irgendwie nach Hause kommen muss, kann ich das auch gleich in angezogenem Tempo tun, was soll's. Mehr als umfallen kann ich ja nicht.

Es dauert allerdings keine Minute, bis das nächste Problem auftaucht: Ich habe Hunger. Nein, das stimmt so nicht, denn eigentlich habe ich Appetit. Ich sehne mich nach Zucker und Butter, am liebsten in gebackener Form und mit Sahne drauf. Das muss definitiv die ungewohnte Anstrengung sein, denke ich mir, während ich mich tapfer weiter vorantreibe und dabei von Sahnetorten und Buchteln träume, es ist nur zu verständlich, um nicht zu sagen vollkommen natürlich, dass mein Körper die ungewohnte Bewegung kompensieren muss, und es ist auch logisch, dass er da nicht mit Äpfeln und Möhren hinkommt. Wenn dir schwarz vor Augen ist, dann bringt man dir schließlich auch kein geschnittenes Gemüse, sondern ein großes Glas Cola.

Bei dem Gedanken daran bekomme ich Durst. Wenigstens muss ich dabei kein schlechtes Gewissen haben, schließlich muss man als Läufer stets für einen ausgeglichenen Wasserhaushalt sorgen. Ich trabe also statt direkt nach Hause erstmal schwankend nach rechts in Richtung Straße. Nicht weit von hier gibt es ein Café.

Als ich den kleinen, vollen Laden mit der dunkelroten Markise betrete, ist es mir unangenehm, so schwitzig und überanstrengt zu sein, aber zum einen bin ich nicht die einzige Sportlerin hier und zum anderen lenkt mich der Anblick der Auslage ganz gut ab.

»Ein stilles Wasser bitte«, sage ich zu dem tätowierten Kellner hinter dem Tresen, »und einen Karamell-Macchiato.«

Irgendwo in meinem Kopf erklingt eine Alarmglocke, aber ich ignoriere das hektische Schrillen. Es ist schließlich nicht so, als hätte ich mir eine kurze Pause von der Vernunft nicht verdient: Ich habe mich gequält, bin gedemütigt worden und habe außerdem ernsthaft Angst, ohne sofortige Zuckerzufuhr einen tödlichen Schwächeanfall zu bekommen. »Und so ein Stück von dem gedeckten Apfelkuchen bitte«, höre ich mich sagen, »mit Sahne.«

Mir läuft das Wasser im Mund zusammen, während ich mich, mit dem Tablett in der Hand, zurück nach draußen schlängle. In der vordersten Reihe wird gerade ein Ecktisch frei und ich sehe das als Zeichen, dass ich alles richtig gemacht habe. Ich plumpse schwerfällig auf den kleinen Klappstuhl, dessen Latten zwar ohne ein Kissen unangenehm hart unter meinem Hintern sind, der meinen Beinen aber dennoch dringende Erleichterung verschafft, und strecke mich seufzend. Sport ist wirklich nichts für Weicheier.

Eilig trinke ich einen Schluck von dem heißen Sirup-Kaffee und wende mich dann erwartungsvoll dem Kuchen zu, der immerhin mit Obst ist, also nicht völlig verkehrt sein kann. Die Gabel gleitet mühelos durch das Gebäck, und ich schließe verzückt die Augen, während ich sie zum Mund führe. Apfelmost, Hefeteig und Vanillesahne explodieren auf meiner Zunge, und an meinem Gaumen tanzen ihre süßen Moleküle einen heißen Tango. Es ist mir ein Rätsel, warum Leute harte Drogen nehmen, wenn das tollste Rauschmittel doch völlig legal ist. Nichts könnte mich jetzt noch aufhalten.

»Lotte?«

Die Gabel gefriert auf halber Höhe zu meinem weit geöffneten Mund. Mein Blick klebt an dem letzten, großzügigen Stück Kuchen, das noch auf meinem Teller liegt, einfach weil ich um keinen Preis der Welt aufschauen und sehen will, was ich gehört habe. Beziehungsweise *wen* ich da gehört habe.

»Lotte?«, fragt Oliver ein zweites Mal. Diesmal schaue ich hoch, schließlich bringt es nichts, ihn zu ignorieren. Mein Ex steht direkt vor meinem Tisch, im gebügelten, azurblauen Markenhemd, die blonden Haare mit Gel in leichten Wellen zurückgelegt und neben sich eine andere Frau. Eine Frau, die bildhübsch und aufrecht da steht, während ich in vollgeschwitzten Klamotten und mit knallroten Backen zusammengesunken vor den letzten Krümeln meines Kuchens sitze und wahrscheinlich einen verschmierten Lidstrich und Sahne im Gesicht habe.

»Ich hab dich kaum erkannt«, sagt Oliver, »das, ähm, ist ja ein ganz neuer Look.«

Ich nicke betäubt. Ich komme gar nicht dazu, mich darüber aufzuregen, dass er so tut, als ob es ihn was anginge, wie ich herumlaufe. Alles, was ich tun kann, ist die Frau anzustarren, die da ganz entspannt an seiner Seite steht und mich anlächelt, als wären wir alte Bekannte.

»Das ist Kerstin«, stellt Oliver sie vor, und ich erstarre noch mehr. Die Frau ist niemand anders als meine Nachfolgerin.

»Hallo«, sage ich kläglich und lege endlich meine Gabel nieder, »ich bin Lotte.«

»Lotte hat früher mal für mich gearbeitet«, erklärt Oliver und scheint nicht aufklären zu wollen, dass sich das nicht nur aufs Büro bezieht, sondern auch aufs Bett. »Kerstin, das weißt du ja sicher, Lotte, ist unser Star am Senderhimmel.«

»Hi, freut mich, dich kennenzulernen.«

»Mich auch«, presse ich heraus und fühle mich unsagbar elend dabei. Kerstin sieht nämlich nicht so aus, wie ich sie mir vorgestellt habe, sondern noch viel besser. Sie ist natürlich dünn, aber damit ist die Sache nicht erledigt. Zu der umwerfenden Figur hat sie auch noch lange schwarze Haare, die glatt und glänzend über ihre Schultern bis zu ihren Hüften fallen, ohne dass auch nur eine einzige kleine Strähne aus der Reihe zu tanzen versucht. Ihre Augen sind schwarz, groß und schräg. Sie hat sie dezent mit Tusche umrandet. Schmale, hohe Wangenknochen, dunkle, perfekt geformte Augenbrauen und ein süßer kleiner Mund vervollständigen Kerstins Modelgesicht. Dass sie eine Lücke zwischen den oberen Vorderzähnen hat, macht ihre Züge noch anziehender; der kleine

Makel lässt alles andere noch ebenmäßiger und schöner wirken. Ihre Haut hat eine kräftige Bräune, die vor allem auf den langen Beinen beneidenswert exotisch aussieht. Oliver hat Recht. Sie ist wirklich eine Nummer für sich.

»Wir wollen auch nicht stören«, sagt sie jetzt, wahrscheinlich weil es ihr unangenehm ist, von einer kuchenfressenden Mondkuh so offensichtlich angeglotzt zu werden. Aber Oliver scheint das gar nicht zu hören.

»Was machst du denn überhaupt jetzt?«, fragt er mich nämlich, und ich höre förmlich das *ohne mich* hinterher schwingen.

»So dies und das«, antworte ich. Das klingt zwar, als wäre ich arbeitslos, aber selbst das ist besser als die Wahrheit. Ich kann mir nur zu gut vorstellen, was Oliver zu Restaurant-Tests im Internet sagt.

»Ach Lotte«, sagt er, »du brauchst wirklich immer einen, der dich an die Hand nimmt!«

Darauf fällt mir keine Erwiderung ein, leider hat die Wut in mir sich bei der Begegnung mit dem Jogger vorhin offenbar völlig verausgabt. Mist.

»Du hast doch nichts dagegen, wenn wir uns zu dir setzen?«, fragt Oliver. Ich blicke panisch um mich – und entdecke meinen Kater. Er hockt keine drei Meter weit entfernt auf einem abgeschnittenen Baumstamm und beobachtet uns interessiert.

»Das geht nicht!«, rufe ich erleichtert und schiebe meinen Stuhl nach hinten, »mein Kater ist nämlich wieder ausgebüxt!«

»Du hast keinen Kater«, sagt Oliver bestimmt.

»Doch, doch«, entgegne ich und zeige auf das rote Monstrum, das sich gerade lässig die rechte Pfote leckt, »der ist mir zugelaufen.«

»Ich dachte weggelaufen?«

»Ja. Also nein. Also doch, aber das macht er immer so. Das mit dem Weglaufen. Oder eigentlich eher mit dem Zulaufen. Also eigentlich ist das nicht so ganz klar, ich würde mal sagen, er läuft mir hinterher, das trifft es wohl am besten.«

Oliver und Kerstin wechseln einen Blick.

»Dann ist das also Ihr Kater?«, fragt die dunkle Schönheit mit einer Spur von Amüsement in der Stimme. Sie glaubt wohl, ich denke mir das aus.

»Ist er«, bestätige ich und winke dem Kater, seinen Arsch gefälligst hier rüberzuschwingen und mich vor noch mehr Peinlichkeiten zu bewahren. Das interessiert ihn natürlich nicht die Bohne. Am Ende kommt und geht er eben doch nur, wie und wann er will. Wahrscheinlich bin ich nur zufällig hin und wieder mal am gleichen Ort.

»Fluffi!«, rufe ich verzweifelt, und er zuckt immerhin mit dem rechten Ohr.

»Fluffi?«, fragt Oliver misstrauisch. Aber wenigstens hat er vergessen, dass er sich eigentlich setzen wollte.

»Ist nur ein Platzhalter. Ich hab ihn noch nicht so lange.«

»Hübsch sieht der aus!«

»Also Kerstin, wirklich«, sagt Oliver, »jetzt sei bitte nicht auch eine von denen, das fände ich enttäuschend. Tiere sind nicht schnuckelig, Tiere sind Tiere, und damit hat es sich. So ein Haustier ist wirklich keine Bereicherung, außer man kann es melken oder zum Schlachter bringen.«

»Oliver!«, ruft Kerstin entsetzt, und ich kann ihr nur zustimmen.

»Mein Kater ist eine wunderbare Gesellschaft«, sage ich würdevoll, »und ganz sicher nicht für die Pfanne bestimmt.«

Oliver legt missbilligend die Stirn in Falten.

»Frauen«, murmelt er und diesmal sind Kerstin und ich es,

die einen Blick wechseln. Sie setzt zu einem Lächeln an, aber ich gucke lieber wieder zu meinem Kater. Das Letzte, was ich möchte, ist sie sympathisch finden.

»Nostradamus?«, rufe ich, um meine Verlegenheit zu überspielen, aber der vermaledeite Kater rührt sich nicht.

»Wirklich? Nostradamus?« Oliver glaubt mir kein Wort.

Da endlich kommt er gemächlich zu uns geschlendert. Hätte ich ihn gerade eben am liebsten noch erwürgt, möchte ich ihm jetzt gerne einen Altar bauen, komplett mit Katzenmilch-Kelch und Thunfisch-Oblate.

»Na, geht doch«, murmle ich ihm zärtlich zu, als er mich mit dem Köpfchen anbuxt und dann ein bisschen in Richtung Oliver faucht. »Lotte, halt das Vieh zurück!«, zischt Oliver und streicht sich hektisch über das Haar. Er sieht süß dabei aus, wie immer, wenn er sich ärgert. Ich weiß auch nicht, woran das liegt, aber Zorn verleiht Oliver einen gewissen Sex-Appeal. Immer wenn er aufgebracht ist, will ich die Arme um ihn legen und ihm sanft den Hinterkopf streicheln, so lange, bis er sich beruhigt hat und mir ins Ohr flüstert, wie gut ich für ihn bin. Ich weiß, dass es ihm nicht leicht fällt, Schwäche zu zeigen, so wie ich umgekehrt manchmal nicht stark genug bin. Da haben wir uns einfach immer gut ergänzt. Aber das ist jetzt erst einmal vorbei. Jetzt muss ich alleine klarkommen. Er nicht, er hat ja die toxische Schönheit.

»Wir gehen schon, keine Sorge«, sage ich mit gespielter Fröhlichkeit, während in meiner Brust mein ohnehin arg angeknackstes Herz in tausend Stücke bricht.

»Kann ich wenigstens für dich bezahlen?«, fragt Oliver. Er klingt nicht mehr wütend, auch nicht herablassend, sondern fast ein wenig sehnsüchtig.

»Hab ich schon, aber vielen Dank. Komm, Kater. Wir gehen dann mal nach Hause.«

Beherzt beuge ich mich runter und hebe den Kater hoch. Er kuschelt sich in meine zitternden Arme und schwingt seinen kurzen Schwanz hin und her.

»Na dann tschüss«, sage ich und drehe mich schnell um.

»War nett, Sie kennengelernt zu haben!«, ruft mir Kerstin noch hinterher, »und Ihren süßen Kater auch!«

Ohne mich umzudrehen, hebe ich dankend die Hand und winke kurz. Ich bringe kein Wort über die Lippen, bis der Tisch ein paar hundert Meter hinter mir liegt. Dann kommt doch noch was, aber ganz verhalten und traurig, gar nicht so kräftig und laut, wie es eigentlich gesagt gehört: »Fickt euch«, murmle ich, aber diesmal hilft auch das Fluchen nicht. Es sieht so aus, als müsste ich das mit dem Willen-Durchsetzen ganz dringend noch mal üben.

Dr. Hagenbecks Selbsthilfe-Tipps
Vier Werkzeuge gegen Selbstzweifel

1. Finden Sie die Wurzel des Übels: Ähneln Ihre Zweifel denen, die schon Ihre Eltern geäußert haben? Versuchen Sie, sich vor Verletzungen zu schützen? Schreiben Sie auf, wo der Zweifel herkommt, und erkennen Sie, wie unlogisch er oft ist.

2. Machen Sie sich darüber lustig: Stellen Sie sich vor, Ihr Selbstzweifel wäre eine echte Person. Und zwar eine, die sie lächerlich finden: Sektenführer, Goldgräber, Besoffener. So wird es Ihnen viel leichter fallen, Ihre Zweifel nicht zu ernst zu nehmen!

3. Schreien Sie sich an: Manchmal hilft es, sich innerlich laut NEIN zu sagen. Oder STOPP. Hauptsache kurz und klar.

4. Werten Sie sich auf: Sagen Sie sich laut, dass Sie wertvoll sind und ein Recht darauf haben, glücklich zu sein. Sie geben Ihr Bestes und verdienen Anerkennung.

Kapitel fünf

Der Kater sitzt auf dem Badewannenrand. Ich staune, dass das breite Tier auf dem schmalen Porzellan Platz finden kann. Er guckt mir zu und leckt sich hin und wieder über das Schnäuzchen.

»Du hast sie doch nicht alle«, sage ich zärtlich, obwohl mir wirklich grausig zu Mute ist. Der Grund dafür ist eckig, weiß und eingestaubt.

»Na, dann wollen wir mal!« Die Waage antwortet nicht, kein Wunder, ich stehe ja auch immer noch davor und nicht darauf. Es ist mit Sicherheit ein irrsinnig teures Teil. Oliver gibt gern Geld für Dinge aus, und das bezieht sich nicht nur auf seinen eigenen Kram. Er kann extrem großzügig sein und macht nicht mal einen großen Bohei daraus. Oliver ... ich schaudere. Die Begegnung von gestern steckt mir noch tief in den Knochen. Was, wenn die Wettertussi mehr ist als nur seine neue Moderatorin? Warum sollte er sonst mit ihr einen romantischen Spaziergang unternehmen? Mag sein, dass meine Phantasie mit mir durchgeht, aber selbst wenn es nicht so ist: Dass Oliver sich nicht für mich eingesetzt hat, dass er nicht an meine Fähigkeiten geglaubt und mich nicht unterstützt hat, das tut verdammt weh – und macht mich wütend. Richtig, richtig wütend.

Ich atme tief durch und versuche, mich auf mich selbst zu konzentrieren beziehungsweise auf mein neues Ich. Nachdem ich mich direkt nach dem Aufstehen schon online für einen Rhetorik-Kurs, ein Manager-Seminar und ein Wochenende in einem Durchsetzungs-Camp bei Managerin Maria Montabaur angemeldet habe, habe ich mich mutig genug gefühlt, um mich mit meinem größten Feind zu konfrontieren: der Waage. Denn solange ich mich mit mir selbst nicht wohlfühle, wird alles Redenschwingen und Durchsetzen nicht reichen, um auf dem Moderationsstuhl zu sitzen.

Versuchsweise tippe ich mit dem rechten Fuß auf das Gerät. Die digitale Anzeige springt hilfsbereit an. Es hat dem Teil also nicht geschadet, monatelang ungenutzt in der Ecke zu stehen. Im Gegenteil, es scheint ganz versessen darauf, mir den Morgen zu verderben.

Ich schiebe den Fuß weiter nach vorn, lasse das Gewicht aber auf dem anderen Bein. Um mich auszubalancieren, halte ich mich am Waschbecken fest. Dann hole ich tief Luft, kneife die Augen zusammen und ziehe das hintere Bein nach.

»Und?«, frage ich den Kater, der aber schweigt. Langsam öffne ich die Augen. Noch langsamer richte ich den Blick nach unten zwischen meine Füße. Dann hebe ich überrascht die Augenbrauen. So wenig? Entzückt öffne ich den Mund und stoße einen kleinen Jubelschrei aus. Der Kater hebt erschrocken den Kopf und sieht mich misstrauisch an.

»Alles halb so wild!«, rufe ich ihm begeistert zu und schüttle erleichtert den Kopf, »ich hab mich total verschätzt, ich bin viel leichter, als ich dachte! Ich sag's ja immer, es ist kein Verlass auf Kleidergrößen!«

Da der Kater grundsätzlich Fell trägt, sind ihm solche Sorgen unbekannt. Plötzlich fällt mir auf, dass ich mich immer noch ans Waschbecken klammere. Enttäuscht lasse ich den Kopf hängen. Wer sich auf Porzellan abstützt, steht wohl kaum mit vollem Gewicht auf der Waage. Die Zahl da unten hat mit der Realität so viel zu tun wie Einhörner und Drachen.

»Mist!«

Bekümmert steige ich von dem trügerischen Messgerät. Also noch einmal von vorn. Zurück schaffe ich es nur millimeterweise. Ich bin so konzentriert darauf, dass ich vor Schreck halb in die Luft springe, als es plötzlich klingelt. Ich schnappe mir meinen Bademantel und renne zur Wohnungstür.

»Charlotte?«

»Andreas? Was ist denn los?«, frage ich besorgt und lasse ihn rein. »Ist was mit Tilli?«

»Das wollte ich dich fragen.«

Andreas steht groß und unglücklich in meinem Flur und scheint nicht recht zu wissen, wo er hin soll mit sich. Resolut winke ich ihn ins Wohnzimmer und platziere ihn auf der Couch, wo er die Hände im Schoß faltet und so wirkt, als hätte ich ihn zu diesem Besuch gezwungen. Ich setze mich daneben.

»Ich habe Tilli nicht mehr gesehen seit neulich«, sage ich, »sie hat mir eine Nachricht geschrieben, dass sie Zeit für sich braucht. Und na ja, um ehrlich zu sein, habe ich so viel um die Ohren mit dem neuen Job und so, da habe ich auch nicht mehr nachgefragt.«

»Hat sie denn sonst noch irgendwas zu dir gesagt?«

»Was meinst du?«

»Das weiß ich auch nicht genau. Aber sie ist plötzlich so kühl und spitzzüngig, das ist doch gar nicht ihre Art, wir sind doch sonst immer offen miteinander. Und heute Morgen ist sie so früh verschwunden, dass ich ihr nicht einmal einen Tee machen konnte. Ich dachte, du weißt vielleicht was, ich meine, wenn ich was falsch gemacht habe oder ob das was mit diesem Gerald zu tun hat.«

»Mit wem?«

»Mit ihrem Guru, Gerald. Das ist der Leiter ihrer Fortbildung. Ein erstklassiger Astrologe, das sagt wenigstens Matilda. Er hat sie aus seiner Klasse erwählt, weil sie besonderes Talent hat, und du weißt, dass ich sie in allem, was sie machen will, unterstütze, aber manchmal schießt sie auch ein bisschen über das Ziel hinaus, erinnere dich an das Feng Shui. Deshalb denke ich, vielleicht liegt es daran? An Gerald?«

»Ich habe keine Ahnung«, sage ich nach kurzem Nachdenken, »aber ich habe mich durchaus auch gewundert, dass sie so heftig reagiert hat, nur weil ich was an meinem Leben ändern will.«

»Wie läuft es denn damit?«

»Na ja«, sage ich gedehnt, »es geht so. Ich wollte mich gerade wiegen, aber das ist gar nicht so einfach ...«

»Du schaffst das schon. Ich dachte früher auch, ich werde niemals den Rücken so verbiegen können, dass meine Zehen von hinten meine Nase berühren, und jetzt ist das eine meiner leichtesten Übungen. Du musst einfach an dich glauben und dir klar machen, dass Geist und Körper im Einklang sein müssen. Sonst klappt gar nichts.«

Andreas selbst wäre auch kein schlechter Guru, so viel ist mal sicher. Jetzt lächelt er verlegen und steht auf.

»Entschuldigung, dass ich dich gestört habe«, sagt er, »und bitte sag mir, wenn Matilda dir ... also du sollst natürlich nicht hinter ihrem Rücken irgendwas verraten, aber ich mache mir wirklich Sorgen, auch dass es vielleicht meine Schuld ist. Ich will doch nur, dass sie glücklich ist.«

Ich spüre einen kleinen Stich der Eifersucht. Nicht weil ich Andreas begehre, das wird in tausend Jahren nicht passieren, sondern weil es schön sein muss, jemanden zu haben, der sich so bedingungslos dein Glück wünscht.

»Mache ich«, verspreche ich. Als er gegangen ist, marschiere ich wieder nach oben, lege den Bademantel ab und bete mir vor, dass mein Geist keine Ruhe finden kann, solange er nicht einmal weiß, was mein Körper eigentlich wiegt. Beherzt steige ich dann ein zweites Mal auf die Waage. Ich gucke hinunter. Mir wird schwindelig. Die Euphorie von grade ist im Keim erstickt.

»Sechsundachtzig Kilo«, sage ich schockiert. In meiner Stimme scheinen irgendwelche Wellen ganz genau zu übertragen, wie furchtbar ich mich fühle, denn sofort kommt der Kater aus dem Schlafzimmer zu mir herübergestiefelt. Er zögert einen Moment, dann tritt er auf die Waage und legt sich auf meine nackten Füße. Das nenne ich mal Solidarität.

»Ach du«, sage ich vertraulich. Ich fühle mich ein bisschen erleichtert durch seinen warmen Katzenkörper an meinen Beinen, obwohl wir zusammen ganz gewiss nicht leichter sind. Ich beuge mich ein Stück vor und schiele über seinen Kopf hinweg auf die Digitalanzeige. In der Tat, zusammen wiegen wir jetzt weit über neunzig.

»Vielleicht sollte ich dich einfach Captain Kirk nennen«, schlage ich ihm vor, »der ist ja auch auseinandergegangen wie Hefeteig.«

Der Kater schnurrt, ihm scheint das alles nichts auszumachen. Ich dagegen sehe ein, dass es höchste Eisenbahn für einen Neuanfang wird.

»Ich bin ab heute auf Diät«, posaune ich, noch bevor ich ganz im Büro bin. Sandrine hebt verblüfft den Kopf. Mein Blick geht etwas kleinlaut zum kugelrunden Julian. Mein Kollege grinst und streicht sich mit der einen Hand genüsslich über das zartgelbe Hemd, während die andere mit einem gespielt mahnenden Zeigefinder wedelt.

»Charlie, Darling, das hast du doch gar nicht nötig, so bombensüß, wie du bist!« Er zwinkert mir zu. »Aber wenn's dich glücklich macht, dann sag ruhig Tschüssi zu Schokoküssen und Pizzarändern! Meinen Segen hast du und meine Unterstützung auch!«

»Danke!«, sage ich erleichtert, »das ist lieb von dir!«

»Natürlich unterstützen wir dich«, stimmt auch Sandrine ein und schenkt mir ein Lächeln. Sie wirft ihr blondes Haar über die Schulter und mustert mich dann von oben nach unten.

»Wenn du irgendwelche Tipps brauchst …«, sie kommt mit einer anmutigen Bewegung hinter dem Schreibtisch hervor und nimmt meine Hände in ihre.

»Oh, okay, ja, warum nicht …«

»Toll!« Sandrine lächelt übertrieben.

»Ja«, sage ich lahm, und Julian unterdrückt ein Schnauben. Mehr oder weniger. Ich höre es zumindest sehr deutlich.

»Warum kommst du nicht einfach mal mit zur Lauftruppe?«, fragt er dann. Ich drehe mich zu ihm, aus dem Augenwinkel sehe ich, dass ihr Lächeln ein wenig einfriert.

»Ehrlich?«, frage ich, während ich mich hinter Julian vorbei zu meinem Schreibtisch bewege.

«Na aber logolino, mon amour! Wir laufen dreimal die Woche.«

»Ehrlich? Dreimal die Woche?«

»Nun guck nicht so kritisch! Ist doch echt Quatsch, dass alle runden Leutchen unsportlich sind. Also Charlie, heute Abend um sieben am Märchenbrunnen im Volkspark, abgemacht?«

»Abgemacht!«

»Was ist abgemacht?«

Keiner von uns hat bemerkt, dass Adrian im Türrahmen

steht und bester Laune ist. Meine fällt sofort in sich zusammen, schließlich steht mir noch ein Gespräch in Sachen Kater bevor.

»Charlie gehört ab jetzt zu unserer Lauftruppe!«

»Das ist vorbildlich. Gruppenzusammenhalt, das habe ich immer schon gesagt, das ist das Q und Z eines guten Betriebsklimas!«

Dann schaut er zu mir runter.

»Aber eigentlich bin ich hier, weil ich mit Charlotte über etwas Wichtiges reden muss!«

Ich beiße mir auf die Unterlippe. Eigentlich hätte ich nicht gedacht, dass Adrian mich vor meinen Kollegen zusammenfalten würde. Aber da muss ich wohl durch.

»Ich wollte dir nur nochmal sagen«, fährt er fort, »das war exzellente Arbeit gestern, wirklich, ich bin stolz wie Dietrich, das war wirklich eine Glanzleistung.«

»Danke«, antworte ich verblüfft. Damit habe ich nun wirklich nicht gerechnet. Anscheinend hat er die Sache mit Captain Kater Kirk komplett vergessen.

»Nein ehrlich, so gute Ideen, und wie du diesen Koch da aufgelockert hast, also wirklich ganz wunderbar. Das muss ja auch mal gesagt werden, du hast ein Talent für die Sache, das habe ich doch sofort gesehen, und engagiert, das bist du auch noch, top!«

Eigentlich hätte ich mich freuen müssen. Stattdessen deprimiert mich sein Lob. Vielleicht ist es, weil ich die Arbeit, die ich hier mache, nicht halb so phantastisch finde wie mein Vorgesetzter. So bequem und nett es in der Lifestyle-Schublade auch sein mag; mir bedeuten diese Themen einfach nicht viel. »Danke«, wiederhole ich also nur matt, obwohl ich weiß, dass ich eigentlich auf den Tisch hauen und eine andere Aufgabe verlangen müsste.

»Verdient, verdient«, zwinkert Adrian mir zu. »Ist auch schon alles fertig für den Schnitt, kannst gleich runterkommen und den tollsten Beitrag des Tages machen: Burger für Anfänger!«

Kaum ist Adrian weg, schlägt sich Julian vor die Stirn.

»Das hätte ich fast vergessen! Einer von diesen Burgerladen-Menschen hat heute hier angerufen, der wollte dich sprechen.«

»Was?« Hoffentlich gibt es nicht doch noch Ärger wegen des Katers. Das wäre wirklich peinlich, wenn das Burgerbegehren die Drehgenehmigung zurückzieht und wir ohne Beitrag dastehen. Der Hilfskoch hatte nun wirklich alles andere als begeistert gewirkt. Wie hieß der noch gleich? Tobias? Thorsten? Torwald?

»Na so ein Typ, der meinte, er habe ganz vergessen, nach deiner Handynummer zu fragen, und ob ich die ihm geben könnte.«

»Wozu?«

»Na wozu wohl?« Julian flattert mit den bunten Lidern. »Ich glaub, der möchte mal ohne Kamera was vernaschen, Honigmaus. Beziehungsweise jemanden.«

Während Julian auf der Suche nach dem Namen des Anrufers seine Unterlagen durchwühlt, macht das Brett vor meinem Kopf Knack, und ich weiß, wer sich da gemeldet hat. Oder ich hoffe, es zu wissen. Glaube ich zumindest, also dass ich das hoffe. Ganz sicher bin ich mir nicht. Mein Herz ist schließlich gerade kaputt, da kann es sich zu viele Emotionen gar nicht leisten.

»Lars?«, frage ich also ungeduldig, als Julian in seinem Chaos einfach nicht zu Rande kommt, »Lars Bergmann?«

»Ja, genau der!«

Kaputt oder nicht: Mein Herz macht einen kleinen Sprung.

Dass Herzen aber auch immer ihren eigenen Willen haben müssen.

Als ich später etwas nervös am Märchenbrunnen ankomme, bin ich gut zehn Minuten zu spät, was eindeutig die Schuld vom Umfrageinstitut Quotara ist. Na ja, genau genommen ist es meine eigene, weil ich es nämlich mal wieder nicht geschafft habe, dem Herren am anderen Ende der Leitung klar zu machen, dass ich weder Zeit noch Lust habe, seine Fragen zu meinem Wahlverhalten zu beantworten. Es ist wirklich gut, dass ich am Wochenende dieses Durchsetzungs-Seminar besuche.

Obwohl ich zu spät bin, ist noch keiner da. Reichlich kleinlaut verstecke ich mich hinter Rapunzel und zupfe an meiner Funktionswäsche. Das Zeug ist brandneu und fühlt sich unglaublich lächerlich an. Ich habe das Gefühl, dass man meine Fettröllchen aus zwei Kilometern Entfernung präzise abzählen kann.

Die Uhr zeigt fünfzehn nach sieben und ich überlege gerade, ob ich vielleicht einfach wieder nach Hause gehen soll, als Julian winkend angehüpft kommt. Warum ich mir Sorgen gemacht habe, dass ich neben meinem knallbunten Kollegen überhaupt auffallen könnte, ist mir ein Rätsel. Er schillert in seiner roten Hochglanzleggings, dem getupften Sportlerhemd und mit den silbernen Schuhen wie ein Regenbogen.

»Sorry!«, schreit er schon von Weitem. Ich winke ab und lächle verkrampft, während ich versuche, mir schnell ein Bild von seinen Begleiterinnen zu machen, mit denen ich gleich losjoggen soll. Die Frau rechts von Julian dürfte etwa in meinem Alter sein. Die dunkelbraunen Haare hat sie locker im Nacken zusammengebunden. Sie reicht mir die Hand und lächelt mich etwas verunsichert an. Von oben, denn sie ist gut fünfzehn Zentimeter größer als ich.

»Nina«, stellt sie sich mit leiser Stimme vor. Obwohl ich das Gefühl habe, sie möchte noch mehr sagen, kommt da nichts, nur ein kleines, unsicheres Lachen.

»Freut mich«, sage ich. Um sie zu erlösen, wende ich mich nach links an die zweite Frau. Die Blondine zieht wie ich das volle Programm in Sache Sport-Kleidung durch: knallenge, knappe Höschen in Pink, ein dazu passendes Shirt, einen schmalen Gurt um den Bauch, in dem sich die Umrisse ihres iPhones abzeichnen, und Schuhe, die ziemlich teuer aussehen, aber schmutzig, also viel genutzt sind. Das lange wallende Haar hat sie zum Pferdeschwanz hochgebunden, und sie trägt tatsächlich so einen kleinen grünen Plastikschirm über den Augen, den ich ansonsten nur von amerikanischen Touristen und 80'er-Jahre-Mottopartys kenne.

»Und du bist?«

»Josefine«, ruft sie, »und bitte nenne mich nicht Josi oder Fine. Meine Eltern, die nennen mich immer Fine, keine Ahnung wieso, ich meine, wenn sie gewollt hätten, dass ich Fine gerufen werde, dann hätten sie mich doch auch gleich so nennen können, oder? Aber so sind Eltern halt, sie meinen es gut und machen dann trotzdem die Hälfte falsch. Ich merk das ja selber, vor sechs Monaten habe ich mein Kind bekommen, ich sage dir, das ist ein Stress, das gönnst du deinem schlimmsten Feind nicht. Aber bei meinem Sohn, da gibt es kein Vertun mit dem Namen, Tim heißt er, schlicht und ergreifend, dachte ich zumindest, aber weißt du, was meine Mutter macht? Nennt ihn Timmy. Das hat man nun davon.«

Es ist, als hätte jemand einen sehr starken Energydrink verschüttet. Innerhalb von einer Minute habe ich den Faden verloren und auch ein bisschen den Mut.

»Charlie kannst du trotzdem einfach Charlie nennen«, grinst Julian, der wohl gemerkt hat, dass ihr Redeschwall mich völlig überrollt hat. »So, den Rest können wir eigentlich auch später bequatschen, oder Mädels? Auf geht's!«

»Aber ich weiß doch gar nicht, wie das geht mit dieser Lauferei ... vielleicht sollte ich erstmal nur zugucken?«

»Na, das wäre ja noch schöner! Mach dir keinen Kopf, Charlie«, Julian greift ermutigend meine Schulter und dreht mich sanft von der Steinstaue Richtung Kiesweg, »ich bin ja an deiner Seite, da kann gar nichts schiefgehen.«

Was nur zeigt, dass er mich noch nicht besonders gut kennt. Bei mir kann immer was schiefgehen, vor allem wenn Bewegung im Spiel ist.

Am Ende ist es gut, dass Julian mich so erbarmungslos ins kalte Wasser gestoßen hat. Zu meinem Erstaunen habe ich festgestellt, dass es viel besser geklappt hat, als ich dachte. Nach dem gemeinsamen Training bin ich wahnsinnig erschöpft, aber auch wahnsinnig glücklich. Wir sind fast vierzig Minuten gelaufen, in Phasen und mit Pausen zwar, aber ohne körperlichen Zusammenbruch oder Tränen. Stattdessen hatte ich das zaghaft aufkeimende Gefühl, dass ich mich daran gewöhnen könnte, mich zu bewegen. Julian hat mit mir langsame Runden gedreht und mich angefeuert und unterstützt, während Josi vorneweg gerannt ist und Nina sich irgendwo in der Mitte eingependelt hat. Manchmal sind wir auch alle ein Stück zusammen gelaufen, aber eben nicht die ganze Zeit, und das war irgendwie ganz wunderbar. So, als hätte man zwar eine Herde, in der man geborgen und sicher ist, aber dennoch sein eigenes Tempo trotten durfte.

»Das macht wirklich Spaß mit euch«, sage ich jetzt, als wir uns auf dem Rasen fläzen und Wasser trinken.

»Julian sagt, du willst abnehmen, ja?«, fragt Nina, die mir gegenübersitzt und mit den Fingern das Gras zerpflückt. Kurz ärgere ich mich, dass er das allen auf die Nase gebunden hat, andererseits ist es ja auch nichts, wofür ich mich schämen muss.

»Stimmt. Bisher habe ich das nie richtig versucht. Nicht seit meiner Jugend. Aber ich … ich habe gute Gründe, mir endlich an den Speck zu gehen. Und du?«

»Ach, das ist doch nicht so wichtig, oder?«, murmelt sie. Mit der behutsamen Variante meiner Reporterstimme hake ich nach: »Wenn du nicht darüber reden willst, verstehe ich das. Schließlich kennen wir uns ja gar nicht. Aber ich würde mich freuen, dich besser kennenzulernen. Wir sind schließlich jetzt ein Team!«

Eine freudige Röte steigt in Ninas Gesicht.

»Ach, du bist lieb«, sagt sie, »also ich … ich bin hier, weil ich gelesen habe, dass Laufen gegen schlechte Laune und Traurigkeit hilft. Ich hoffe, dass die Bewegung mir hilft, selbstbewusster und stärker zu werden. Das funktioniert auch, zumindest ein bisschen. Bevor ich hier mitgelaufen bin, habe ich mich eigentlich immer überall unwohl gefühlt und dauernd drüber nachgedacht, dass ich einfach zu spröde bin, zu hässlich, zu langweilig … all solche Sachen. Aber das ist wirklich besser geworden! Ich fühle mich hier geborgen.«

»Ich auch!«, sage ich lachend. »Bei euch kann man ja gar nicht anders, als sich wohlfühlen.«

»Ist es eigentlich wegen deines neuen Jobs?«, fragt Jospehine mich, während sie seltsame Verdrehungen mit ihrem Bein und den Armen macht. Sehen ziemlich professionell aus, ihre Dehnübungen.

»Was?«

»Die Diät.«

»Ach so. Ja. Nein. Nicht wegen des Jobs, also nicht direkt.« Ich zögere. Schmerzhafte Offenheit steht zwar nicht auf meiner Liste, aber nachdem Nina so ehrlich war, hat sie es verdient, auch von mir die Wahrheit zu hören. Ich hole tief Luft und beginne zu erzählen. Von dem unschönen Ende mit Oliver und von meinem Plan, zu moderieren, am liebsten die Tagesschau.

»Lass das mit der Moderationsstelle bloß nicht die olle Sardine hören! Man munkelt, dass sie die neue Abendsendung macht. Und wo die einmal hockt, da wird mit Krallen gekämpft.«

»Sardine?«, kichere ich, entzückt über den Spitznamen, »ich will ihr ja nichts wegnehmen. Wie gesagt: Das klassische Nachrichten-Fernsehen wäre mir viel lieber.«

»Pff, die Tuschel-Tussi interessiert doch nicht, was du willst oder nicht. Die kriegt nur Panik und denkt, sie wird vom Moderationsstuhl geschubst. Du glaubst gar nicht, was die schon alles für nette Mädels rausgeekelt hat.«

»Wirklich? Ich fand sie jetzt gar nicht so unfreundlich.« »Wart's ab«, sagt er, wird aber von Josefine unterbrochen, die endlich mit ihren Dehnübungen fertig ist. »Und dieser Oliver? Hängst du noch an dem?«

»Na ja …« Verlegen schlage ich die Augen nieder, »einerseits nicht, das … hat mich natürlich schon sehr getroffen, wie das alles gelaufen ist. Aber andererseits war ich ja nicht einfach so mit ihm zusammen, sondern weil er auch wirklich gute Seiten hat, viele sogar. Er ist ein Mann, der weiß, was er will, und seine Wünsche auch umsetzt. Er ist großzügig und weltgewandt und interessiert sich wirklich für alles, von klassischer Musik über Bierbrauen bis hin zu moderner Lyrik. Er kennt sich wirklich mit allem aus.«

»Ach, das ist schön«, seufzt Nina, »mit so einem Mann an

seiner Seite fühlt man sich auch nicht immer so ungeschickt und fehl am Platz. Ich gehe zum Beispiel total gerne in Ausstellungen und Galerien und so, aber auf eine Vernissage zum Beispiel … das traue ich mich alleine einfach nicht. Da wirken alle immer so unglaublich cool, das schüchtert mich ein. Weil ich ja bloß gerne alles angucke, aber eigentlich überhaupt keine Ahnung von Kunst habe. Wenn man da jemanden hat, der weiß, was Sache ist …«

»Aber ein Mann ist doch kein Ersatz für Selbstbewusstsein«, Julian schüttelt den Kopf, »das muss man doch in sich selbst suchen, nicht in einem anderen! Außerdem ist das doch total altmodisch und unromantisch, einen Kerl nur haben zu wollen, damit er einem die Welt erklärt. Wo ist denn da die Leidenschaft? Oder die Leichtigkeit? Von Feminismus ganz zu schweigen!«

»Also ich weiß, was Julian meint«, sagt Josefine, »mein Mann Peter zum Beispiel, der hat nicht nur zwei linke Hände, sondern ist auch ein richtiger Schussel, der legt das Telefon in den Kühlschrank und versucht sich die Zigarette mit dem Bleistift anzumachen … Ich stehe dann immer da und kann es gar nicht fassen. Und dann sage ich mir, dass das ja eigentlich auch egal ist; schließlich kann ich alles, was man so Praktisches im Leben können muss, auch allein. Was ich brauche, ist einer, der süße Sachen macht, neulich hat Peter zum Beispiel die Brote in Herzform geschnitten, ganz schön albern, ich weiß, aber ich war ganz gerührt. Außerdem ist er ein prima Papa … Naja für mich jedenfalls braucht ein Mann keine Ahnung zu haben, er braucht ein Herz, und dass dieser Oliver dich so eiskalt abserviert hat, ist nicht gerade das perfekte Vorbildverhalten, und liebevoll ist es auch nicht, und ganz sicher ist es nicht romantisch.«

»Ich hab ihn abserviert, nicht umgekehrt.«

»Ich weiß nicht«, sagt Julian und dreht sich auf die Seite. Er blinzelt mich unschuldig von unten an. »Ich find ja diesen Lars knuffig, was ist denn mit dem, gefällt der dir nicht?«

Verblüfft von dieser unerwarteten Wendung, starre ich ihn an und greife nach meinem mittlerweile lauwarmen Wasser.

»Wer ist denn Lars?«, fragt Nina.

»Ein Koch«, antworte ich knapp.

»Ein supersympathischer Koch, der seinen Alltag gern mit einer guten Prise Charlie würzen würde!«

»Quatsch.«

»Ich finde, er klang sehr interessiert. Mehr als interessiert. Nahezu infiziert.«

Julian grinst wie ein Honigkuchenpferd und gibt dann Josefine und Nina auf Nachfrage eine Kurzzusammenfassung.

»Du bist da auf dem falschen Dampfer«, unterbreche ich ihn unwirsch. »Lars hat sich nämlich gar nicht mehr bei mir gemeldet. Klar, er gefällt mir, also nur so, er ist wirklich sehr nett, aber als Mann? Er ist nicht mein Typ.«

»Außerdem ist ein Koch als Freund vielleicht auch nicht das Beste, wenn man versucht abzunehmen«, versucht mich Josefine zu unterstützen, »also ich meine, das ist doch so, als hätte man Flugangst und heiratet ’nen Piloten, oder wie wenn man eine Lichtallergie hat und verliebt sich in einen Sonnengott, also das ist jetzt natürlich ein bisschen weit hergeholt, das mit dem Gott, aber das Prinzip ist doch irgendwie das Gleiche. Außerdem sind alle Köche cholerisch. Von daher kann ich nur sagen: Finger weg von Köchen.«

»Genau!«, sage ich, »außerdem ist es noch viel zu früh nach der Sache mit Oliver. Da wäre jeder neue Mann am Ende doch nur da, um mich über den alten hinwegzutrösten und, das finde ich unfair. Mal ganz abgesehen davon, dass ich gerade mit mir selbst beschäftigt bin. Schließlich werde ich meinen Traumjob nicht durch Flirten bekommen, sondern durch harte Arbeit an der neuen Charlotte!«

»Schade, mir gefällt er, dieser Lars«, sagt Julian.

»Dann nimm du ihn doch. Vielleicht hätte er ja eh lieber einen Typen wie dich.«

Er hebt überrascht dir Brauen, grinst ein wenig rätselhaft und sagt spöttisch: »Da kann ich ihm dann leider nicht helfen.«

»Wie auch immer«, sagt Nina betont diplomatisch, »eigentlich ging es doch auch um was ganz anderes, oder? Also ich finde es toll, Charlie, dass du jetzt bei uns mitläufst. Dann können wir uns gegenseitig helfen, was meinst du?« Sie seufzt und wird mit einem Mal ganz rot und rupft hektisch das Gras aus. »Ich habe nämlich schon überlegt ...«, sagt sie, bricht dann aber ganz unvermittelt ab.

»Was denn?«, frage ich behutsam.

»Ach, vielleicht findet ihr das ja auch doof ...«

»Raus damit, Ninitschka, hier muss dir nichts peinlich sein. Ich hab ja nicht mal was gesagt, als ausgerechnet Josefine auf einmal ganz häuslich geworden ist!«

Josefine lächelt bescheiden, und ich frage mich, wie sie wohl vor Ehe und Kind war.

»Ich habe mich mal erkundigt«, sagt Nina zögerlich, »wegen so einer Schönheits-OP, wisst ihr?«

Klar, die Gedanken kenn ich gut: Fett weg, Magen kleiner, Bauch straffen ... davon hab ich auch schon geträumt. Allerdings ist es beim Träumen geblieben, alleine schon deshalb, weil mein Vater es mir nie verzeihen würde, wenn ich mich bei einem anderen Schönheitschirurgen unter das Messer legte als bei ihm selbst, während ich umgekehrt nichts bedenklicher finde, als wenn der eigene Erzeuger einem die Fettpölsterchen wegsaugt.

»Schönheits-OP?« Von wegen Unterstützung. Julian klingt ziemlich anklagend. »Das ist aber sehr drastisch, Herzilein. Vor allem weiß ich gar nicht, was du da machen lassen willst, es stimmt doch alles.«

Nina wird noch röter.

»Na, ich bin doch so groß ...«

»Das kann man wegoperieren?«

»Nein, natürlich nicht, aber ... für meinen Körper habe ich halt sehr kleine Brüste. Ich weiß, dass größere Brüste mich nicht selbstbewusst oder glücklich machen werden. Aber ich hätte so gern welche!«

»Ich finde alles gut, so wie es ist«, widerspricht Julian, »Außerdem sind diese Operationen saugefährlich.«

»So gefährlich nun auch wieder nicht«, widerspreche ich, »bei meinem Papa ist noch nie was passiert.«

»Hat der sich denn so oft operieren lassen?«

»Quatsch, der hat operiert. Er ist Schönheitschirurg.«

»Echt jetzt?«

»Ja, echt.«

Jetzt bin ich es, die im Zentrum der kritischen Aufmerksamkeit steht. Das nervt mich gewaltig. Es muss mir keiner sagen, wie lustig es ist, dass ausgerechnet die Tochter eines Schönheits-Doktors und einer Apothekerin ein ausgemachtes Gewichtsproblem hat. Erst recht muss mich niemand darauf hinweisen, dass beides vermutlich zusammenhängt.

»Also ich finde es okay, dass du darüber nachdenkst. Auch wenn ich Julian recht geben muss: Du bist schön so, wie du bist. Trotzdem; wenn du magst, kann ich dir da ein paar Kontakte geben.«

»Mal gucken. Das ist ja auch ziemlich teuer.«

»Das stimmt allerdings«, bekräftigt Julian, »und Blödsinn ist es auch.«

»Apropos Blödsinn«, unterbreche ich ihn, bevor er der armen Nina einen langatmigen Vortrag über die Sinnlosigkeit von Schönheitsidealen halten kann, »hat jemand zufällig eine Idee, wie ich aus dieser blödsinnigen Nummer mit den Restaurant-Tests komme? Morgen Nachmittag muss ich nämlich schon wieder los: Pizza! So oft können wir gar nicht laufen gehen. Außerdem finde ich es total schwer, von Fett und Süßem die Finger zu lassen, wenn man nie die Gelegenheit hat, sich beides wirklich mal abzugewöhnen.«

»Ach, den Adrian, den hast du doch schon halb im Sack«, sagt Julian, »den bekommst du schon überzeugt, vielleicht nicht davon, es komplett sein zu lassen, aber zumindest von gesünderen Lokalen.«

»Schön wär's ...«

»Doch, Charlie, klar. Ich glaube an dich!«

Dr. Hagenbecks Selbsthilfe-Tipps: Ein hilfreicher Begleiter

1. Wählen Sie einen Begleiter: Ein gutes Selbstwertgefühl bekommen wir nicht nur dadurch, dass wir Negatives abwehren, sondern auch dadurch, dass wir Positives zulassen. Suchen Sie sich einen Gefährten, der von nun an die positive Sichtweise verkörpert. Am besten ist das ein ganz konkreter Gefährte. Zum Beispiel ein Kuscheltier.

2. Führen Sie eine Brieffreundschaft: Schreiben Sie sich Briefe aus der Perspektive Ihres Gefährten und heben Sie das Gute hervor, das Sie am Tag oder in der Woche getan haben. Vielleicht entdecken Sie dabei sogar bestimmte Sätze, die Ihnen besonders viel Mut machen.

3. Bleiben Sie treu: Vielleicht verkrümelt sich Ihr Gefährte nach einer Weile, oder Sie ziehen sich von ihm zurück. Schimpfen Sie dann nicht mit sich. Versuchen Sie lieber, ihn zurückzuholen.

Kapitel sechs

»Hast du die Klickzahlen denn nicht gesehen?«, fragt Adrian streng, als ich ihn bei seinem morgendlichen Besuch im Büro beschwöre, lieber die neue Salatbar in Mitte zu testen als ölige Pizzen, »dein Beitrag läuft wie geschnittene Kartoffeln! Nicht mal meine Tiefenanalyse der Einlassbedingungen in geheime Techno-Clubs wurde so oft bei Facebook geteilt wie dein Burger-Test! Die Leute wollen nicht das nächste Health-Ding, die wollen Fast Food! Diese ganze Welle von Achtsamkeit und Gesundheit und ich weiß nicht was, das löst sich doch schon wieder in Unendlichkeit auf, also ehrlich, da können wir uns nicht mehr dranhängen, das Flugzeug ist abgeflogen.«

»Aber du gehst doch auch zum Yoga!«, protestiere ich.

»Na eben!«

»Wie jetzt, na eben?«

»Na, damit ich viel essen kann. Und zwar was Leckeres, nicht nur immer grün und gesund, das hält doch keiner aus auf Dauer. Außerdem habe ich schon eine Liste.«

»Eine Liste?«, frage ich argwöhnisch.

»Mit Läden. Zum Testen. Da passt jetzt so ein Öko-Ding nicht rein, das hat eine klare Linie, das zielt auf ein ganz anderes Publikum, mehr so die rauen Rückkehrer, echte Kerle, Frauen mit Herz, die neue Generation! Also ehrlich, Charlotte, denk dran: Engagement! Wir müssen Engagement zeigen.«

»Wir?« Er ist schließlich nicht derjenige, der seine ach so tolle Liste abarbeiten und dieses ganze Fast Food in sich reinstopfen muss.

»Ja, ja«, erklärt er und lächelt glücklich, »ich mach das noch eine Weile mit dir, habe ich mir gedacht. Also nicht, dass ich dir nicht vertraue, du hast gezeigt, dass du was drauf hast. Aber Sandrine hier, die hat ganz zu Recht angemerkt, dass der Lagerfeld nach seinem Schwächeanfall entlastet werden muss. Der soll mal lieber hier im Studio die Kamera machen. Außerdem hat mir das wirklich Spaß gemacht, mal wieder eine Kamera in der Hand zu haben!«

Er nickt mir geschäftig zu und denkt gar nicht daran, noch einmal auf meine Bedenken in Sachen Gesundheit zurückzukommen. »Ich maile dir die Liste dann«, sagt er nur, »da kannst du schon mal anfragen, wann wir vorbeikommen können.«

Und weg ist er. Ich fühle mich allein gelassen; Julian ist die ganze Woche unterwegs und Matilda auf Tauchstation. Jetzt merke ich, wie sehr sie mir fehlt. Ihre ehrliche, manchmal arg direkte Art muntert mich immer erstaunlich schnell auf. Bei ihr weiß ich, woran ich bin, und das ist beruhigend. Oder zumindest dachte ich, dass ich Matilda in- und auswendig kenne. Denn dass sie einfach so den Kontakt abbricht, hätte ich nie gedacht.

»Ich hoffe, das ist jetzt nicht schlimm für dich?«

Sandrines Whiskey-Stimme holt mich zurück ins Hier und Jetzt. »Was meinst du?«

»Dass du erstmal mit Adrian drehen musst. Aber ich dachte, der arme Lagerfeld ist nicht mehr der Jüngste und braucht Ruhe.«

»Nein, nein, schon gut, das ist bestimmt besser so, da wirst du schon Recht haben.«

»Ich finde übrigens auch, dass dein Bericht toll geworden ist. Das Format passt gut zu dir.«

Überrascht über das Lob hebe ich die Brauen. Julians Giftpfeile gegen sie haben auf mich abgefärbt. Aber vielleicht tu ich ihr ja unrecht? Außerdem habe ich wirklich keine Lust auf Streit. *Eine* Moderatorin, die ich von Herzen hasse, reicht in meinem Leben.

Als ich am Samstag vom mittäglichen Laufen nach Hause komme, wartet ein lang ersehnter Gast auf mich: Matilda sitzt auf meinem Fußboden und starrt auf einen Haufen bunt bedruckter Blätter.

»Sterndeutung?«, frage ich munter beim Hereinkommen. Von hinten fällt das Sonnenlicht auf Matildas karottenrote Haare, sodass sie aussieht, als trüge sie einen verruchten Heiligenschein. Ansonsten ist alles so, wie ich es kenne; sie trägt Jeans, ein T-Shirt und ist barfuß.

»Auf was soll ich mich sonst auch verlassen?«, antwortet sie ein wenig düster und dann, nach einem schnellen Blick auf mein pechschwarzes Outfit, das verschwitzt an meiner Haut klebt: »Und du? Bist du unter die Perlentaucher gegangen?«

Sie lächelt verlegen dabei, weiß also selbst, dass ihr Witz ziemlich lahm ist. Aber darum geht es schließlich auch nicht. Ich bin überglücklich, dass sie wieder da ist.

»Ganz genau«, entgegne ich deshalb, »ich tauche im Meer der Verzweiflung nach meiner verlorenen Ehre.«

Wir prusten beide los.

»Hör mal, das tut mir echt leid, das alles«, sagt sie dann und schaut mich ganz unglücklich an, »dieser ganze Streit, dass ich meine emotionalen Wutwellen nicht habe zähmen können. Und auch, dass ich mich nicht bei dir gemeldet habe.

Aber mein ganzes Inneres war in starker Aufruhr. Das heißt, es ist immer noch stark aufgewühlt. Aber das Ganze ist ja nicht deine Schuld.«

»Was denn überhaupt? Ich meine, was ist nicht meine Schuld? Verstört hocke ich mich neben sie auf den Boden und lege meine Hand sanft auf ihre Schulter.

»Tilli, nun sag schon, was ist denn nur los?«

Ihr drahtiger Körper hebt und senkt sich mit jedem tiefen, schweren Atemzug, und als sie sich endlich wieder zu mir dreht, ist sie ganz blass.

»Andreas betrügt mich«, sagt sie leise. Meine Hand gleitet von ihrer Schulter und ich falle verblüfft aus der Hocke auf den Po. »Nein, nein, das kann nicht sein, ganz bestimmt nicht. Andreas würde dich nie betrügen!«

»Wenn ich es dir aber doch sage!«, ruft Matilda, »er betrügt mich, ich bin ganz sicher! Oder wenn er es jetzt noch nicht tut, dann wird er es tun.«

»Wie kommst du denn bloß darauf?«

»Es steht in meinen Sternen«, sagt sie so überzeugt, als hätte sie ein Foto von Andreas zwischen den Schenkeln einer Stripperin gesehen. »Völlig zweifelsfrei: ›Da, wo du Liebe vermutest, wirst du Tränen finden‹, da ist doch klar, was dahinter steckt!«

»Äh... das ist alles?«

»Leider ja. Als du mir erzählt hast, dass du deinen Körper mit einer Diät malträtieren willst, da dachte ich selbst, dass hier der Kummer zu finden ist. Doch Gerald glaubt das nicht. Er findet, dass gesunde Kost den Leib reinigt, egal warum man sie sich zuführt. Auch wenn ich finde, dass du bleiben solltest, wie du bist, denn du bist wunderschön. Innen und Außen.«

Ich ignoriere ihr Kompliment. Wie kann sie sich nur so verrennen in diese Sterndeuterei?

»Das kann doch alles Mögliche bedeuten, diese ganze Tränen-statt-Liebe-Sache. Du hast doch selbst gesagt, dass die Astrologie keine genaue Wissenschaft ist. Wie können die Sterne dir da so präzise sagen, dass dein Mann, der dich doch sehr liebt, dich plötzlich betrügt?«

Statt einer verständlichen Antwort beginnt Matilda, mir die verhängnisvollen Konstellationen ihres Horoskops auseinanderzunehmen, was für mich in etwa so klingt: Der sechste Horizont des vierten Sterns in Konjugation zur Auferstehung des Mars deutet triagonal auf den Mittelpunkt der Sonne und bildet mit der Venus im siebten Haus den Archetyp des umgedrehten gehörnten Stieres, der mit dem Deszendenten ihrer Geburtsstunde kopuliert und so ein Echo der Bahnbewegung des aufsteigenden Mondes nachvollzieht, was eine Achsengleichheit der Jupiterringe simuliert und damit ganz klar bedeutet, dass ein Mensch, der ihr nahe steht, einen großen Betrug plant.

»Gerald hat meine Lesung der Sterne bestätigt, und Gerald muss das wissen. Er ist wirklich unheimlich gut.«

Dieser Guru fängt an, mir auf den Zeiger zu gehen.

»Also ich glaube, Gerald hat sich da ein wenig vertan. Irrtümer kommen ja nun in den besten Familien vor, selbst wenn sie nur spirituell zusammengefunden haben. Ich jedenfalls bin sicher, dass dein Lehrer sich irrt. Andreas war nämlich bei mir und völlig verzweifelt. Er macht sich Sorgen, dass er was falsch gemacht hat.«

»Vielleicht ist auch noch nichts passiert, gut möglich. Ich bin ihm ein paar Mal gefolgt, unauffällig natürlich, da hat er nichts gemacht, aber er wird mich trotzdem bald betrügen, so viel ist sicher.«

»Verfolgt?«, frage ich ungläubig und erinnere mich dann an Frau Mais Schilderungen von Matildas seltsamem Aufzug neulich. Eine Beschattung erklärt zumindest den Trenchcoat und den Schlapphut.

»Es war nötig!«

»Wer sagt das? Gerald? Tilli, kann es vielleicht sein, dass dein Lehrer ein bisschen verschossen in dich ist?«

»Gerald ist viel zu professionell für solche profanen Dinge! Du bist wirklich unmöglich, Charlotte. Dabei meint er es doch so gut mit dir. Hier«, sie zieht ihren Stoffbeutel zu sich und fängt an, darin herumzukramen, »er hat mir das für dich gegeben, das ist ein Quanten-Stein.«

Sie hält mir einen Kiesel hin, gelblich-weiß, in etwa so groß wie ein Wachtelei und kugelrund.

»Aha«, sage ich und nehme ihn entgegen, »äh, danke. Was ist ein Quanten-Stein?«

»Ein kostbares Artefakt, das in der Lage ist, Fragmente aus Parallel-Universen zu speichern. Gerald hat die Macht der Quanten-Steine entdeckt, als er vor einigen Jahren in Tibet war, um in den Bergen den Zauber der mönchischen Erhabenheit zu erfahren. Er hat diesen Quanten-Stein mit positiven Zukunftsalternativen für dich aufgeladen, damit er dir Kraft auf deinem Weg gibt. Und er hat ihn mir wirklich sehr günstig gegeben, ich habe nur 120 Euro bezahlt. Eigentlich musst du da mit dem Doppelten rechnen.«

»Das ist aber ein gesalzener Preis für einen Kieselstein!«

»Das ist kein Kieselstein, das habe ich doch gerade erklärt! Ich glaube, dir fehlt die Gabe zum vierdimensionalen Denken!«

Ich glaube, mir fehlt die Gabe zum sinnlosen Geldausgeben. Aber weil es nichts bringt, gegen Matildas Überzeugung anzuargumentieren, sage ich nichts weiter dazu, sondern beschwöre sie lieber, offen mit Andreas zu sprechen.

»Das habt ihr doch sonst auch immer gemacht, und selbst

wenn die Sterne einen Betrug kommen sehen, vielleicht kannst du ihn verhindern, wenn du ihm sagst, was los ist. Er macht sich wirklich Sorgen.«

Bevor Matilda antworten kann, klingelt mein Handy. Die Nummer auf dem Display kenne ich nicht. Immerhin kann es kein Umfrageinstitut sein, die rufen ja immer auf dem Festnetz ein.

»Hallo?«

»Hey Kleine, hast du nicht schon große Sehnsucht?«, höre ich eine männliche Stimme. Ich hebe eine Augenbraue und zwinkere in Richtung Matilda.

»Ich glaube, Sie haben sich verwählt«, sage ich dann trocken ins Telefon, »oder die Dame hat Ihnen eine falsche Nummer gegeben.«

»Welche Dame?«

»Na die, von der Sie diese Nummer haben.«

»Aber das war doch ein Mann.«

»Der Sie vermisst?«

»Nein, von dem ich die Nummer habe!«

Ich zeige Matilda mit einer eindeutigen Geste, dass der Anrufer ein bisschen schwach im Hirn ist, und räuspere mich. »Hören Sie, es tut mir leid, aber Sie sind eindeutig falsch verbunden. Und ganz ehrlich: Selbst wenn Sie es nicht wären, bei so einem ersten Satz legt doch jede vernünftige Frau sofort auf, das ist nicht sexy, so ein Spruch, das ist daneben. Was ich auch hätte tun sollen, insofern: Tschüss, ich leg jetzt auf. »

»Nein, nein, warte«, ruft der fremde Mann, und ich zögere lang genug, um ihn fragen zu hören: »Bin ich da etwa nicht bei Charlie?«

»Schon irgendwie«, stimme ich reichlich misstrauisch zu.

»Mai?«

»Ja…«

»Ich bin es, äh, Lars. Lars Bergmann. Der Koch. Aus dem *Burgerbegehren.*«

Diesmal wandern gleich meine beiden Augenbrauen in die Höhe.

»Klar, ich weiß, wer du bist«, sage ich, »ich hatte nur nicht damit gerechnet, dass du anrufst, und schon gar nicht mit ... also ich glaub, ich hab da am Anfang was nicht richtig verstanden.«

»Doch, doch, du hast schon richtig verstanden«, sagt Lars, und jetzt, wo er völlig normal spricht, also ohne Verwirrung oder gespielte Erotik, erkenne ich auch endlich seine Stimme. »Das sollte nur ein Witz sein beziehungsweise eine kreative Art, dir zu sagen, dass dein Kater jetzt schon längere Zeit bei mir zu Besuch ist. Hat wohl nicht so gut geklappt meine Blödelei, war wahrscheinlich einfach eine dumme Idee.«

»Mein Kater?«, frage ich erstaunt und peinlich berührt. Der ist aber auch wirklich umtriebig.

»Ja, der saß schon morgens früh, als die Lieferung kam, bei uns vor der Tür.«

»Ach Gott, das tut mir leid!«

»Nein, nein, das muss es nicht, ich dachte nur, vielleicht fehlt er dir, oder du machst dir Sorgen, und da dachte ich, ich sage mal lieber Bescheid.«

»Klar, ich komme.«

»Kater-Sorgen?«, fragt Matilda, als ich aufgelegt habe.

»Du hast es erraten.«

»Das habe ich mich eben schon gefragt, wo der wohl hin ist. Dachte, er ist vielleicht wieder ausgezogen.«

»Nur ausgebrochen. Ich sollte ihn wohl einfach Monte-Christo nennen. Oder Graf, das ist kürzer.«

»Hast du denn immer noch keinen Namen für ihn?«

Ich schüttle den Kopf.

»Ich werde schon einen Namen finden. Aber das ist jetzt auch nicht so wichtig. Ich wollte nämlich noch was ganz anderes sagen: Wir beide sehen uns so selten in letzter Zeit. Und da ich hab mir gedacht, vielleicht können wir ja mal wieder einen Tag zusammen wegfahren? Vielleicht nach Lübbenau zum Picknick im Grünen, das haben wir so lange nicht mehr gemacht, was meinst du?«

Matilda hüpft aus dem Schneidersitz direkt in die Luft. Das ganze Yoga hat sie wirklich flexibel gemacht.

»Stark, das ist eine super Idee!«, jubelt sie, »das letzte Mal, nur wir beide, ist wirklich schon zu lange her. Die nächsten vier Wochenenden gibt Gerald mir einen Intensivkurs, der ist nur für wenige Auserwählte, die Chance will ich mir nicht entgehen lassen. Aber danach bin ich dabei!«

Außer natürlich, Gerald entscheidet, dass ein Picknick schlecht für die karmische Gesundheit ist.

Der Kater hat sich bei Lars häuslich eingerichtet und sich in den Biergarten verzogen. Auf dem kleinen Spielplatz in der hinteren Ecke wühlen zwei kleine Kinder im Sand und quietschen, während ihre Väter daneben hocken und offenbar in eine Diskussion über die Statik von Sandburgen vertieft sind. Darauf zumindest lassen die seltsamen Zeichnungen schließen, die sie mit einem Stock in den Dreck kritzeln. Genau gegenüber, auf einer niedrigen Mauer in der Sonne, liegt mein werter Kater. Vor ihm stehen ein Schälchen mit Milch und ein blankgeleckter Teller.

»Ich glaube, es gefällt ihm hier«, sage ich entschuldigend, »tut mir leid, ich habe ihn nicht so richtig unter Kontrolle, fürchte ich.«

Ich mache einen Schritt nach vorn, um meinen dicken Streuner einzusammeln, aber Lars, der bis eben noch mit verschränkten Armen neben mir stand, greift plötzlich meine Hand und hält mich zurück. Seine Finger sind ein bisschen verschwitzt, und vor allem ist die Geste unerwartet; ich zucke zusammen, und er lässt mich wieder los.

»Lass ihn doch ruhig«, sagt er dann, ohne sich etwas anmerken zu lassen. Falls es denn etwas gibt, was er sich anmerken lassen müsste. Ganz sicher bin ich mir da nicht, genauso wenig, wie ich mir sicher darüber bin, warum ich sofort hierhergekommen bin, statt den Kater sich selbst zu überlassen. Ich werfe Lars einen schnellen Seitenblick zu. Er trägt seine Kochkluft, ein paar stabile Turnschuhe und ein breites Lächeln. Seine Haare sind noch chaotischer als beim letzten Mal, und auch der Bart wirkt heute wilder. Kein Vergleich zu dem gepflegten, durchgestylten Anblick, den ich bei Oliver gewohnt war. Bei dem saß alles immer korrekt und trotzdem lässig, bis hin zur letzten Hosenfalte. Bei der Erinnerung an meinen Ex presse ich die Lippen zusammen.

»Hätte ich dich nicht anrufen sollen?«

»Nein, sorry, ich habe gerade an etwas anderes gedacht.«

»Nimm es ihr nicht übel, ich bin ihr heute gehörig auf den Senkel gegangen«, springt mir Matilda zur Seite. Sie hat es sich nicht nehmen lassen, mit mir auf Katerjagd zu gehen. »Wir waren gerade in eine Diskussion über Astrologie vertieft, ich mache da nämlich im Moment eine Fortbildung. Meistens macht Charlotte meine spirituellen Ausflüge gern mit, aber eigentlich glaubt sie nicht daran.«

»An die Zukunft?«, fragt Lars, während ich meine fröhliche Freundin reichlich verblüfft anschaue. Ich hätte gedacht, dass sie mir mein Misstrauen gegenüber ihren Prophezeiungen krummnimmt, vor allem seit dieser mysteriöse Gerald im Spiel ist, aber sie mustert mich liebevoll, als sie erklärt: »Doch, doch, die Zukunft, damit ist sie schon einverstanden, die Zeit ist ein Fluss, in dem auch Charlotte schwimmt, aber die Zukunftsvorhersagen … da ist sie skeptisch. Was bist du denn für ein Sternzeichen?«

»Fisch«, antwortet Lars, »deshalb esse ich auch keinen.«

Matilda lacht laut auf, und ich stimme ein. »Fisch ist gut«, sagt Matilda, »Fische sind sensibel und emotional und sorgen gut für ihre Mitmenschen.«

»Stimmt, besser als als Koch kann man doch seine Mitmenschen eigentlich gar nicht umsorgen. Oder?«, fragt Lars in meine Richtung.

»Lecker ist es auf jeden Fall, was du hier servierst«, sage ich, während ich mich an einen der Tische setze. Lars winkt der Kellnerin, eine patente Mittdreißigerin mit Kurzhaarschnitt und Nasenring.

»Tessa, kannst du den beiden was zu trinken bringen? Was wollt ihr denn?«

»Eine Apfelschorle wäre toll«, sagt Matilda erfreut.

»Wasser für mich«, murmle ich, »ohne Kohlensäure bitte.«

Das ist dem Koch natürlich gleich zu asketisch. »Nur ein Wasser?«, er schüttelt den Kopf, »na gut, aber dafür müsst ihr auch etwas essen, ich lade euch ein. Der Kater kann ja nicht der Einzige sein, der hier von mir versorgt wird.«

»Nein, nein«, wehre ich ab, »für mich nicht, mir ist zu warm für warmes Essen jetzt, und ich hab auch schon gefrühstückt, eben erst, das ist echt lieb, aber nein danke.«

Lars schüttelt wieder den Kopf, richtiggehend erschüttert diesmal. Matilda dagegen bestellt sich auf Lars' Anraten hin den Wochenburger. Damit sitzen wir dann wohl eine Weile hier fest. Wobei ich auch eigentlich keinen Grund habe, mich darüber aufzuregen. Es ist Wochenende, die Sonne strahlt schon wieder, als gäbe es dafür einen Orden, der Hof hinter dem Wintergarten ist schattig und gemütlich, und auch wenn es nicht besonders vergnüglich ist, anderen beim Essen zusehen zu müssen, habe ich keinen Grund, mich schlecht zu fühlen. Zumal ich morgen den nächsten großen Schritt in Richtung Optimal-Charlotte machen werde. Da steht endlich mein zweitägiges Durchsetzungs-Bootcamp an: Vom Lämmchen zum Tiger – So setzen Sie dauerhaft Ihren Willen durch! Ein etwas seltsamer Titel, aber Seminarleiterin ist niemand anderes als Maria Montabaur, die vor zwei Wochen mit ihrem wortreichen Vortrag meine Optimierungswelle überhaupt erst so richtig ins Rollen gebracht hat.

Ich lehne mich zurück, während Matilda und Lars, die sich auf Anhieb prima verstehen, über Sterne, Kochkunst und die Zukunft diskutieren, vor allem die von Lars: »Ich hab es Charlie schon beim Dreh erzählt«, sagt dieser gerade, »ich überlege, eine kleine Kochschule aufzumachen.«

»Na, für Charlotte wäre das genau das Richtige!«, kichert Matilda und knufft mich in die Seite.

»Was soll das denn heißen?«, protestiere ich im Spaß, »nur weil Nudeln al dente bei mir die Konsistenz von Babybrei haben, heißt das noch lange nicht, dass ich kein Talent habe.«

»Und selbst wenn du wirklich keines hättest, ich könnte es dir trotzdem beibringen, das Kochen, weil ich glaube, da braucht man eigentlich nur ein wenig Gefühl und Lust und Spontaneität – so wie ich dich kennengelernt habe bisher, bringst du das alles mit.«

»Na, das ist doch mal ein Kompliment«, sagt Matilda. »Ich fürchte nur, dass all diese Eigenschaften, die in Charlotte sonst ein so harmonisches Ganzes bilden, sofort ersatzlos gestrichen sind, wenn sie einen Kochlöffel in die Hand nehmen soll.«

»Ich bekomme da halt schnell Panik!«

»Macht nichts«, grinst Lars, »ich bin super im Beruhigen.«

»Na, das würde ich mir ja nur zu gerne anschauen«, lacht Matilda, »ein gestandener Superkoch und eine hysterische Küchenhasserin, vereint im gemeinsamen Rezept! Das wäre wirklich vergnüglich!«

Irgendwas ist an dem Gedanken dran. Mein Herz schlägt schneller, und in meinem Bauch zieht sich etwas zusammen, aber bevor ich dem auf den Grund gehen kann, stellt Tessa einen Burger vor Matilda ab und bittet dann Lars, mal kurz in die Küche zu kommen. Thorsten habe sich mit dem Rinderhack und den scharfen Messern in der Kühlkammer verbarrikadiert und beschimpfe von dort wüst die Bedienungen.

»Entschuldigt mich einen Augenblick«, sagt Lars, der solche Unterbrechungen gewohnt zu sein scheint, »ich bin gleich wieder da.«

»Köche«, grinse ich, als er weg ist, »sind alle cholerisch.«

»Sind sie?«

»Sagt zumindest Josefine.«

»Wer ist Josefine?«

»Ich kenne sie über drei Ecken von der Arbeit«, erkläre ich ein wenig verhalten, »genau genommen gehen wir zusammen laufen, also sie und Julian, der Kollege, mit dem ich im Büro sitze, und noch eine, Nina heißt die, und eigentlich auch unser Kameramann, Lagerfeld, aber der ist im Krankenhaus.«

»Laufen?«

»Deshalb auch die Klamotten von vorhin. Wegen des Laufens, da kam ich nämlich her.«

»Finde ich gut! Da ist es auch nicht mehr weit bis zum Yoga, und dann habe ich dich endlich da, wo ich dich haben will: Achtsam und freudig auf der Matte!«

»Schauen wir mal…« Vage erinnere ich mich, tatsächlich etwas von Yoga auf meine Optimierungs-Liste gekritzelt zu haben.

»Wirklich, das wird dir guttun! Nichts macht dich so gelassen wie Yoga. Und Gelassenheit ist der spirituelle Kern eines erfüllten Lebens. Dann kommen die Dinge von selbst in einen Fluss – und du lernst ganz nebenbei, auf deine innere Stimme zu hören.«

Bevor ich meine äußere Stimme benutzen kann, um Matilda zu erklären, dass ich nicht Gelassenheit anstrebe, sondern Erfolg, betritt eine Frau den Innenhof, hochgewachsen, superdünn und grazil wie eine Gazelle. Ich kann es nicht glauben, aber auch kräftiges Zwinkern ändert nichts: Die Frau in dem knallroten Overall dort drüben ist niemand anderes als Kerstin, die Frau mit dem Händchen für Job- und Männerdiebstahl. Gibt es denn im verdammten Berlin kein anderes verdammtes Restaurant als dieses hier, verdammt noch mal? Der Blick der TV-Schönheit geht suchend über die Tische, findet aber keinen freien Platz, sondern nur meinen Kater, der immer noch auf der Mauer liegt. Erstaunt legt sie den Kopf schräg und fängt dann an zu lachen. Mehrere Männer hören schlagartig auf zu essen und schauen sie so sehnsuchtsvoll an, als wäre sie ein himmlischer Nachtisch.

»Warum bist du denn plötzlich so blass?«, fragt Matilda besorgt, »iss mal was!«

Sie schiebt mir ihren Teller mit den Pommes herüber, aber so verlockend deren Duft auch ist, ich bin nicht einmal ansatzweise versucht, zuzugreifen.

»Alles okay«, versichere ich tonlos. Das Gegenteil ist der Fall, denn eben gerade hat Kerstin mich entdeckt und winkt erfreut. Mit Schritten so lang und sexy, als trüge sie Siebenmeilenstiefel von Jimmy Choo, kommt sie an unseren kleinen Tisch.

»Ach hallo«, sagt sie, »den Kater kenne ich doch. Freut mich, dich wiederzusehen. Ich bin übrigens Kerstin.«

»Bist du auch in Charlottes Laufgruppe?«, fragt Matilda, nachdem sie sich ebenfalls vorgestellt hat, und fügt dann, blind für das nervöse Zucken meiner Mundwinkel und den Schweiß auf meiner Stirn, viel zu freundlich hinzu: »Setz dich doch!«

»Danke!«, sagt Kerstin umstandslos und gleitet grazil auf einen Stuhl. »Nein, Lotte und ich kennen uns gar nicht richtig, eigentlich nur über Oliver.«

Jetzt dämmert es auch Matilda, wen sie vor sich hat. Oder zumindest ahnt sie, dass gemeinsame Bekannte von mir und Oliver an unserem Tisch eigentlich Aufenthaltsverbot haben, unabhängig davon, wer genau sie sind.

»Oh«, sagt sie erschrocken, »Oliver.«

»Genau! Ihr kennt euch auch? Also Oliver und du?«

»Flüchtig«, sagt Matilda, die Oliver wegen der Heimlichkeit unserer Beziehung nie getroffen hat, aber dank nächtelanger Gespräche über meinen Ex besser mit ihm vertraut ist als seine eigene Mutter, »und du bist seine …?«

»Kollegin. Ich bin die neue Moderatorin bei Kiez TV.«

Matilda wirft mir einen Blick zu, der gleichzeitig flehend um Verzeihung bittet und sich über diese Aussage empört. Ich fühle mich nachgerade elend. Jede kleine Bewegung, die Kerstin macht, ist so verführerisch, dass ich mir daneben sofort vorkomme wie ein prustender Bauerntrampel.

Just in diesem Augenblick kommt auch Lars zurück. Obwohl es an dem kleinen Tisch mit drei Personen schon ziemlich voll ist, zieht er sich einen Stuhl heran und quetscht sich dazu. Das kann man ihm wohl auch kaum zum Vorwurf machen. »Oh hallo, wer bist du denn?«

»Kerstin«, stellt sie sich vor und klimpert mit den Wimpern.

»Lars«, sagt er zurück.

Ich nutze die Gelegenheit, Matilda mit unauffälligen Gesten anzutreiben, doch bitte zügiger zu essen. Sie versteht und schaufelt schneller als ich in meinen besten Zeiten, was mich fast ein wenig sehnsüchtig werden lässt.

»Willst du wirklich nichts essen?«, fragt Lars, der wohl meine Gedanken gelesen hat. Ich verneine, und er dreht sich von Kerstin weg in meine Richtung, was in etwa so sein muss, als wenn man erst die Mona Lisa anschaut und dann eine Kreidezeichnung von den Nachbarskindern.

»Aber vielleicht mit mir kochen lernen?«, fragt er dann mit einem Augenzwinkern, »das kann ich mir nämlich kaum anhören, was du da für Katastrophen in der Küche veranstaltest. Da muss ich doch eingreifen!«

Ich mahle mit den Backenzähnen und habe Mühe, ein hysterisches Schluchzen zu unterdrücken. Erst erzählt Matilda von meiner Laufgruppe und dann posaunt Lars heraus, dass ich in der Küche eine Null bin. Olivers Neue muss mich für die ultimative Versagerin halten.

»So schlimm ist es auch nun wieder nicht«, sage ich also unterkühlt. Innerlich aber bin ich überhaupt nicht cool, innerlich koche ich, womit Lars sein Ziel quasi erreicht hat, nur anders als gedacht.

»Bei mir schon«, schaltet sich Kerstin lachend ein, »ich kann überhaupt nicht kochen, hab es nie gelernt, leider. Dabei bewundere ich es wirklich, wenn jemand ein gutes Essen machen kann, und es gibt auch nichts Schöneres, als mit Freunden gemeinsam am Tisch zu sitzen oder zu grillen, das sind doch irgendwie immer die tollsten Abende. Ich habe mir schon oft gewünscht, ich könnte kochen, damit ich auch mal alle einladen kann und nicht immer nur Gast bin. Ein Kochkurs wäre für mich genau das Richtige.«

Ich krampfe meine Finger um mein Wasserglas und starre

auf die Tischplatte. »Wenn ich eines Tages mal meine Kochschule habe, lade ich dich gern ein«, antwortet Lars, »aber damit das klappt mit der Schule, muss ich noch ein bisschen üben. Also kochen nicht, das kann ich, aber das beibringen. Was meinst du Charlie? Deine Freundin zumindest ist ja ganz begeistert von der Idee.«

»Ich kann gerne mal gucken, was die Sterne dazu sagen«, bietet Matilda an, »ich mache jetzt eine Fortbildung, da geht es auch um die Deutung von beruflichen Fragen, denn das Leben muss in allen Ebenen ineinandergreifen, wenn man ein Zustand optimaler Gelassenheit erreichen will!«

»Du bist Astrologin?«

Es kann nicht mehr lange dauern, und ich stehe einfach auf und gehe. Es kann doch wohl nicht sein, dass Kerstin sich in jedes Thema einfach einmischt.

»Nein, also noch nicht richtig, ich habe eigentlich ein Yoga-Studio mit meinem Mann, aber ich glaube, ich habe ein Talent für die Sterndeutung. Frag Charlotte, bei der habe ich auch vorausgesehen, dass dieser ach so tolle Abend mit Oliver …«, sie unterbricht sich erschrocken.

Ihre hellen Augen werden groß und rund und gucken erschrocken von mir zu Kerstin. Mir frieren augenblicklich sämtliche Glieder ein. Mein Herz rast, mein Mund ist trocken. Gerne würde ich Matildas Worte herunterspielen, aber ich bekomme keinen Ton heraus. Auch Kerstin sagt nichts. Sie lächelt nur etwas verkrampft. Ihre Mundwinkel wirken plötzlich wie nach oben getackert, und sie dreht mit dem Zeigefinger der rechten Hand hektisch ihr aalglattes Haar ein.

»Berufliche Differenzen«, versucht Matilda sich zu retten, »das hatte ich vorher schon gesehen, also dass es da beruflich nicht ganz hinhauen würde, nicht mehr, deshalb. Das meinte ich.«

»Natürlich«, antwortet Kerstin schnell, spielt aber immer noch nervös mit ihren Haaren, »das dachte ich mir schon.«

»Jedenfalls diese Kochschulen-Idee«, sagt Lars, »seit du hier warst, denke ich wieder mehr darüber nach. Aber es wäre toll, wenn ich erstmal mit jemandem üben könnte, wie gesagt. Und da du ja zumindest ein bisschen Anfänger bist ...«

Er guckt mich treuherzig an. Einen winzigen kleinen Moment lang wird die Welt um uns irgendwie durchsichtig und irrelevant, sogar Kerstin. Ich fühle mich plötzlich wie mit sechzehn, als der Klassenschwarm mich in der großen Pause nach den Hausaufgaben gefragt hat; leicht und schwebend. Das muss an diesem tiefen, dunklen Grün liegen, das Lars' Augen etwas Intensives, Lebendiges verleiht, als wären sie geschliffene Jadesteine, uralt und magisch. Ich fühle Hitze in meine Wangen steigen, nicht nur weil mir meine eigenen Klischeemetaphern peinlich sind, sondern weil ich vollkommen überfordert davon bin, ganz unerwartet so tief berührt und verwirrt zu sein. Dann schaue ich einfach weg.

»Das ist doch eine großartige Idee«, ruft Matilda, euphorischer als angemessen, »Charlotte könnte bei dir lernen, du könntest üben – das klingt nach perfekter Harmonie.«

Ich gucke wieder hoch und starre sie an. Matilda hat aber heute auch wirklich ein Talent dafür, mich ins Unglück zu manövrieren. »Ich weiß nicht«, sage ich unverbindlich, »ich denke mal drüber nach. Ich habe echt viel zu tun im Moment, mit dem neuen Job und so.«

»Hast du was Neues gefunden? Cool! Wo denn? Ich war auch froh, dass ich vom Wetterkanal weggekommen bin. Ganz egal wie schön ein Job ist, irgendwann muss man mal was anderes machen, sonst lernt man doch gar nichts Neues mehr, grade bei uns in der Branche. Was genau machst du denn jetzt?«

»Eine Testreihe«, sage ich und gebe Matilda unter dem Tisch einen nicht gerade sanften Tritt ans Schienbein, »über die angesagtesten Läden in Berlin.«

»Ach Mist, Charlotte«, unterbricht meine Freundin mich jetzt, »wir haben die Zeit ganz vergessen. Wir müssen doch los. Wegen der defekten Dusche. Und den Handwerken.«

Erleichtert springe ich auf, um meinen namenlosen Kater einzusammeln, aber der ist verschwunden.

»Na dann …«, sage ich und winke lahm zum Abschied. Kerstin winkt zurück und Lars steht auf, um erst Matilda und dann mir die Hand zu geben. Meine Hand hält er etwas länger. »Überleg es dir noch mal mit dem Kochen, ja? Ich hätte echt Lust, das mit dir zu machen.«

»Mache ich«, sage ich und ziehe meine Hand aus seiner. Auf der einen Seite bin ich erleichtert, als er meine Hand wieder loslässt, und auf der anderen sackt mein Magen ein bisschen herab, als ich mich umdrehe, weil ich weiß, dass Lars jetzt mit Kerstin allein ist. Aus irgendeinem Grund gefällt mir das nicht. Es gefällt mir ganz und gar nicht.

Hagenbecks Selbsthilfe-Tipps
Drei Auswege aus Notlagen

1. Checken Sie die Lage: Ist sie wirklich so peinlich, wie Sie glauben? Starrt Sie tatsächlich jeder an? Es kann gut sein, dass sie die Einzige sind, die das so sieht. Alle anderen sind wahrscheinlich mit sich selbst beschäftigt.

2. Lachen Sie mit: Scham ist ein natürliches Gefühl, aber leider oft übertrieben. Nehmen Sie sich einen Moment, zu prüfen, ob sie das Peinliche nicht mit Humor sehen können.

3. Gehen Sie: Sie müssen nicht immer alles aushalten. Wenn sie sich wirklich ganz furchtbar unwohl in einer Situation fühlen, dann ziehen Sie sich ruhig kurz zurück, um durchzuatmen.

Kapitel sieben

Maria Montabaur, unsere Seminarleiterin, ist spät dran. Der zweitägige Kurs findet in einem kleinen Hinterzimmer eines Gemeindezentrums in Neukölln statt, das sonst wohl eher für Kinderspieltage gedacht ist. In der einen Ecke liegen Bälle, in der anderen ein paar alte Turnmatten, und die Fenster sind mit bunten Bildchen beklebt.

Ich blicke verstohlen in die Runde. Insgesamt sind wir acht, drei Frauen in meinem Alter, die eine in Jeans und T-Shirt, die andere im beigebraunen Business-Look und die Dritte in etwas, das nur aus einem Touri-Shop in Tibet stammen kann. Sie hat ihren Freund mitgebracht, ein unauffälliger Typ, gut zehn Jahre jünger als sie, dessen spindeldürre Finger auf ihrem Knie herumtrommeln. Der einzig andere Mann im Raum ist so ziemlich das genaue Gegenteil des hageren Jünglings: um die sechzig, ein wenig rundlich und im dunkelblauen Cordanzug, eine mutige Wahl an diesem warmen Tag. Er sitzt rechts neben mir und riecht vage nach Irisch Moos. Zu meiner Linken rutscht ein junges Mädchen, das mich an meine Schwester zu Studentenzeiten erinnert, unruhig auf ihrem Stuhl herum: adretter Pferdeschwanz, gesunde Bräune und ein etwas unkontrollierter Bewegungsdrang. Gerade hat sie ihrer anderen Sitznachbarin den Ellbogen in die Rippen gerammt und entschuldigt sich nun wortreich für ihr Ungeschick. Die Mittfünfzigerin lächelt und winkt ab. Ihr markanter Schmuck klimpert bei jeder Bewegung: handtellergroße Holzcreolen, mindestens vierzehn Ringe, drei Korallenketten und drei mit Muscheln verzierte Haarspangen in der aufgetürmten blonden Mähne.

»Guten Morgen!«

Ich zucke zusammen. Maria Montabauer kommt wieder von hinten. Ich gucke über die Schulter, sie sieht genauso aus wie beim letzten Mal: schwarze Hose, schwarze Stiefel, schwarzer Rolli. Und das bei angekündigten 26 Grad im Schatten. Sie und der Cordtyp werden sich sicher blendend verstehen.

Mit drei zackigen Schritten ist sie im Stuhlkreis, bleibt kurz stehen und dreht sich dann langsam um die eigene Achse.

»Wie geht es Ihnen allen?«

Wir murmeln ein mehr oder weniger enthusiastisches Gut.

»Froh, hier zu sein!« fügt der ältere Herr an, und meine Altersgenossin in Beige stimmt ihm beherzt zu. Ich würde auch gern, aber ich traue mich nicht. Nicht schlimm, ich bin ja hier, um genau das zu lernen.

»Sind Sie denn alle bescheuert?«

Mit offenem Mund starren wir sie an.

»Nun gucken Sie nicht so«, sagt Maria, »ich habe Sie jetzt fast eine halbe Stunde warten lassen. Eine halbe Stunde, für die Sie bezahlt haben. Sie mussten hier dumm rumsitzen, während ich mir Zeit gelassen habe, so als wäre Ihre Zeit nichts wert. Und ich habe mich nicht einmal entschuldigt! Da können Sie doch nicht dasitzen und sagen, alles sei gut. Wenn Sie sich durchsetzen wollen, dann müssen Sie lernen, den Mund aufzumachen. Ein echter Tiger brüllt, und zwar laut!«

Wir nicken. Ich finde zwar, dass man auch als Tiger nicht bei jeder Kleinigkeit gleich einen Riesenaufstand machen muss, aber ich verstehe, worauf Frau Montabaur hinauswill.

Wenn ich lerne, auf mein Recht zu pochen, dann begreife ich vielleicht auch mal, dass ich das Recht auf etwas habe. Meinen Traumjob zum Beispiel.

Die Frau im T-Shirt hebt die Hand.

»Ja?«

»Heißt das, ich muss immer sagen, wenn mir etwas nicht passt?«

»Zumindest dann, wenn Sie unfair behandelt werden.«

Die Frau hebt erneut ihre Hand.

»Ja?«

»Was genau heißt denn unfair?«

»Wie wäre es, wenn wir uns erst einmal ein bisschen kennenlernen? Wir werden noch genug Zeit haben, über Fairness zu sprechen. Vielleicht machen Sie gleich den Anfang? Erzählen Sie doch mal, wer Sie sind und was Sie sich von diesem Tag erhoffen.«

Die T-Shirt-Frau entpuppt sich als Cupcake-Bäckerin mit mangelndem Geschäftssinn, so jedenfalls stellt sie selbst das dar. Dass ihr Laden nicht genug Umsatz macht, liegt laut ihren Schilderungen daran, dass sie sich von allen ausnutzen lässt: Lieferanten, Kunden und dem Freundeskreis, der gern umsonst bei ihr futtern kommt.

Ähnliche Probleme plagen auch die meisten anderen der Truppe. Die Business-Frau hat Schwierigkeiten mit ihrem Chef, die hibbelige Laborantin neben mir mit den Kollegen, das Paar mit Tibet-Touch fühlt sich von der Gesellschaft übergangen, die Mittfünfzigerin von ihrer Familie. Da passe ich mit meiner bisher erfolglosen Traumjobjagd gut rein. Als letzter ist Günther, der Cord-Mann dran, und der fällt dann doch etwas aus dem Rahmen: Es stellt sich heraus, dass er sich im Rentendasein langweilt und regelmäßig alle möglichen Seminare besucht, zuletzt eins zum Thema Bonsai-Bäumchen-Zucht.

Anschließend hält Maria Montabaur eine kurze Rede, die an ihren Vortrag vom letzten Mal erinnert, es geht jedenfalls wieder viel um Wollen, Wünschen, Wissen und andere Worte mit W. Als sie fertig ist, teilt sie uns in Zweiergrüppchen ein, die strategisch im Raum verteilt werden. Ich lande leider nicht gegenüber von Günther, sondern Auge in Auge mit dem unscheinbaren jungen Mann, dessen Namen ich schon wieder vergessen habe.

»Wenn Sie sich durchsetzen wollen, müssen Sie lernen, sich zu wehren. Verbal. Mit Kraft und Überzeugung. Fangen wir deshalb mit einer ganz einfachen Übung an. Sagen Sie NEIN zu ihrem Gegenüber.«

Melanie, die Cupcake-Frau hebt wieder die Hand, wartet aber diesmal nicht, bis sie drangenommen wird. »Einfach so?«

»Ja, einfach so. Gucken Sie Ihr Gegenüber an und sagen Sie laut und deutlich NEIN!«

»Aber Angelika hat mir doch gar nichts getan.«

Angelika tätschelt ihr die Schulter. »Das macht nichts, Melanie. Wenn es gut für dich ist, dann ist es auch gut für mich.«

Melanie legt zweifelnd den Kopf schief. Ich verstehe, wie sie sich fühlt, ich komme mir schlichtweg lächerlich dabei vor, einem wildfremden Typen ein NEIN an den Kopf zu schleudern. Umgekehrt scheint das nicht zu gelten.

»NEIN! NEIN!«, brüllt mein Gegenüber plötzlich. Ich mache einen Satz nach hinten.

»Sehr gut, Ralf!«, lobt Frau Montabaur, »Charlotte, nicht zurückweichen. Stell dich deinen Ängsten!«

Leichter gesagt als getan. Das Funkeln in Ralfs Augen ist mir eine Spur zu echt. Nur zögerlich gehe ich wieder auf ihn zu.

»Nein?«

»Fast, Charlotte. Etwas mehr Power! Sei ein Tiger, kein Lamm!«

»Nnn… nnn… neeeeinnn…«

»Du schaffst das schon noch. Gib dir Mühe!«

»Nahaian…«

»Komm, konzentrier dich. Du kannst das. Sag NEIN!«

Mir wird heiß, und ich fühle mich ungut an die Ski-Freizeit in der neunten Klasse erinnert. Genauso hat mich meine Sportlehrerin damals auch angetrieben, als ich mich geweigert habe, den Anfängerhügel runterzufahren. Und das endete keinesfalls in Jubeln, sondern in einer Gehirnerschütterung.

»Neieiein«, murmle ich kläglich.

»Stärker, Charlotte, lauter!«

»Neeeeeeeinnnnn. Nein?«

Je mehr sie mich antreibt, desto leiser werde ich. Ich beiße mir auf die Unterlippe und unterdrücke ein Schluchzen. Wenn ich schon an einem simplen Nein scheitere, wie soll ich dann jemals lernen, mich in der harten Nachrichtenwelt durchzusetzen? Oder überschätze ich mich am Ende einfach? Bin ich gar nicht so taff, wie ich glaube?

Maria Montabaur nickt mir aufmunternd zu und wendet sich dann der Freundin meines Brüllpartners zu, die sich gerade in einen ausgemachten Nein-Krampf gesteigert hat, aus dem sie alleine nicht herauszukommen scheint.

Die anderen Seminarteilnehmer scheinen den Dreh raus zu haben. Von überall um mich herum erklingt Widerspruch, und zwar klar und deutlich. Auch Ralf schleudert mir jetzt wieder ein Nein entgegen und guckt mich dann erwartungsvoll an. Doch bevor ich auch nur Luft holen kann, klatscht Frau Montabaur in die Hände und erklärt die Übung für beendet. Ralf macht sofort auf dem Absatz kehrt und stürzt zu seiner Freundin, um sie lang und fest in den Arm zu nehmen. Ob er sich selbst damit trösten will oder sie, keine Ahnung, ich jedenfalls stehe allein da – und ziemlich erfolglos.

Die folgenden Stunden sind nur marginal besser. Das nächste Thema ist Körpersprache. Wir trainieren das gerade Sitzen, das aufrechte Stehen und sogar das rigide Liegen. Obwohl ich dabei insgesamt nicht die schlechteste Figur mache – dieser zweifelhafte Preis geht an die Laborantin, die mehrfach das Mobiliar umwirft –, fehlt mir seit der frühen Enttäuschung irgendwie der Drive. Außerdem nerven nicht nur die ständigen Zwischenfragen der Cupcake-Frau und das Geschmuse von Ralf und seiner Liebsten, sondern vor allem meine Unfähigkeit, hier mal was Besseres abzuliefern als akzeptables Mittelmaß. Ich strenge mich bei allem wahnsinnig an: beim Zuhören, beim Mitmachen, beim Fragen stellen und Antworten geben. Aber zufrieden bin ich trotzdem nicht. Gerade als ich darüber nachdenke, warum ich mir eigentlich immer selbst im Wege stehe, klatscht Frau Montabaur wieder in die Hände. »Bevor wir gleich Mittag machen, möchte ich unsere Übung vom Morgen noch einmal aufleben lassen!«

Das ist meine Chance, mich zu beweisen!

»Diesmal wollen wir einen Schritt weitergehen. Bevor wir unserem Gegenüber laut und deutlich ein NEIN entgegensetzen, müssen wir uns anhören, was er Negatives über uns zu sagen hat.«

»Das verstehe ich nicht«, sagt Cupcake-Melanie. Sie lässt ihre Hand unten. »Was sollen wir machen?«

»Sagen Sie Ihrem Gegenüber, was Sie nicht gut an ihm finden.«

»Ist das nicht gemein?«

»Wenn Sie ein Tiger sein wollen, dann müssen Sie auch lernen, wie einer anzugreifen. Sie müssen klar formulieren, was Sie stört. Mich stört zum Beispiel, dass Sie immer nachfragen, anstatt zu handeln.«

Melanie zuckt zusammen und starrt auf ihre Hände.

»Also das war doch jetzt unnötig«, schalte ich mich ein.

»Ganz im Gegenteil, Charlotte, es ist wichtig zu lernen, Schmerz auszuhalten. Wir können uns nur wehren, wenn wir keine Angst haben, verletzt zu werden – oder zu verletzen. Machen Sie doch gleich den Anfang.«

Sie bedeutet mir, aufzustehen und mich neben sie in die Mitte des Kreises zu stellen. Ich bin hin- und hergerissen. Einerseits will ich unbedingt mal was gut machen hier, andererseits kommt mir die Methodik von Frau Montabaur langsam ein wenig fragwürdig vor.

»Nun kommen Sie schon, Charlotte. Vertrauen Sie Ihrem inneren Tiger.«

Na schön. Ich stehe auf, so schwungvoll, wie wir es vorhin gelernt haben, und stelle mich neben unsere Seminarleiterin.

»Nun gehen Sie reihum und lassen Sie alles raus, was Sie nervt. Seien Sie stark und gnadenlos.«

Ich gucke mich um. Die meisten sehen ziemlich eingeschüchtert aus, allen voran die arme Melanie. Selbst Günther ist plötzlich ganz beschäftigt mit einer Fluse auf seinem Cord-Jackett.

»Mich nervt total, dass du bei allem so lange nachdenkst!«, ertönt es plötzlich laut hinter meinem Rücken. Ich fahre herum. Es ist Ralf, der mich böse anfunkelt.

»Ausgezeichnet! Es sollte zwar anders herum sein, aber ein Anfang ist ein Anfang. Jetzt wehr dich, Charlotte, und dann sag ihm, was dich an ihm stört.«

Zögernd öffne ich den Mund. Das gefällt mir hier ganz und gar nicht mehr.

»Komm Charlotte«, treibt Maria Montabaur mich an, »zeig ihm, wer der Boss ist! Sag NEIN!«

Trotz aufkeimender Zweifel ist es schwierig, sich ihrer bestimmten Art zu widersetzen.

»Nein?«, flüstere ich zögernd.

»Laut und deutlich, Charlotte!«

»Neeiiinnn.«

»Nicht piepsen, brüllen!«

»Nnnnn…«

Ich drehe den Kopf zur Seite und gucke zweifelnd meine Seminarleiterin an, die voll in ihrem Element zu sein scheint.

»Na komm, raus damit, sag Ralf, was du denkst! Gib es ihm!«, feuert sie mich an. Ich schweige und frage mich ernsthaft, ob es der richtige Weg zu mehr Durchsetzung sein kann, sich in einen unzurechnungsfähigen Choleriker zu verwandeln und dabei anderen Menschen weh zu tun. So verstohlen, wie es eben möglich ist, wenn man im Zentrum der Aufmerksamkeit steht, mustere ich meine Mitstreiter. Glücklich oder gar selbstbewusst sieht hier grade keiner aus, außer Ralf. Wir alle sind eher ängstlich und peinlich berührt. Ich komme mir bescheuert vor, wie ich hier stehe und von einer selbsterklärten Überperfektionistin angetrieben werde, meine Mitmenschen in Grund und Boden zu schreien. Was bitteschön soll es denn bringen, wenn wir uns hier gegenseitig an die Kehle gehen?

»Raus damit, Charlotte! Töte das Lamm in dir!«

»Ich will nicht!«

Erstaunt hebt die Seminarleiterin die Augenbrauen.

»Du willst kein Tiger sein?«

Die Wut übermannt mich. Wut auf meine Hilflosigkeit und auf diese Frau, die ernsthaft meint, mit solchen Drill-Methoden mich durchsetzungsfähiger machen zu können. Wut darauf, dass alles so hart ist und nie etwas einfach mal klappt, nicht mal dieses doofe Seminar.

»Nein!«, sage ich laut, »nein, will ich nicht! Ich will mich hier zu nichts zwingen lassen, und ich will hier nicht rumbrüllen, und ich will nicht mehr weitermachen! Ich will nach Hause!«

Jemand kichert. Ich glaube, es ist Ralf. Aber das ist mir jetzt auch egal, so wie es mir egal ist, dass ich mich anhöre wie eine Dreijährige und dass dieses Seminar fast vierhundert Euro gekostet hat. Ich sage gar nichts mehr, sondern drehe mich um und stürme hinaus.

Eine halbe Stunde später bereue ich meinen spontanen Abgang bereits. Auf dem Weg von der U-Bahn nach Hause schelte ich mich innerlich für meine Inkonsequenz. Montabaurs Holzhammer-Methode hin oder her, wenn ich es nicht einmal schaffe, so einen Kurs durchzuziehen, wie soll ich dann jemals Optimal-Charlotte werden? Neue Kleider und eine hübsche Figur werden wohl kaum darüber hinwegtäuschen können, dass ich nicht mal NEIN sagen und meine Ellenbogen einsetzen kann. Und die werde ich in der harschen Fernsehwelt ganz sicher brauchen. »Frau Mai! Hallo!«

Ich drehe mich zur Seite. Bei dem türkischen Bäcker an der Ecke sitzt Frau Mai auf einem Plastikstuhl in der Sonne. Sie trägt ein weißes Etuikleid und einen wagenradgroßen Hut mit Pfauenfeder und sieht damit zwischen den Handwerken und Touristen ein wenig deplaziert aus. Ich hebe grüßend die Hand und will weitergehen, aber Frau Mai winkt mich an den Tisch. Da ich gerade erst gelernt habe, dass ich leider nicht Nein sagen kann, wehre ich mich nicht und setze mich zu ihr.

»Sie sehen aber traurig aus. Und das an so einem schönen Tag. Liebeskummer?«

»Wenn es nur das wäre.«

»Na, Herzschmerz ist aber nichts, was man sich wünschen sollte.«

»Besser als Weltschmerz. Oder besser gesagt: Selbstschmerz.«

Frau Mai mustert mich aufmerksam.

»Was ist denn passiert?«

Ich schildere ihr kurz, wo ich herkomme und morgen leider nicht wieder hingehe. Frau Mai lauscht aufmerksam und lacht laut, als ich an die Stelle meines plötzlichen Aufbruchs komme.

»Ich finde das eigentlich nicht besonders witzig ...«, murmele ich.

»Aber Frau Mai, es ist doch alles gut!«

»Bitte?«

»Na, Sie haben doch genau das getan, was Sie lernen wollten: Sie haben sich durchgesetzt.«

»Ich habe hingeworfen! Einfach so!«

»Wirklich? So wie Sie mir das gerade erzählen, hatte ich nicht den Eindruck, dass das grundlos passiert ist. Vielmehr scheint es mir, als sei Ihnen diese Frau Montabaur ganz schön auf den Keks gegangen.«

»Schon ein bisschen«, gebe ich zu, »aber sie weiß doch besser als ich, wovon sie redet. Immerhin ist sie eine erfolgreiche Frau!«

Frau Mai schnaubt abfällig. »Erfolgreiche Frauen haben es selten nötig, Menschen gegeneinander aufzuhetzen, egal unter welchem Vorwand. Erfolgreiche Frauen halten auch keine schlecht besuchen Kurse, sondern TED-Vorträge.«

»Also bei ihrem Vortrag damals waren eigentlich ziemlich viele Leute ... und ich habe auch einiges für mich daraus mitgenommen.«

»Nämlich?«

»Dass ich an mir arbeiten muss, nicht nur an meiner Figur. Sondern an der Optimal-Charlotte. Ich habe mir sogar eine Liste gemacht.«

Frau Mai nimmt einen Schluck von ihrem Cappuccino.

»Und was steht so drauf auf dieser Liste?«

»Abnehmen«, zähle ich auf, »ein neuer Look, mehr Durchsetzungsvermögen, täglich Sport, eine neue Sprache lernen – da überlege ich noch, ich tendiere zu Chinesisch. Ich lese und gucke jetzt auch mehr tagesaktuelle Nachrichten und habe mir ganz viele Geschichtsbücher aus der Bibliothek geliehen, weil man auch Hintergrundwissen braucht. Außerdem will ich mich bald neu einrichten, weil ich im Moment viel zu viel Zeug habe, das superkitschig ist und überhaupt nicht erwachsen.«

Frau Mai legt den Kopf schief, was ihren monströsen Hut gefährlich ins Wanken bringt.

»Da haben Sie sich aber ganz schön viel vorgenommen«, sagt sie, während ich mich zwinge, nicht nach ihrer riskant schwingenden Krempe zu greifen, »ich möchte fast sagen: ein bisschen zu viel. Das klingt ja fast, als wollten Sie sich komplett neu erfinden.«

»Will ich auch!«, bestätige ich, die Augen noch immer auf dem Hut. »Ich möchte nämlich Nachrichtenmoderatorin werden, und als Nachrichtenmoderatorin muss ich anderes auftreten. Seriös, ernstzunehmend, souverän. Und durchsetzungsfähig!«

»Das verstehe ich«, sagt sie nachdenklich, »aber ist das nicht ein bisschen viel müssen und ein bisschen wenig wollen?«

Mein Blick wandert von ihrem Hut zu ihrem Gesicht. Sie lächelt. Ich lächle verwirrt zurück.

»Aber da geht es doch nur um das was ich will, um nichts anderes.«

»Was den Job betrifft, ganz sicher«, gibt sie mir Recht, »aber den Weg dahin haben Sie sich ganz schön mit Zwängen zugepflastert. Kein Mensch kann so perfekt sein, wie Sie gern wären, Frau Mai. Vielleicht tät es Ihnen gut, wenn Sie sich ein wenig Spielraum erlauben würden. Ein wenig mehr Entspannung und nicht so viel Verkrampfung. Denn schauen Sie, als Sie sich selbst erlaubt haben, aus diesem Kurs abzuhauen, da haben Sie doch genau das erreicht, was Sie wollten: Sie haben Nein gesagt.«

»Stimmt…«, sage ich zögerlich, »aber ich habe es gar nicht richtig bemerkt. Da fehlte irgendwie… das Erfolgsgefühl.«

»Das macht doch nichts«, tröstet Frau Mai, »es braucht ein bisschen Übung, auf sich und seine eigenen Reaktionen zu achten. Wissen Sie was? Vielleicht sollten Sie es mal mit Meditation versuchen. Das schärft nicht nur die Sinne, sondern würde Ihnen vielleicht auch die dringend nötige Entspannung bringen.«

Ich nicke geistesabwesend. Meine Gedanken sind längst woanders. Bei einer Idee nämlich, wie ich meinen wohlverdienten Erfolg doch noch live erleben kann. Ohne weiter auf die Sache mit der Meditation einzugehen, verabschiede ich mich und stürme mit neuem Schwung die Treppe hinauf in meine Wohnung. Dort schnappe ich mir den Computer und das Telefon. Es dauert eine Weile, bis ich die richtige Nummer recherchiert habe.

»Umfrageinstitut Quotra, Eckhardt Klinger mein Name, was kann ich für Sie tun?«

»Sie könnten aufhören, mich anzurufen!«

»Ähm, Sie haben uns angerufen.«

»Ja, jetzt vielleicht, aber normalerweise rufen Sie mich an!«

»Unsere Umfragen sind in der Regel telefonisch, das ist richtig. Möchten Sie lieber online teilnehmen?«

Der Mann ist die Ruhe selbst. Es wäre bewundernswert, wenn es mich nicht zur Weißglut treiben lassen würde.

»Nein, möchte ich nicht«, zische ich.

»Gut, dann bleibt es bei der telefonischen Umfrage.«

Unglaublich, wie er es schafft, mir das Wort im Mund umzudrehen.

»So war das nicht gemeint!«

»Wie dann?«

»Ich möchte, dass Sie mich in Ruhe lassen!«

»Das verstehe ich jetzt nicht ...«

»Was kann man denn daran nicht verstehen?«

»Wollen Sie denn keinen Beitrag zur Gesellschaft leisten?«

Ich merke, wie meine Überzeugung zu bröckeln beginnt. Ich schließe die Augen und konzentriere mich auf meine innere Stimme.

»NEIN!«, rufe ich, laut und deutlich. Ich bin sehr stolz auf mich. Der Mann am anderen Ende weniger.

»Wie bitte?«, fragt er irritiert.

»Nein, nein und nochmals nein!«, brülle ich. »Nein, ich möchte keinen Beitrag zur Gesellschaft leisten, nein, ich möchte nicht, dass Sie mich noch mal anrufen, und nein, ich bin nicht bereit, meine Zeit für Sie zu opfern, und nein, es dauert nicht nur ein paar Minuten, es dauert NIE nur ein paar Minuten!«

Dann knalle ich den Hörer auf die Gabel und atme tief durch. Zugegeben, ich habe da ein ganz klein wenig zu heftig protestiert, zumal der Typ ja auch nichts dafür kann, dass ich mich beweisen will, aber hey, immerhin habe ich es geschafft, diesem dämlichen Institut für immer eine Absage zu erteilen. Vielleicht war mein Widerstand gegen die Widerlichkeit von Oliver also wirklich mehr als nur die berühmte Ausnahme, die die Regel bestätigt. Ich muss vielleicht noch an meiner Lautstärke feilen, aber dass ich überhaupt in der Lage bin, einen solchen Anruf zu tätigen, gibt doch entschieden Anlass zur Hoffnung.

Für das Liebesleben meiner besten Freundin gilt das leider nicht, da ist Hoffungslosigkeit angesagt. Trotz gutem Zureden beharrt Matilda auch in den nächsten Tagen auf ihrem Misstrauen. Sie hat sich in den Kopf gesetzt, Andreas auf frischer Tat zu ertappen, und lässt sich nicht dazu bewegen, mit ihm zu reden. Ich überlege ernsthaft, den armen Mann zu warnen, auch wenn meine Freundin darüber stocksauer wäre. Es ist auch nicht so, als würde mein Vertrauen in ihre Prognosen großartig wachsen. Denn zwei Wochen nach unserer Versöhnung liefert sie ganz schönen Vorhersagemist: »Die kommenden Tage sind optimal für dich«, verspricht sie, als wir Sonntagabend auf meinem Balkon sitzen, »Stiere haben freie Laufbahn, beruflich genauso wie privat, denn sie sind im Moment sehr ausdauernd, belastbar und vital. Es ist genau der richtige Zeitpunkt, um für neue Ideen zu werben, falls du da was hast. Außerdem ist es eine gute Zeit für Wurstprodukte.«

Montag und Dienstag sind sogar wirklich erfolgreiche Tage. Die selbstgemachte Nudeln in dem italienischen Restaurant, das ich testen muss, sind lecker und außerdem das Einzige was ich abgesehen von Karottensalat zu mir nehme, im Büro ist die Stimmung neutral bis positiv, und daheim bringt Frau Mai mir überraschend einen Strauß Maiglöckchen vorbei, wegen unserer Namensgleichheit und weil sie versehentlich mein Paket mit der Unterwäsche geöffnet hat. Außerdem scheint unser Plausch am Wochenende in ihr irgendwie die großmütterlichen Instinkte geweckt zu haben; sie erkundigt sich, wie es mir geht und versichert mir dann aufs Neue, dass ich es ruhig ein bisschen gelassener angehen könnte mit meinem Optimierungs-Plan. Dabei ist sie so überzeugend, dass ich fast geneigt bin, auf sie zu hören und den Rhetorik-Kurs, den ich online belegt habe, wieder zu stornieren. Doch nur einen Tag später werde ich unschön daran erinnert, warum ich das alles überhaupt erst angefangen habe.

Am Mittwochmorgen bin ich zwar ausnahmsweise mal die Erste im Büro, aber arbeiten kann ich trotzdem nicht. Der Rechner weigert sich standhaft, mit dem gewohnten Rattern hochzufahren. Was für Knöpfchen ich auch drücke, der Bildschirm bleibt so schwarz wie schlechter Tankstellenkaffee. Bevor ich die IT anrufe, will ich noch schnell überprüfen, ob der Stecker auch richtig in der Dose ist. Ich quetsche mich unter meinen Schreibtisch, und siehe da, tatsächlich ist einfach nur der Stecker gezogen. Bei dem ganzen Kabelsalat ist es nicht gerade einfach, ihn wieder in die Buxe zu bekommen. Ich fummle und fummle und fummle und frage mich, was ich eigentlich verbrochen habe, dass mein Tag so anfangen muss.

Plötzlich höre ich, dass die Tür aufgeht. Kurz darauf erklingt der Schall von Sandrines pfeildünnen Mörderabsätzen, die gnadenlos den Parkettboden malträtieren. Ich will ihr ein kurzes Hallo zurufen, doch bevor ich überhaupt Luft holen kann, höre ich das fipsige Stimmchen der Praktikantin: »Mensch, ich würde ja auch völlig bekloppt werden mit so einer im Büro, also echt jetzt mal!«, ruft sie lautstark in den Raum. Meine Begrüßung bleibt mir im Hals stecken, auch wenn so ein dummer Satz von der Praktikantin nicht überraschend kommt. Hauptsächlich scheint Lena dafür zuständig zu sein, Sandrine zu bewundern, und das eben auch gerne auch auf Kosten anderer. Jetzt bin offensichtlich ich an der Reihe.

»Ich finde das echt total unmöglich, ich meine, wenn ich neu hier wäre, dann würde ich mich aber zurückhalten!«

Also geht es hier um mich. Wobei mir nicht ganz klar ist, wobei ich mich nach Ansicht der Praktikantin denn bitte zurückhalten soll. Ist ja nicht so, als risse ich den Laden hier an mich.

»Manche Leute wissen halt nicht, wie man sich benimmt«, antwortet Sandrine mit einem kleinen Seufzer.

»Aber dir so in den Rücken zu fallen? Ehrlich, ich weiß nicht, wie du dabei noch nett bleiben kannst.«

»Ach, Adrian weiß ja ohnehin, dass er mit mir besser dran ist als mit ihr. Außerdem will ich mich nicht auf so ein Niveau begeben. Ich meine, sich an den armen Mann so ranzuwerfen, das ist doch wirklich stillos.«

»Und das, wenn man so unfähig ist!«, ruft Lena, »ich meine, man merkt doch sofort, dass die absolut keine Ahnung von ihrem Job hat. Journalistin, dass ich nicht lache! Die ist doch zu dumm, eine Einkaufsliste zu schreiben!«

Sandrine schenkt ihr ein wohlwollendes kleines Kichern. Es trifft mich unvorbereitet und tief. Sie ist sicher nicht meine engste Vertraute hier, aber eigentlich waren wir immer nett zueinander. Sehr zum Ärger von Julian, der mehrfach versucht hat, mich davon zu überzeugen, dass Sandrine eine falsche Schlange ist.

»Stimmt es eigentlich wirklich, dass sie Adrian versprochen hat, ihm, na du weißt schon …«

»Oh ja! Ich habe zufällig mitgehört, wie sie angedeutet hat, dass sie auch mit ihrem ehemaligen Chef in der Kiste war. Und wie sie dabei mit den Augen geklimpert hat … und das alles für die neue Moderationsstelle. Aber wenn man halt sonst nichts kann ... und dann noch bei Adrian, das ist natürlich völlig idiotisch. Trotzdem, das Ganze war wirklich einfach nur peinlich, ich habe mich richtig geschämt beim Zuhören.«

Völlig erstarrt hocke ich unter meinem Schreibtisch. Ich kann es einfach nicht fassen, dass Sandrine solche Lügen über mich verbreitet.

»Hat die Liste, die ich damals zusammengestellt habe, denn eigentlich geholfen?«

Meine Stirn gefriert in einer unschönen Runzelposition, und das obwohl mein Vater mich immer davon gewarnt hat, dass so was Falten gibt. Doch in meinem engen Brustkorb keimt ein Verdacht auf, der es mir unmöglich macht, mich auch nur einen Millimeter zu rühren. Selbst den Atem halte ich an.

»Hat sie«, bestätigt Sandrine mit ihrer schönen Stimme, aber einem ganz und gar nicht schönen Tonfall: Hämisch, selbstverliebt und arrogant. »Adrian hat sich natürlich sofort daran festgebissen und Charlotte keine Chance gelassen, sich zu drücken. Genauso wie geplant. So beschäftigt wie sie mit diesen bescheuerten Restaurants ist, wird sie keine Zeit mehr haben, um auch nur das Wetter zu moderieren.«

Mir wird ganz schrecklich heiß. Unter dem Tisch krallen sich meine Finger um die Steckdosenleiste, während ich mir langsam aber sicher die Unterlippe zerbeiße.

»Wirklich, und dann auch noch hier rumzulaufen, als wäre sie der nächste Megastar.«

Ich verlagere mein Gewicht. Der Boden dankt es mir mit einem Knarzen, und ich beiße genervt die Zähne zusammen, denn ich möchte hier unten höchst ungern entdeckt werden.

Dann endlich höre ich, wie die beiden Richtung Küche marschieren. Als ich sicher bin, dass sie mich nicht mehr sehen können, krieche ich stöhnend unter dem Schreibtisch hervor. Das gibt mit Sicherheit einen genauso üblen Muskelkater wie nach dem ersten Lauftraining. Ich atme tief durch. Der Computer ist vergessen. In mir kochen Enttäuschung, Wut und Fassungslosigkeit, und ich habe nicht wenig Lust, Sandrine mit ihrer Gemeinheit zu konfrontieren.

Aber würde sie nicht alles abstreiten oder mich auslachen? Sich bei Adrian über mich beschweren? Nein, es gibt nur eine Möglichkeit, ihr das alles heimzuzahlen: Ich muss Erfolg haben.

Und dafür muss ich Adrian erst einmal davon abbringen, mich weiterhin zu mästen.

Ungeduldig trommele ich mit meinen Fingern auf die Stuhllehne. Adrian hat einen seiner Termine. Endlich geht die Tür auf. »Charlotte, was kann ich für dich tun? Sitzt du schon lange hier?«

»Nicht wirklich«, sage ich ohne jeden Humor in der Stimme. Es ist wichtig, dass Adrian von Anfang an merkt, dass etwas im Argen ist. Ich seufze tief, um ihn in Stimmung zu bringen. Tatsächlich geht er aufmerksam an seinen Schreibtisch und setzt sich. Dann rollt er den Stuhl nach vorne und beugt sich vor.

»Aber Charlotte, du siehst ja aus, als hättest du einen Frankenstein gesehen.«

Ich nicke ernst. Dabei überlege ich fieberhaft, was denn nun so schlimm sein könnte und warum dieses spezielle Schlimme es mir leider in Zukunft vollkommen unmöglich macht, weiter diese Restaurants zu testen.

»Ich habe schlechte Nachrichten«, beginne ich.

»Um Gottes Willen, ist jemand gestorben?«

Ich überlege kurz. Weil mir aber niemand einfällt, dessen

Tod mich dauerhaft von der Arbeit fern halten würde, verneine ich.

»Ja, aber was ist denn dann?«

»Ich bin, äh …«, meine Gedanken rasen in siebzehn verschiedene Richtungen, kommen aber leider nirgendwo an, »also ich bin …«

»Ja?«

»Ich bin sehr krank«, sage ich schließlich.

Adrian reißt die Augen auf. »Krebs?«, haucht er und fasst sich betroffen an die Hornbrille.

»Nein, nein, kein Krebs«, sage ich schnell. Krebs vortäuschen, also das geht nun doch zu weit.

Mein Blick schnellt hilfesuchend von rechts nach links in der Hoffnung, in Adrians sparsam dekoriertem Büro Inspiration zu finden. Das Bücherregal mit den Ordnern hilft leider genauso wenig weiter wie der Filmplakat-Kalender, aber als ich im Mülleimer zwischen zerknüllten Haftnotizen und zerbrochenen Kugelschreibern eine leere Packung Prinzen-Rolle entdecke, kommt mir endlich die rettende Erkenntnis.

»Gluten!«, rufe ich aus.

»Gluten?«, fragt Adrian verwirrt. Ich nicke, merke, dass ich mich viel zu sehr freue für jemanden mit einer Hiobsbotschaft und gucke deshalb schnell demütig zu Boden.

»Ja, Gluten«, flüstere ich, »ich vertrage es nicht, gar nicht mehr, das ganze Weizenzeug und so, ich bin so allergisch, dass es richtig gefährlich werden kann, das haben sie jetzt festgestellt beim Arzt, weil ich so Schwächeanfälle habe und äh … Darmprobleme … und dergleichen mehr, und das liegt wohl am Gluten. Und deshalb«, schließe ich und hebe den Blick, den ich, so gut es geht, nach Bedauern aussehen lasse, »kann ich auch diese Fast-Food-Läden nicht mehr testen. Das ist unmöglich für mich. Lebensgefährlich.«

»Lebensgefährlich?!«

Ich nicke wieder und hoffe, dass mein Chef sich nicht berufen fühlt, das nachzuprüfen.

»Ach du meine Güte, Charlotte! Das ist ja furchtbar!« Er ruckelt an der Hornbrille. »Das bedauere ich sehr, ach du je, du Arme! Was sollen wir denn jetzt machen? Also du hast natürlich recht, du kannst unmöglich diese Sachen essen, wenn dich das umbringen kann, also so viel Engagement ist dann doch zu viel, man muss auch wissen, wo die Grenze ist.«

Innerlich führe ich einen Jubeltanz auf. Äußerlich lasse ich mir nichts anmerken, sondern seufze nur schwer. »Das stimmt wohl.«

»Dann«, sagt er, und ich kann hören, wie nah ihm das geht, »dann müssen wir das wohl einstampfen, unser Format. Dabei läuft es so gut. So gut. Weißt du, wie viele neue Fans unsere Seite hat, seitdem du das machst? Diese Tests sind wirklich der Burner. Aber ich habe sonst einfach niemanden, der sich darum kümmern kann.«

»Vielleicht könnte Sandrine ja…?«, schlage ich unschuldig vor, aber so lang ist meine Glückssträhne dann doch nicht.

»Das wird sie nicht schaffen«, sagt Adrian, »da hat sie nun wirklich genug zu tun jeden Tag. Wir starten nächste Woche auch endlich mit *Nightlive*, da hat sie dann die doppelte Belastung.«

»Vielleicht kann ich Sandrine da ja entlasten. Ich habe dann ab jetzt ja mehr Zeit. Wir könnten doch im Wechsel moderieren zum Beispiel? Also ich bin sicher, dass ich das hinbekäme!«

Mein Herz klopft ganz schön wild, als Adrian mich stumm mustert und offenbar ernsthaft über mein Angebot nachdenkt. Doch dann seufzt er und schüttelt den Kopf.

»Ich weiß nicht, Charlotte. Das ist alles schon durchgeplant und Sandrine, äh, Sandrine hat mir sehr eindringlich versichert, dass sie dem Druck gewachsen ist. Aber es ist gut zu wissen, dass du da so engagiert bist.«

Nachdem er das gesagt hat, lässt er erschöpft und traurig den Kopf hängen. Es ist ihm anzusehen, wie sehr ihn der Verlust seines Lieblings-Formats belastet. Mich überkommt ein schlechtes Gewissen. Natürlich bin ich froh, wenn ich aus der Nummer rauskomme, aber meinen herzensguten Chef dafür so anzulügen, fällt mir schon schwer.

»Na ja«, sage ich also gedehnt, »vielleicht können wir das Format ja mit mir weitermachen, aber die Restaurants ändern. Gesunde, bekömmliche Kost, die eben auch ich essen kann.«

»Aber nur glutenfrei?«, fragt er zweifelnd, »meinst du wirklich, das lockt irgendeine Kakerlake aus dem Kamin raus?«

»Ich weiß, ich weiß, Fast Food ist Trend und so, aber Adrian, lass es uns doch mal probieren mit der gesunden Variante. Ich glaube, die Leute finden das genauso spannend. »

»Tja«, sagt er ohne rechte Überzeugung, »wir können es ja mal versuchen. Dann schicke ich dir vielleicht auch doch lieber Lagerfeld mit. Der ist ja mittlerweile wieder auf dem Deich und kennt sich aus mit diesem ganzen gesunden Kram. Nimm es nicht schwer, Charlotte, du kannst ja nichts dafür.«

Ich seufze ein wenig und nicke dann tapfer. Dabei bin ich mehr als zufrieden. Gesunde Kost ist ein machbarer Kompromiss, ein anderer Kameramann als Adrian scheint mir auch eher von Vorteil, und was Sandrine angeht, bin ich mir sicher: Ich werde es schaffen. Ich werde erfolgreich sein, erfolgreicher als sie. Ich werde es ihr zeigen, ihr und allen anderen. Jetzt erst recht!

In den nächsten Wochen verdopple ich meine Bemühungen. Ich übe jeden Morgen das Nein-Sagen vor dem Spiegel, was von Mal zu Mal besser klappt und außerdem dazu führt, dass ich noch ein bisschen genauer auf meine Ernährung achte. Denn das, was ich da gespiegelt sehe, reicht ganz sicher noch nicht für den Bildschirm. Zusätzlich zu dem Online-Rhetorik-Kurs, der mir sogar Spaß macht, schaue ich mir regelmäßig berühmte Moderationen auf You-Tube an, zum Beispiel das Fußballspiel mit dem umgefallenen Tor und den Moderationsmarathon von Peter Kloeppel am 11. September. Außerdem studiere ich in meinen Mittagspausen die Körperhaltung und Sprache von sämtlichen weiblichen Bildschirmgrößen und nehme mir jeden Abend zwei Stunden, mich auf dem Laufenden zu halten, was das Weltgeschehen angeht. Schließlich muss eine Moderatorin wissen, wie der Hase läuft, und zwar nicht nur daheim, sondern auch im Iran und in der Champions League. Kurz gesagt: Ich bin von morgens bis abends schwer beschäftigt, sehr zum Missfallen von Matilda. Ohnehin ist sie schlecht gelaunt. Zwar hat sie Andreas mittlerweile eröffnet, dass sie glaubt, dass er sie betrügt, aber das hat das Ganze nicht besser gemacht. Andreas ist verständlicherweise ganz schön beleidigt, dass Matilda lieber ihrem Guru Gerald glaubt als ihm. Die beiden gehen so kühl miteinander um, dass ich befürchte, dass ihre Ehe dauerhaften Schaden nimmt. Umso verzweifelter versuche ich zwischen der sternwütigen Matilda und dem genervten Andreas zu vermitteln und dabei zu ignorieren, dass meine Freundin mir die Schönheit weiblicher Rundungen predigt.

Und dann, ohne dass ich damit gerechnet hätte, schaffe ich figurmäßig einen kleinen Durchbruch. Eines schönen Tages wiege ich neun Kilo weniger. Ich kann es kaum glauben. Schon die Hälfte habe ich abgenommen! Ich bin plötzlich froh, dass Gewicht messbar ist, denn die anderen Punkte auf meiner Liste sind entweder einmalige Ereignisse oder so tagtäglich, dass es keinen bestimmten Moment gibt, den man feiern könnte.

»Ist das zu fassen, Hotzenplotz?«, rufe ich, während ich auf die Digitalanzeige meiner Waage blicke. Der Kater reagiert nicht. Sein neuer Name sagt ihm wohl nicht zu. Weil uns immer noch keine Erleuchtung gekommen ist, wie er denn nun am besten heißen sollte, sind wir dazu übergangen, einfach alles Mögliche auszuprobieren.

Um zu feiern, dass ich das erste Mal im Leben die Waage nicht zerschmettern, sondern knutschen will, rufe ich nacheinander bei meinen Lauffreunden an. Josefine ist die Erste, die ich erreiche. »Charlie, wie schön, was kann ich für dich tun?«, sagt sie. Stolz erzähle ich ihr von meinem Etappensieg, und sie hält mit dem erhofften Lob auch nicht hinter dem Berg: »Toll, Charlie, super, ich meine, ich hoffe, es geht dir gut damit, aber warum sollte es nicht, entschuldige, das ist ja albern, das ist schließlich dein Ziel, also herzlichen Glückwunsch, wirklich, einmalig! Das müssen wir unbedingt feiern, also vielleicht nicht mit Kaffee und Kuchen, das wäre doch seltsam, aber vielleicht mit einer zusätzlichen Runde oder so? Ach, apropos feiern, ich habe das ganz verschwitzt das letzte Mal, ich feiere nächste Woche Samstag Geburtstag, frag nicht, ich weiß, ich weiß, das ist albern, aber ich finde das schon lange nicht mehr witzig, dass man immer älter und älter wird, also ehrlich, warum man da überhaupt eine Party macht, eigentlich auch Schwachsinn, oder? Aber ich hab schon reserviert, in diesem Burgerladen bei dir, du weißt schon, da, wo du damals gedreht hast – oh, ich hoffe, sie haben da auch Salat für dich, weißt du das?«

Ich höre nur noch halb hin. Mir geht etwas anderes im

Kopf herum: Lars. Der winzige Augenblick, in dem wir uns so innig angesehen haben, ist mir gegen meinen Willen immer mal wieder in den Sinn gekommen, und jedes Mal hat mich eine unbestimmte Aufregung durchfahren, ein leichter Blitz in meinem Inneren, der alles kurz erleuchtet hat. Doch mit der Zeit ist er blasser und blasser geworden, und wenn ich jetzt darüber nachdenke, ist es mir eher peinlich, dass ich überhaupt eine Sekunde lang geglaubt habe, Lars könnte vielleicht interessiert an mir sein. Ganz offensichtlich war das reine Einbildung. Sonst hätte er sich sicher gemeldet. »Also du kommst auf jeden Fall, oder Charlie? Dann kannst du auch endlich mal alle kennenlernen und so, also Nina ist auch da und Julian, sogar plus eins! Also wenn du auch jemanden mitbringen willst …«

Plötzlich höre ich aus dem Flur ein Knacken und Knarzen. Dann fällt die schwere Wohnungstür ins Schloss und Matilda steht vor mir. Sie ist leichenblass und starrt mich aus weit aufgerissenen Augen an.

»Du, ich muss mal Schluss machen«, unterbreche ich Josefine, »aber ich komme auf jeden Fall! Mach's gut.«

Matilda sieht aus, als hätte jemand ihr Yoga-Studio abgefackelt oder ihr gesetzlich verboten, Horoskope zu erstellen.

»Erinnerst du dich an Kerstin?« fragt sie jetzt.

Als könnte ich diese dumme Pute vergessen. Ich weiß allein schon, wer sie ist und wie sie aussieht, weil ich jeden zweiten Abend ihre dämliche Sendung bei Kiez TV gucke. Als Motivation. Ich nicke, und Matilda trottet um den Tisch herum zur Couch, wo sie sich seufzend fallen lässt.

»Also ich wusste erst gar nicht, ob ich es dir überhaupt sagen soll … ich meine, am besten wäre es wohl, es wäre dir egal, aber das ist es wohl nicht.«

»Wovon redest du denn überhaupt?«

Ich ziehe den Bademantel zusammen und gehe in die Küche, um uns etwas zu trinken zu holen. Gerade als ich die Karaffe mit dem Gurkenwasser in der Hand habe, spricht Matilda weiter.

»Oliver ist mit ihr zusammen.«

Ich bleibe wie erstarrt stehen, die Hand halb in der Luft, die Augen weit aufgerissen.

»Charlotte?«

»Woher …?«

Matilda guckt betroffen zu Boden und zupft an ihrem blassrosa T-Shirt.

»Na ja«, antwortet sie schließlich, ohne aufzuschauen, »sie ist sozusagen, ähm, also sie ist mehr oder weniger …«

»Sie ist mehr oder weniger was?«, frage ich ungeduldig. So wie Matilda rumdruckst, könnte man meinen, sie versteckte Kerstin zu Hause im Schrank.

»Kerstin ist in Andreas Mittwochabendkurs. Yoga für Fortgeschrittene.«

»Wie bitte?!«

»Sie kam, kurz nachdem wir sie damals getroffen haben«, sagt Matilda kleinlaut, »weil sie das Studio gegoogelt hat. Und du weißt ja, was wir für gute Bewertungen haben. Da hat sie wohl gedacht, dass passt gut …«

»Und du hast das zugelassen?«

Ich schlinge meine Arme eng um den Oberkörper, krampfe die nackten Zehen in den Parkettboden und starre Matilda wütend an. Sie windet sich unter meinem zugleich strengen wie verletzten Blick und protestiert: »Ich hab das am Anfang doch gar nicht mitbekommen! Schließlich ist sie bei Andreas. Und als ich ihr letzte Woche zufällig über den Weg gelaufen bin, da war es schon zu spät. Ich kann sie ja schlecht rauswerfen.«

»Weißt du, ich glaube langsam, du bist nicht die Betrogene, sondern die Betrügerin!«

»Wie meinst du das?«

»Na hör mal, du bist meine beste Freundin! Und trotzdem lässt du diese Schnepfe in deinem Studio rumturnen, traust dich nicht, mir das zu sagen, aber führst offenbar mit ihr muntere Gespräche. Da komme ich mir echt dämlich vor.«

»Das verstehe ich ja, Charlotte! Ehrlich! Aber es war einfach zu spät! Sie nachträglich rausschmeißen, nein, das geht zu weit. Und heißt es nicht, man soll nah bei seinen Feinden sein? Wenn Kerstin nicht in dem Kurs wäre, hätte ich nie erfahren, dass Oliver und sie jetzt ein Paar sind.«

Mein Zorn verraucht und macht Übelkeit Platz.

»Ich kann das nicht glauben«, flüstere ich und lasse mich aufs Sofa fallen. Selbst mein Körper scheint unter den schlimmen Nachrichten zu leiden. Alles tut mir weh, nicht nur die Muskeln, sondern auch Haut, Herz und sogar die Haare. »Seit wann?«, frage ich.

»Ich weiß nicht genau. Noch nicht so lange, glaube ich.«

Ich schweige. Was sollte ich auch dazu sagen? In meinem Kopf herrscht Chaos, in meinem Bauch auch, und während Matilda mir beruhigende Worte zuspricht und mir erklärt, dass das nun wirklich das letzte nötige Zeichen sei, dass ich Oliver vergessen müsse, kann ich nichts fühlen als Verzweiflung.

»Hätte ich dir lieber nichts sagen sollen? Ich hab die ganze Woche hin und her überlegt …«

»Ja, nein«, antworte ich immer noch durcheinander, »also doch, also ja. Ja, es ist gut, dass du mir das gesagt hast. Mir ist es lieber, ich weiß Bescheid und höre es von dir als weiß Gott wo, am Ende noch in ihrer Sendung oder so. Meinst du, die wollen heiraten?«

»Keine Ahnung. Aber ist das nicht auch egal, eigentlich? Ich meine, das ist doch die beste Gelegenheit, um loszulassen.«

»Loszulassen?«

»Diese ganze Geschichte. Das mit Oliver und deiner komischen Über-Optimierung. All die Last, die du dir selbst auf die Schultern legst. Die heimliche Liebe, die Sorgen über deine Figur und dein Auftreten. All die unnötige Schwere.«

Ich presse die Lippen zusammen. Sie hat wohl nicht gemerkt, dass die unnötige Schwere bald Vergangenheit ist. Andererseits guckt Matilda ohnehin mit einem ganz anderen Blickwinkel auf die Welt als ich. Vielleicht sieht sie mich sowieso schon viel dünner und selbstbewusster, als ich in Wahrheit bin.

»Als würde diese lächerliche Beziehung zwischen den beiden es mir irgendwie leichter machen. Ich kann es echt nicht glauben. Diese dumme Ziege!«

»Eigentlich ist sie ganz nett.«

»Das soll wohl ein Witz sein?«

»Ich weiß, ich sollte sie allein aus Solidarität schon doof finden, aber Charlotte, wir sind doch keine Sechzehn mehr. Außerdem schadet es der Seele, wenn sie unnötig hassen muss. Die ein, zwei Mal, die ich mit Kerstin gesprochen habe, war sie freundlich und aufmerksam. Irgendwie ungekünstelt. Sie hat sich sogar nach dir erkundigt.«

»Na super. Da bin ich aber froh.«

»Sei doch nicht so kindisch! Ich glaube, sie ist wirklich in Ordnung. Sie kann doch auch nichts dafür, dass sie sich in den gleichen Deppen verliebt hat wie du. Und ausgespannt hat sie ihn dir auch nicht, du hast schließlich Schluss gemacht – eine gute Entscheidung, wenn du mich fragst.«

Brütend hocke ich auf meiner Couch und versuche, die

Dinge aus Matildas Perspektive zu sehen. Als Journalistin sollte ich gut darin sein. Außerdem habe ich mich schon selbst dabei ertappt, zu denken, Kerstin könnte ganz in Ordnung sein. Wenn sie Gäste in ihrer Sendung hat, dann scheint sie sich ehrlich für sie zu interessieren, und sie kann auch über sich selbst lachen, wenn mal etwas schiefgeht.

Ohne ein weiteres Wort, nimmt Matilda mich fest in den Arm. Der Druck ihres durchtrainierten Körpers holt mich aus meiner Erstarrung, und nachdem ich fest zurückgedrückt habe, lehne ich mich zurück und atme tief durch.

»Du sag mal, hast du nicht eigentlich gleich deinen Kurs?« Ich habe vage in Erinnerung, dass dieses Wochenende das letzte in ihrem Horoskop-Reigen ist: Krankheit bestimmen und anerkennen.

»Schon, aber den könnte ich auch …«

»Nein, nein. Das wäre doch schade für dich, du hast schon so viel investiert, Geld und Energie und so, und ich weiß doch, wie wichtig dir das ist!«

»Bist du sicher?«

»Absolut. Es ist okay, wirklich.«

Natürlich wissen wir beide, dass es nicht okay ist. Aber Matilda kann mir jetzt nicht weiterhelfen. Denn an loslassen ist für mich nicht zu denken. Eher an durchstarten.

»Geh ruhig«, mit gespielter Munterkeit springe ich auf und ziehe sie von der Couch, »ich nehme mir ein gutes Buch und vergesse mal alles für eine Weile, und wenn das nicht hilft, dann kann ich heute Abend immer noch zu dir kommen.«

»Versprochen?«, fragt sie, während wir gemeinsam zum Hausflur gehen.

»Versprochen.«

»Wir haben ja auch unseren Ausflug nächste Woche«, sagt sie, als sie endlich die Wohnungstür öffnet, »da können wir mal richtig lange und in Ruhe über alles reden. Oder die Sterne befragen, wenn du willst, das hat doch schon einmal geklappt. Oder nur reden.«

»Das machen wir«, verspreche ich. Sie drückt mich noch einmal, dann ist sie weg.

Zurück auf der Couch, versuche ich erst einmal meine Gedanken zu ordnen. Oliver und Kerstin ein Paar.

Ich nehme meinen Reporterblock und ein Buch aus dem Regal. Es ist der Selbsthilferatgeber, den Matilda mir geschenkt hat und den ich zugegeben vollkommen vergessen hatte. Nun, jetzt ist er wenigstens doch noch für etwas gut: als stabile Unterlage. Mit einem Kugelschreiber bewaffnet, setze ich mich auf den Balkon in die Sonne und schlage meine Liste auf. Nachdenklich gucke ich den Titel an, den ich schwungvoll darüber gesetzt habe: Mein Weg zur Optimal-Charlotte. Und während ich so gucke, wird mir klar, dass Optimal-Charlotte nicht einfach nur die perfekte Moderatorin sein will, sondern in allen Belangen ein Mensch, der entschlossen handelt – und nichts, aber auch gar nichts auf sich sitzen lässt. Beherzt greife ich den Kuli fester und ergänze die Liste um einen letzten, wichtigen Punkt: Rache an Oliver.

Dr. Hagenbecks Selbsthilfe-Tipps
Fünf Übungen zum positiven Denken

1. Entdecken Sie Ihre guten Seiten: Machen Sie eine Liste mit Ihren positiven Eigenschaften und Stärken. Schreiben Sie dabei auch Begriffe auf, die neutral scheinen.

2. Fragen Sie Freunde: Wenn Sie Schwierigkeiten haben, überhaupt ein gutes Haar an sich zu finden, fragen Sie Freunde. Die werden eine ganze Menge aufzählen können!

3. Suchen Sie Beispiele: Lassen Sie am Abend Ihren Tag Revue passieren, und achten Sie dabei darauf, wann und wie Ihre Stärken zum Tragen kamen. Viele Aspekte Ihrer Person tragen dazu bei, dass Ihnen Dinge gelingen!

4. Helfen Sie sich selbst auf die Sprünge: Notieren Sie auf ein paar Zetteln Stichworte oder einen kurzen Satz, der Sie an Ihre positiven Eigenschaften erinnert. Verteilen Sie diese in Ihrer Wohnung.

5. Nehmen Sie dem Negativen den Schrecken: Machen Sie sich eine Liste mit Ihren Schwächen. Dann versuchen Sie, die Schwächen von einer positiven Seite zu betrachten: Wann haben Sie diese überwunden? Wo haben sie sogar Vorteile?

Kapitel acht

Der nächste Montag ist ein durch und durch grauenvoller Arbeitstag. Der Besitzer des Steakrestaurants, das ich teste, ist ein Prolet mit Schmalzlocke, der die Qualität seiner Speisen vornehmlich dadurch preist, indem er andere Küchen im Umkreis heruntermacht. Das filmische Ergebnis meiner Arbeit ist entsprechend unsympathisch, und als ich am Nachmittag im Internet nach Alternativen suche, nutzt Sandrine die Gelegenheit, mir die widerliche Praktikantin auf den Hals zu hetzen. Angeblich, damit sie was von mir lernt, tatsächlich aber, um mir verächtliche Bemerkungen über Minderbegabte reinzudrücken. Frustriert lasse ich um 18 Uhr den Stift beziehungsweise die Maus fallen und mache mich auf zum nächsten großen Drama des Tages: Matilda.

Gestern Abend ist mir nämlich klar geworden, dass Josefines Party ausgerechnet an dem Tag stattfindet, an dem ich mit meiner besten Freundin unseren Ausflug geplant habe. Die ganze Nacht habe ich wach gelegen und abgewogen, wem ich denn nun absagen soll: Josefine oder Matilda.

Eine ausgelassene Party mit meinen Lauffreunden ist gerade weit mehr in meinem Sinn, allein schon, weil ich neugierig auf deren Partner bin.

Damit Matilda mir dennoch nicht allzu böse ist, dass ich unser Mädels-Wochenende absage, mache ich einen Umweg über einen Esoterik-Laden im Prenzlauer Berg. Das *He-*

xenwerk ist ein kleiner Eck-Laden, der angeblich die neusten esoterischen Mittelchen und Spielzeuge anbietet. Ich drücke die Eingangstür auf und trete in den kleinen Verkaufsraum. Es ist ein wenig dunkel, aber angenehm kühl hier, und die Luft duftet nach Wildkräutern und Geheimnissen. Neugierig sehe ich mich um. Die Wände sind dunkelgrau gestrichen und kommen ganz ohne Hare-Krishna-Plakate und Mandalas aus. Schwarze Holzregale verbergen allerlei Mysterien in verschieden großen Kisten.

»Kann ich helfen?«

Ich hatte damit gerechnet, dass das *Hexenwerk* von einer grauhaarigen Dame Mitte Sechzig geführt wird oder von einem wettergegerbten Naturfreak mit Pferdeschwanz und Multifunktionsweste. Stattdessen steht eine junge Frau vor mir. Sie trägt einen asymmetrischen schwarzen Rock aus Chiffon, dicke schwarze Plateausandalen, ein enges, tief ausgeschnittenes lilafarbenes Top aus den 80ern, eine antike Kette mit Silberkreuz und einen ausladenden dunklen Hut mit ebenfalls lila gefärbtem Seidenband. Ihre Lippen sind voll und knallrot, ihre dicken blonde Haare hat sie zu einem lockeren Knoten aufgetürmt.

»Suchst du was Bestimmtes?«, hakt die junge Frau nach, und ich nicke stumm.

»Und das wäre was?«

»Das weiß ich nicht so genau. Ist für eine Freundin.«

»Oh, ein Geschenk! Super! Es gibt nichts Besseres als Geben. Zum Geburtstag?«

Ich schüttle den Kopf und erkläre ihr dann, warum ich ein Präsent für meine esoterische Astro-Freundin benötige: als Wiedergutmachung.

»Ich verstehe«, sagt sie. Dann guckt sie nachdenklich an mir vorbei ins Nichts. Schließlich hebt sie den Zeigefinger, nickt zustimmend und verschwindet hinter dem Tresen im Lagerraum. Als ich schon denke, sie hat einen geheimen Tunnel zum Mittelpunkt der Erde gefunden, höre ich sie rufen: »Sternzeichen?«

»Meins?«

»Deine Freundin!«

»Widder!«

»Welche Dekade?«

Verwirrt lehne ich mich über das schwarz gestrichene Birkenholz des Tresens und versuche durch den Silberlamé-Vorhang zu spähen, der das Lager vom Verkaufsraum trennt, erkenne aber nicht einmal einen vagen Schatten.

»Welche was?«

»Dekade!«, antwortet die Stimme der jungen Verkäuferin aus dem Verborgenen. »An welchem Tag hat sie Geburtstag?«

»7. April!«

»Gott sei Dank!«

Ich rätsle noch, ob der 8. April dagegen Teufelszeug gewesen wäre, als die blonde Verkäuferin den Silberfetzen endlich zur Seite schiebt und sich triumphierend vor mir aufbaut. »Sie ist nicht zufällig schwanger, oder?«, fragt sie.

»Nicht das ich wüsste.«

»Schade eigentlich, dann wäre das gleich doppelt wirksam.«

Mit strahlendem Lächeln hält sie mir ein glitzerndes Amulett hin. Ein geflochtener Ring aus Silber, der nach unten hin zu zwei Händen wird, die ein rot glänzendes Herz mit Silberkrone halten. Der Anhänger hat nichts von Flohmarkt und sehr viel von Edeljuwelier.

»Wunderschön«, sage ich verzückt, »was bedeutet es?«

»Das ist das sogenannte Claddagh, ein irisches Symbol für

Ehe und Freundschaft«, erklärt sie, »aber angepasst an das Sternzeichen deiner Freundin: Der Stein, aus dem das Herz ist, ein roter Jaspis, der wird allgemein Widdern der zweiten Dekade zugerechnet. Du hast Glück«, ergänzt sie, »ich bin erst bei Anfang April mit diesen Amuletten, wäre sie jetzt Skorpion oder selbst Stier, dann hätte ich leider nichts Passendes gehabt, zumindest noch nicht.«

»Du machst die selbst?«

»Ich bin gelernte Schmiedin«, sagt sie, »da liegt das doch quasi auf der Hand!«

»Phantastisch! Und dieser Jaspis, der hilft auch bei Schwangerschaften?«

»Bei Schwangerschaften, Übelkeit und übermäßiger Esslust.«

»Ich nehme zwei«, sage ich, als ich das höre, und stottere erklärend, »einen für sie und einen für mich, dann ist die Geste irgendwie noch klarer, oder?«

»Du bist auch Widder der zweiten Dekade?!«

Erst will ich zustimmen, aber dann bringe ich es irgendwie nicht übers Herz, der talentierten und hilfreichen Esoterik-Schmiedin mitten ins freundliche Gesicht zu lügen.

»Nein. Ich bin Stier. Mai-Stier.«

»Ach Mensch, wie doof. Das habe ich frühestens in zwei Wochen fertig ... und dir jetzt etwas anderes andrehen, das fände ich nicht richtig.«

»Ist das denn so wichtig?«

»Das ist die ganze Idee dahinter! Dass jeder sein passendes Ehe-Amulett bekommen kann. Oder Freundschaft eben, es steht ja für beides. Nein, so bezaubernd ich es auch von dir finde, dass du es als Zeichen eurer Freundschaft tragen willst; wenn deine Freundin genauso tickt wie ich, dann wäre sie sicher auch dagegen, dass du dafür deine Wurzeln verrätst.«

Sie schlägt Matildas Geschenk in Seidenpapier ein und guckt mich dann errötend an.

»Das wären dann sechzig Euro«, sagt sie unbehaglich, »ist das okay? Ich weiß, das klingt viel, aber es ist wirklich Handarbeit…«

Ich versichere ihr, dass das vollkommen in Ordnung sei. Ich hatte mit mehr gerechnet. Dann fällt mir etwas ein. »Haben Sie eigentlich schon mal von Quanten-Steinen gehört?«, frage ich, während ich ihr das Geld gebe.

»Quanten-Steine? Kenne ich nicht.«

Auch von Matildas Guru Gerald hat sie noch nie gehört. »Aber«, sagt sie dann entschuldigend, »Berlin ist ja auch sozusagen das Indien von Deutschland; hier gibt es mehr Propheten, Gurus und Heilige als Coffee-Shops. Da kann man unmöglich den Überblick behalten. Kann also gut sein, dass dieser Gerald ein bekannter Guru ist und ich ihm bloß noch nicht über den Weg gelaufen bin. Allerdings«, sie beugt sich vertraulich vor und reicht mir meine Tüte, »darf man nicht vergessen, dass es auch wirklich viele Scharlatane gibt. Leute, die sich nur bereichern wollen oder es einfach genießen, im Mittelpunkt zu stehen. Und dann die Idioten, die sich für den nächsten Hubbard halten… unerträglich.«

Ich stimme zu und verspreche, Ende des Monats noch mal vorbeizukommen. Als ich schon beinah zur Tür heraus bin, hält sie mich zurück. »Weißt du, ich wollte nur sagen: Trotz aller Amulette und aller Esoterik – das Glück haben wir selbst in der Hand. Das klingt vielleicht komisch, wenn es von jemandem wie mir kommt, aber ich habe die Erfahrung gemacht, dass kein Guru soviel Weisheit hat wie man selbst, wenn man lernt, mutig auf sein Herz zu hören.«

Sie sagt das mit einer sonderbaren Mischung aus Fröhlichkeit und Ernst, und irgendwie berühren mich ihre Worte.

»Danke, das ist ein guter Rat. Auch wenn's mir ehrlicherweise nicht immer leicht fällt, mich daran zu halten. Aber ich versuche es.«

Draußen auf der Straße fühle ich mich euphorisch. Das muss der gute Einfluss des *Hexenwerks* sein. Ich hoffe, er wirkt auch bei Matilda.

Es ist aber gar nicht wie verabredet Matilda, die mir die Tür zum Yoga-Studio aufmacht, sondern Andreas.

»Matilda kommt gleich«, sagt er müde, während ich mich auf einen hellgrünen Sitzsack plumpsen lasse, »sie ist oben bei Frau Mai, es gibt wieder Probleme mit der Dusche. Ich fürchte, langsam muss wirklich mal was an den Rohren im Haus gemacht werden. Die Hockenheimers in der Dritten haben auch ständig was, und hier im Studio ist es auch nicht besser. Das wird sicher eine ganze Stange Geld kosten. Und das gerade jetzt, wo Matilda so viel in ihre Ausbildung steckt und deshalb auch noch ständig als Lehrerin ausfällt.« Entnervt schüttelt er den Kopf. »Im Moment haben wir wirklich nur Schwierigkeiten.«

»Ach wie doof«, sage ich unglücklich, »ich hab nämlich auch keine guten Nachrichten.«

»Wieso?«

Ich erzähle ihm von meiner Doppelbelegung am Wochenende. Erst scheint er gar nicht richtig zuzuhören, aber dann leuchtet sein Gesicht plötzlich auf. Er setzt sich neben mich, was reichlich albern aussieht, weil er so weit in dem Sitzsack verschwindet, dass seine Knie neben seinen Wangenknochen sind.

»Das ist doch perfekt!«, ruft er aus der Tiefe seines Sitzes, »das ist genau der Betrug, den sie nötig hat!«

»Wie soll ich denn das verstehen?«

»Na ja«, er versucht sich vorzubeugen, was in seiner Hockhaltung allerdings unmöglich ist, »Gerald hat gesagt, eine Person, die Matilda sehr nahesteht, wird sie betrügen, und du weißt, wie viel sie auf Freundschaft im Allgemeinen, aber vor allem auf eure schwört. Dass du jemand anderen vorziehst ... das könnte sie durchaus als Betrug verstehen!«

»Meinst du, dass sie das wirklich glaubt? So überzeugt wie sie davon ist, dass du fremdgehst. Oder fremdgehen wirst.«

»Einen Versuch ist es wert!«

»Ich weiß nicht. Das wird sie mir ganz schön übel nehmen ... »

»Das kann sein », sagt er, »aber ihr bekommt das sicher wieder hin. Bitte Charlotte, ich weiß langsam nicht mehr, was ich noch tun soll. Ich hab wirklich Angst um unsere Beziehung.«

Er schaut mich so flehentlich an, dass mir gar nichts anderes übrig bleibt, als zu nicken. Wenn ich Matildas Beziehung mit dieser albernen Scharade retten kann, dann ist das ein wenig Streit wohl wert. Seufzend nicke ich, und Andreas fällt mir um den Hals.

»Danke, Charlotte!«, sagt er erleichtert, »ich mache es wieder gut, versprochen!«

»Das hoffe ich«, antworte ich und greife in meine Handtasche. Mit einer dramatischen Geste überreiche ich ihm das Amulett. »Schenk ihr das, das ist ein Amulett, das für Freundschaft, aber auch für die Ehe steht. Der Stein ist ein roter Jaspis ...«

»... der Edelstein, der Widdern der zweiten Dekade zugeordnet wird!«, vollendet er meinen Satz, »Charlotte, was für ein tolles Geschenk. Wie gemacht für Matilda. Bist du sicher, dass du mir das geben willst?«

»Bin ich. Man kann ja nicht immer nur an sich selber denken.«

Als Matilda fünfzehn Minuten später zu uns stößt, haben wir unsere Rollen einstudiert: Ich spiele die herzlose Tussi, die ihre beste Freundin für einen Haufen Emporkömmlinge in die Wüste schickt und Andreas den strahlenden Propheten, der mich anklagt, den Betrug aufdeckt und uns am Ende versöhnlich wieder zusammenbringt. So weit die Theorie. Die Praxis sieht dann wie so oft ein wenig anders aus. Das fängt schon mit Matildas Reaktion an, als ich ihr unterkühlt mitteile: »Das wird nichts am Wochenende, meine neuen Freunde feiern eine Party, da kann ich unmöglich fehlen.«

Statt wütend oder traurig zu werden, stiehlt sich ein kleines Lächeln auf ihre Lippen.

»Deine neuen Freunde?«, echot sie, »die von der Laufgruppe?«

»Genau«, bestätige ich, »ich weiß, wir haben das schon seit Ewigkeiten geplant und Josefine hat jetzt erst gefragt, aber ich muss da Prioritäten setzen.«

»Und die liegen bei deinen neuen Freunden?«

Immer noch wirkt Matilda so, als spräche ich eine Einladung zum Yoga-Retreat in Sri Lanka aus: Die helle Iris ihrer Augen leuchtet, ihre Schultern zucken aufgeregt, und ihre Lippen lächeln mich fröhlich an.

»Genau«, sage ich wieder, »die sind wichtiger als du!«

Ich schiele zu Andreas, der jetzt eigentlich seinen Einsatz hätte und verkünden sollte, dass das wohl der Betrug sein müsse, den Matilda in den Sternen gelesen habe. Aber er ist ebenso irritiert von dem unerwarteten Verhalten seiner Frau wie ich und starrt sie mit offenem Mund an.

Im nächsten Moment fällt Matilda mir jubelnd um den Hals.

»Ich wusste es! Gerald wollte es nicht glauben, aber ich wusste es!«

Ich tätschle ihr so behutsam den Rücken, als wäre sie eine gemeingefährliche Irre. Doch sie drückt mich nur noch fester und flüstert mir ins Ohr: »Danke, Charlotte!«

»Wofür?«

»Vom ersten Moment an, als du die Laufgruppe erwähnt hast, dachte ich mir: Das passt nicht zu dir. Das ist seltsam, da ist was im Busch. Und jetzt sehe ich, dass ich die ganze Zeit recht hatte: Du bist es, die mich betrügt, nicht Andreas!«

Verblüfft gucke ich erst sie an, dann Andreas.

»So ist es!«, ruft er eine Spur zu laut, stellt sich neben Matilda und hält ihr in einer großzügigen Geste mein Paket hin. »Für dich«, sagt er und zwinkert mir zu. Ich zwinkere nicht zurück, denn ich finde, da Matilda so glücklich über den Lauf der Dinge zu sein scheint, hätte er mir mein Geschenk ruhig zurückgeben können.

Als sie das Amulett sieht, treten ihr Tränen in die Augen. »Gut, dass das alles endlich ein Ende hat«, seufzt sie, während Andreas ihr die Kette umlegt, »ich wusste schon gar nicht mehr, was ich machen soll.«

Ich schlucke die sarkastische Bemerkung herunter, dass sie schlichtweg auf ihren Verstand hätte hören sollen statt auf Gerald und frage stattdessen: »Das heißt, du bist mir gar nicht böse?«

Sie winkt ab und strahlt mich an. »Nein, nein! Ich hätte es selbst kommen sehen müssen, und nach der Nummer mit Kerstin, na ja, da könnten wir doch sagen, dass wir quitt sind?«

»Und was wird Gerald dazu sagen?«, rutscht es mir heraus, und ich beiße mir auf die Zunge. Dass man aber auch immer an Wunden knibbeln muss, statt sie in Ruhe heilen zu lassen.

»Ich bin sicher, er wird mir zustimmen«, murmelt Matilda, klingt aber alles andere als überzeugt. »Allerdings kann ich mir vorstellen, dass er denken wird, du seist ein schlechter Einfluss. Also nicht falsch verstehen, aber er ist sehr besorgt um meine spirituelle Entwicklung.«

»Zu Recht«, stimmt Andreas zu, der wohl vergessen hat, dass er Gerald vor zehn Minuten noch gern lebendig verbrannt hätte, »aber Charlotte ist ganz sicher kein schlechter Einfluss.«

»Eben«, bestätige ich, »ich will schließlich auch immer nur dein Bestes. Vielleicht kannst du ja auch einfach mit zu der Party kommen? Josefine hätte sicher nichts dagegen. Und so können wir meinen … äh … Betrug gemeinsam verarbeiten.«

Matilda lächelt glücklich. »Und am besten ist wohl, Gerald lernt dich auch einfach mal kennen! Dann sieht er selbst, was für ein toller Mensch du bist!«

Am nächsten Samstag gehen wir gemütlich und hübsch gemacht in Richtung *Burgerbegehren*, vorbei an Jugendlichen, grummelnden Pennern und Pärchen mit McLaren-Kinderwagen. Das ganze bunten Leben eben, das hier an einem strahlenden Sommervormittag zusammenkommt oder wenigstens nebeneinanderher lebt.

»Also, Josefine ist die die Geburtstag hat, richtig? Sie redet viel und ist verheiratet, hat einen kleinen Sohn und arbeitet für eine Hotline, ja?«

»Ganz genau!«

Matilda hat nicht nur großzügig verziehen, dass ich sie mit zu Josefines Geburtstag schleife statt durchs Grüne, sondern es sich darüber hinaus zur Aufgabe gemacht, genau über die Leute Bescheid zu wissen, denen sie dort begegnen wird.

»Lagerfeld, echter Name irrelevant, Kameramann, Asket und vielleicht interessiert am Yoga? Was meinst du?«

»Unbedingt!«

»Merke ich mir. Dann Nina, etwas schüchtern, sehr groß, sehr liebenswert. Dann natürlich dein Kollege Julian, schwul und vergeben, wobei du seinen Freund heute zum ersten Mal triffst. Angezogen wie ein stilsicherer Zirkusclown, also Julian, nicht sein Partner, obwohl, der vielleicht auch. Hat eine lockere Haltung zu so ziemlich allem, ist gemütlich, scherzt gern. Passt das?«

»Wie angegossen.«

»Und Lars, nun, den kenne ich ja schon.«

Richtig, da war ja was. Automatisch zupfe ich an meinem neuen Kleid, weiß, mit großem rotem Klatschmohn. Es ist zwar keine triumphale 36, noch lange nicht, aber es passt gut zu der Bräune, die ich mittlerweile habe und zu meinen dunklen Haaren, die ich locker nach oben gesteckt trage: Ich sehe aus wie das entspannte Blumenkind von nebenan.

»Genau, den kennst du.«

»Ach so, und Gerald kommt vielleicht auch vorbei, den kenne ich nun ja sehr gut, aber er dich nicht, und er dachte, es ist ungezwungener, wenn ihr euch bei einer Party trefft. Dann kann die Leichtigkeit der Umwelt gleich die richtigen Schwingungen für eine harmonische Begegnung erzeugen.«

Dass der Herr Guru keine Einladungskarte hat, spielt scheinbar keine Rolle. Wahrscheinlich gilt für Sterndeuter das gleiche wie für Königskinder: Sie sind eine schicke Erweiterung jeder Gesellschaft, sodass man sich immer freut, sie da zu haben.

»Aha. Na, da bin ich gespannt. Schließlich macht dein Gerald mir schon fast den Job als beste Freundin streitig!«

Matilda kichert. Sie sieht süß aus in ihrem moosgrünen langen Rock, der weißen Rüschenbluse und den großen silbernen Creolen, wie eine irische Zigeunerin in Festtagsstimmung. Auch das Amulett trägt sie, scheinbar hat der Guru die magische Schmiedekunst wohlwollend abgesegnet.

Mittlerweile sind wir vor dem Restaurant angekommen. Beherzt öffne ich die Tür und gehe in langen Schritten durch den Innenraum und den Wintergarten bis in den Hof. Komischerweise bin ich aufgeregt. Aber Lars ist nirgendwo zu sehen, genauso wenig wie das Geburtstagskind. Dafür aber Julian. Er hat einen maßgeschneiderten Sommeranzug an, dessen Eleganz etwas darunter leidet, dass der Stoff knallrosa ist und gelbe Streifen hat. Ich winke ihm, und er kommt strahlend auf uns zu. Neben ihm läuft eine nicht minder auffallend gekleidete Frau, die ich auf Ende zwanzig schätze. Sie trägt eine gelb glänzende Chiffon-Hose im Marlene-Stil und darüber eine knappe Weste mit Pfauenmuster. Darunter ist sie splitterfasernackt. Im weißblond gefärbten Pixieschnitt trägt sie ein Haarband mit Feder. Sie ist keine ausgesprochene Schönheit, hat aber eine Ausstrahlung, die mich sofort für sie einnimmt. Als Julian uns erreicht hat, macht er eine kleine Verbeugung, die ob seiner Körperdimensionen etwas Drolliges hat, und zeigt dann auf die lächelnde Dame neben sich.

»Darf ich euch meine Frau vorstellen?«

»Frau?!«, rufen Matilda und ich gleichzeitig, und Julian lacht herzlich los.

»Oh Mensch, Charlie, dein Gesicht! Premium!«

»Ich dachte irgendwie…«, stottere ich und werde knallrot. Julian grinst.

»Ja, das habe ich auch gemerkt, dass du mich für superschwul hältst. Im Büro denken das alle, also mach dir nichts draus. Das ist auch Absicht, das passt nämlich einfach besser zu meinem Image. Ein extravaganter Musikreporter wie ich, der kann doch nicht seit dem 19. Lebensjahr schon treu verheiratet sein! Das macht doch jeden Mythos gleich stinklangweilig.«

»Du bist ein Spinner, Julian«, sagt die Frau an seiner Seite und reicht mir versöhnlich die Hand.

»Ich bin Inge, nimm es nicht persönlich, Julian ist einfach ein Kobold, den darf man nicht zu ernst nehmen.«

»Tut mir leid«, sage ich und nehme dankbar die dargebotene Hand, »ich bin Charlie, die mit dem Klischeebild aus den 80ern im Kopf!«

»Guck nicht so betroffen, du bist nicht die Erste, die aus mir den Vorzeige-Schwulen macht. Wie gesagt, unser Chef weiß bis heute nicht, dass er keine Chance bei mir hat, da mag er mir noch sooft einen Augenaufschlag über seine Brille zuwerfen und mich zu dringlichen Besprechungen ins Büro bitten.«

»Adrian ist schwul?«

Offensichtlich habe ich wirklich keinen Radar für so etwas.

Plötzlich steht Josefine bei uns und strahlt in die Runde. »Ach wie toll, dass ihr da seid! Du musst Matilda sein, ja?«

Im Gegensatz zu Inge und Julian sieht sie nicht im Geringsten festlich aus. Sie trägt eine hellblaue Leggings und ein enges weißes T-Shirt mit einem roten Herzen drauf. Sie zwinkert mir zu und wendet sich dann an mein Mitbringsel Matilda: »Charlie erzählt so viel von dir, du musst unbedingt ein Horoskop für meinen Sohn machen, Tim heißt der, bitte Tim, nicht Timmy, egal was du die alten Damen rufen hörst …«

Ohne ihren Redefluss zu unterbrechen, hakt sich Josefine bei meiner verblüfften Freundin unter und zieht sie mit sich.

»Was machst du denn hier?«

Ich zucke zusammen. Die Frage in meinem Rücken klang nicht vorwurfsvoll, eher neugierig, aber als ich mich umdrehe und Lars ins Visier nehme, habe ich trotzdem das Gefühl, ich hätte ihn besser vorgewarnt. Er wirkt ein wenig schockiert, als wäre ich ihm nicht in seinem eigenen Biergarten begegnet, sondern nachts um vier im Puff, in jedem Arm einen besoffenen Matrosen und auf dem Kopf meinen Kater.

»Bin so ein Geburtstagsgast«, sage ich, »mehr nicht.«

»Ach so, mehr nicht.«

Er lächelt mich an. Julian räuspert sich vernehmlich, und Lars schaut von mir zu ihm und Inge.

»Ihr kennt euch wohl?«, strahlt mein Kollege, der ganz genau weiß, dass Lars und ich uns nicht das erste Mal über den Weg laufen.

»Tun wir«, antwortet der Koch, »Charlie hat hier mal gedreht, ich bin der Chef, sozusagen, also das *Burgerbegehren* gehört mir.«

»Toller Laden, der Wintergarten allein ist echt ein Traum«, lobt Inge, »und wahnsinnig leckere Burger, vor allem das Käsetrauma, vorher wusste ich gar nicht, wie viel Käse auf so einen Burger geht.«

»Absolut«, stimmt Julian zu und fragt dann: »Sind Sie eigentlich Single?«

Mir klappt die Kinnlade runter. Lars scheint nicht minder irritiert von der Frage. Er hebt beide Augenbrauen, wuschelt sich durchs rote frisch gekürzte Haar und streicht dann über seinen ebenfalls gestutzten Vollbart. Anders als ein Oliver, der so ein ungefragtes Eindringen in seine Privatsphäre augenblicklich verboten hätte, setzt Lars sogar zu einer Antwort an, und ich komme nicht umhin, meine vor Verlegenheit roten Ohren zu spitzen. Als Journalistin sollte man immer alle Informationen sammeln, die man kriegen kann, das ist doch sonnenklar.

»Mehr oder weniger«, antwortet er schließlich vorsichtig.

Mehr oder weniger, was ist denn das für eine Antwort? Morgens ja, abends nein, oder wie?

Bevor Julian ihm dieselbe Frage noch mal stellen kann, wechselt Lars eilig das Thema: »Wir haben übrigens heute einen Außen-grill hier, extra aufgebaut. Den solltet ihr mal ausprobieren, das schmeckt noch mal ganz anders. Ich muss da jetzt auch mal wieder hin, Thorsten und offene Flamme, das ist nicht die beste Kombination. Aber ihr schaut doch mal vorbei, oder?«

Kaum ist er weg, springt Nina mir in den Weg. Sie lächelt viel offener als sonst, und ihre Augen haben diesen leichten Glanz, den man gerne mal bekommt, wenn man in den Morgen mit zwei Gläschen Sekt startet.

»Charlie!«, ruft sie entzückt und taumelt in meine Arme, »entschuldige, bin ein bisschen beschwipst!«

»Merke ich«, grinse ich und drücke sie, »aber find ich gut.«

»Ja gut, ja, das ist es.«

Sie kichert ein bisschen und lässt mich wieder los.

»Wo ist denn deine Freundin? Hast du die nicht mitgebracht?«

»Hier«, erklingt es hinter uns. Matilda hat Josefine offenbar ablenken und sich zu uns zurückschleichen können. Neben ihr, die Hand besitzergreifend auf ihrem linken Unterarm, steht ein mittelgroßer Mann, dessen Alter ausnehmend schwer zu schätzen ist. Seine Haare sind so weiß, dass sie im Sonnenlicht zu glühen scheinen. Keine echte Farbe, wie ich argwöhne, sondern kunstvoll gefärbt. Er trägt diese lichte Pracht am Hinterkopf locker zu diesem albernen Knoten gebunden, was bei Männern in der Großstadt zwar furchtbar angesagt ist, aber immer ein wenig so wirkt, als wären sie aufstrebende Sumo-Ringer. In Geralds Fall fehlt es für eine Zukunft in Kämpferpose aber sowohl an Muskeln als auch an Fettpolstern, er ist nämlich eher schmal gebaut. Sein rundes, weiches Gesicht ist bis auf eine markante Linie zwischen seinen ebenfalls weißgefärbten Augenbrauen ziemlich glatt und gut gebräunt. Gekleidet ist er schlicht, aber ordentlich: ein weißes Leinenhemd, lange, dunkelblaue Cargohosen und Segelschuhe. Er hat, das muss man ihm lassen, ein gewisses Charisma.

»Ich bin Gerald«, sagt er mit einer hellen, fast schon jungenhaften Stimme, die nicht so recht zu seiner Statur zu passen scheint. Er reicht mir dir Hand, und als ich sie nehme und mich ebenfalls vorstelle, muss ich röcheln.

»Julian«, flötet Julian, der es vermeidet, die Finger zerquetscht zu bekommen, indem er stattdessen auf seine Frau zeigt: »Und meine Liebste, Inge!«

Die angesäuselte Nina dagegen interessiert sich herzlich wenig für den Guru und viel mehr für Matilda: »Du bist ja winzig!«, nuschelt sie und deutet dabei auf meine beste Freundin, die zwar wirklich keine 1,55 misst, aber kaum als der Gnom durchgeht, den Nina grade aus ihr macht. Doch mit der gezielten Sicherheit des Besoffenen hat sie auch schnell ein neues Thema gefunden: »Ich werde es tun!«, sagt sie verbissen, »ich hab schon einen Termin und alles und niemand kann das ändern, gar auf keinen Fall nicht, nein.«

»Schatz, wovon redest du?«, fragt Julian mit einem Grinsen.

»Oben mehr!«, ruft Nina triumphierend, »Alles mehr, mehr, mehr!«

»Nina, meinst du den Schwachsinn mit der Brust-OP? Komm, das ist doch wirklich Blödsinn, das hast du doch überhaupt nicht nötig.«

»Doch!«, schmollt sie und wirft Julian einen giftigen Blick zu, »ich will den Eingriff haben, und ich mache ihn auch, basta. Basta, basta.«

Matilda und ihre esoterische Begleitung beobachten stumm die trunkene Szene. Vor allem Gerald sieht dabei interessiert aus; er mustert Nina mit einem Blick, der mich ein wenig zu sehr an den Fuchs und die Gans erinnert. Aber wahrscheinlich bin ich da einfach nur voreingenommen. In meinen Augen hat Gerald bisher schließlich mehr Probleme verursacht als gelöst.

»Nina«, sage ich und lege einen Arm um ihre Hüften, »ich finde das toll, ehrlich! Super! Aber magst du mich anrufen morgen und mir mehr erzählen? Wo du das machen lassen willst und so? Dann können wir noch mal schauen, ob das wirklich ein guter Arzt ist und so weiter. Das ist doch wichtig.«

»Okay, okay, Charlie, mach ich, versprochen.«

Treuselig guckt sie mich an. Dann drückt sie mir einen feuchten Kuss auf die Lippen und tanzt von dannen, so leichtfüßig, als wäre schon längst alles weggesaugt, vor allem die eigene Unsicherheit. Auch Julian und seine Frau Inge verabschieden sich Richtung Grill, nachlegen, wie er grinsend sagt. Der Glückliche. Alles, was ich vorgesetzt bekomme, ist der Guru.

»Wow, das sind ja mal unübliche Leute«, sagt Matilda, als wir uns ein Plätzchen auf einer Bierbank suchen. Gerald bleibt dicht an ihrer Seite, gibt mir aber das Gefühl, mich keine Sekunde aus den Augen zu lassen.

»Ich mag sie«, sage ich. Kurz muss ich an die Schmiedin aus dem *Hexenwerk* denken und an ihren weisen Rat: Sein Glück muss man selbst in die Hand nehmen. Vielleicht habe ich mich bis vor kurzem weniger daran gehalten, als ich dachte.

»Ich mag sie auch«, sagt Matilda.

»Es sind ganz sicherlich und merklich ganz faszinierende Gestalten«, schaltet sich nun Gerald ein. Sein Tonfall ist eine Mischung aus Predigt und Gesang, melodisch und dozierend und irgendwie einlullend, »ich sehe großes Potential in all ihren reich gefüllten Seelen, einzigartig in ihrer Substanz und doch verbunden im großen Ganzen. Es umgibt einen jeden von ihnen unfragwürdig ein weiches Licht, ungebündelt noch, doch formbar zu großen Strahlen.«

»Sie ... äh ... sind wohl auch ein Aurenleser?«, frage ich, was hoffentlich höflich und nicht spöttisch klingt.

»Überwinden wir die Distanz des Sies«, sagt er, beugt sich galant über Matilda, die zwischen uns sitzt, und greift meine Hand. Ich fürchte, er drückt wieder zu, aber er hält sie nur leicht in seiner und guckt mich intensiv an, »sag du zu mir, und sei mir nahe.«

Mein Bedürfnis, Gerald nahe zu sein, hält sich in Grenzen.

»Es freut mich, dass ich dir nahe sein darf, Charlotte, denn Matilda hier bist du sehr wichtig.«

»Das bist du«, sagt Matilda. Ich lächle verunsichert. Wenn ich es nicht besser wüsste, würde ich sagen, dass sich hier ein erotischer Gruppentreff anbahnt, so selig und innig wie beide mich anschauen.

»Du mir auch«, sage ich in Ermangelung einer besseren Antwort.

»Und doch, und doch«, jetzt gar nicht mehr erotisch säuselnd, wiegt Gerald seinen weißgefärbten Kopf, »hast du sie betrogen.«

Ich beiße mir auf die Zungenspitze.

»Aber sie hat es doch wiedergutgemacht«, schaltet sich Matilda ein. Doch sie klingt unsicher, gar nicht so stark und selbstbewusst wie sonst. Kein Wunder, dass Andreas mit den Nerven am Boden war. So gebannt wie Matilda von Gerald ist, wäre ich an seiner Stelle auch verzweifelt.

»Es tut mir leid«, sage ich dennoch. Das Beste ist wohl, die Sache einfach auszusitzen.

»Die Sterne«, sagt Gerald jetzt und schließt die Augen, »sind gütig und weisen den Weg auch durch die schweren Zeiten. Mir scheint, deine Sinne sind verschlossen für die Größe ihrer Weisung, doch dein Wille wird sich beugen. So steht es im Himmel geschrieben.«

Ehe ich etwas erwidern kann, hat er aus der Brusttasche seines Hemdes eine kleine Visitenkarte geholt und mir in die Hand gedrückt. Sie ist aus hochwertigem Büttenpapier in strahlendem Weiß und trägt in klarer Typo einen dicken schwarzen Aufdruck.

»Gerald Rasmaniloff«, lese ich laut, »Lebensberater und Sterndeuter. Äh, danke.«

»Matilda hier hat mir eröffnet, dass du dein wahres Ich zu suchen gewillt bist. Ich kann dir den Weg weisen, jederzeit. Die Telefonnummer steht auf der Rückseite.«

»Danke«, sage ich noch mal, »ich weiß das sehr zu schätzen.«

So sehr, dass ich jetzt wirklich eine Pause von ihm brauche.

Zur Beruhigung hole ich mir eine Weinschorle, die mich dank langer Abstinenz nach zwei Schlucken betrunken macht. Ziellos schlendere ich über die Party. Im Wintergarten entdecke ich Lars. Er sitzt bei einem Glas Bier. Zwar habe ich seit Ewigkeiten nichts von ihm gehört und auch nicht jede Nacht vor Sehnsucht nach ihm wach gelegen, aber jetzt, wo ich ihn hier sitzen sehe, zaubert er mir automatisch ein Lächeln auf die Lippen.

»Hi«, sage ich fröhlich.

»Hi«, sagt er nicht minder erfreut.

»Schön, dich zu sehen«, sage ich.

»Ebenso«, sagt er, und dann sagen wir beide plötzlich gar nichts mehr. Panisch rattere ich innerlich Themen durch, die geeignet sein könnten, die Stille zwischen uns zu durchbrechen. Zwischen uns funkt eine aufgeladene Energie, die es unmöglich macht, einfach ein normales Gespräch zu führen. Lars rutscht unruhig auf seinem Sitz hin und her und scheint genauso verunsichert wie ich.

»Ich hoffe, der Wein schmeckt dir«, sagt er schließlich.

»Sehr«, sage ich ebenso lahm. »Übrigens«, fasse ich mir dann ein Herz, »ich hoffe du bist nicht böse, dass ich mich nicht gemeldet habe. Ich hatte so viel zu tun die ganze Zeit. Der neue Job hält mich schon ganz gut in Atem.«

»Du siehst auch ein bisschen überanstrengt aus«, antwortet Lars mit einem Seitenblick, »also nicht falsch verstehen, bitte, es geht mich natürlich auch nichts an, aber du wirkst irgendwie ein wenig anders. Ich weiß auch nicht genau.«

Natürlich wirke ich anders, ich habe schließlich abgenommen!

»Findest du?«, frage ich spitz, »Na ja, ich bin halt sehr viel unterwegs, treffe viele Leute, da komme ich mit dem Schlafen nicht immer hinterher, wie das eben so ist. Es ist ja so viel los immer beim Fernsehen! Also online auch, jedenfalls in meinem Job. Immer, rund um die Uhr.«

Ich lache auf, was gekünstelt und schwachsinnig klingt. Keine Ahnung, wieso ich mich plötzlich so affektiert verhalte wie ein zweitklassiges Showgirl aus Las Vegas. Lars wendet den Blick ab und guckt unglücklich auf seine Hände.

»Ah okay, verstehe«, sagt er, »dann ... ich hatte halt irgendwie kurz gedacht, dass wir ... na ja, da habe ich wohl was falsch verstanden, ich hätte nichts sagen sollen. Entschuldigung.«

»Warum Entschuldigung?«, frage ich. Leider habe ich dabei immer noch einen ekligen Tonfall drauf, irgendwas zwischen blasierter Gans und desinteressierter Irrer. Da muss ich dringend dran arbeiten.

»Weil es dumm formuliert war, Charlie. Mein Fehler. Ich meine, du siehst toll aus heute. Wie immer.«

Lars schaut auf und wieder verliert alles einen Augenblick lang die Konturen, aber nicht wegen der Trunkenheit in meinem Bauch, sondern nur ob der Tiefe seiner schwarzen Pupillen in diesem dunkelgrünen Meer der Iris. Mein Herz klopft deutlich und vernehmlich in meiner Brust, das kann ich nicht leugnen. Sooft ich auch behaupten mag, dass ich gerade keinen neuen Mann will, erst recht keinen Koch, irgendetwas ist an Lars, das mein Blut in ungeahnte Wallung bringt. Und so, wie er mich jetzt ansieht, scheine auch ich ihm nicht gleichgültig zu sein. Es ist ein unerwartetes, seltsames und überraschend schönes Gefühl. Unser Blickkontakt wird langsam unerträglich, auf diese herrliche, berauschte Art und Weise, die man nur erlebt in jenen Momenten, kurz bevor etwas passiert, etwas, das vielleicht alles für immer ändert. Mein Inneres erzittert sacht, als ich mir ohne Nachdenken erlaube, mich auf diese Welle der Erwartung einzulassen, auf das furiose Herzklopfen, das chaotische Hoffen und Bangen und den Augenblick, der sich so groß und mächtig anfühlt und der mir deshalb zuviel Angst macht, um die Initiative zu ergreifen. Also bleibe ich einfach sitzen und bete, dass Lars weniger schüchtern ist als ich und etwas rausholt aus dieser Gelegenheit, etwas, das uns beide in ganz neue Sphären hebt. Er öffnet die Lippen und mein Puls beschleunigt sich.

»Hast du schon was vom Grill probiert?«, fragt er.

Ich erwache blinzelnd aus meinem Tagtraum. Ich schüttle den Kopf und würde ihm am liebsten eine Ohrfeige geben. Oder mir selbst. Oder, das wäre wahrscheinlich am besten, uns beiden.

»Ich habe eine Magenverstimmung«, lüge ich. Lars guckt auf das Weinglas in meiner Hand.

»Aha«, sagt er.

»Aha«, sage auch ich. Dann schweigen wir.

»Tja«, sage ich schließlich.

»Tja«, sagt auch er.

Mein Blick fällt auf seine Arme. Da er die Ärmel hoch gerollt hat, kann ich etwas mehr von dem Tattoo erkennen, das mir schon bei unserer ersten Begegnung aufgefallen war. Erleichtert, ein Thema gefunden zu haben, deute ich auf den schwarzen Kringel, der sich neckisch Richtung Armbeuge streckt und frage: »Was hast du eigentlich für ein Tattoo?«

Erstaunlicherweise wird er rot.

»Ach das«, murmelt er, »das ist äh ... ach hier, schau selbst.«

Er dreht den Arm um, und ich muss lachen. Das Tattoo entpuppt sich als Knoblauchknolle über zwei gekreuzten Peperoni. Darunter steht in schwungvollen Lettern *Born To Cook*.

»Großartig«, kichere ich, und er lächelt schief.

»Geht so«, sagt er mit reuigem Amüsement in der Stimme, »das war in meiner Ausbildung in Marseille. Ich habe mich eines Abends mit einem Haufen amerikanischer Matrosen besoffen, die immer in dem Laden rumhingen, wo ich gelernt habe. Das waren alles so große stramme Kerle mit Tinte an jeder zweiten Körperstelle. Einer von denen hatte sogar eine Meerjungfrau direkt auf seinem ... äh ... sagen wir mal, die meiste Zeit konnte man die Fischlady nicht sehen. Na ja, jedenfalls haben die mich immer ausgelacht, was ich für ein Milchbubi sei, so ganz unbeleckt und untätowiert, und um ihnen zu beweisen, dass ich durchaus Chuzpe habe, hab ich mich nachts um vier im Hafen stechen lassen. Hat geblutet wie Sau, natürlich, wegen des ganzen Alkohols, und ziemlich lächerlich sieht's auch aus. Naja, ich war nicht mal Achtzehn ...«

»Du hast so jung schon in Frankreich gelebt?«, frage ich fasziniert. Ich selbst habe Berlin lediglich in meiner Kindheit verlassen. Die große, vielfältige Hauptstadt hat in meinen Augen alles, was man sich wünschen kann. Warum also sein sicheres Dasein in irgendwelchen gefährlichen Gegenden riskieren? Gleichzeitig packt mich eine unbestimmte Sehnsucht, wenn ich Geschichten wie die von Lars höre.

»Ja, ich bin mit Sechzehn zu meinem Onkel gezogen, der ist Sternekoch und der hat meine Eltern überzeugt, dass ich an den Herd gehöre.«

Er erzählt mir noch ein bisschen von seiner Großfamilie, die mittlerweile auf der ganzen Welt lebt, seinen vielen Reisen und der Erkenntnis, dass er trotzdem nirgendwo anders leben möchte als hier.

»Ich auch nicht«, sage ich, glücklich, dass wir uns in dem Punkt einig sind, »ich meine, nicht nur, dass man in Berlin gefühlt alles jederzeit erleben kann, die Stadt ist auch so herrlich voll von grotesken Gestalten, da kann einem nie langweilig werden!«

»Apropos«, sagt Lars, »der Typ mit den weißen Haaren, helles Hemd, dunkle Hosen. Kennst du den?«

»Nicht wirklich. Das ist der neue Guru meiner Freundin Matilda, ich hab den selbst das erste Mal getroffen heute. Ein bisschen seltsam ist der. Warum fragst du?«

»Der kommt mir irgendwie so bekannt vor, aber ich bekomm ihn einfach nicht eingeordnet. Wahrscheinlich bilde ich mir das nur ein.«

»Vielleicht wollte er dir mal einen Quanten-Stein verkaufen«, sage ich. Er guckt mich erstaunt an, und ich kläre ihn auf, was es mit den Quanten-Steinen angeblich auf sich hat. Er lacht sein dröhnendes Lachen, und ich stimme mit ein. Deshalb bemerken wir wohl auch die junge Frau nicht, die sich an unseren Tisch schleicht und Lars plötzlich von hinten die Hände über die Augen legt. Er zuckt zusammen, und ich will schon in seinem Namen protestieren, als die schwarzgelockte Lady mir verschwörerisch zuzwinkert. Sie ist in meinem Alter und hat in etwa Matildas Größe, dabei aber deutlich schwungvollere Hüften und einen enormen Busen. Den legt sie dem irritierten Koch quasi mitten auf den Kopf, während sie rauchig fragt: »Na, wer bin ich?«

»Thorsten?«, fragt dieser mit sichtlichem Unbehagen. Das muss er doch hören – und fühlen –, dass das nicht sein Hilfskoch ist. Die Unbekannte lacht schallend, nimmt die braunen Hände aus Lars Gesicht und beugt sich dann, als er sich fragend umdreht, sofort zu ihm herunter, um ihm einen langen Kuss auf die Lippen zu drücken. Ich schaue verlegen und ein bisschen verärgert zu Boden.

»Lisa?!«, höre ich Lars und dann die Frau, die sagt: »Cherié, dass du mich nicht sofort erkennst, das macht mich traurig. So lange ist es doch nun wirklich nicht her.«

»Lange genug.«

Mehr oder weniger, denke ich sarkastisch und werfe einen kurzen Blick nach oben. So vertraulich wie diese Lisa sich jetzt an Lars schmiegt, ist mir nämlich völlig klar, wer sie ist: die Antwort auf Julians Frage nach Lars' Liebesleben. Ich stehe auf, getroffen, wie selbstverständlich sie mit der Hand durch das rote Haar meines Gesprächspartners fährt.

»Charlie, warte doch«, sagt Lars, der sich aus der Umarmung pellt und mich errötend ansieht. Aber ich habe kein besonders großes Bedürfnis, mir anzusehen, wie die beiden zärtliche Zungenküsse austauschen.

»Ich muss zurück zum Geburtstag«, sage ich steif und drehe mich um. Er wollte mich immer nur als Kochbegleitung, mehr nicht. Grüne Augen und tiefe Blicke hin oder her.

»Gehen wir doch nach oben«, höre ich Lisa noch gurren und beeile ich mich, endlich aus dem Wintergarten zu kommen. Lars' Antwort möchte ich nun wirklich nicht hören. Ich komme mir auch so schon idiotisch genug vor. Von wegen, jeder ist seines Glückes Schmied.

Dr. Hagenbecks Selbsthilfe-Tipps
Drei Ideen zum Mutigsein

1. Üben Sie, sich selbst zu überwinden: Erstellen Sie eine Liste mit Situationen, die Ihnen unangenehm sind. Das können ganz verschiedene Dinge sein, auf der Straße nach Kleingeld fragen, ungeschminkt ausgehen, auf der Straße laut singen, sich vordrängeln. Wichtig ist, dass Sie sich nicht schaden. Sortieren Sie diese Liste nach Schwierigkeitsgrad. Beginnen Sie mit Aufgabe eins. Das machen Sie, bis es Ihnen gar nicht mehr schwer fällt. Dann nehmen Sie sich den nächsten Punkt vor.

2. Malen Sie sich die Konsequenzen Ihres Handelns aus: alles furchtbar? Dann denken Sie noch mal! Üben Sie immer wieder, sich einen positiven Verlauf vorzustellen!

3. Nehmen Sie Ihre Bedürfnisse wichtig: Reservieren Sie sich Zeit in der Woche, die ganz Ihnen gehört. Versuchen Sie, sich dabei nicht von anderen ablenken zu lassen. Mut können Sie nur lernen, wenn Sie sich selbst ernst nehmen!

Kapitel neun

In den nächsten zwei Wochen habe ich Gott sei Dank kaum Gelegenheit, über grünen Augen nachzudenken, ich bin nämlich vollauf mit mir selbst beschäftigt. Und mit meiner ekelhaften Kollegin Sandrine, die nicht gut damit zurechtkommt, dass ich mit meinen Beiträgen sogar noch mehr Erfolg habe, seit wir die Tests auf gesunde Restaurants umgestellt haben. Selbst ein angesagter Berliner Newsletter hat die Tests empfohlen, ich werde also langsam eine lokale Berühmtheit. Was nichts daran ändert, dass ich lieber moderieren würde. Sandrine macht mir nach Herzenslust das Leben schwer, die Gerüchteküche brodelt. Alles, was ich dagegen tun kann, ist lächeln und durchhalten, aber ihre falsche Freundlichkeit zehrt ganz schön an meinen Nerven. Noch dazu der ganze Sport, das wenige Essen, das tägliche Buchstabenlernen (ich habe mich schlussendlich für Chinesisch entschieden), Nachrichten verfolgen und Körperhaltung üben, kein Wunder, dass ich nicht die Energie habe, mich um die Außenwelt zu kümmern.

Zumindest bis eines Abends mein Handy klingelt. Als ich rangehe, höre ich nur ein hysterisches Schluchzen und die letzten Wellen eines Weinkrampfs.

»Nina?«, frage ich erschrocken, »Was ist los?«

»Sie … haben … es … alles … kaputt … gemacht!«

Zwischen jedem Wort zieht sie hektisch Luft ein, und ich habe Mühe, sie zu verstehen.

»Wer hat was kaputt gemacht?«

»Meine Brüste!«, ruft sie, »meine Brüste!«

Ich streichle den Kater auf meinem Schoß, der momentan auf den Namen Wollsocke hört und versuche erst einmal, meine neue Freundin zu beruhigen.

»Durchatmen, Nina. Ganz langsam und bewusst.«

Während sie versucht, meiner Aufforderung zu folgen, überlege ich, was in drei Gottes Namen los sein könnte. Seit der Party habe ich sie nur einmal gesehen, zum Lauftreff, zwei Tage später. Dort hatte sie verkündet, in den Urlaub zu fahren und uns eine Überraschung mitzubringen. Von Brüsten war nie die Rede und auch nicht davon, dass sie als nervliches Wrack zurückkommen würde.

»Und einatmen, genau, und jetzt ausatmen.«

Als sie endlich ein bisschen runtergekommen ist, bitte ich sie, noch einmal von vorne anzufangen: »So, jetzt erzähl mal. Was ist los?«

»Sie haben viel zu viel genommen!«

»Wer hat zu viel von was genommen?«

»Der Arzt in Brandenburg! Das sind viel zu große Kissen!«

Langsam schwant mir, was das Problem ist. Da hätte ich auch vorher draufkommen können, aber ich war mir wirklich sicher gewesen, dass Nina sich mit mir beraten würde, bevor sie sich unter das Messer legt. Wollsocke schnurrt und drückt sein Köpfchen in meine Armbeuge.

»Was genau heißt denn zu viel?«, frage ich vorsichtig.

»Ich sehe aus wie ein Porno-Star! Und das geht nie, nie wieder weg!« Das hysterische Schluchzen droht jeden Moment zurückzukehren und alle Verständlichkeit mit sich zu reißen. »Und überall sind Dellen drin!«, schreit sie.

»Aber verheilt das denn nicht noch?«

Sie schweigt. Entweder sie weiß es nicht, sie glaubt nicht

daran, oder es ist ihr egal, wobei Letzteres wohl eher unwahrscheinlich ist. So oder so, die Lösung werden wir nicht am Telefon finden.

»Pass auf«, sage ich und werfe einen Blick auf die Uhr, »ich hole dich jetzt ab, und dann fahren wir zu meinem Vater in die Klinik.«

Zwar kann ich mir Besseres vorstellen als elterliche Lektionen, und das auch noch aus heiterem Himmel, aber immerhin geht es hier nicht um *meine* Brüste, so schlimm wird es also gar nicht werden. Nachdem ich aufgelegt habe, rufe ich in der Klinik meines Vaters an und becirce seine Sekretärin. Wir bekommen den letzten möglichen Termin: »Für das Fräulein Doktorentochter, da wollen wir mal nicht so sein, aber bitte kommen Sie pünktlich!«

Wollsocke ist ein bisschen verwirrt, dass ich mit einmal ganz hektisch durch die Wohnung wusle und verzweifelt Klamotten an- und wieder ausziehe, aber er hat ja auch keine Eltern, zumindest keine, die er besuchen muss, nur um sich stundenlang anzuhören, wie viel besser sein Geschwisterkater mit dem Leben zurechtkommt, weil der nämlich schon zwei kleine Kätzchen, ein eigenes Körbchen sowie eine Karriere als Krankenkater hat und außerdem ein viel glänzenderes Fell. Alles, was Wollsocke interessiert, ist, wo der nächste Thunfisch herkommt. Beneidenswert, wirklich.

»Tja«, kummervoll schüttelt mein Vater sein Löwenhaupt, »das sieht leider gar nicht gut aus.«

Ich presse die Lippen zusammen und lege Nina eine tröstende Hand aufs Knie. Verständlicherweise ist meine Freundin schon wieder den Tränen nahe. Dafür, dass er seit dreißig Jahren lädierte Egos aufpoliert, indem er Gesichter strafft und Hintern wegzaubert, ist mein werter Vater aber auch wirklich ganz schön unsensibel. Nicht, dass das große Neuigkeiten für mich wären, ich bin schließlich bei ihm aufgewachsen.

»Aber du kannst doch sicher was machen?«, frage ich mit einem vieldeutigen Blick auf das gesenkte Haupt von Nina, die leise vor sich hin schluchzt. Ich hätte eigentlich nichts dagegen gehabt, bei diesem Termin vor der Tür zu warten, aber sie hatte so ängstlich ausgesehen, dass ich mich überwunden habe und mitgekommen bin. In der Folge werde ich die nächsten Nächte sicher Albträume haben, denn der Anblick ihrer völlig verhunzten Brüste ist wirklich grauenvoll: Nicht nur dass sie jetzt wirklich größer sind als zwei Basketbälle, sie sind auch noch uneben und bläulich verfärbt. Jetzt hat sie die Bluse wieder an, aber immer noch ein ziemliches Problem. Eines, das mein Vater eigentlich lösen sollte und nicht verschlimmern.

Der lehnt sich jedoch erst einmal zurück und seufzt. Sein weiträumiges, karges Büro ist lichtdurchflutet, aber auch das kann die Stimmung nicht heben. Von Dekoration hält mein Vater nicht viel, und wenn man sich hier so umguckt, dann könnte man meinen, er hätte auch was gegen Möbel. Obwohl sein Beratungszimmer gute vierzig Quadratmeter misst, steht außer seinem Schreibtisch, zwei Besucherstühlen und einer Stehlampe nichts drin. Das Einzige, was er sich gönnt, sind stilvoll gerahmte Bilder seiner Operationswerke. Vorher und nachher, versteht sich. Nina zuckt zusammen, und ich werfe meinem Vater einen auffordernden Blick zu, den er aber gar nicht zu bemerken scheint.

»Das wird ein langer, schmerzhafter Prozess, da will ich nicht lügen. Da hat man Ihnen wirklich übel mitgespielt in dieser Schlachterei, ein Unding, wirklich. Aber,« er richtet sich auf und legt jetzt all die Überzeugungskraft in seine Stimme, die er bisher schmerzlich hat vermissen lassen, »ich bin sicher, ich kann Sie wieder herrichten, mehr noch, ich kann Ihnen versprechen, dass Sie Ihre Brüste mehr lieben werden als je zuvor.«

Hoffnungsvoll schaut Nina auf. Sie sieht wirklich ganz fertig aus, die Arme.

»Meinen Sie?«, fragt sie und klingt dabei, als wäre mein Vater ein Priester, der das ewige Himmelreich verspricht. Ich verstehe, dass sie sich an seine Prognose klammert wie an einen göttlichen Rettungsring, aber wie immer macht es mich ein bisschen kirre, dass ich offenbar die einzige Frau auf dieser Welt bin, die nicht jedes Wort meines Vaters als göttliche Weisung nimmt.

»Ich bin fest davon überzeugt!«, ruft er mit seinem dröhnenden Bass. Dann guckt er wieder auf die Fotos, die er eben von Ninas zerstörtem Oberbau gemacht hat.

»Unglaublich, wer sich heutzutage Schönheits-Chirurg schimpft. Hat meine Tochter Ihnen denn keine Hilfe angeboten? Es hätte ja nicht meine Praxis sein müssen, wenn Ihnen das unangenehm ist, aber sie hätte sich wenigstens bei mir nach guten Kollegen erkundigen können.«

Ich schnappe nach Luft. Ist es jetzt etwa ernsthaft mein Fehler, dass Nina einfach in die nächstbeste Klinik rennt und sich die Brüste kaputt machen lässt? Wenigstens fällt meine Freundin mir nicht in den Rücken.

»Doch, das hat sie«, erklärt sie mit schwindender Stimme, »aber … aber … ich habe das Geld nicht gehabt für so eine gute Klinik wie Ihre«, sagt sie beschämt. Tränen hängen in ihren Wimpern, als sie den Kopf wieder senkt und flüstert: »Ich weiß auch jetzt nicht, wie ich Sie bezahlen soll.«

Darüber hatte auch ich noch gar nicht nachgedacht. Mein Vater dagegen hat auch darauf eine Antwort: »Nun, nun, da wollen wir mal nicht so sein«, sagt er großzügig und ohne zu zögern, »da finden wir sicher eine andere Lösung. Ich bin demnächst auf einem Kongress, da geht es um die Korrektur von fehlerhaften Eingriffen, da ist Ihr Fall ganz wunderbar, wenn Sie mir da Ihre Einwilligung geben, das wird natürlich anonymisiert, dann wäre das schon in Ordnung. Denn so ein prachtvolles Beispiel, da muss ich sonst lange nach suchen.«

Argwöhnisch mustere ich meinen Vater. Manchmal bin ich mir nicht sicher, ob er sich solche Sachen ausdenkt oder ob es diesen Kongress wirklich gibt. Zuzutrauen ist ihm beides. Nina ist sichtlich erleichtert.

»Wirklich?«, haucht sie und drückt dankbar meine Hand, die noch immer auf ihrem Knie liegt.

»Wirklich«, bestätigt mein Vater, »Ihre Brüste sind eine ziemliche Herausforderung, da fällt es ohnehin schwer, Nein zu sagen.« Er zwinkert ihr vertraulich zu. »Gehen Sie mal nach vorne, dort sprechen sie mit der Dame einen ersten Termin ab, und dann kommen Sie noch mal rein, ja?«

Nina nickt erleichtert und schießt in die Höhe. Ich schieße mit, froh, aus dem Büro meines Vaters fliehen zu können. Die Vorher-Nachher-Fotos an den Wänden allein machen mich ganz schwummerig, von der Gegenwart eines Elternteils mal ganz abgesehen. Aber noch ist es mir nicht vergönnt, Reißaus zu nehmen: »Nicht so schnell, junge Dame«, pfeift mein Vater mich zurück. Ich rolle mit den Augen und drehe mich wieder zu ihm um. Mein Vater, eine stattliche Gestalt im Kittel, streicht sich über das wellige graue Haar und mustert mich mit braunen Röntgenaugen. »Du siehst kränklich aus«, befindet er, »warst du mal beim Arzt?«

»Bin ich doch gerade«, murmle ich, »das reicht doch wohl.«

»Sei doch nicht so. Ich will dir doch nichts Böses. Aber wir sehen dich ja kaum, dabei wohnst du viel näher als Barbara.«

Barbara, meine ultralangweilige, ultraperfekte Schwester, reist natürlich regelmäßig aus Köln nach Berlin, um unseren Eltern ihre Aufwartung zu machen, Ehemann und Kinder vorzuführen und allgemein gelobt zu werden, während ich nach gut drei Monaten, in denen ich meinen Vater nur am Telefon gesprochen habe, beim Wiedersehen erst einmal auf ansteckende Krankheiten überprüft werde. Aber so ist es halt, deshalb liebe ich meine Eltern ja nicht weniger. Nur eben bevorzugt aus der Ferne.

»Ach Papa, du weißt doch, wie das ist … ich habe einen neuen Job, da muss ich viel arbeiten, und ich mache jetzt Sport und so, da bleibt einfach nicht mehr so viel Zeit.«

»Sport, aha, das ist gut, vor allem für dich. Deine Schwester ist ja auch ohne Sport immer gesund, das hat sie von mir geerbt, ich brauchte da auch nie etwas machen, und ich bin immer noch fit wie ein Turnschuh, und das in meinem Alter.«

»Schön für euch, wirklich.«

Er faltet seine Lesebrille auseinander und ignoriert meinen letzten Kommentar.

»Deine Mutter wird sicher wissen wollen, wie es dir geht.«

»Mir geht es gut.«

»Sicher? Du siehst so angestrengt aus. So anders als sonst. Arbeitest du zu viel?«

Es ist wirklich unglaublich. Jahrelang war ich ihnen zu moppelig, und jetzt, wo ich endlich mal was verliere von meinem Babyspeck, da tut mein Vater so, als läge ich im Sterben. Es scheint ihm nicht aufzufallen, dass das, was er angestrengt und kränklich nennt, einfach nur der Umstand ist, dass ich nicht mehr kugelrund bin.

»Nein. Ich habe bloß ein bisschen abgenommen. Und viel zu tun, wie gesagt. Ich lerne jetzt Chinesisch. Wegen der Zukunftschancen auf dem Berufsmarkt.«

»Nimmst du Tabletten?«

»Ja, klar«, sage ich und denke an das Magnesium, das ich seit dem Sport jeden Morgen in mein Wasser kippe, und das Vitamin D, das mein Hausarzt mir vor Urzeiten verschrieben hat. Mein Vater reißt entsetzt die Augen auf.

»Also wirklich! Deine Mutter wäre enttäuscht. Ich auch. Keiner weiß besser als du, wie schnell man süchtig werden kann, gerade, wenn man ein eher undisziplinierter Charakter ist. Was ist mit Drogen?«

»Drogen?«

»Drogen. Du weißt doch, was man da so nimmt. Speed? Ritalin? Koks?«

»Nein, nichts davon!«, wehre ich ab und komme nicht umhin, mich zu fragen, wie in drei Gottes Namen wir plötzlich bei der These gelandet sind, ich sei drogenabhängig.

»Also nur die Tabletten?«

Als er mich streng von oben bis unten mustert und mit zusammengepressten Lippen den Kopf schüttelt, wird mir plötzlich klar, worauf mein werter Herr Vater da hinauswill.

»Doch nicht zum Abnehmen«, rufe ich entrüstet, »nur wegen der Muskeln!«

»Also Anabolika?«

»Magnesium, Papa! Einfach nur Magnesium!«

Gott sei Dank kommt in diesem Moment Nina zurück und verhindert damit, dass ich meinem Vater an die Gurgel gehe. Dieser beendet die spanische Inquisition, mit der ich nun wirklich nicht gerechnet hatte, und schaltet wieder auf lieber Herr Doktor. Er schenkt Nina ein gutmütiges Lächeln und lehnt sich zurück.

»Hat alles geklappt?«

Nina nickt. Mein Vater bedeutet ihr, sich noch einmal zu setzen.

»Ich will ehrlich mit Ihnen sein«, sagt er, als Nina wieder Platz genommen hat, »das alles wäre nicht nötig gewesen; so wie ich das sehe, haben Sie auch vorher kein Problem gehabt, höchstens im Kopf. Verzeihen Sie mir meine Offenheit, aber ich denke, ein Therapeut wäre eine größere Hilfe für Sie als ein Chirurg.«

Mir gehen fast die Augen über. In all den Jahren, in denen ich unter meiner Figur gelitten habe, ist zu Hause nie einer auf die Idee gekommen, ich könnte Hilfe gebrauchen, außer in der Form von Ermahnungen und Trips ins Abnehm-Camp. Bisher war ich davon ausgegangen, dass für meine Eltern Therapie und Weltuntergang ein und dasselbe seien. Aber wie so oft gelten andere Regeln, wenn wir uns außerhalb der Familie bewegen. Leicht verächtlich lehne ich mich zurück. Nina dagegen hängt an den Lippen meines Vaters, verständlich, er kombiniert den Charme eines Cary Grant mit der Überzeugungskraft eines erfolgreichen Politikers, als er eindringlich sagt: »Sie brauchen keine Schönheits-OP, sie brauchen mehr Selbstbewusstsein.«

Nina nickt eifrig. Ich kenne diesen Effekt; eigentlich sind immer alle andauernd bezaubert von meinem Vater. Noch etwas, das ich leider nicht geerbt zu haben scheine, zusammen mit der sportlosen Fitness. Während Nina und mein Vater noch ein wenig plaudern, schwöre ich mir, meinem Vater zu beweisen, dass ich keine Tabletten brauche und auch nicht seine Gene. Ich schaffe es allein.

Die folgenden Wochen stürze ich mich also umso verbissener in die Umsetzung meiner Optimierungs-Liste. Ich melde mich zusätzlich zur Laufgruppe im Fitnessstudio an und gehe jeden Abend mindestens eine zusätzliche Stunde trainieren. Während ich mich auf dem Stepper abmühe, lausche ich einem Podcast über Politiktheorien oder lerne weiter fleißig Chinesisch. Nebenbei bringe ich meine Wohnung auf Vordermann; die Kuscheltiere aus der Kindheit landen ebenso gnadenlos in der Tonne wie die süßen, aber geschmacklosen Sprüche-Tassen und alles, was auch nur ansatzweise nach niedlichem Mädchen aussieht. Zwar wird es dadurch etwas kahl in meinen vier Wänden, aber da mir momentan das Geld für einen Damien Hirst fehlt, selbst einen nachgemachten, muss ich leider damit leben, dass ich keine Deko mehr habe. Ich hätte ohnehin keine Zeit, mich daran zu erfreuen, denn auch zu Hause gebe ich Vollgas: Morgens übe ich weiter Haltung und Nein-Sagen, studiere die aktuellen Überschriften aller wichtigen Medien und suche im Internet nach angemessenen Stilvorbildern für eine erfolgreiche Karriere-Frau. Und abends im Bett übe ich dann ausführlich das Moderieren, indem ich die Nachrichten des Tages für den Kater zusammenfasse, der daran allerdings nur mäßig interessiert ist.

Aber er hält, und dafür bin ich dankbar, sein kleines Schnäuzchen und lässt mich machen. Was mehr ist, als ich von allen anderen behaupten kann. Am Anfang bekomme ich noch eine Menge Lob für mein Durchhaltevermögen in allen Belangen – außer von Matilda, die nach wie vor findet, dass ich spinne. Sie legt mir regelmäßig Süßigkeiten auf den Tisch und versucht, mich zu Entspannungskursen, Gin-Verköstigungen oder ausgedehnten Wochenenden im Luxus-Spa zu überreden, was ich damit wegargumentiere, dass eine ernstzunehmende Moderatorin keine Zeit für so einen Firlefanz hat. Wir sind mittlerweile wie ein altes Ehepaar, das in denselben Streitereien feststeckt, nur dass es nicht um Zahnpastatuben und Klodeckel geht, sondern darum, wie ich meine Freizeit verbringe.

Genau darüber denke ich auch gerade nach, als ich eines

schönen Sonntags die Tür zu meiner Wohnung aufschließe und von Gelächter überrascht werde. Lautes Gelächter wohlgemerkt und eines, das sich so anhört, als käme es aus zahlreichen Kehlen.

»Was ist denn hier los?«

Verdutzt bleibe ich im Türrahmen stehen. Im Wohnzimmer hat sich mein gesamter Freundeskreis plus Nebenfiguren versammelt. Vor Kopf sitzt Matilda, rechts daneben ihr Ehemann Andreas und links der obligatorische Guru-Gerald. Ihm gegenüber entdecke ich mit leisem Entsetzen meine Eltern, die das Lachen prompt unterbrechen und blitzschnell bitterernste Mienen aufsetzen. Auf der anderen Seite haben es sich Nina und Julian gemütlich gemacht und gucken jetzt ebenfalls sehr ernst aus der Wäsche. Auch Josefine, die mit ihrem Sohn auf dem Schoß die Couch eingenommen hat, sieht nicht so aus, als hätte sie irgendwo einen riesigen Scheck versteckt oder sonst welche tollen Neuigkeiten für mich. Sie streicht ihrem Tim-bloß-nicht-Timmy über den blanken Kopf und nickt mir ernst zu. Nur Lagerfeld ist mal wieder nicht da. Dafür aber Frau Mai von oben. Sie hat es sich am anderen Kopfende des Tisches bequem gemacht und zu mir herumgedreht.

»Ist das hier versteckte Kamera? Oder habe ich meinen eigenen Geburtstag vergessen?«

»Setz dich doch, Lottchen.«

Eigentlich würde ich lieber auf dem Absatz kehrtmachen und wegrennen, aber meine Mutter hat so einen Ton drauf, da setzen sich meine Beine ganz automatisch in Bewegung. Da kann ich wahrscheinlich auch fünfzig sein, und das klappt immer noch. Ich ziehe mir also den praktischerweise bereitgestellten Balkonstuhl heran und blicke dann fragend in die Runde.

»Wir machen uns Sorgen um dich, Sonnenblümchen!« Es

ist ausgerechnet Julian, der das sagt, ein Mann, von dem ich bisher den Eindruck hatte, er hielte Sorgen für ein mythisches Wesen. »Seit der Optimierungskur ist bei dir echt der echte Pfiff raus, Schätzchen. Du bist ganz schön verbissen geworden, verzeih, dass ich das so sagen muss, Charlie, aber als du damals bei uns angefangen hast, da warst du entspannt und unverkrampft, und jetzt? Jetzt erinnert mich deine Verkniffenheit gefährlich an unsere Sardine!«

»Aber ich habe doch nie ein Geheimnis daraus gemacht, dass ich mich verändern will, damit es endlich klappt mit der Moderation. Und du hast mich doch selbst mit in unsere Laufgruppe genommen!«

»Weil ich dir helfen wollte, ein paar kleine Kilos zu verlieren, nicht gleich deine ganze Lockerheit!«

Mir fehlen die Worte. Matilda räuspert sich und faltet einen Zettel auseinander. Wenn sie mir jetzt sagt, die Sterne machen sich ebenfalls Sorgen, dann schreie ich.

»Liebe Charlotte«, liest sie vor, »seit ich dich kenne, bist du meine Freundin, die beste, die ich mir wünschen kann. Vom ersten Augenblick an, in dem ich dich gesehen habe, habe ich gedacht, dass das Universum dich geschickt hat, als feminine, freundschaftliche Ergänzung meiner Seele, als großzügiges Geschenk, und ich wusste, dass du von nun an in meinem Leben sehr wichtig sein würdest. So ist es auch: Du bist eine Bereicherung für jeden meiner Tage, denn du bist immer großzügig, offen und fröhlich. Mit dir kann ich alles erleben und die Welt genießen.«

Ist etwa doch mein Geburtstag? Oder finden hier zwei Sachen gleichzeitig statt: Hinrichtung und Hymnengesang?

»Aber in den vergangenen Wochen hast du dich verändert. Du nimmst gar nicht mehr am Leben Teil, nicht an meinem und auch nicht an deinem eigenen. Immerzu lernst du oder machst Sport oder liest die Nachrichten und irgendwelche komplexen Sachbücher über Geschichte. Ich kann mich nicht erinnern, wann du zuletzt mal einfach einen Roman in die Hand genommen hast, dabei hast du deine Krimis doch früher so geliebt. Da ist gar kein Genuss mehr in deinem Leben!«

Ich gucke scharf in die Runde und entdecke mehrere solcher Briefe in den Händen meiner Freunde. Jetzt wird mir auch endlich klar, was das hier sein soll. Halb verärgert, halb amüsiert entfalte ich die Arme und beuge mich vor.

»Warte mal, Tilli«, schreite ich ein, »sehe ich das richtig, dass das hier eine Intervention sein soll? Wie bei einem Alkoholiker? Ich glaube, ich spinne. Und vor allem glaube ich, ihr übertreibt ein bisschen.«

»Deine Freundin hat Recht«, sagt meine Mutter streng, »und das hier ist eine gute Idee. Als dein Vater mir gesagt hat, wie du aussiehst, habe auch ich mir sofort Sorgen gemacht. Ich mag nur Apothekerin sein und keine Ärztin, aber auch ich sehe, dass du zuviel Gewicht verlierst und dir viel zu viel Stress machst. Das ist nicht gut für deinen Geist und deinen Körper.«

»Aber es ist mein Körper und nicht deiner!«

Das habe ich ihr auch schon als Jugendliche ins Gesicht geschrien. Nur dass sie damals versucht hat, mich zum Abnehmen zu kriegen und nicht etwa, davon abzuhalten. Ironie des fortschreitenden Alters. Matilda seufzt schwer und liest dann einfach weiter: »Du hast sogar aufgehört, abends mal ein Glas Wein mit mir zu trinken, obwohl das früher eines unserer liebsten Rituale war, zusammen auf deinem Balkon zu sitzen, zu reden und eine Flasche zu leeren.«

»Moment mal«, unterbreche ich sie wieder, »das ist hier nicht nur eine Intervention, sondern eine Intervention, bei der ihr mir sagt, ich soll MEHR trinken? Ich glaube, ihr habt das Konzept nicht ganz verstanden.«

»Ich erkenne großen Widerstand in deiner gebeutelten Seele, hohe Mauern, die einzureißen nötig und wichtig sind«, lässt sich Gerald vernehmen. Von allen illustren Gästen, die sich hier versammelt haben, ist er es wahrscheinlich, den ich am liebsten erwürgen würde, allein schon, weil er jetzt aufsteht, die Arme ausbreitet, als wäre er Jesus, und singend erklärt: »Hier sind die Fragmente deines Lebens, lausche und lerne.«

Bis auf Matilda und Julian, der erstaunlich interessiert an den Lippen des Gurus hängt, scheint die Gesellschaft von Geralds Auftritt genauso peinlich berührt wie ich. Allen voran Andreas, der mit steifem Rücken neben Matilda sitzt und ihre Hand wohl nicht mal dann loslassen würde, wenn Gerald drohen würde, ihm seine abzuhacken.

»Charlotte, sei doch fair«, sagt er. Er sieht mehr denn je aus wie ein Waldschrat: wirrer Bart, Leinenhemd mit Kordel drum und ausgelatschte Ökosandalen. Nur sein Blick ist scharf wie eh und je. »Matilda macht sich wirklich große Sorgen um dich. Sie redet jeden zweiten Tag davon, dass sie glaubt, dass du dir schadest. Du weißt, dass ich grundsätzlich finde, dass jeder sein eigenes Glück suchen und erkennen muss, aber nicht auf Kosten anderer.«

»Deine zum Beispiel?«, frage ich spitz.

»Lottchen!«, ruft meine Mutter empört. Das kann sie gut, das macht sie öfter.

»Frau Mai«, sagt auch Frau Mai, woraufhin sowohl meine Mutter als auch ich mich angesprochen fühlen und ihr aufmerksam den Kopf zudrehen. Es ist eindeutig zuviel Mai am Tisch.

»Haben Sie eigentlich mal in das Buch geschaut, das die

Frau Engelbert Ihnen geschenkt hat? Da geht es genau um so etwas. Es sagt ja auch niemand, dass sie nicht erfolgreich sein dürfen, Frau Mai. Nur dass sie nicht ihr ganzes Glück davon abhängig machen sollten, perfekt zu sein. Sie dürfen sich auch mal gehen lassen und Fehler machen. Sie sind keine Maschine, sondern ein Mensch. Und ein Mensch braucht ein ausgeglichenes Leben: Erfolg auf der einen und Entspannung auf der anderen Seite.«

Es ist wirklich kaum zu fassen. Mir ist, als hätte ich nicht Freunde und Verwandte, sondern einen Club der Irrsinnigen.

»Leute«, sage ich in komischer Verzweiflung, »jetzt mal ehrlich. Ich nehme keine Drogen! Ich klaue nicht! Ich bin nicht einmal magersüchtig oder kotze nach dem Essen. Ich will einfach nur eine gute Moderatorin werden!«

»Aber du veränderst dich durch diesen Wunsch, und nicht nur zum Besten!« Matilda steckt ihr Briefchen weg und legt den Kopf schief. »Es ist doch nur gut gemeint, was wir hier machen.«

»Wir hören dein stummes Rufen, Charlotte«, stimmt Gerald ihr zu. Er steht immer noch. Wahrscheinlich glaubt er, so größere Wirkungskraft zu entfalten. Ein Priester predigt ja auch höchst selten im Sitzen. »Nun höre du auf das unsere! Öffne Herz und Ohren für das Flehen der Freundschaft!«

»Also ich«, kommt es von der Couch und ich stelle mich auf eine längere Erörterung ein. Doch Josefine fasst sich ungewohnt kurz: »Ich habe lange darüber nachgedacht und finde, du hast das alles nicht nötig. Du bist toll, so wie du bist, und es ist schade, dass du jetzt nicht mehr so oft mit uns läufst, weil wir dir zu langsam sind. So ist es doch, oder?«

Ihr Sohn kräht bestätigend, und ich müsste leider lügen, wenn ich ihr widersprechen wollte. Deshalb schweige ich betreten, was kein gutes Argument ist, leider.

»Du hast«, ist jetzt Nina an der Reihe, »mir so geholfen, und ich will dir auch helfen, weil ich doch gemerkt habe, wie schädlich es ist, wenn man sich so sehr fixiert darauf, immer besser sein zu wollen, als man ist, verstehst du? Deshalb hat mein Therapeut auch vorgeschlagen, wir sollten diese Intervention bei dir machen.«

Jetzt weiß ich wenigstens, auf wessen Mist dieser schräge Vormittag gewachsen ist. Ich hätte gewettet, dass Gerald der Urheber meiner Misere ist, allein schon, weil das eine tolle Plattform für seinen Egokomplex bietet. Aber nein, ausgerechnet Nina ist es, die mir hier in den Rücken fällt. Gott weiß, was sie ihrem Therapeuten alles erzählt hat. Wahrscheinlich, dass ich mich ausschließlich von Wattebäuschen ernähre und kokse, um besser lernen zu können. Ich atme tief durch.

»Also jetzt mal ganz im Ernst. Es geht mir gut. Ich möchte die bestmögliche Charlie sein, das ist doch kein Verbrechen. Ganz ehrlich, Nina, du lügst dir doch selbst in die Tasche, wenn du behauptest, du wärest auf einmal total happy mit dir.«

Nina wird rot, verneint aber nicht. Julian setzt an, sie zu verteidigen, aber ich hebe die Hand und mache genauso unbarmherzig weiter, wie meine Freunde es eben noch mit mir versucht haben. »Du musst gar nicht so tun, Julian, dein ganzer Klamotten-Zinnober ist doch auch nichts anderes als der Versuch, schön zu sein. Du willst dir gefallen, so wie ich mir. Dein Fokus ist kein Job, okay, aber ansonsten? Und du, Mama, solltest wirklich ruhig sein. Du hast mich ins Abnehm-Camp geschickt, als ich gerade mal zehn war!«

»Damals war das eben so«, murmelt sie, »da dachte man, Kinder brauchen Strenge, und ich wollte doch nur dein Bestes.«

»Das wollten wir beide«, bestätigt mein Vater, der als Schönheitschirurg nun wirklich kein Recht hat, mir zu sagen, ich solle mich doch bitte nicht optimieren wollen. Das sage ich ihm auch, und zwar in nicht unbedingt netten Worten.

»Aber das ist doch etwas ganz anderes!«

»Ist es nicht! Und du, Matilda, du hast schlichtweg gut reden, du bist so hübsch und selbstbewusst, da sagt es sich leicht: Bleib, wie du bist, das gehört zu dir. Aber ich will nicht bleiben, wie ich bin. Was nicht heißt, dass du nicht meine beste Freundin bleibst. Das hat nichts miteinander zu tun! Nur weil ich den einen Teil meines Lebens ändere, schmeiße ich doch nicht gleich alles über Bord, am allerwenigsten dich!«

»Aber ...«, fängt Andreas an, und ich unterbreche ihn scharf: »Hör bloß auf, dich nervt doch nur, dass deine Frau dir mit meinen Problemen in den Ohren liegt und dich vom Meditieren abhält. Was, Verzeihung, wahrscheinlich auch für Gerald gilt, nichts für ungut. Und du, Josefine, überleg doch auch noch mal bitte, es ist doch nicht so, als wollte ich nichts mehr mit euch zu tun haben! Ich mache bloß zusätzlich noch was anderes. Du hast schließlich auch nicht nur uns, sondern auch deine Familie!«

Sie nickt nachdenklich, wie immer schnell bereit, die Sache von einer anderen Seite zu betrachten.

»Und Sie, Frau Mai... nun, ehrlicherweise weiß ich nicht, warum Sie hier sind. Ist wahrscheinlich sehr nett gemeint...« Ich verliere ein bisschen meinen Schwung, als die alte Dame von oben den Kopf schräg legt und mich aus wachen Augen mustert. »Ähh... und vielen Dank auch noch mal, dass Sie meine Post immer so schnell runterbringen.«

»Gerne. Und was mein Hiersein betrifft: Sie müssen natürlich selbst wissen, was richtig für Sie ist, niemand außer Ihnen weiß, was wirklich in Ihnen vorgeht. Ich bin nur hier, weil ich hoffe, dass es Ihnen wirklich gut geht und weil Sie wissen sollen, dass Sie nicht allein sind, wenn Sie vielleicht doch einmal Hilfe brauchen. Mit mehr als nur der Post.«

Ich blinzle irritiert und nicke dann. Was Besseres fällt mir nicht ein. Der Rest der Truppe guckt etwas bedröppelt aus der Wäsche, so bedröppelt, dass ich lachen muss.

»Ihr seid mir vielleicht ein Haufen Interventionisten. Interventioner? Wie auch immer: Ihr seid toll. Ein bisschen daneben, aber toll. Und ich verspreche euch, dass ich nicht für immer an mir rumoptimieren werde. Wenn ich erst einmal meine Traumstelle habe, dann kann ich vielleicht auch etwas entspannen.«

»Ein weiser Schritt der maßvollen Abwägung«, antwortet Gerald, der sich die Butter wohl doch nicht so schnell vom Brot nehmen lässt, »wer klug und ehrlich ein Ziel verfolgt, dem stelle sich keiner in den Weg! So soll es sein.«

Matilda lächelt etwas angestrengt. Ich sehe ihr an, dass sie hin- und hergerissen ist zwischen dem Bedürfnis, mir weiter die Leviten zu lesen, und dem Wunsch, ihrem Guru Recht zu geben.

Die anderen wirken in erster Linie froh, dass die Sache vorbei ist, selbst Nina, die das Ganze überhaupt erst angezettelt hat. Wahrscheinlich hat ihre Unsicherheit die Oberhand über die neu entdeckte Offensivbereitschaft gewonnen: Der Widerstand, auf den sie bei mir gestoßen ist, ist eindeutig zu viel für ihre Nerven.

»Als Zeichen meines guten Willens«, sage ich zum Trost, »hole ich jetzt mal Sekt vom Späti, und wir trinken auf die Zukunft oder auf Freundschaft oder meinetwegen darauf, dass Sonntag ist. Was meint ihr?«

Meine Mutter lässt sich in die Hand versprechen, dass ich bald zu Besuch komme und Schweinebraten esse, mein Vater spendiert den Sekt, und Frau Mai lobt noch einmal das ungelesene Selbsthilfebuch. Dann trinken wir, bis auf Josefine, die deshalb aber nicht weniger fröhlich ist. Es wird die merkwürdigste, bunteste Spontan-Party, auf der ich je war. Wie versprochen trinke auch ich, wobei ich schon nach drei Schlucken stockbesoffen bin. Frau Mai kommt plötzlich auf die Idee, ihr Plattenspieler von oben wäre viel besser als diese modernen Laptops, woraufhin Julian und Andreas das riesige Teil und die dazugehörige Sammlung in meine Wohnung schleppen. Wenig später ist meine Wohnung von Swing-Musik, Gelächter und Tanz erfüllt. Mein Vater dreht Frau Mai, als wäre sie ein Kreisel, und meine Mutter klatscht fröhlich im Takt. Andreas wechselt die Tanzpartner wie andere die Unterwäsche, und der kleine Tim hat den Kater für sich entdeckt. Er krabbelt quietschend zwischen unseren Füßen herum, ohne Flauschball je zu erwischen. Selbst Gerald wird mir sympathischer: Er ist auf der Terrasse in ein intensives Gespräch mit Julian vertieft, und von beiden schallt immer wieder fröhliches Lachen herein. Doch das Schönste ist, wie locker und fröhlich Matilda auf einmal wieder mit mir umgeht. Wir lachen und scherzen wie in unseren besten Zeiten, ganz ohne kritische Seitenblicke oder nervige Ratschläge. Als wir das gefühlt siebte Mal miteinander anstoßen, nehme ich sie ganz fest in den Arm.

»Ich bin froh, dass ich dich habe!«, flüstere ich ihr dabei nicht wenig angeschäkert ins Ohr, »ohne dich wäre mein Leben nur halb so schön!«

»Gleichfalls«, grinst sie, und ich bin ausnehmend froh, dass Nina diese Rettungsrunde zusammengerufen hat.

Doch selbst der herrlichste Frieden kann nicht ewig dauern. Das lerne ich, als meine Wandlung ein paar Wochen später ihren ersten Höhepunkt erreicht. Denn da will meine beste Freundin mich prompt vor die Tür setzen.

Dr. Hagenbecks Selbsthilfe-Tipps
Drei Wege, mit Kritik umzugehen

1. Atmen Sie durch: Geben Sie Ihrem Gegenüber nicht mehr Raum, als es verdient. Vor allem wenn jemand Sie absichtlich verletzt, konzentrieren Sie sich lieber auf sich selbst.

2. Haben Sie Mitleid: Vielleicht ist der Mensch, der Ihnen weh tut, von Neid zerfressen oder von Wut. Erlauben Sie sich, Mitleid mit ihm zu empfinden. Wenn Sie diese Fähigkeit schulen, wird es Ihnen nämlich leichter fallen, auch sich selbst mit Verständnis zu begegnen.

3. Seien Sie ehrlich: Es ist schwer zuzugeben, dass man verletzt ist. Aber gerade wenn das Gegenüber nicht den Eindruck macht, mit Absicht gehandelt zu haben, hilft es, auf diese Gefühle aufmerksam zu machen. Zielen Sie nicht darauf, den anderen zu beschämen, sondern eine Verbindung aufzubauen.

Kapitel zehn

Eigentlich fängt der Morgen ganz wunderbar an. Gut gelaunt gehe ich ins Bad, wo es sich Einstein auf der Waage bequem gemacht hat, er guckt nicht einmal auf, als ich ins Bad komme. »Geh weg da, Einstein«, sage ich.

Er knurrt.

Das ist nun wirklich die Höhe. Ich beuge mich zu ihm hinunter und schiebe ihn sanft zur Seite. Zumindest versuche ich das. Aber Einstein hat wirklich keine Lust, sich auch nur einen Millimeter zu bewegen, nicht einmal mit meiner Hilfe. Vielleicht sollte ich ihn Faultier nennen.

»Nun komm schon, ich muss da mal eben hin.«

Widerwillig rollt er sich ein bisschen zur Seite und zeigt mir seinen Bauch. Gehorsam kraule ich ihn in der Hoffnung, er wäre dann zugänglicher für meine Überredungsversuche.

»Nur ganz kurz, okay?«, sage ich. Aber alles Reden hilft nicht. Ich muss auf rohe Gewalt zurückgreifen. Als ich ihn schwungvoll von der Waage schubse, faucht er mich an und rennt beleidigt aus dem Badezimmer. Ich kann es ihm nicht verübeln. Mir würde es auch nicht gefallen, wenn einer mich aus dem Bett werfen würde, nur um ein wenig darauf herumzuspringen. Aber was sein muss, muss sein.

Und es hat sich gelohnt, Faultier aufzuscheuchen. Denn was ich jetzt sehe, versetzt mich in ein ungeahntes Himmelreich: Ich habe mein Zielgewicht erreicht. Von wegen zu dick fürs Fernsehen! Als ich versuche, mir zur Belohnung ein völlig verzaubertes Publikum vorzustellen, das klatschend vor dem heimischen Fernseher sitzt, sehe ich leider nur ein einziges Gesicht: das von Oliver. Das alles ist so eng miteinander verbunden, dass es mir schwer fällt, bei so einem Erfolg nicht an ihn zu denken. Dabei gebe ich mein Bestes: Wann immer ich mich dabei erwische, dass ich darüber nachdenke, wie es ihm wohl geht oder was er gerade macht, schlage ich schnell mein Chinesisch-Vokabelheft auf und lerne. Oder ich mache ein paar Dehnübungen. Oder ich lese in Geschichtsbüchern.

Diesmal versuche ich es mit Kniebeugen, dann springe ich in die Luft, bemüht, mit Schwung und Überzeugung laut zu jubeln, während ich abhebe. Schließlich habe ich genug Grund zur Freude; nicht nur, weil ich meine Traumfigur erkämpft habe, sondern weil jetzt der schönste Teil des Abnehmens kommt: das Neu-Einkleiden!

»Das sieht bescheuert aus!«

Ungeniert zieht Matilda den Samtvorhang meiner Umkleide auf, woraufhin ich wie ein Schweizer Taschenmesser zusammenklappe und schützend meine Arme vor dem Körper verschränke.

»Stimmt, wenn du so komisch dastehst, dann sieht das natürlich bescheuert aus.«

Ich ziehe meine Freundin unsanft in die Kabine und ziehe hastig den Vorhang wieder zu. Dann drücke ich den Rücken durch und mustere mich kritisch im Spiegel. Der rotschwarze Spitzenbody, den Matilda mir herausgesucht hat, bedeckt kaum meine Brüste. Auch mein Hintern findet in dem sauteuren Geklöppel kaum Platz. Ich fummle an den mit Rosen verzierten Trägern herum und schüttle dann entschieden den Kopf. Matilda schlägt meine Finger weg und zupft ungeniert am Höschenteil rum. »Was hast du denn?«, sagt sie dabei, »das ist doch viel schöner als immer nur diese ollen Baumwollschlüpfer, Charlotte.«

»Nur weil du deine Unterwäsche vornehmlich im Sexshop kaufst, muss ich doch nicht rumlaufen wie eine Straßenschwalbe.«

»Stille Wasser, meine Liebe«, erklärt sie grinsend und zeigt kokett auf ihr schlichtes Baumwollshirt und den geblümten gelben Faltenrock, »wenn du mit dir im Einklang bist, dann kannst du dich an all deinen Facetten erfreuen – selbst denen, die auf den ersten Blick nicht zusammenpassen. Andreas erfreut sich übrigens auch sehr daran. Sicher nicht als einziger Mann! Trau dich mal was!«

Ich seufze und gebe mich geschlagen. Mittlerweile schleppen wir schon an die sieben Tüten mit uns rum. Dabei habe ich bisher nur Grundkleidungsmittel erstanden: schlichte Hosen, kurze Röcke, einfarbige Shirts und praktische Blusen. Doch im nächsten Laden, einer edlen Einzelhandelsboutique im Berliner Westen, suche ich dann endlich nach der Mode für Fortgeschrittene. Genauer: dem perfekten Moderationsdress.

»Wie wäre es denn damit?«

Matilda hält mir einen Albtraum aus Rüschen und Samtbesätzen entgegen, bei dem ich partout nicht erkennen kann, was oben und unten ist.

»Nein Dankeschön, ich möchte ins Fernsehen, nicht in den Zirkus.«

Die Verkäuferin, Anfang zwanzig und bis dato in etwa so interessiert an uns wie an einem Furunkel, wirft uns einen verächtlichen Blick zu, den Matilda gar nicht bemerkt und ich ignoriere.

Ich wähle ein asymmetrisches Minikleid in kühlem Grau,

ein zartes Sommerseidending im Aquarellmalstil und etwas kantiges Schwarzes und verschwinde in der Umkleide.

»Gut, dass ich die ganzen alten Klamotten weggebe, die nicht mehr passen«, rufe ich Matilda zu, während ich mich aus meiner überdimensionalen Jeans schäle, »sonst müsste ich dich wohl bitten, die nette Familie über mir rauszuwerfen, weil ich deren Wohnung als Kleiderschrank brauchte.«

»Das könnte ich auch gar nicht, also jemanden rauswerfen, zumindest nicht mehr lange. Ich muss das Haus nämlich bald verkaufen, weißt du.«

Ich verharre mitten in meiner Bewegung. Der rechte Arm und mein Kopf sind schon in den entsprechenden Löcher des Seidenkleids, der Rest meines Körpers, linke Hand inklusive, ist irgendwo im Stoff verheddert.

»Bitte was?«

»Ich muss das Haus verkaufen«, wiederholt meine Vermieterin und scheint nicht einmal zu merken, dass mir in der Umkleide die Pumpe geht, als hätte sie, nun ja, gesagt, dass ich bald auf der Straße sitze.

»Habt ihr Geldprobleme?«

»I wo, nein«, lacht Matilda, ihr scheint das alles nichts auszumachen. Ich zwinge mich zur Ruhe und frage, während ich versuche, das zweite Armloch zu finden, betont freundlich: »Warum musst du denn dann das Haus verkaufen?«

»Es belastet mich.«

»Ist es zuviel Arbeit?«

»Nicht körperlich. Meine Seele«, erklärt Matilda, die von meinem Kampf gegen die Schneiderkunst nichts mitbekommt.

»Das Haus belastet deine Seele?«

»Ich weiß, das ist für dich doof, Charlotte, die Unsicherheit, die da erstmal entsteht bei einem Vermieterwechsel, das kann ich nachempfinden. Aber der Käufer darf die Mieter nicht einfach vor die Tür setzen, für dich bleibt also alles, wie es ist. Außerdem hat Gerald mir versprochen, dass alles seine Ordnung hat.«

In meinem Kopf macht etwas Klick, was in etwa so klingt, wie wenn man einen Revolver lädt.

»Gerald schon wieder?«

In den letzten Wochen bin ich dazu übergegangen, den Guru zu behandeln wie einen leicht irren Onkel. Man kann ihn schlecht verjagen, aber ernst nehmen muss man ihn auch nicht. Jetzt aber liegen die Dinge anders.

»Genau, Gerald«, sagt Matilda, »er hat mir geraten, das Haus besser zu verkaufen. Ich soll mich von Altlasten befreien.«

»Und was sagt Andreas dazu? Immerhin lebt ihr auch in eurem Haus. Und das Studio …«

»Das werde ich schließen.«

»Was? Aber du liebst doch dein Yoga!«

»Ich muss mich aber weiterentwickeln. Wir haben das Studio jetzt fast fünf Jahre. Und seitdem klammere ich daran fest ohne Möglichkeit, mich zu entfalten. Das Haus hält mich unten. Es entfernt mich von meiner Berufung: der Astrologie. Außerdem ist es voll von negativen Energien, sagt Gerald.«

»Davon habe ich noch nichts bemerkt. Und was würde deine Oma sagen, wenn sie wüsste, dass du das Familienhaus einfach so aufgibst?«

»Ich glaube, sie will es so«, sagt Matilda bestimmt, »ich habe lange meditiert und das starke Gefühl bekommen, dass sie meine Entscheidung unterstützt. Vielleicht hat sie selbst schon unter den negativen Energien des Hauses gelitten … wer weiß, was da so geschehen ist in der Nazi-Zeit. Gebäude merken sich das Grauen, das sie bezeugt haben.«

Der letzte Satz klingt so sehr nach Gerald, dass mir übel wird. »So was muss aber doch gut bedacht sein«, sage ich und versuche weiter, mich aus dem Kleid zu kämpfen. Die Vorstellung, nicht mehr mit Matilda in einem Haus zu wohnen, sondern einen anonymen Vermieter vor die Nase gesetzt zu bekommen, macht mir Angst. Bei den ganzen Horrorgeschichten, die man immer wieder liest, über Rauswürfe und horrende Mieterhöhungen … Außerdem befürchte ich, dass Tilli es fürchterlich bereuen wird, das Haus und ihr Studio aufgegeben zu haben. Yoga ist das Einzige, was ihr bisher nie langweilig geworden ist, und ich hatte immer den Eindruck, dass sie unser hübsches Haus genauso liebt wie ihren Ehemann.

»Das ist eine große Entscheidung, Tilli, und nichts, was man überstürzen sollte. Ich meine, der Immobilienmarkt ist so unbeständig, da muss man doch den richtigen Zeitpunkt abwarten. Wenn du dich erstmal ein paar Monate schlau machst …«

»Ein Haus mitten in Berlin bekommst du immer gut verkauft, außerdem sind Immobilien im Moment extrem gefragt. Nicht, dass das eine Rolle spielen würde, darum geht es schließlich nicht. Es geht um die Einheit von Seele, Geist und Körper. Darum, sich von materiellen Fesseln zu befreien, um sich spirituell zu entfalten. Außerdem kümmert sich Gerald um alles, ich muss mir also keine Sorgen machen.«

»Was soll denn das heißen, er kümmert sich um alles?«

»Nun ja, ich kenne mich mit so etwas nicht aus, da hast du schon recht, und als ich ihn gefragt habe, ob er mir helfen könne, das Haus zu verkaufen, hat er sofort zugestimmt. Das war meine Idee«, betont sie, »außerdem, mir geht es auch nicht darum, viel Gewinn zu machen. Vielleicht spende ich das Geld einfach, das ich da bekommen werde.«

Wahrscheinlich an eine Stiftung, die rein zufällig Guru Gerald gehört.

»Ist dir mal der Gedanke gekommen, dass dein Gerald sich an dir bereichern will?«

»Charlotte, wie kannst du das sagen? Gerald ist ein sehr kluger Mann, und ich bin froh und stolz, dass er sich um mich kümmert. So viel Glück haben nicht viele Adepten.«

»Ad…was?«

»Adepten, so heißen die Teilnehmer in seinen Kursen, das habe ich dir doch erzählt. Angehende Astrologen und Lebensberater.«

Ich gebe auf, mich aus dem Kleid befreien zu wollen, und öffne endlich den Vorhang. Dass mein halber Hintern raushängt, ist mir gerade egal.

»Ist das wirklich dein Ernst?«, fauche ich. Ich würde auch die Arme in die Hüften stemmen, aber mein Stoffgefängnis erlaubt das nicht. Stattdessen stampfe ich mit dem Fuß auf. »Du lässt dir von diesem aufgeblasenen Idioten dein Haus wegnehmen?«

»So ist das nicht! Ich habe selbst zu dieser Entscheidung gefunden, er hat mir nur geholfen, in die richtige Richtung zu schauen. Ich meine, wie soll ich denn meine spirituelle Mitte finden, meine geistige Weiterentwicklung, wenn ich mich an weltliche Güter kette?«

Hinter ihr erklingt ein affektiertes Hüsteln. Die Verkäuferin steht im Gang zu den Umkleiden und guckt uns mit unverhohlener Verachtung an.

»Bitte benehmen Sie sich«, sagt sie steif, »wir sind hier nicht bei Woolworth. Sonst muss ich Sie leider bitten zu gehen. Ich denke ohnehin nicht, dass Sie hier etwas in Ihrer Preisklasse finden werden.«

Mir fällt die Kinnlade herunter. Aber all die vielen Spiegel-

Lektionen in Sachen Selbstbehauptung und Nein-Sagen haben durchaus etwas gebracht. Anstatt mich wortreich zu entschuldigen, stemme ich die Hände in die Hüften und mustere die unhöfliche Verkäuferin kalt von oben bis unten.

»Jetzt hören Sie mal gut zu, Sie Gans«, sage ich dann, »wenn Sie zu dumm sind zu erkennen, dass ich am Tag mehr ausgebe, als Sie im Monat verdienen, dann ist das nicht nur traurig, sondern auch Ihr Problem. Sie bekommen doch sicher Provision, nicht wahr? Aber wenn Sie mich so behandeln, dann gebe ich mein Geld lieber woanders aus.«

Mein von *Pretty Woman* inspirierter Auftritt verfehlt seine Wirkung nicht. Der jungen Tussi fällt die Kinnlade herunter. Mehrfach öffnet und schließt sie den Mund und sieht dabei aus wie ein Fisch, der in Zeitlupe nach Luft schnappt. Es ist ein ziemlich befriedigender Anblick.

»Bitte ziehen Sie sich an«, bringt sie schließlich mit kläglicher Stimme hervor, »und dann gehen Sie!«

Sie macht auf dem Absatz kehrt, und ich grinse. Matilda, die das Ganze staunend beobachtet hat, bricht in Gelächter aus. »Mensch Charlotte«, kichert sie, »hätte ich gewusst, dass dein Optimierungsdrang dich in Rambo verwandelt, dann hätte ich dich viel eher unterstützt!«

Ich lächle schwach. Ich bin immer noch damit beschäftigt, zu verdauen, was Matilda mir da gerade mitgeteilt hat. Wie kann ich sie nur davor bewahren, in unser gemeinsames Unglück zu rennen? Ich bin mir sicher, dass an der Sache etwas faul ist – und ich werde alles dafür tun, um herauszufinden, was das ist.

Meine Internetrecherche fördert erstmal nicht viel zu Tage. Wie zu erwarten hat Gerald Rasmaniloff zwar eine hässliche Homepage voller esoterischem Kauderwelsch, aber dort kann ich mich lediglich für seine immens teuren Kurse anmelden oder seinen magischen Kinkerlitz erwerben. Empörte Kommentare, polizeiliche Fahndungen oder entblößende Zeitungsartikel suche ich vergeblich. Nicht einmal einen Telefonbucheintrag oder eine Wunschliste bei Amazon finde ich. Vielleicht heißt Gerald gar nicht Gerald? Schließlich hinterlässt heutzutage jeder irgendwelche Spuren im Netz – da ist nichts verdächtiger als gähnende Leere.

Als Sandrine von ihrer morgendlichen Moderation im Studio zurück ins Büro kommt, setzt sie sich, ohne ein Wort zu sagen, an ihren Tisch und starrt mich an.

Seitdem ich das Gespräch zwischen ihr und Lisa belauscht habe, reden wir nur noch das Nötigste miteinander. »Kann ich dir helfen?«, frage ich irritiert. Julian hinter seinem Rechner grinst. Die beiden haben sich vor ein paar Tagen bis aufs Blut gefetzt und sprechen jetzt gar nicht mehr miteinander. Jetzt schüttelt sich Sandrine übertrieben, so als hätte ich sie mit meiner Frage bei einem wichtigen Gedankengang gestört und lächelt mich an.

»Ach nein«, flötet sie, »ich habe mich nur gefragt, ob du wohl schon einen Termin beim Chirurgen hast?«

»Wie bitte?«

Sie legt den Kopf schief und streicht sich über das glatte blonde Haar.

»Na, wegen der Falten da unter den Achseln, da, wo die Haut so runterhängt.«

Julian zieht scharf Luft ein. Ich setze ein zuckersüßes Lächeln auf und antworte betont freundlich: »Mein Vater ist der beste Schönheitschirurg Berlins, und in seinem Team sind Experten aus der ganzen Welt, ich mache mir da also keine Sorgen. Und jetzt muss ich hier mal weitermachen, okay?«

Bevor sie sich abwendet, zwinkert Sandrine mir vertraulich

zu, was mich fast noch mehr ärgert als ihre dumme Rede. Ich widme mich trotzdem wieder meiner Gerald-Forschung, das scheint mir sinnvoller.

Plötzlich fällt mir wieder die Bemerkung von Lars ein, er habe Gerald irgendwann schon einmal gesehen. Ob ich ihn einfach mal anrufen soll? Seit Josefines Party habe ich nicht mehr mit ihm gesprochen. Andererseits weiß ich mir nicht anders zu helfen. Mein Herz klopft ziemlich schnell, als ich in den Flur gehe, mein Handy raushole und Lars' Nummer wähle.

»Bergmann«, kommt es knapp aus der Leitung, und ich sage mir, dass ich natürlich nicht enttäuscht bin, weil er offenbar meine Nummer gelöscht hat.

»Ich bin es, Charlotte«, sage ich, »Charlotte Mai. Erinnerst du dich?«

»Natürlich erinnere ich mich! Wie schön, von dir zu hören!«

»Danke. Ich rufe dich allerdings aus einem etwas seltsamen Grund an… es geht um diesen Typen, der damals auf dem Geburtstag war, der, nach dem du dich erkundigt hattest. Gerald Rasmaniloff.«

»Der mit den weißen Haaren? Was ist mit ihm?«

»Du hast doch gesagt, er komme dir bekannt vor, oder? Erinnerst du dich zufällig wieder, woher du den kennst?«

Lars schweigt einen kurzen Augenblick. Dann seufzt er. »Nein, sorry. Keine Ahnung. Warum fragst du?«

Ich erkläre ihm in knappen Worten meinen Verdacht. Plötzlich steht Julian vor mir und wedelt wie wild mit den Händen. Genervt schüttle ich den Kopf und versuche, mich wieder auf das Gespräch zu konzentrieren.

»Äh … also jedenfalls versuche ich gerade, alles über den Kerl rauszufinden, was irgendwie geht, und da dachte ich, ich frage dich mal«, schließe ich meinen Vortrag und bedeute Julian dabei, sich mit seinem extrovertierten Anfall doch bitte zu gedulden, bis ich fertig bin. Am anderen Ende der Leitung ist auch Lars plötzlich ganz aufgeregt: »Du«, sagt er, »ich hab da eine Idee. Ich müsste noch mal ein paar Sachen nachfragen … aber … ich denke, an deinem Verdacht ist was dran! Kann ich dich anrufen, wenn ich mehr weiß?«

»Klar«, sage ich erfreut, »das wäre phantastisch!«

Dann lege ich auf. Julian zappelt immer noch aufgeregt vor mir herum. Es sieht aus, als würde er gleich platzen.

»Genau das wollte er mit Inge auch machen!«, ruft er jetzt, und ich lege verwirrt die Stirn in Falten. »Wer wollte was mit wem machen?«

»Na, dein Gerald mit Inge!«

»Wie meinst du das?«

»Also, das war so«, erklärt er und parkt seinen Hintern auf meiner Schreibtischplatte, »ich habe damals auf deiner … äh … deiner Party ziemlich lange mit Gerald gequatscht, weil, nun ja, ich mag halt exzentrische Menschen, und der Typ, der ist nun wirklich ein spezieller Vogel. Dabei habe ich ihm auch von Inges Schrebergartenhaus erzählt. Ist ein toller Schuppen, wenn man so etwas mag, beste Lage. Aber Inge träumt da immer so schlecht, und da hat Gerald seine Hilfe angeboten.«

»Ich nehme an, für ein nettes Sümmchen.«

»Zweitausend Euro für eine nachhaltige Geisterreinigung, wirklich bescheuert, aber Ingelchen, die steht auf so was. Wenn's okkult und irgendwie hip ist, dann ist sie sofort Feuer und Flamme. Die Sache ist allerdings, dass Gerald nach einmal Mistelzweig-Wedeln entschieden hat, dass das Böse dort zu tief sitzt und nicht einfach weggezaubert werden kann.«

»Und dann wollte er es euch abkaufen?«

»Nein, er wollte es nicht abkaufen, er wollte darin wohnen, mindestens für den Rest des Sommers. Nur seine magische Präsenz könne für Frieden sorgen und die Albträume verjagen. Eine Präsenz, für die Inge dann bezahlen sollte.«

Ich schüttle verblüfft den Kopf. Der Typ hat mehr Tricks drauf als ein trainierter Taschendieb. Schade, dass Julian mir nicht schon früher von der Sache erzählt hat, dann hätte ich Matilda vielleicht schon eher davon abbringen können, sich auf den Guru einzulassen.

»Tut mir leid, dass ich nichts gesagt habe«, sagt er jetzt, »aber das war auch keine große Sache im Ganzen, also für mich. Er kam, hat versucht sein Nümmerchen durchzuziehen, Inge hat abgelehnt, und das war es dann. Dass deine Freundin mit ihm verbandelt ist, darüber habe ich in dem Moment ehrlich gesagt gar nicht nachgedacht.«

»Das verstehe ich. Was ich dagegen nicht verstehe, ist, wieso Matilda nicht erkennen kann, dass ihr Guru ein Scharlatan ist. Sie ist doch nicht dumm!«

»Das hat doch mit Dummheit nichts zu tun!«, höre ich plötzlich Sandrine sagen, »manche Leute lullen einen richtiggehend ein, die wissen, wie man einen Menschen anpacken muss, damit er seinen Verstand ignoriert und alles glaubt, was ihm erzählt wird.«

Während sie redet, guckt sie weiter auf ihren abgeschalteten Bildschirm. So emotional habe ich meine Kollegin noch nie erlebt. Normalerweise versteckt sie ihr Ich unter so vielen Schichten vergiftetem Zuckerguss, dass ich bisher nicht einmal sicher war, dass sich darunter überhaupt irgendetwas mit Substanz verbirgt. Jetzt aber liegt ein Schatten auf ihrem hübsch geschminkten Gesicht, und ihre Fingerknöchel treten weiß hervor, weil sie sich so fest an die Tischplatte klammert.

»Wenn man sich jemandem verbunden fühlt«, sagt sie dabei mehr zu sich selbst als zu uns, »dann ignoriert man die Anzeichen, dass man über den Tisch gezogen wird. Dann will man nicht wahrhaben, dass der Mensch, den man liebt, etwas vor einem verbirgt.«

Julian und ich wechseln einen schnellen Blick. Er ist genauso überfordert wie ich. Welche Erinnerung wir bei Sandrine da auch immer versehentlich geweckt haben, sie verwandelt unsere Moderatorin in etwas, das tatsächlich an einen Menschen erinnert. Zaghaft drehe ich mich noch ein Stück zu Sandrine und frage vorsichtig: »Und was macht man dann? Ich meine, wie zeigt man jemandem, dass er auf einen Schwindler hereingefallen ist?«

Sandrine hebt ruckartig den Kopf und lässt den Tisch los. Ihre Augen verengen sich, und sie wirft das Haar zurück. Innerhalb von Sekunden hat sie sich wieder die Maske aufgesetzter Freundlichkeit übergestülpt.

»Woher soll ich das wissen? Mir ist so was schließlich noch nie passiert.«

Ich glaube ihr nicht. Kein Wort. So gezwungen, wie sie sich wieder ihrem Laptop widmet … vermutlich hat sie selbst mal eine Erfahrung gemacht, die sie offenbar sehr tief getroffen hat. Und wer weiß, vielleicht ist sie auch nur deshalb so ein Biest. Ein Grund mehr zu verhindern, dass es Matilda bald ebenso ergeht.

Die nächsten zwei Tage verbringe ich damit, vor mich hin zu brüten. Zwei, drei Mal setze ich zaghaft an, Matilda von Julians Erlebnis mit dem Guru zu erzählen, aber sobald ich auch nur den leisesten Zweifel an Gerald anmelde, schaltet sie auf stur. Auch Lars hat sich noch nicht gemeldet. Um mich ein wenig aufzuheitern, beschließe ich, mich mit dem eingehenden Studium meiner Optimierungsliste abzulenken. Bevor ich wirklich Bewerbungen in die Welt schicke, möchte ich sicher sein, dass ich nichts vergessen habe: Vorbereitung ist alles, erst Recht, wenn es um den Rest, des Lebens geht.

Ich kuschle mich also neben Geronimo auf die Couch und schlage meinen Block auf. Sofort stiehlt sich ein ziemlich selbstzufriedenes Lächeln in mein Gesicht. Ich bin stolz auf die Haken, die ich hinter die vielen Punkte setzten kann, deren Erfüllung mir vor ein paar Monaten noch völlig utopisch vorkam. Aber ich habe es geschafft. Ich habe abgenommen, ich habe gelernt, mich besser durchzusetzen, und mein Wissen über das Weltgeschehen ist mittlerweile beinahe enzyklopädisch. Auch beim Friseur bin ich gewesen und habe nun keinen schlaffen Wischmopp mehr auf dem Kopf, sondern einen modernen Bob, der schon von weitem Kompetenz und Seriosität signalisiert. Okay, zugegeben, ich brauche jetzt jeden Morgen dreißig Minuten länger im Bad, weil meine Haare lieber in gemütlichen Wellen liegen wollen als in streng geometrischen Formen, aber was soll's – ich bin auf der Zielgeraden.

Doch dann fällt mir der letzte Punkt auf der Liste ins Auge, und ich muss schlucken. Rache an Oliver, steht da. Der Gedanke fühlt sich plötzlich seltsam an. Ich schließe die Augen – etwas, das ich mir in letzter Zeit recht selten gestatte – und horche in mich hinein. Ich bin immer noch unglaublich traurig und verletzt, aber die Wut und Verzweiflung vom Anfang, die sind irgendwie verpufft. Nein, Rache ist es nicht, die ich mir wünsche. Aber einen eindeutigen Abschluss, den brauche ich dennoch. Nur, dass der sich von selbst nicht einzustellen scheint. Ich seufze schwer.

Es bleibt mir nichts anders übrig; damit der Gedanke an Oliver nicht länger so verdammt weh tut, muss ich wohl oder übel aktiv werden. Ich muss mich dem Dämon namens Ex-Freund stellen und ihm beweisen, wie sehr er sich in mir verschätzt hat – und wie viel besser es mir ohne ihn geht. Denn Optimal-Charlotte kennt keine Angst vor der Vergangenheit. Optimal-Charlotte kennt nur die Zukunft. Und darin wartet eine Konfrontation, die sich gewaschen hat.

Dr. Hagenbecks Selbsthilfe-Tipps
Drei Wege zu mehr Geduld

1. Finden Sie Beispiele: Wir wollen gern immer alles sofort haben, doch wenn es darum geht, uns zu ändern, dann dauert das. Schauen Sie auf Ihr Leben zurück: Gibt es Dinge, auf die Sie warten mussten und die es wert waren? Schreiben Sie solche Beispiele auf, bei denen sich das Warten gelohnt hat.

2. Haben Sie das Ganze im Blick: Ein Jahr wirkt sehr lang – außer im Rückblick. Stellen Sie sich vor, Sie hätten Ihr Ziel schon erreicht. Malen Sie sich aus, wie sehr Sie es genießen werden, und machen Sie sich klar, dass nichts ewig dauert!

3. Suchen Sie Bestätigung: Bestimmt haben Sie Freunde, die lange für etwas Schönes gearbeitet haben, vor allem an sich selbst. Lassen Sie sich von denen erzählen, warum es sich gelohnt hat, Zeit und Mühe zu investieren!

Kapitel elf

Am frühen Mittwochabend mache ich mich auf den Weg zu Oliver. Das bietet sich an, denn um diese Zeit turnt seine neue Liebste für anderthalb Stunden bei Andreas im Yoga-Studio rum. Die perfekte Gelegenheit also, meinen Plan, Oliver kühl und kompetent die Meinung zu geigen, in die Tat umzusetzen.

Die Haustür steht offen. Das passiert hier öfter, insofern bin ich nicht verwundert, nur erleichtert. Das gibt mir nämlich die Möglichkeit, ohne zu klingeln in den dritten Stock zu steigen und vor seiner Wohnungstür noch ein paar Mal tief durchzuatmen. Das einstmals vertraute und jetzt seltsam fremde Haus flösst mir Unbehagen ein, aber ich entschließe mich, dieses vage Bauchgefühl zu ignorieren. Schließlich habe ich eine Mission, und von der lasse ich mich durch unerklärliche Gefühlsaufwallungen ganz bestimmt nicht abbringen. Ich klopfe fest und entschlossen. Einen Moment später öffnet sich die Tür, und Oliver steht wirklich und leibhaftig vor mir, in legeren Chinos, Hemd und ohne Schuhe. Privat eben. Und leider schöner, als ich ihn in Erinnerung habe. Unerwartet macht mein Herz einen kleinen Sprung. Ich hoffe bloß, dass das nur aus Gewohnheit passiert. Auch wenn ich Oliver seit Monaten nicht gesehen habe, war er schließlich eine lange Zeit meine große Liebe. Da ist es wohl verständlich, dass ein Wiedersehen mit ihm mich nicht einfach kalt lässt, auch wenn ich rational betrachtet wenig Gründe habe, mich wieder für ihn zu erwärmen. Aber dummerweise halten Gefühle sich nur selten an Logik.

»Lotte?!«, ruft er aus, als er erkennt, wer da auf seiner Schwelle steht, »was machst du denn hier? Du … du siehst ja umwerfend aus!«

Oliver steht so erschüttert vor mir, als wäre ich direkt aus dem Himmel zu ihm herabgestiegen. Seine blauen Augen sind aufgerissen, seine Hand ist halb zu mir ausgestreckt, und er schüttelt immer wieder verblüfft den Kopf.

»Was ist denn da passiert bei dir, ich meine, wow, Lotte, das ist ja unglaublich!«

Als Antwort schenke ich ihm ein Lächeln, allerdings ein eiskaltes. Das scheint ihn nicht zu stören.

»Das hätte ich nie gedacht, dass das in dir steckt. Ich meine, du weißt, ich hab dich immer … also aber, das hier, das ist ja wirklich noch mal was ganz anderes …«

Ihm fehlen die Worte. Mir leider auch. Vielleicht hätte ich mir einen genauen Schlachtplan zurechtlegen sollen, denn momentan bin ich ein wenig überrollt von Olivers unerwarteter Euphorie, mich wiederzusehen.

»Willst du nicht hereinkommen?«

Ich nicke. Dann erinnere ich mich, dass ich nicht hier bin, damit er mir wieder sagt, wo es lang geht, und ziehe auf dem Weg zum Wohnzimmertisch demonstrativ an ihm vorbei.

»Ich bin nicht hier, um mir von dir Komplimente machen zu lassen, nur damit das klar ist«, sage ich, während ich mich setze und eine Haltung einnehme, die hoffentlich meine Dominanz ausdrückt. Oliver hebt eine Augenbraue und setzt sich ebenfalls.

»Schade«, sagt er und grinst, »ich hätte da noch ein paar zu verteilen. Ich meine, diese Frisur steht dir wirklich ausgezeichnet. Und die schlanke Taille erst. Aber wenn du darüber nicht reden willst ...«

Ich kann nicht verhehlen, dass seine Worte runtergehen wie Öl, ich bin trotz allem nicht immun gegen unverhohlen schmeichelnde Worte aus dem Mund eines Mannes, mit dem ich immerhin zwei Jahre lang das Bett geteilt habe.

»Will ich in der Tat nicht«, sage ich trotzdem. Soviel Disziplin muss sein. Auch wenn sich Oliver jetzt vorbeugt und mir tief in die Augen sieht, wobei sein Fuß unter dem Tisch ganz zufällig an meinen stößt.

»Und worüber willst du dann reden?«

»Darüber, wie du mich behandelt hast«, antworte ich und ziehe mein Bein weg von seinem.

»Wie ich dich behandelt habe? Ist das dein Ernst? Und das jetzt?«

»Wäre dir lieber, ich wäre vorbeigekommen, wenn Kerstin und du gerade Kuschelstunde auf der Couch habt?«

Mir ist klar, dass er mit jetzt wohl kaum Datum und Uhrzeit meint, aber den Satz hat er sich trotzdem verdient. Tatsächlich prallt er zurück und errötet sogar ein bisschen.

»Du weißt von uns?«

»Ja, ich weiß von euch« antworte ich, und meine Stimme trieft vor Sarkasmus, als ich anfüge: »Offenbar muss sie ja nicht geheim gehalten werden, so wie ich damals. Zumindest posaunt deine neue Moderatorin überall heraus, wie glücklich sie jetzt auch privat mit ihrem Chef ist. Quasi meine Nachfolgerin in allen Belangen.«

»Lotte ...«

»Nichts da Lotte«, unterbreche ich scharf, »Lotte ist nicht mehr. Wenn überhaupt, dann Charlie!«

Er legt den Kopf schief und mustert mich mit wachen Augen.

»So kenne ich dich ja gar nicht«, sagt er, und es ist klar, dass er diesmal nicht über meine Haare spricht.

»Weil du mich nie wirklich gekannt hast oder nur das gesehen hast, was du sehen wolltest: das gemütliche Dickerchen, dass dir nett das Bett wärmt und im Büro den Kaffee bringt. Aber ich bin mehr als das, glaube mir. Und mehr als deine Kerstin, das bin ich auch! Selbst Schuld, wenn du das nicht erkannt hast.«

Oliver faltet die Arme zusammen und beugt sich wieder vor. »Du hast mich verlassen, Lotte, nicht umgekehrt«, sagt er mit Nachdruck, »und ist dir mal der Gedanke gekommen, dass ich die Beziehung mit Kerstin im Gegensatz zu unserer nicht geheim halte, weil ich aus meinen Fehlern gelernt habe?«

Nun ist es an mir, erstaunt die Brauen zu heben. Denn die ehrliche Antwort auf seine Frage ist: Nein, der Gedanke ist mir noch nicht gekommen. Und ich weiß auch absolut nicht, was ich jetzt mit ihm machen soll.

»Und mal ganz abgesehen von heimlich oder nicht«, fährt Oliver fort und erspart mir damit eine Antwort: »Kerstin ist als Partnerin sicher nicht die schlechteste Wahl.«

Mein Blick wandert durch das Loft, in dem ich früher so viel Zeit verbracht habe. Es hat sich verändert. Nicht großartig und auffällig, aber in vielen kleinen Details: Auf der Küchenanrichte steht ein Smoothie-Maker, die Blumen auf der Fensterbank sind frisch, und über dem Sofa hängt ein großes gerahmtes Foto von Oliver und seiner Liebsten, ein gestellter Schnappschuss auf einem Segelboot. Die Couchkissen sind plötzlich rot, und vor dem Bett liegt eine Yoga-Matte. Ich wette, der Kleiderschrank ist voll mit angesagten Outfits und das Badezimmer quillt über vor teuren Kosmetika. Als ich seine Partnerin war, war das Einzige, was er mir in seiner Wohnung zugestanden hat, ein paar Slips und Strümpfe für den Notfall.

»Nicht die schlechteste Wahl …« wiederhole ich nachdenklich Olivers Worte, »das klingt ja sehr romantisch. Ich hatte dich charmanter in Erinnerung…«

Ich sage das nicht vorwurfsvoll oder schneidend, eher traurig. Und auch er antwortet erstaunlich zurückhaltend – und ehrlich.

»Mit dir ist mir das leichter gefallen«, gesteht er, »du warst eben… nicht so sehr auf dich selbst bezogen.«

Das glaube ich, dass ihm das gefallen hat. Ich fühle, dass die alte Wut wieder hochzukochen beginnt.

»Ach, und deshalb hast du mich beruflich abserviert? Weil die nette Lotte, mit der kann man es ja machen? Die nimmt sich selbst ja eh nicht ernst?«

»Das habe ich nie gesagt!«

»Du hast gesagt, ich sei zu dick zum Moderieren!«

»Nicht ich habe das gesagt, das sagen die Zuschauer. Haben sie gesagt. Würden sie sagen. Was auch immer«, mit der linken Hand wischt er seine eigenen Worte beiseite. Die rechte legt sich plötzlich auf meine. Die unerwartete Berührung lässt mich zusammenzucken, nicht unbedingt vor Erregung, aber auch nicht allein aus Zorn.

»Aber jetzt sieht die Sache ja anders aus. Beziehungsweise du siehst anders aus. Und dieses neue Selbstbewusstsein, Lotte…«

»Charlie!«

»Charlie. Dieses neue Selbstbewusstsein passt zu dir. Und auf den Bildschirm!«

Überrascht blicke ich ihn an. Hat er das gerade wirklich gesagt? Oliver sieht mich an, eine Mischung aus Triumph und Amüsement auf dem Gesicht. Ich zwinge mich, möglichst kühl und gelassen zu klingen, als ich frage: »Auf den Bildschirm, mmh?«

»Oh ja«, sagt er und lehnt sich zurück, »das wolltest du doch hören, nicht wahr? Das ist doch der wahre Grund, warum du hier plötzlich auf der Schwelle stehst: Du willst mir beweisen, dass ich mit Kerstin die falsche Wahl getroffen habe. Und zwar in, wie hast du das noch genannt?, in allen Belangen.«

Wieder bin ich vollkommen verblüfft. Hat Oliver Recht? Ist all das Nachdenken über Rache und endgültige Abschiede nichts als die verkleidete Hoffnung, dass er mich zurücknimmt? Mir all das gibt, was ich mir damals gewünscht habe?

»Oh Gott, wie du guckst«, sagte er und seine Stimme klingt auf einmal ganz sanft, »bei all deiner neuen Coolness habe ich dich grad wohl doch kalt erwischt, was, meine Kleine?«

Oliver beugt sich vor, seine Hand wandert meinen Arm hinauf bis in meinen Nacken. Die andere schiebt sich derweil unter meinen Rocksaum.

»So würde ich das nicht sagen«, murmle ich und winde mich halbherzig aus seiner Berührung. Leider ist mein Körper schwächer als mein Geist. Das merkt auch Oliver. Er beginnt mir den Hals zu küssen. In meinem Herzen herrscht Chaos: Es schlägt schneller und macht Sprünge und ist gleichzeitig entsetzt darüber, wie es losrast. In meinem Gehirn sieht es nicht viel besser aus. Mit aller Gewalt versuche ich, beide Organe zur Räson zu rufen.

»NEIN!«, rufe ich laut. Das habe ich schließlich lange genug geübt.

Oliver lässt von mir ab und guckt mich irritiert an.

»Ich meine … Oliver, was soll denn das hier werden?«

Er grinst und greift sich mein Knie.

»Na was wohl?«

»Oliver, im Ernst!«

»Nun übertreib mal nicht«, sagt er stirnrunzelnd, »ist das nicht genau das, was du willst? Ich dachte, ich hätte dir ein ziemlich gutes Angebot gemacht.«

Hat er?

»Hast du?«

»Also mit dem Zuhören, das muss aber besser werden, sonst wird das eine Katastrophe. Also noch mal zum Mitschreiben: Ich gebe dir die Moderationsstelle!«

Spätestens jetzt sind Herz und Hirn wirklich völlig am Ende. Denn Oliver hat Recht. Das ist ein gutes Angebot. Ein Angebot, wie es so schön heißt, das ich nicht ablehnen kann.

»Und ich gebe dir noch was viel besseres: mich!«

Oder vielleicht doch.

»Bitte?«

»Du bist aber grad wirklich ein bisschen durcheinander, mmh? Ich will dich zurückhaben. Offiziell diesmal, versprochen.«

Jetzt komme ich gar nicht mehr klar. Oliver will mich zurück? UND mir die Moderationsstelle geben? Und mir jetzt und gleich an die Wäsche, das will mein eventuell-bald-nicht-mehr-Ex auch, zumindest küsst er schon wieder meinen Hals. Und mein Dekolleté.

»Und was ist mit Kerstin?«

»Was soll mit ihr sein«, nuschelt er. Ich nehme seinen Kopf zwischen meine Hände und zwinge ihn, mich anzusehen.

»Wie findet die das wohl?«

»Du bist wichtiger!«, protestiert er, schielt dabei aber schon wieder nach Süden und ich bekomme langsam den Verdacht, dass er mich bloß gerne noch mal flachlegen will, jetzt, wo ich einen komplett neuen Körper habe, vielleicht zu Vergleichszwecken.

»Hier läuft nichts, bevor ich nicht sicher bin, dass das mit Kerstin vorbei ist!«

Er zwinkert mir zu.

»So gut wie erledigt!«

»Ich meine das ernst, Oliver«, sage ich, lasse ihn los und gleite vom Stuhl.

»Dann ist es also abgemacht? Du und ich? Wie in alten Zeiten? Plus die Moderation, ich habe jetzt verstanden, wie wichtig dir das ist, und meinetwegen kannst du sie gern haben. Als Versöhnungsgeschenk.«

So stelle ich mir schmierige Deals von Großkonzernen vor, keine romantische Rückkehr zur wahren Liebe. Mal ganz abgesehen davon, dass mir der Kopf schwirrt und das Herz verrückt spielt. Ich weiß weder, was ich will, noch was ich wollen sollte. Das hier kommt viel zu überraschend. Genau das sage ich jetzt auch Oliver, der das gar nicht witzig findet.

»Sag mal, ist das jetzt dein Ernst? Du lässt mich zu Kreuze kriechen und dann hängen?«

Wann bitte ist er denn zu Kreuze gekrochen? Das muss ich verpasst haben.

»Du hast dich nicht mal richtig bei mir entschuldigt!«

»Jetzt mach aber mal einen Punkt. Mein Angebot ist ja wohl Entschuldigung genug. Ganz ehrlich, Lotte, wenn du jetzt genauso eine egozentrische Drama-Queen wirst wie Kerstin, dann können wir es auch gleich lassen!«

Exzentrische Drama-Queen? Bei allem Neid auf meine Kollegin, so habe ich sie bisher nicht wahrgenommen. Eher sachlich, selbstbewusst und gradlinig. Aber ich schlafe ja auch nicht mit ihr. Apropros…

»Eines verstehe ich nicht, Oliver? Warum ich und nicht Kerstin?«

Auch er steht jetzt auf, kommt mir aber nicht näher.

»Du musst dich auch wirklich immer selbst untergraben, oder?«

»Nein, ich will es nur wissen.«

»Weil du und ich schlichtweg besser zusammenpassen. Du bist rücksichtsvoller, du verstehst meine Bedürfnisse und musst nicht immerzu deinen Kopf durchsetzen.«

»Warum hast du dann nicht mehr um mich gekämpft?!«

»Das hatte viele Gründe ...« »

»Und welche bitte?«

»Also erstmal, weil ich einfach sauer war. Außerdem laufe ich aus Prinzip niemandem hinterher. Und ...« Er zögert.

»Und was?«

»Und weil ich nicht erkannt habe, dass du die Richtige bist. Du warst halt so ... also, dein Selbstbewusstsein ...«, hier grinst er wieder, »hat einfach gefehlt. Wobei, nur um das noch einmal klipp und klar zu sagen: Du musst bei mir jetzt nicht immerzu auf die Erfolgsfrau machen. Ich mag es durchaus, wenn du ein wenig Schwäche zeigst!«

Er wackelt anzüglich mit den Augenbrauen, falls ich nicht schon am Tonfall merke, was er mit Schwäche meint.

»Aber mit der richtigen Mischung, wer weiß ... ich meine, eines Tages könnten wir sogar heiraten. Charlie Pohl, Moderatorin bei *Kiez TV* – das klingt doch traumhaft.«

Stimmt, aber das muss ein Albtraum sein. Wenigstens reagiert mein Körper so: Mein Brustkorb zieht sich zusammen, mein Mund ist knochentrocken, und mir wird schwarz vor Augen. Selbst im Sitzen schwanke ich ein wenig. Erschrocken beugt Oliver sich zu mir.

»Lotte, was ist denn plötzlich?«

»Nichts«, krächze ich, »ich bin nur so glücklich.«

Er fächelt mir reichlich ungeschickt Luft zu und ich versuche verzweifelt, meine Atmung wieder in Gang zu bekommen. Ich denke nicht, dass es wirklich ein Glücksgefühl ist, das mir da die Kehle zuschnürt. Ich glaube eher, das ist eine Panikattacke. Das alles ist einfach zuviel für meine Nerven: Da will ich nur mal eben mit der Vergangenheit aufräumen, und stattdessen wird mir alles, was ich mir einmal gewünscht habe, auf dem Silbertablett serviert. Kein Wunder, dass ich völlig durcheinander bin.

Oliver holt mir ein Glas Wasser, aber ich brauche kein Glas Wasser, ich brauche Zeit. Zeit um zu verarbeiten, was hier gerade passiert ist, Zeit mich zu erholen. Zeit zu entscheiden, was ich eigentlich wirklich will.

»Ich muss darüber nachdenken«, sage ich also, »das ist eine große Sache, ich will nichts überstürzen.«

Olivers Gesicht verdunkelt sich. In seinen blauen Augen blitzt der Ärger, was ich sogar verstehe, schließlich hat er mir angeboten, seine bisherigen Zukunftspläne zu ändern, und statt entzückt zu sein, zögere ich.

»Bitte. Das ist alles so viel und so plötzlich …«

»Für mich auch«, sagt er streng, »ich hatte schließlich keine Ahnung, dass du vor der Tür stehen würdest. Vor einer halben Stunde war noch alles geregelt, dann kommst du hier reingeschneit, siehst umwerfend aus, und ich bin bereit, alles für dich über den Haufen zu werfen. Da ist ein wenig mehr Freude wohl nicht zu viel verlangt.«

»Das stimmt. Ich bin einfach nur überwältigt, das ist alles. Außerdem, ich muss da einfach noch ein paar Dinge klären, beruflich und auch privat.«

»Ein anderer Mann?«

Ich nicke. Warum nicht? Vielleicht glaubt er mir ja, dass ich erst eine saubere Trennung mit jemand anderem vollführen möchte, bevor es mit uns vor den Altar gehen kann. Gerade ist mir jede Ausrede Recht.

»Na gut«, sagt er schließlich, »aber nimm dir nicht zu viel Zeit dafür. Ich mag es nicht, im Unklaren gelassen zu werden.«

»Natürlich«, verspreche ich, »ich regle alles, so schnell es geht, okay? Ich verspreche es. Nur, äh, also, sofort geht es nicht, mein Freund ist im Augenblick nicht da, und ich will das nicht per Telefon machen. Das gehört sich einfach nicht.«

»Okay, das verstehe ich. Aber eine Woche sollte dir reichen, oder?«

Ich nicke erleichtert. Das sollte reichen, um mich zu sortieren.

Als ich mit erhitzen Wangen und völlig verwirrt aus Olivers Haustür trete, stolpere ich fast über meine eigenen Füße. Also eigentlich nicht über meine eigenen Füße, sondern über das, was da mitten auf der Stufe sitzt: mein Kater.

»Hummelpummel?«, frage ich erstaunt, »was machst du denn hier?«

Wie immer schweigt Hummelpummel, aber anders als sonst beginnt er nicht um meine Beine zu streifen oder mich anzuschnurren. Er sitzt einfach da, mächtig und dick, und starrt mich aus gelben Katzenaugen an. Natürlich ist das albern, aber es kommt mir so vor, als läge ein ehrlicher Vorwurf in seinen schmalen Pupillen.

»Was ist denn?«, frage ich und beuge mich hinunter, um ihn zu streicheln. Aber sein Ohr zuckt zurück, und mir ist, als hörte ich in seinem Brustkorb ein kleines Knurren. Unwillig richte ich mich wieder auf und starre ihn an.

»Also wirklich«, schimpfe ich, »ich hab mich doch noch gar nicht entschieden. Und nur weil Oliver keine Katzen mag, heißt dass doch nicht, dass ich dich wegschicke.«

Das ist auch gar nicht nötig. Denn der angesäuerte Kater

dreht sich jetzt um, hebt seinen kurzen Schwanz und marschiert davon. Seine Botschaft ist eindeutig: Die Blumen bei der Hochzeit streut ganz gewiss ein anderer.

Ich schüttle den Kopf. Erst Oliver, dann der Kater, mir ist, als wären Männer viel unberechenbarer als gemeinhin behauptet wird. Dass ich mit dieser Theorie goldrichtig liege, beweist mir nur wenige Minuten später kein anderer als Lars. Denn der sitzt doch tatsächlich vor meiner Tür und wartet auf mich.

Hummelpummel erschnüffelt unseren überraschenden Besuch früher als ich. Er hat sich schon auf Lars breitgemacht, als ich um die Ecke biege. Dick und zufrieden liegt er auf dem Schoß des Kochs, der mit einem entspannten Lächeln das rote Fell krault. Als Lars mich sieht, wirkt er ausnehmend verblüfft, so als wäre ich es, die unangekündigt bei ihm auftaucht und nicht umgekehrt.

»Lars! Na, dass ist ja eine Überraschung …«, sage ich und blinzle ausnahmsweise auf ihn herab statt zu ihm hinauf. Er hockt auf der obersten Treppenstufe unseres Hauseingangs und trägt seine übliche Kochkluft. Vielleicht hat er nichts anderes.

»Das könnte ich auch sagen«, antwortet er, während sein Blick kritisch an mir hinab- und wieder hinaufgeleitet, »du siehst ja völlig verändert aus.«

»Ach das«, sage ich geschmeichelt, »ich hab ein bisschen was Neues ausprobiert.«

»Ein bisschen ist gut, ich hätte dich fast nicht erkannt.«

Sein Tonfall steht in einem seltsamen Kontrast zu der bewundernden Zufriedenheit, mit der Oliver eben auf meine Wandlung reagiert hat. Lars klingt eher zurückhaltend und forschend, fast an der Grenze zu vorwurfsvoll. Ich verschränke defensiv die Arme.

»Aber ich bin es. Genau dieselbe wie früher.«

Gut, früher wollte Oliver mich geheim halten und nicht heiraten, aber das muss ich nun nicht ausgerechnet Lars auf die Nase binden. Der lächelt mich jetzt unsicher an und fährt sich durch das Strubbelhaar, was Hummelpummel gar nicht witzig findet und mit einem heftigen Kopfstoß gegen seinen Unterarm auch zum Ausdruck bringt. Eilig lässt Lars seine Hand wieder im Fell des Katers verschwinden, der daraufhin glücklich schnurrt. Wenn es nach Hummelpummel geht, ist Lars eindeutig der bessere Oliver.

»Was machst du denn überhaupt hier?«, frage ich, als das Schweigen zwischen uns beginnt, unangenehm zu werden. Ich setze mich neben Mann und Kater.

»Dein Handy war aus«, sagt er entschuldigend, »also hab ich die Adresse vom Yoga-Studio gegoogelt. Ich habe nämlich Neuigkeiten!«

Neuigkeiten, detektivischen Spürsinn und ein sehr viel besseres Gedächtnis als ich. Zumindest kann ich mich nicht erinnern, Lars erzählt zu haben, dass Matilda, ihr Studio und ich allesamt am selben Ort zu finden sind.

»Welche Neuigkeiten?«,

»Über deinen Gerald. Beziehungsweise Gernot.«

»Gernot?«

Er grinst zufrieden.

»Gernot, der Immobilienmakler. So jedenfalls hat er sich Thorsten vorgestellt, dem Koch bei mir. Du erinnerst dich? Als Thorsten vor zwei Jahren nach Berlin gezogen ist, wollte er sich eine kleine Wohnung kaufen. Hat er auch, bei Gernot. Leider stellte sich heraus, dass er eine ziemliche Bruchbude erworben hatte, und das für viel zu viel Kohle. Was soll ich sagen, Thorsten ist ein perfekter Koch, aber in Lebensdingen manchmal einfach ein bisschen zu naiv.«

Sofort muss ich an Matilda denken.

»Da ließ sich nicht mehr viel machen, natürlich. Gekauft ist gekauft, es war alles schon abgeschlossen, und Gernot hat natürlich bestritten, gewusst zu haben, dass die Leitungen verrostet sind und unter den frisch drangekleisterten Tapeten fröhlich der Schimmel wächst. Thorsten hatte eine Mordswut, aber keine Handhabe.«

»Das ist ja besser, als ich zu hoffen gewagt habe! Also nicht für Thorsten natürlich, aber für mich. Und für Matilda. Bist du denn sicher, dass das auch wirklich unser Gerald war?«

Lars nickt.

»Ich hab diesen Gernot zwar nie getroffen, aber Thorstens Beschreibung ist mir im Gedächtnis geblieben. Diese persilweißen Haare mit dem hohen Dutt und den schwarzen Augen dazu ... ich hab's damals nur nicht einordnen können. Ich hätte dir auch schon früher Bescheid gesagt, aber Thorsten ...«

Lars kommt nicht dazu, seinen Satz zu beenden, denn plötzlich fällt ein Schatten auf unsere traute Dreisamkeit. Er entpuppt sich als Frau Mai. »Guten Abend«, trällert sie und zwinkert uns zu, »was ist das denn für eine nette Verschwörung?«

»Besser könnten Sie es gar nicht treffen, Frau Mai«, grinse ich. Lars schielt irritiert zu mir herüber und steht dann eilig auf, um meiner Nachbarin die Hand zu geben, sehr zum Missfallen von Hummelpummel, der sich auf dessen Schoß rundum wohlgefühlt hatte. Er maunzt beleidigt und stiefelt von dannen. Das ist ihm wohl zu viel Aufregung hier. Mir irgendwie auch, denn Lars schüttelt Frau Mai mit seinem stabilen Unterarm kräftig durch, während er sich hektisch bei ihr vorstellt. »Mein Name ist Lars Bergmann, ich bin Koch und sehr erfreut, Sie kennenzulernen«, plappert er, »wirklich, sehr. Ich wusste gar nicht, dass Sie auch hier wohnen. Oder sind

Sie zu Besuch? Störe ich? Das tut mir sehr leid, es ist gar nicht meine Art, so unangekündigt vorbeizuschauen, aber ich hatte wichtige Neuigkeiten für Charlie, also dachte ich, das wäre wohl in Ordnung.«

»Nein, nein«, sagt Frau Mai, während sie mit sanfter Gewalt versucht, sich aus dem Klammergriff des Kochs zu befreien, »ich wohne hier, ganz oben.«

»Ach wie toll, ich wohne auch im Dachgeschoss! Gar nicht weit von hier, da habe ich auch ein Restaurant. Vielleicht wollen Sie ja mal vorbeikommen?« Er betrachtet sein schick gekleidetes Gegenüber, errötet und spielt nervös an den Knöpfen seiner schwarzen Kochjacke. »Also, es ist kein vornehmer Laden, das nicht, aber das Essen ist wirklich gut, fragen Sie Charlie.«

»Charlie?«, fragt Frau Mai verwirrt.

»Ach so, Sie haben es wohl lieber, wenn man Charlotte sagt? Das verstehe ich gut, ich bin eigentlich auch kein Fan von Abkürzungen und Spitznamen, aber Charlie, also Charlotte hat sich damals bei mir so vorgestellt«, unglücklich guckt er zu mir herüber.

»Charlotte ist völlig okay«, sage ich, »aber Charlie auch, das ist eher mein äh … Berufsname? In der Firma nennen Sie mich halt so.«

»Frau Mai, Sie sind ja wirklich ein Chamäleon«, sagt Frau Mai lachend, »passen Sie nur auf, dass Sie da nicht ganz durcheinander kommen mit Ihren Identitäten. Glauben Sie mir, das passiert schneller, als man denkt.« Ehe ich antworten kann, hat sie schon zwei Schritte Richtung Haustür gemacht. »Lassen Sie sich von mir nicht stören«, sagt sie, während sie aufschließt, »sehr nett, Sie getroffen zu haben, Herr Bergmann. Sie haben Schwung, das ist bezaubernd bei so jungen Menschen.«

Dann ist sie auch schon im Haus verschwunden. Maßkostüm, Damenhandtasche und Augenzwinkern inklusive.

»Oh je«, sagt Lars, »war das ironisch gemeint grad? Ich weiß, ich hab ein bisschen übertrieben. Das war wohl nicht der beste erste Eindruck, den ich da hinterlassen habe.«

»Wieso willst du denn der Frau Mai so dringend gefallen?«

Lars runzelt die Stirn und mustert mich mit einer Mischung aus Verlegenheit und Verärgerung. »Na hör mal«, sagt er dann, »ich will doch bei deiner Mutter einen guten Eindruck machen.«

Ich starre ihn an, als hätte er mir gestanden, dass er gerne einen Biberschwanz und Hasenohren hätte. Dann fange ich an zu lachen, laut, herzlich und ohne jede Hemmung. Lars weicht ein wenig zurück. »Was ist denn daran jetzt so lustig?«, fragt er einen Hauch beleidigt.

»Meine«, keuche ich, »meine Mutter … das ist … wirklich … zu gut.«

Ich hole japsend Luft. Der Bauch tut mir weh, und nur mit Mühe schaffe ich es, das Lachen soweit zu unterdrücken und ihm zu erklären, warum ich überhaupt so amüsiert bin: »Frau Mai ist nicht meine Mutter, sie ist meine Nachbarin. Wir haben nur zufällig den gleichen Nachnamen.«

Lars braucht einen Augenblick, um das zu verdauen. Auf seinem Gesicht kämpfen Betroffenheit, Verblüffung und Amüsement um Vorrang. Er sieht dabei aus wie ein knuffeliger Bär, der mit der Pfote im Honigtopf stecken geblieben ist. Ich muss wieder kichern, und dann fängt auch er an, brüllend zu lachen. Wir lachen so lange und intensiv, dass ich schließlich vor Schwäche beinahe in seinen Armen kollabiere. »Oh Mann«, seufze ich, halb an seinen Brustkorb gelehnt, »meine Mutter, das ist wirklich der Hammer! Wer siezt denn seine eigene Mutter!«

»Kein Ahnung«, grinst er, »ich dachte halt, ihr tut gern vornehm. Oder stammt von altem Adel ab.«

Mir fällt auf, dass ich Lars in unserem Lachanfall unerhört nahe gekommen bin. Sofort jagt mein Puls hoch. Um meinen schwachen Gliedern zu zeigen, wer hier der Boss ist, löse ich mich schnell von Lars und trete einen Schritt nach hinten. Schließlich sind seine Umarmungen ohnehin für eine andere reserviert.

»Frau Mai meine Mutter«, sage ich noch mal, mehr um die Stille zu füllen, die plötzlich zwischen uns hängt, »das wäre ja noch schöner.«

Warum er überhaupt bei meiner Mutter einen guten Eindruck machen will, das frage ich ihn nicht.

Hoffnung täuscht oft, sagte mein Lateinlehrer früher immer gern, vor allem beim Austeilen von unangekündigten Vokabeltests. Daran muss ich traurig denken, als wir wenig später an einem Tisch in Lars' Biergarten sitzen. Matilda hat sich ohne Probleme hierhin locken lassen, aber da hört ihre Kooperationsbereitschaft auch schon auf.

»Ihr irrt euch«, sagt sie mit erstaunlicher Gelassenheit, als Thorsten seine Geschichte zu Ende erzählt hat.

»Gerald ist nicht Gernot. Gerald ist Gernots Zwillingsbruder. Oder Gerald Gernots, er ist schließlich zwei Minuten früher geboren.«

Mein Unterkiefer klappt nach unten und meine Augen werden so groß wie Untertassen: »Bitte was?« Matilda, noch immer ganz ruhig, nickt mir zu und seufzt.

»Das ist wirklich eine sehr traurige Geschichte. Seht ihr, als Kinder waren Gerald und Gernot unzertrennlich. Sie sind eineiige Zwillinge, deshalb haben sie natürlich eine ganz besondere Verbindung! Doch Anfang zwanzig haben sie dann sehr unterschiedliche Wege genommen. Gerald war in Südostasien und hat entdeckt, dass er eine große Gabe für das Spirituelle hat, hat sich an vielen Orten der Welt bei großen Astrologen und Yogis ausbilden lassen, immer bemüht, die Welt besser zu machen, während Gernot sich ganz dem Kommerz und Kapitalismus verschrieben hat. Das hat natürlich zu viel Streit geführt, und als dann ihre Mutter starb, kam es endgültig zum Zerwürfnis. Gernot wollte die sterblichen Überreste seiner eigenen Mutter anonym verbrennen, nur um Geld zu sparen, stellt euch das mal vor! Gerald hat sich damals von ihm abgewandt. Die beiden haben schon seit Jahren nicht mehr miteinander gesprochen.«

Während sie erzählt, wird Matilda immer salbungsvoller, sodass sie am Ende genauso schmierig klingt wie ihr Guru.

»Das ist die dümmste Geschichte, die ich je gehört habe!«, platzt es aus mir heraus. Ehe ich mich wieder aufregen kann, fällt Lars mir ins Wort: »Und das hat Gerald dir alles erzählt? Einfach so?«

»Einfach so!«, Matilda guckt uns an, als hätten wir einen unflickbaren Dachschaden, »einfach so gibt es nicht in einer Lehrer-Adepten-Beziehung! Erst recht nicht, wenn es um so elementare Dinge wie die Familie geht. Gerald hat sich mir geöffnet, so wie ich mich ihm. Gott sei Dank, sonst wüsste ich ja nicht, was hinter Thorstens Geschichte steckt!«

»Aber ist es nicht etwas auffällig«, fragt Lars vorsichtig, »dass dieser Gernot ausgerechnet in der Immobilienbranche ist? Ich meine, wo Gerald dich doch offenbar überreden will, dein Haus zu verkaufen.«

Jetzt wird Matilda langsam ärgerlich. »Das ist doch nichts als Spekulation, also dass da was hinter steckt, dass Gerald also … nein. Außerdem, das habe ich Charlotte schon hundertmal gesagt, war das meine Idee und nicht seine.«

Klar, und mein Kater ist der König vom Lummerland. Das sage ich auch Matilda, in etwas netteren Worten, aber meine Freundin hat völlig dichtgemacht.

»Du magst Gerald einfach nicht, das ist es doch«, sagt sie, »genau wie Andreas, dabei heißt das doch nicht, dass ich euch weniger liebe. Im Gegenteil! Durch den Pfad, auf dem Gerald mich führt, kann ich mich viel weiter für die Liebe öffnen.«

Frustriert lehne ich mich zurück. Da ist wirklich nichts zu machen. Plötzlich legt Lars mir die Hand auf den Arm, drückt leicht zu und sagt im Plauderton: »Dann ist ja gut, Matilda, du verstehst doch sicher, dass wir es nur gut meinten, oder?«

Nicht nur sein beruhigender Griff, auch sein Fuß unter dem Tisch hält mich davon ab, wütend aufzubegehren, er tritt mir nämlich unsanft auf den Fuß – die international anerkannte Geste für: Halt die Klappe.

»Natürlich!«, ruft Matilda, deren Gliedmaße von Lars Attacken verschont bleiben, »das ist wirklich lieb von euch, aber ihr müsst euch keine Sorgen machen. Alles ist gut, versprochen.«

Das sehe ich anders, und ich hoffe, dass mein Vertrauen in Lars nicht enttäuscht wird. Besser, hinter seinen Gesten steckt kein Krampfanfall, sondern ein ausgefuchster Plan. Denn ohne ist meine beste Freundin verloren. Aber ich täusche mich nicht in Lars: Sein Plan ist nicht nur gut, er ist sogar genial.

Auch Andreas weihe ich in unser Vorhaben ein. Der Arme hat schließlich schon genug durchgemacht, da kann er einen Lichtblick sicher gut gebrauchen. In einem kurzen Telefonat schildere ich ihm, was wir vorhaben.

»Charlotte«, sagt er, als ich damit fertig bin, »wenn das

klappt, dann bin ich dir auf ewig dankbar, wirklich. Dieser Gerald ist wirklich ein Fluch für uns.«

»Ein Fluch, den ich brechen werde! Versprochen. Halt noch ein bisschen durch, und dann wird alles wieder gut. Und sag Matilda nichts. Das Ganze klappt bestimmt besser, wenn sie keine Ahnung hat.«

Unser Plan ist nicht das Einzige, was ich vor Matilda geheim halte. Auch von Oliver erzähle ich ihr kein Sterbenswörtchen. Ich versichere mir selbst, dass ich gerade jetzt keinen Streit mit ihr riskieren will, aber das ist nur die halbe Wahrheit. In Wirklichkeit vermeide ich es, mich damit auseinanderzusetzen, was nun mit mir und ihm geschehen soll. Denn wenn ich versuche, darüber nachzudenken, wird mir schwindelig, und ich bekomme Kopfweh. Wahrscheinlich bedeuten diese Symptome, dass ein Teil von mir allergisch auf das Angebot von Oliver reagiert. Aber es gibt eben auch einen anderen Teil. Einen Teil, der sich nur allzu gut daran erinnert, wie wohl ich mich mit meinem Ex gefühlt habe und wie sehr ich die Moderationsstelle immer haben wollte, die er mir nun angeboten hat. Es war einfach, Oliver abzulehnen, solange er mich sowieso nicht haben wollte. Aber jetzt Nein zu etwas zu sagen, das so lange meine Idealvorstellung von meinem Leben war, das fällt mir schwer, ganz egal wie sehr ich mich geändert habe. Natürlich weiß ich, dass die neue Charlotte Olivers Angebot empört ablehnen sollte. Aber Wissen und Fühlen sind leider zweierlei Dinge.

Dr. Hagenbecks Selbsthilfe-Tipps
Fünf wichtige Entscheidungshilfen

1. Wägen Sie Für und Wider ab: Listen Sie alle Vorteile und alle Nachteile auf, die Ihnen zu einer Entscheidung einfallen. Seien Sie dabei wirklich ehrlich mit sich.

2. Haben Sie Mut zur Lücke: Es gibt keine Garantie, dass Sie das Richtige tun. Sehen Sie das als Vorteil! Versuchen Sie, keine Angst vor Konsequenzen zu haben, sondern neugierig zu sein.

3. Glauben Sie an sich: Machen Sie sich immer Ihren Wert bewusst. Treffen Sie alle Entscheidungen aus dem Blickwinkel eines Menschen, der sich selbst schätzt und liebt.

4. Streichen Sie Vergleiche: Messen Sie sich nicht an Mitmenschen oder Idealbildern. Betrachten Sie sich im Rahmen Ihrer Möglichkeiten – und handeln Sie entsprechend!

5. Schätzen Sie Veränderung: Wir klammern uns gern an das Alte, weil es verlässlich ist. Doch Glück finden wir oft erst dann, wenn wir mutig nach vorne gehen. Denken Sie daran: Sie haben nur dieses eine Leben. Leben Sie es!

Kapitel zwölf

Pünktlich um eins holt Matilda mich ab, nichtahnend, dass wir uns nicht zum ausgiebigen Essen ins Burgerbegehren aufmachen, sondern für eine maßgeschneiderte Enthüllungsoffensive.

Kurz bevor wir den Laden von Lars betreten, drehe ich mich zu meiner Freundin, nehme ihre Hände in meine und sehe ihr fest in die Augen.

»Matilda, vertraust du mir?«

Sie sieht mich an, erst irritiert, dann voller Wärme.

»Aber natürlich vertraue ich dir!«

»Gut.« Ich nicke befriedigt und lasse ihre Hände los, denn meine fangen vor Nervosität an zu schwitzen. Es ist natürlich nicht das erste Mal, dass ich mit versteckter Kamera arbeite – von heimlichen Service-Tests in Parfümerien bis zu Ärztepfusch habe ich da so einiges abgedreht –, aber bisher ging es dabei nie um das Schicksal meiner besten Freundin. Oder mein eigenes. »Ich habe nämlich etwas vorbereitet. Etwas, dass dir sicher erstmal komisch vorkommt.«

»Servierst du mir jetzt gebratene Schweineschnauze und Ameisen am Spieß?«

»Nein, nein, nichts dergleichen.«

Ohne zu erklären, was genau ich stattdessen vorhabe, bedeute ich ihr, mir zu folgen. Matilda kommt hinter mir durch die Tür ins Burgerbegehren gedackelt. Statt zu einem Platz führe ich sie am Tresen vorbei in die geräumige Küche. Dort ist in einer frei geräumten Ecke ein Equipment aufgebaut, das auch aus einem Spionagefilm stammen könnte: drei kleine Bildschirme, ein Laptop, zwei Kopfhörer, gefühlte achthundertvierzig Meter Kabel und das obligatorische Gaffa-Klebeband, das alles zusammenhält. Neben der zusammengeschusterten Überwachungsstation steht mein Kameramann Lagerfeld und hebt den Daumen.

»Wir sind ready to go«, verkündet er, »unsere Lockvögel sind verkabelt und die Kameras sind live, eine im Knopfloch, eine zweite am Tisch und die dritte gegenüber, alles perfekt versteckt. Das Einzige, was noch fehlt, ist unser Opfer.«

»Was soll denn das hier werden, Charlotte? Verstehen Sie Spaß?«

»Das hier«, erkläre ich und schiebe Matilda auf einen der Stühle, »ist eine Sondervorstellung für dich.«

»Und was wird gezeigt?

»Warte ab. Und denk daran, dass du versprochen hast, mir zu vertrauen.«

»Irgendwie mag ich nicht, wie sich das anhört.«

»Papperlapp«, sage ich und halte ihr eines der Kopfhörerpaare hin, das sie brav aufsetzt. »Stell dir einfach vor, du seist ein russischer Spion hinter feindlichen Grenzen. Oder James Bond.«

»Solange ich kein Bond-Girl sein muss. Ich habe mehr vor im Leben, als mit Martini schlürfenden Engländern zu schlafen.«

Matilda beugt sich zu den Monitoren. Der mittlere zeigt einen Zweiertisch im Wintergarten. Auf dem rechten sieht man momentan dessen gläserne Wand, später aber hoffentlich unseren Gast. Die kleine Kamera haben wir in der Vase versteckt. Der linke Schirm ist im Augenblick der interessanteste, denn dort tut sich was: Der Träger der Knopflochkamera – kein anderer als Lars – bewegt sich zwischen den Gästen im Vorderraum auf die Tür zu. Dann steht er auf der Straße. Ein Paar helle Segelschuhe kommen ins Bild gelaufen. Als Lars die Linse zurechtruckelt, ist das dazugehörige Gesicht zu sehen, und Matildas Laune ändert sich schlagartig. Sie zieht sich die dicken Kopfhörer von den Ohren und dreht sich mit ernster Miene zu mir: »Charlotte, was wird das? Warum ist Gerald hier? Du glaubst doch nicht etwa immer noch …«

»Bitte Matilda«, unterbreche ich sie, »wenn du mir vertraust, dann guckst du einfach was passiert, okay? Ich will dir helfen, so, wie du mir umgekehrt mit deinen Vorhersagen und Horoskopen. Ich bin aber nun einmal kein Sternprofi, ich bin Journalistin. Deshalb kann ich das nur so tun.«

Matilda zögert, und mein Puls beschleunigt sich. Wenn sie jetzt aufsteht und geht, dann war die ganze Mühe umsonst. Sie wirft einen kurzen Blick auf den Monitor. Dort ist zu sehen, dass Lars den Guru gerade zu dem Tisch führt, auf dem in der Vase ein weiteres Mikrofon und die letzte Kamera versteckt sind. Nicht ohne Ekel stelle ich fest, dass sie geradewegs von unten in Geralds Gesicht filmt, was ihn aussehen lässt wie den Vollmond mit zu großen Nasenlöchern. Dann seufzt Matilda und setzt sich die Kopfhörer auf. Ich tue es ihr gleich, erleichtert, dass die Show weitergeht.

»Okay« sagt sie, »was immer du da tust, du hast dir Mühe gegeben, und ich weiß, dass diese Mühe von Herzen kommt, also will ich sie nicht zunichtemachen. Aber dafür habe ich was gut. Gerald auch, da werde ich mir nämlich schön was anhören müssen später.«

Ich nicke, bleibe aber stumm. Lars und Gerald kommen nämlich schneller zum Thema als gedacht.

»Ich habe Sie angerufen«, sagt Lars gerade, »weil Sie mir

empfohlen worden sind. Sie sollen hier in Berlin ja die besten Immobilien haben und auch in der Lage sein … mmhhh … ganz bestimmte Häuser besorgen zu können.«

Sein schlohweißes Gegenüber nickt selbstgefällig.

»Ich kann alles besorgen, was Sie sich wünschen. Wenn Sie das entsprechende Geld haben, versteht sich. Ohne das wird es schwierig, Sie verstehen. Aber Scheine, nun, Scheine öffnen Türen, und wenn Sie genug haben, kommen Sie in jeden Palast.«

»Das ist ja gar nicht Gerald! Das ist Gernot«, flüstert Matilda aufgeregt, »unglaublich, wie ähnlich er Gerald sieht!«

Ich lege ihr eine Hand auf den Arm und bedeute ihr, ruhig zu bleiben und zuzuhören. Natürlich ist der Vogel da nicht Gernot, sondern Gerald, was hauptsächlich daran liegt, dass beide die gleiche Person sind. Davon bin ich fest überzeugt, auch wenn Gerald klug genug ist, sich für seine zweite Identität eine andere Handynummer besorgt zu haben – und eine andere Persönlichkeit. Seine gesamte Haltung hier und heute ist sichtbar eine andere als bei unseren vorherigen Treffen. Wo der Guru in schwülstigen, aber melodischen Reimen spricht und ständig bemüht scheint, Würde und Erhabenheit in jede noch so banale Bewegung zu legen, wieselt sich diese Variante von Gerald geradezu schleimig durch das Gespräch. »Wie sieht es denn bei Ihnen mit dem Budgetrahmen aus«, fragt er, »wo liegen da Ihre Grenzen?«

»Grenzen? Ich bitte Sie …«, auf dem rechten Schirm beobachte ich, wie Lars sich lässig zurücklehnt, »ich habe so viel geerbt, ich könnte Landesgrenzen aufheben, wenn mir danach wäre. Ein reicher Onkel aus Übersee, der mit, nennen wir es einmal Import/Export sehr reich geworden ist. Der Rest der Familie hat mit ihm gebrochen …«

»… aber Sie haben erkannt, warum gerade ein Onkel wie

dieser Ihre Treue verdient, mmmh? Ich verstehe. Klug gedacht, Herr Bergmann. Ich sehe, wir reden auf Augenhöhe.«

»Widerlich«, höre ich Matilda neben mir murmeln, »wirklich widerlich dieser Typ. Kaum zu glauben, dass er und Gerald tatsächlich Brüder sind.«

Auf der Bühne wird es derweil langsam Zeit für Akt zwei: Die Kellnerin Tessa kommt aufgeregt an den Tisch und redet mit dringlicher Stimme auf ihren Chef ein, wobei sie den Eindruck macht, es ginge nicht um einen dringenden Anruf, sondern um Leben und Tod.

»Bitte entschuldigen Sie mich«, sagt Lars, »da muss ich mich leider sofort kümmern. Ich fürchte, das wird länger dauern. Vielleicht bestellen Sie sich etwas zu essen? Aufs Haus. Das ist mir wirklich furchtbar unangenehm …«

Sein weißhaariges Gegenüber winkt großzügig ab, die Aussicht auf einen gewinnbringenden Verkauf plus eine warme Mahlzeit stimmt ihn sichtlich versöhnlich. Lars geht ab, und keine zwei Minuten später betritt unser nächster Komplize die Bühne.

»Ach, das ist ja eine Überraschung!«, ruft er, als er Gerald entdeckt und eilt entzückt auf ihn zu. Ich muss sagen, Julian wirft wirklich alles in seine Performance. Nicht nur, dass er ein für seine Verhältnisse nachgerade vertrauenserweckendes Outfit trägt (kurze, weinrote Hosen, ein ordentlich gebügeltes Hemd mit rosa Ombré-Druck, geblümte Budapester und einen weißen Panamahut), er klingt auch so überzeugt erfreut, als wäre er in Seenot und Gerald der rettende Ring. Selbiger blickt jetzt hastig um sich und hebt dann den Kopf, um den Neuankömmling in Augenschein zu nehmen. Julian lässt ihm keine Gelegenheit, zu reagieren, sondern redet gleich munter weiter: »Wie wunderbar, dass wir uns hier treffen! Ich wollte mich sowieso bei dir melden, ganz dringend sogar. Es ist nämlich so: Wir haben uns das überlegt mit dem Gartenhäuschen. Die reinste Dämonen-Diktatur da! Jede Nacht Albträume! Das hält doch keiner aus! Lange Rede, kurzer Sinn. Meine Liebste will Ihnen das Gartenhaus überlassen. Ganz. Ganz und geschenkt.«

Ich halte den Atem an. Wenn Gerald zustimmt und sich das Schrebergartenhäuschen, auf das er es abgesehen hat, jetzt unter den Nagel reißt, dann haben wir den Beweis. Julian, der das ganz genau weiß, streckt seinem Gegenüber auffordernd die Hand hin.

»Deal?«, flötet er. Ich werde fast ohnmächtig vor Anspannung. Auch Matilda sitzt auf der Kante ihres Stuhls. Eine halbe Sekunde lang bin ich sicher, dass Gerald/Gernot einschlagen wird. Doch dann schüttelt er plötzlich den Kopf und hebt abwehrend die Hände.

»Verzeihung«, sagt er, »Sie verwechseln mich.«

»Verwechseln? Aber du bist doch so einprägsam!«

»Das muss mein Bruder gewesen sein. Gerald. Ich habe nichts mit ihm zu schaffen. Da müssen Sie mit ihm selbst sprechen.«

Meine Schulter senken sich so enttäuscht auf Halbmast wie eine Landesflagge in Trauerzeiten. Matilda stupst mich von der Seite an.

»Was ist denn das für ein Gartenhaus?«, fragt sie, »und warum versucht Gernot das Gerald in die Schuhe zu schieben?«

»Nicht so wichtig«, murmle ich, betrübt, dass Gerald auf unseren Trick nicht hereingefallen ist. Aber natürlich kann er nicht riskieren, dass Lars zurückkommt, während er mit Julian die Feinheiten bespricht. Er will sicher vermeiden, dass vor seinem potentiellen Kunden auffliegt, dass er sich zweierlei Identitäten bedient. Es ist einen Versuch wert gewesen, Julian ins Spiel zu bringen – ich hatte gehofft Geralds Gier würde seine Vernunft einfach auslöschen. Aber ich habe ja noch ein Ass im Ärmel. Hoffe ich zumindest.

Gerald zuckt nicht mal mit der Wimper, als Julian von dannen rauscht, sondern sitzt selbstzufrieden auf seinem Platz und gähnt. Als ich ihn da so sehe, gelassen, entspannt und weder erleuchtet noch verärgert, durchfährt mich ein eiskalter Schauder. Was, wenn ich falsch liege? Was, wenn es wirklich zwei von der Sorte gibt, einen Gerald und einen Gernot?

»Dein Julian kennt Gernot also? Mein Gott, die Welt ist klein. Was passiert jetzt?«, raunt Mathilda.

Ich muss nicht antworten, denn kaum hat Matilda zu Ende gesprochen, als Lars auch schon wieder am Tisch ist. Er setzt sich und scheint im Gegensatz zu mir keinen Zweifel an unserer Sache zu haben, als er sich mit den Ellbogen auf der Platte abstützt und zu unserem Opfer beugt.

»Also, zurück zur Sache. Ich möchte mein Erbe anlegen oder zumindest einen Teil.«

»Wie viel wollen Sie denn investieren?«

»Sagen wir mal, einen satten zweistelligen Betrag. In Millionenhöhe.« Er lehnt sich breitbeinig zurück und zeigt ein widerlich abgehobenes Grinsen, das ich ihm gar nicht zugetraut hätte, nicht einmal vorgespielt. »Und da dachte ich mir, kauf ich mir doch ein schickes Haus, was mit Prestige. Hier in Kreuzberg natürlich.«

Das hört sein Gegenüber, wer immer es auch ist, offensichtlich gern, denn Gerald/Gernot rasselt eine Reihe von exquisiten Häusern herunter, aber Lars ist planmäßig schwer zufrieden zu stellen.

»Ach nein«, sagt er jedes Mal, »das passt so nicht. Ich brauche was Zentrales und auf jeden Fall mit Ladengeschäft, ich will mich erweitern. Haben Sie nichts in der Gegend Maybachufer?«

Ich spanne alle meine Muskeln an. Das ist der entscheidende Moment: Wenn Gerald sich jetzt nicht entblößt, dann wird er es niemals tun. Ich halte den Atem an und warte. Lars ist weniger geduldig. Als sein Gegenüber eine Antwort schuldig bleibt, setzt er an, aufzustehen und sagt dabei: »Wenn Sie mir nicht helfen können, schade, dann muss ich mein Geld eben einem anderen geben …«

»Warten Sie«, die Hand des weißhaarigen Immobilienmaklers schnellt nach vorn und zieht Lars zurück auf seinen Sitz, während ich in unserem Küchenversteck vor Angst und Aufregung fast kollabiere, »warten Sie. Es könnte sein … ich habe da demnächst wahrscheinlich ein Objekt …«, sagt er schließlich zögernd, »in der Graefestraße …«

Wie elektrisiert setze ich mich auf. Auch Matilda neben mir wird spürbar unruhig. Sie rutscht auf ihrem Stuhl hin und her, schaut kurz zu mir herüber und beugt sich dann so weit nach vorn, dass ihre Nase fast den mittleren Bildschirm berührt. Verständlich, in der Graefestraße ist nämlich auch unser Haus, und spätestens jetzt wird ihr klar, warum wir hier sind.

»Charlotte«, haucht sie und verstummt dann. Ich bin nicht sicher, ob sie mir in diesem Augenblick böse ist, und es bleibt auch keine Zeit, das zu klären, denn Gerald redet bereits weiter: »Ein sehr schöner Altbau, sechs Etagen«, beschreibt er passgenau unsere Heimatstätte, »von denen zwei jeweils zu Maisonette-Wohnungen zusammengelegt wurden, Sie hätten also insgesamt sechs Einheiten.«

Ich fühle, wie Erleichterung mich durchströmt. Das kann kein Zufall sein. Was da aus den Kopfhören in unsere Ohren dringt, ist die Bestätigung meiner Befürchtungen: Der Guru versucht, Matilda ihr Haus abzuschwindeln, um es dann gewinnbringend weiterzuverkaufen.

»Und einen Ladenbereich?«, fragt Lars als Nächstes. Ich habe ihm eingeschärft, Gerald, so gut es geht, in die Ecke zu drängen, sprich, ihn alle Zweifel ausräumen zu lassen, dass das Haus, das er anbietet, kein anderes ist als das von Matilda.

»Ja, ja, ganz exquisit.«

»Das hört sich phantastisch an«, ruft Lars. Ein Seitenblick auf Matilda verrät mir, dass sie noch nicht so weit ist, über das zu reden, was da auf den Monitoren passiert. Sie hat sich noch weiter vorgebeugt, die Lippen geöffnet, und ihre Miene spiegelt wieder, wie wenig sie glauben kann, was sich vor ihren Augen abspielt. Obwohl es mein Impuls ist, sie fest in den Arm zu nehmen, beschließe ich, sie noch einen Moment verdauen zu lassen, dass ihr großer Guru sich als kleiner Betrüger entpuppt.

»Aber es wird da natürlich viele Interessenten geben …«, erklärt der Immobilien-Guru gerade und schaut lauernd zu Lars hinüber, der den Einwand zur Seite wischt.

»Das sollte nun wirklich kein Problem sein«, Lars legt die Stirn in Falten, »das heißt, ich habe natürlich keine Lust, dann da auf Mietern zu sitzen, vor allem nicht unten. Ich will da ruckzuck eröffnen können.«

»Das dürfte kein Problem sein. Da ist im Moment so ein albernes Yoga-Studio drin. Das gehört aber sowieso der jetzigen Hausbesitzerin; wenn sie erstmal verkauft hat, dann macht sie das dicht. Sie werden absolut keine Schwierigkeiten haben, das kann ich Ihnen versichern.«

Als diese entscheidenden Worte fallen, drehe ich mich wieder zu Matilda. Sie ist leichenblass und hat beide Hände auf die Muscheln der Kopfhörer gepresst, so als wollet sie sich durch das Plastik hindurch die Ohren zuhalten. Ihre hellen Augen sind weit aufgerissen, und sie starrt das verzerrte Abbild von Gerald an. Ich ziehe mir die Kopfhörer ab und lege meiner armen Freundin die Hand auf die Schulter. Matilda zuckt zusammen, guckt aber weiter auf den Bildschirm.

»Es tut mir leid«, sage ich unangebracht laut, um zu ihr vorzudringen, »wirklich. Aber …«

»Lass«, sagt sie gepresst und nicht gerade freundlich. Einen Moment lang fürchte ich, sie wird sich trotz allem auf Geralds Seite schlagen und mir erzählen, dass er das alles hier nur für sie und in ihrem Namen tut. Sie sieht grauenvoll aus: Ihre Miene ist wutverzerrt, und sie zittert am ganzen Körper. Ich wappne mich für einen Wutanfall, aber Matilda hat nicht vor, ihren Zorn auf mich zu entladen. Mit einem Mal knallt sie die Kopfhörer auf den Tisch und stürmt aus der Küche.

Jetzt erscheint Matilda auf dem Bildschirm. Wie ein Racheengel kommt sie auf den Tisch zugerannt und versetzt dem verblüfften Gerald eine dicke Ohrfeige.

»Du widerlicher, verlogener, kleiner Bastard!«, schreit sie.

»Matilda, nein, es ist nicht …«

»… so, wie ich denke? Fällt dir nichts Besseres ein, du pseudospiritueller Wicht?«

Weder der gestürzte Guru noch meine tobende Freundin achten auf Lars, der sich dezent zurückzieht. Einen Moment später steht er hinter mir.

»Das lief doch super«, sagt er. Ich drehe mich um.

»Danke, ohne dich wäre ich verloren gewesen.«

Lars wird ein wenig rot, räuspert sich und setzt sich neben mich. »Ach was, ohne eure Technik und euren Einsatz hätte das alles doch nie geklappt. Liebe Grüße von Julian übrigens, er ist schon wieder weg, ich glaube, er war etwas geknickt, dass sein Auftritt nicht geholfen hat.«

Mit wachsendem Entzücken sehe ich, wie Matilda dem erstaunten Paar vom Nebentisch ein Wasserglas entreißt und es Gerald mitten ins Gesicht schüttet.

Schade nur, dass wir hier kein Popcorn haben…«, sagt Lars versonnen.

»Wer braucht schon Popcorn«, antworte ich, »wenn man stattdessen seine Freiheit hat?«

Am Abend sitzen Matilda und ich auf meinem Balkon. »Ich weiß wirklich nicht, wie mir das passieren konnte«, sagt meine Freundin gerade zum wiederholten Male, »wie konnte ich nur so blind sein, Charlotte?«

»Das hätte doch jedem passieren können. Du bist sicher nicht die Erste, die auf Gerald reinfällt. Ich hoffe bloß, die Sache war ihm eine Lehre, zumindest ein bisschen. Und selbst wenn nicht … um ehrlich zu sein, bin ich einfach froh, dass wir beide heil da rausgekommen sind. Heil und mit Haus.«

»Da bist du nicht die Einzige«, sagt Matilda, »Andreas ist in Jubelschreie ausgebrochen. Dabei war er kurz davor, die Scheidung einzureichen … was machst du denn da schon wieder mit deinem Handy?«

Ich werde rot. Entgegen meiner Gewohnheit habe ich während unseres Gespräches mehrfach das Smartphone in die Hand genommen, weil ich warte, dass Oliver sich meldet. Mir liegt eine leichtgängige Lüge auf der Zunge, aber vielleicht ist Matilda genau diejenige, die mir weiterhelfen kann.

»Ich habe mich mit Oliver getroffen«, sage ich kurz und schmerzlos, woraufhin Matilda die Augen aufreißt und die Hand vor den Mund schlägt.

»Was? Wie? Wo? Wann?«

»Ich bin zu ihm gegangen, nach Hause.«

»Was bist du?! Das ist jetzt nicht dein Ernst, oder? Warum denn bloß?«

»Weil ich Sehnsucht nach seinen Betonwänden hatte. Mensch, warum wohl, Tilli, weil ich einen Schlusspunkt unter die ganze Sache setzen wollte, aber nach meinen Regeln, verstehst du? Weil ich dachte, wenn ich ihm einmal alles sagen kann, was sich angestaut hat, dann kann ich ihn auch endlich abhaken. Nur dass Oliver da etwas anders darauf reagiert hat, als ich gedacht habe. Um es kurz zu machen: Er will mich zurück.«

Matilda fällt vor Verblüffung fast vom Teakholzstuhl. Völlig fassungslos legt sie ihre Hand auf meinem Arm und zieht daran wie ein verstörtes Kleinkind nach der Geisterbahn.

»Bitte was?«

Ich gebe ihr in aller Ausführlichkeit mein Treffen mit Oliver wieder und lasse dabei wirklich nichts aus.

»Er hat mir auch die Moderation versprochen, Tilli. Endlich. Nach all der Zeit. Und das zeigt doch, dass er mich verstanden hat. Außerdem ist es die beste Chance für mich, zu moderieren, ohne dass ich erst in hundert Sender rennen und um eine Stelle betteln muss«, ende ich auf einer positiven Note. Doch Matilda wischt das einfach beiseite. »So ein Ekelpaket! Das ist doch widerlich, wie er euch beide einfach nach Gutdünken austauscht, da wird mir schlecht bei. Wo ist denn da der Sinn für kosmische Gerechtigkeit? Und nur weil du dich so verändert hast, dass es jetzt in seine Vorstellung von einer guten Ehefrau passt. Man ist doch nicht zusammen, damit man angeben kann, sondern aus Liebe!«

»Aber ich habe ihn doch so geliebt! Und ich glaube, ich könnte es immer noch. Sonst würde ich doch gar nicht darüber nachdenken, ja zu sagen, oder?«

»Blödsinn! Du liebst die Idee, die du mal von euch hattest. Eine Idee, die eigentlich schon zu Bruch gegangen ist, als er dich gefeuert hat, weil du angeblich zu dick gewesen bist! Schlimm genug, dass er dich damit in diesen Wahn getrieben hat, aber wenn er dich jetzt ernsthaft auch noch in eine Beziehung mit ihm zwingt, dann weiß ich wirklich nicht mehr, was ich noch sagen soll.«

»Er hat mich in gar nichts getrieben, die Diskussion hatten wir doch schon.«

»Das sehe ich anders, aber okay, egal, darum geht es nicht. Es geht darum, ob du ihn wirklich von Herzen liebst. Denn ganz ehrlich, Charlotte, wenn einer für mich seine Partnerin über Bord schmeißt, dann bin ich besser sehr, sehr sicher, dass es das ist, was ich will. Allein schon wegen meines Karmas. Das Universum ist in diesen Dingen nicht sehr gnädig! Aber du sitzt hier nicht gerade wie eine berauschte Braut.«

»Das kommt eben alles sehr plötzlich.«

Matilda faltet sich lebhaft auseinander und springt von ihrem Stuhl. Die Energie, die mir die Sache raubt, scheint ohne Umweg auf sie überzugehen. Sie hüpft vor mir auf und ab, wirft mir eindringliche Blicke zu und kniet sich schließlich vor mich, wobei sie auf den Zehenspitzen wippt und meine linke Hand in ihre nimmt.

»Charlotte, kannst du dir wirklich vorstellen, dass eine Beziehung mit Oliver gut für dich wäre?«

Ich denke an das Unwohlsein auf dem Weg in Olivers Wohnung, an das schlechte Gewissen beim Betrachten der Dinge, die darin herumgestanden haben und die früher, vor Kerstin, nicht da gewesen sind, an seine Küsse auf meinem Hals, die leidenschaftlich, aber nicht aufregend gewesen sind, an das Gefühl des Schocks und der Unsicherheit, das ich empfunden habe, als er mir sein Angebot gemacht hat. Aber gleichzeitig stelle ich mir vor, wie schön es wäre, in Olivers festen und sicheren Händen zu sein, wie beruhigend, sich keine Gedanken mehr um irgendetwas machen zu müssen, nicht um die Liebe, nicht um die Zukunft, und ich überlege auch, wie es sich anfühlen würde, endlich den Job zu bekommen, den ich immer schon hatte haben wollen und für den ich bestimmt bin. Und trotzdem: Wie glücklich kann ich wirklich sein, wenn ich die Verantwortung für dieses Glück einfach abgebe – und das ausgerechnet an Oliver?

»Ich weiß es einfach nicht«, sage ich schließlich, »ich weiß es wirklich nicht. Ich dachte, ich weiß, was ich will, und mein Verstand sagt auch immer noch: Oliver ist ein Mann, der zu mir passt und der gut für mich sorgen kann, der mich dazu anhält, mich nicht gehen zu lassen, und auf mich achtet, eben genau der Typ, mit dem ich geplant habe. Von dem ich gehofft habe, ich würde ihn eines Tages an meiner Seite haben.«

»Und dein Bauch?«

»Der ist sich nicht so sicher. Um ganz ehrlich zu sein: Dem wird sogar ein bisschen schlecht bei dem Gedanken.«

»Weißt du, ich hätte da eine Idee, wie du deinem Verstand auf die Sprünge helfen könntest. Oder meinetwegen deinem Bauch!«

»Nämlich?«

»Triff dich mit einem anderen!«

»Wieso soll das denn bitte eine Hilfe sein?«

»Weil du ganz vergessen hast, wie viele tolle Männer es da draußen gibt, die nicht Oliver heißen«, erklärt Matilda überzeugt, »außerdem hilft es nicht immer, nur zu reden. Man muss die Dinge in die Hand nehmen und handeln. Guck dir die Sache mit Gerald an! Da hättest du mit Engelszungen auf mich einreden können, und es wäre trotzdem nichts passiert. Aber mir zu zeigen, was für ein Widerling er ist, das war etwas ganz anderes. Taten statt Worte, Charlotte! Wie wäre es zum Beispiel mit Lars? Der wäre doch perfekt für dich.«

»Was, wieso?«

»Na, weil das mal ein lieber, interessanter, netter Typ zu sein scheint. Hilfsbereit, offen, gutaussehend. Und er hat dich auch immer so angesehen.« Von ihrer eigenen Idee ganz begeistert, springt sie wieder auf und baut sich vor mir auf, entzückt, dass sie Lars aus dem Hut gezaubert hat. »Ich glaube, der findet dich wirklich toll. Und er kann kochen, ich meine, was will Frau mehr?«

Ich betrachte sie zweifelnd. Eigentlich glaube ich nicht, dass mich Lars anders angesehen hat als andere. Höchstens, weil er gehofft hat, für seine Kochschule von meiner Küchen-Legasthenie zu profitieren.

»Du irrst dich Matilda. Er ist vergeben.«

»Bist du dir sicher?«

»Ziemlich.«

»Was soll das denn heißen?«

»Na genau das, was ich sage: Ich bin mir ziemlich sicher. Ich habe kein unterschriebenes Geständnis seines Familienstandes, aber damals auf Josefines Party war da diese Frau … das sah sehr vertraut aus.«

Enttäuscht verzieht Matilda den Mund. »Hat er denn gesagt, dass diese Frau seine Freundin ist? Und sowieso, ist das nicht ewig her? Die Welt ist stetig im Fluss, und die Menschen darin kommen und gehen. Vorhin hat er höchst interessiert an dir gewirkt. Ich finde, du solltest ihn wenigstens mal fragen.«

Ich lege zweifelnd den Kopf schief, doch bevor ich etwas sagen kann, hat Matilda sich umgedreht und sich mein Handy vom Tisch geschnappt.

»Hey, was machst du da?«

Matilda antwortet nicht. Sie hat nicht nur den Schlüssel zu meiner Wohnung, sondern auch alle meine Passworte, ist also ruckzuck in meinem Handy und sucht sich durch das Telefonbuch.

»Da haben wir ihn doch schon!«, ruft sie triumphierend. »Lars Bergmann, richtig?«

»Tilli, lass den Blödsinn!«

Mit einem dramatischen Seufzen lässt sie mein Handy sinken und guckt mich strafend an. »Das ist kein Blödsinn, das ist der Wille des Universums.«

»Aber nicht meiner!«

»Papperlapapp. Komm, ich schreibe dem einfach kurz, ob er Lust hat, dich zu sehen, da ist doch nichts dabei.«

»Aber ICH habe doch gar keine Lust, IHN zu sehen!«

»Hast du wohl, du weißt es nur nicht.«

Da soll sich mal einer vernünftig durchargumentieren. Ich sollte ihr das dumme Ding einfach aus der Hand reißen, ist schließlich meines und nicht ihres. Aber vielleicht liegt sie mit ihrer Vermutung nicht verkehrt. Ein Date mit Lars könnte mir eine ganz neue Perspektive auf Oliver geben. Nicht, dass es jemals dazu kommen wird, egal was Matilda denkt. Ich bin mir sicher, dass Lars und diese Laura oder Lisa nicht bloß gute Freunde sind.

»Bitte, Charlotte, du hast doch nichts zu verlieren!«

Matilda scheint sich wirklich nichts sehnlicher zu wünschen, als mich zu diesem Date zu schicken.

»Pass auf«, sage ich nach kurzem Nachdenken, »wenn ich mich mit Lars treffe – also falls er mich überhaupt treffen will, das wissen wir ja noch gar nicht – jedenfalls, wenn ich mich mit ihm treffe, und da ist nichts zwischen uns und wir haben kein supertolles Date, sondern alles ist ein einziger Albtraum, dann hörst du auf, mich zu quälen und unterstützt mich, selbst dann, wenn ich mich doch für Oliver entscheiden sollte.«

Matilda zieht eine Schnute. »Erpressung?«

»Ganz genau, Tilli, Erpressung! Du lässt mir keine Wahl!«

»Na schön. Ich wette eh, dass du das nach dem Date mit Lars alles ganz anders siehst.«

»Und wenn nicht«, betone ich noch einmal, »dann ist das ab da meine Sache. Meine und die von Oliver.«

Sie nickt. Dann verdüstern sich ihre Gesichtszüge, und sie mustert mich. »Und Kerstin?«, fragt sie, »was ist mit der? Ich meine, angenommen, du machst das tatsächlich mit Oliver, was ich nicht hoffe, aber wenn doch … was ist dann mit Kerstin?«

»Wer ist denn jetzt deine Freundin, ich oder die?«

»Na, du bist meine Freundin, die allerbeste, das ist doch keine Frage! Aber Kerstin ist ein netter Mensch, ich meine, ich treffe mich jetzt nicht mit ihr zum Kaffeetrinken. Das würde ich nie tun! Aber sie ist freundlich und lustig, und das hat doch niemand verdient, so abgeschossen zu werden.«

Wohl fühle ich mich auch nicht bei dem Gedanken, das merke ich an der leichten Übelkeit, die mich wieder überfällt, als Matilda von Olivers Freundin Kerstin redet. Gleichzeitig habe ich genug eigene Probleme, auch ohne dass ich mir noch ihre aufbürde.

»Aber Tilli, was kann ich denn dafür?«, verteidige ich mich entsprechend, »Oliver liebt mich anscheinend noch, das kann ich doch nicht ändern. Soll ich jetzt auf ihn verzichten, damit eine Frau, die ich gar nicht richtig kenne, ihn haben kann? Das wäre doch auch dumm.«

»Weißt du was? Reden wir nicht über ungelegte Eier, ich habe eine Nachricht zu schreiben!«

Zack, hat sie mein Handy wieder angeworfen und tippt auf der virtuellen Tastatur herum. Als täte sie den lieben langen Tag nichts anderes, als anderer Frauen Mobiltelefone zu missbrauchen und den universellen Kuppler zu spielen.

»Was schreibst du denn da?«, frage ich nervös.

»Dass du oft an ihn denkst und ob er morgen Abend Zeit hat, dich zu treffen.«

»Morgen? Aber da ist doch Sonntag!«

»Ja und? Leben wir noch in den 50ern? Daten darf man immer, da muss es nicht erst Freitag oder Samstag für sein, dann bekäme man ja nie irgendwas auf die Reihe.«

Es piepst. Ich zucke zusammen – das ging zu schnell, das kann nur eine Absage sein.

»Er sagt ja!«, jubelt meine Freundin.

»Einfach so?«

»Einfach so! Schreibt, du sollst bei ihm vorbeikommen, wenn du möchtest, er kocht dann was.«

Entsetzt nehme ich ihr das Handy weg und starre auf den mittlerweile schwarz gewordenen Bildschirm. Ungeschickt schalte ich ihn wieder an und versichere mich, dass Matilda sich das nicht bloß ausdenkt.

»Bei ihm zu Hause?«, frage ich dann verstört, »ist das nicht ein bisschen sehr intim?«

»Er wird dir wohl kaum im Schlafzimmer auftafeln. Es sei denn, du möchtest das! Wäre bestimmt keine schlechte Sache.«

»Haha.«

»So, ich schreibe ihm jetzt, alles wunderbar so, ich, also du, bist morgen um sieben Uhr abends bei ihm.«

Mir ist mulmig zu Mute, aber ich widerspreche nicht. Kaum hat Matilda die Nachricht zu Ende geschrieben, als mein Handy auf einmal zu klingeln anfängt. Matilda erschrickt und starrt mich an, als wäre es das erste Läuten, das sie in ihrem Leben zu hören bekommt.

»Ist das Lars?«, frage ich panisch.

»Nein, Adrian.«

Ich schüttle den Kopf, halb erleichtert und halb verwundert. Mein Chef hat nicht die Angewohnheit, mich am Wochenende anzurufen. Ich nehme Matilda das bimmelnde Gerät aus der Hand und gehe ran.

»Hallo? Adrian, bist du das?«

»Charlotte! Notfall! Ein absoluter Notfall! Mir geht die Lunge ins Höllenfeuer!«

»Was ist denn los?«

Mein Chef klingt in der Tat, als hätte man ihn ein gutes Stündchen über offener Flamme geröstet. Seine sonst so helle Stimme ist schwer und kratzig. Er röchelt kurz und schluckt dann vernehmlich.

»Sandrine«, quetscht er heraus, und meine Laune rutscht in den Keller. Wenn er glaubt, ich würde auch nur einen Finger rühren, um dieser Ziege zu helfen, was auch immer ihr so Schreckliches widerfahren ist, dann irrt er gewaltig. »Sie ist krank, schwer krank!«

»Aha«, sage ich und beglückwünsche mich, dass ich immerhin soviel Menschlichkeit übrig habe, mich über das Leid meiner verhassten Kollegin nicht zu freuen. Oder zumindest nur ein ganz klein bisschen. Matilda guckt mich fragend an, und ich deute ihr an, dass ich keine Ahnung habe, was Adrian von mir will. Ich kann nur hoffen, er erwartet nicht, dass ich Sandrine Hühnersuppe bringe und ihr zärtlich den Fieberschweiß von der Stirn wische.

»Das tut mir leid, aber ich weiß nicht genau, was ich da jetzt ...?«

»Charlotte!«, ruft er so laut, dass ich das Handy ruckartig von mir weghalte. Matilda kichert. »Schöne Grüße«, flüstert sie.

»Schöne Grüße«, gebe ich automatisch weiter.

»Die kannst du Sandrine selbst bestellen, es gibt jetzt Wichtigeres!«, erklärt mein Chef. Ich hauche ein tonloses »zurück« in Richtung Matilda. »Sandrine ist krank, und wir stehen ohne Moderatorin da. Ich brauche dich Charlotte!«

Elektrisiert richte ich mich auf.

»Mich?«

»Ja, dich! Du hast doch gesagt, du könntest das! *Nightlive* liegt in deinen Fingern, Charlotte! Du musst für Sandrine einspringen, sonst ist die Zwiebel gelutscht! Du machst das doch, oder?«

Was für eine Frage! Ich überschlage mich, Adrian zu versichern, dass ich nicht nur liebend gern morgens und abends vor der Kamera stehe und seinen Livestream präsentiere, sondern auch gern dazwischen und ohne Toilettenpause oder Lunch, nichts lieber als das, kein Problem. Mein Chef ist so erleichtert, als hätte ich zugestimmt, ihm eine Niere zu spenden. Dabei muss man ehrlicherweise sagen, dass die Livesendungen von Friendz jetzt nicht gerade das Internet lahmlegen und auch nicht halb so seriös und gewichtig sind, wie ich es mir wünschen würde. Aber egal: Nachrichten-Moderation ist Nachrichten-Moderation, und es sind schon ganz andere Talente aus ganz anderen Horrorsendungen in den Olymp des Fernsehens aufgestiegen. Adrian erklärt mir, dass wir um neun live auf Sendung sind und ich bitte spätestens um halb acht da sein soll, um zu schauen, was die Nachtschicht, bestehend aus zwei leichenblassen Praktikanten und einem jugendlichen Redakteur, an Themen gesammelt und Beiträgen gemacht hat.

»Dann schreibst du da ein paar witzige Zeilen Anmoderation für, irgendwas Frisches, Peppiges, was zum Zielpublikum passt, und ab geht die Feuerwehr.«

Als ich aufgelegt habe, schreie ich wie am Spieß. Der Kater läuft erschrocken weg, Matilda springt wie angestochen auf, und ich werfe mich ihr in die Arme.

»Das ist meine Chance!«, juble ich, »endlich, endlich bekomme ich meine Chance!«

Auch Matilda ist begeistert. Als ich aber andeute, dass ein

Date am Abend vor meiner ersten Moderation zu viel Aufregung bedeutet, schüttelt sie den Kopf.

»Nix da, Lars wird gedatet und nicht abgesagt, das hast du mir hoch und heilig geschworen.«

Ich stimme zu, auch ohne große Diskussionen. Natürlich ist ein romantisches und vermutlich alkoholgetränktes Dinner nicht das Beste, wenn man am nächsten Morgen frisch und hübsch vor der Kamera stehen will. Aber es sagt auch keiner, dass ich mich bei Lars vollstopfen und betrinken muss. Ein paar höfliche Schlucke werden es sicher tun. Außerdem bin ich gerade viel zu glücklich, um Nein zu sagen. Denn wenn ich es richtig anstelle, dann überlässt Adrian mir eventuell bald mehr als nur Sandrines Krankheitsvertretung.

Dr. Hagenbecks Selbsthilfe-Tipps
Drei Übungen für ein besseres Körpergefühl

1. Schauen Sie sich an: Sorgen Sie dafür, dass Sie mindestens eine halbe Stunde ungestört sind. Dann ziehen Sie sich nackt aus. Nun nehmen Sie einen Spiegel und betrachten Sie Ihren Körper von allen Seiten. Versuchen Sie, nicht zu bewerten, was Sie sehen, sondern sich neutral wahrzunehmen. Lassen Sie sich Zeit dabei, und lernen Sie sich kennen! Denn nur so können Sie auch lernen, sich zu mögen.

2. Spüren Sie sich: Legen Sie sich auf den Rücken, die Beine ein wenig gespreizt, die Arme liegen ein Stück vom Körper weg. Schließen Sie die Augen und konzentrieren Sie sich auf Ihren Atem. Dann wandern Sie im Geist Ihren Körper entlang. Wie geht es Ihren Zehen? Ihren Fingerspitzen? Versuchen Sie, nur den Körperteil wahrzunehmen, den Sie gerade spüren wollen.

3. Erinnern Sie sich: Haben Sie ein Foto von sich, auf dem Sie sich mögen? Sehr gut! Hängen Sie es sich an einen Ort, an dem Sie es oft sehen. Oder stecken Sie es in Ihre Handtasche. Betrachten Sie es immer mal wieder, und machen Sie sich dabei klar, dass Sie schön sind.

Kapitel dreizehn

Lars wohnt im Dachgeschoss des Gebäudes, in dem auch sein Restaurant ist. Von außen ein wunderschönes Haus, strahlend weiß und mit Stuck verziert. Innen sieht es etwas anders aus. Das schmale Treppenhaus ist gefühlt seit der Wende nicht mehr renoviert worden. Der Putz kommt von den Wänden, die dunklen Stufen ächzen unter meinen Schritten, und es riecht vage nach feucht gewordenem Dauerstaub. Nicht, dass mich das stört. Es hat einen gewissen Charme, dass sich hinter der schnieken Fassade ein so rustikaler und irgendwie echt gebliebener Kern verbirgt.

Dank meiner neuen Sportlichkeit komme ich sogar ganz ohne Pause nach oben. Vor der Wohnungstür von Lars geht mir trotzdem die Puste aus. Mein Herz klopft ganz schön doll. Es ist lange her, dass ich einen Mann gedatet habe. Ich habe den halben Nachmittag zwischen Kleiderschrank und Badezimmerspiegel verbracht und trage ein hautenges Kleid aus gerippter Baumwolle, was unerotisch klingt, aber dank der zarten Lachsfarbe ziemlich sexy aussieht. Die Haare habe ich mir hochgesteckt, um die Schlüsselbeine zu betonen, die Augen auf Jet-Set und Laufsteg geschminkt, You-Tube-Tutorials zum Thema Konturen-Make-Up sei Dank. Zwar fühlt sich die dreifarbige Farbschicht auf meinem Gesicht ein bisschen an wie eine Gummimaske, auch wegen der falschen Wimpern und dem knallorangen Lippenstift, aber dafür sehe ich aus, als wüsste ich, was ich tue, und zwar nicht nur in Sachen Nachrichten.

Bevor ich Lars Wohnung betrete, gucke ich im Handspiegel noch einmal nach, ob jede Pore auch sitzt. Dann setze ich ein strahlendes Lächeln auf. Die Tür ist nur angelehnt. Ich stoße sie auf und rufe in den Raum: »Hallo! Jemand zu Hause?!«

Es rumpelt irgendwo. Der breite Flur wirkt chaotisch, denn jeder Millimeter Wand ist mit einem Regal zugestellt, und auf all diesen Regalen stehen verschieden große Kartons der unterschiedlichsten Herkunft: Schuhläden, Ikea, der Metro, Feinkostläden, Umzugsunternehmen und dem Flohmarkt. Die kleine Hängelampe gibt nur funzeliges Licht. Das wiederum ist nicht verkehrt. Gute (sprich: schlechte) Beleuchtung ist die halbe Miete, wenn man zauberhaft aussehen will. Es rumpelt wieder, dann wird die hintere rechte Tür aufgerissen. Ein ebenfalls strahlender Lars kommt mir mit großen Schritten entgegen.

»Charlie!«, ruft er und legt dann überrascht den Kopf schief, »bist du das überhaupt?«

Er schaut mich mit offenem Mund an. Ich zwinkere ihm zu.

»Aber natürlich! Wer soll ich denn sonst sein?«

»Du siehst verändert aus«, stellt er fest, und ich stoppe, als ich ihm wieder das Gesicht zuwende.

»Ich weiß«, sage ich mit einem kehligen Schnurren, »es ist doch auch ein besonderer Anlass. Gefalle ich dir?«

Es dauert zwei Herzschläge zu lang, bis er antwortet, und in diesem Zeitraum glaube ich, dass meine Augäpfel drei Zentimeter weiter aus meinem Schädel treten und das Make-Up in Schichten von meiner Haut blättert. Ich sacke ein wenig zusammen und gucke ihn aus aufgerissenen Rehaugen an.

»Du gefällst mir immer!«, ruft er dann und lacht nervös, »ich dir auch, hoffe ich?«

Ich nicke schwach. Vielleicht liegen ihm verbale Komplimente einfach nicht. Ich straffe den Rücken und lächle wieder.

»Natürlich, sonst wäre ich ja nicht hier!«, bekräftige ich. Tatsächlich sieht er wirklich gut aus heute. Bisher kenne ich ihn nur in seiner Kochkluft. Aber für unser Date hat er die schwarzen Lappen abgelegt und sich in ein legeres, aber schickes Outfit geworfen: Blue Jeans und ein dunkelgrünes Hemd, das genau zu seinen Augen passt. Das sehe ich sogar im schummrigen Licht des Flures. Beide Ärmel hat er hochgerollt und die obersten zwei Knöpfe geöffnet. Sein Bart ist ordentlich geschert, und die Haare sind zumindest ansatzweise unter Kontrolle – nur am linken Ohr steht eine kleine rebellische Strähne in die Luft.

»Magst du reinkommen?«

Ich nicke und folge ihm ins Wohnzimmer. Erstaunt bleibe ich im Türrahmen stehen. So vollgestopft der Eingang ist, so leer ist dieses Zimmer. Ein riesiger, uralter Holztisch beherrscht den rechteckigen Raum. Darauf stehen zwei silberne Kerzenständer und drumherum acht Stühle aus transparentem Plexiglas. An der Wand das passende Sideboard. Hier steht nicht einmal ein Sofa oder ein Fernseher, dafür gibt eine Wand den Blick auf eine wild bepflanzte Terrasse frei. Im glühenden Licht der untergehenden Sonne sehen die vielen grünen, roten und gelben Blumen aus wie gemalt.

»Oh, was ein schöner Balkon! Das ist ja himmlisch!«

»Geh doch schon mal raus, ich hole dann die Vorspeise!«

Während Lars durch eine Tür entschwindet, stakse ich auf meinen hohen Hacken Richtung Balkon. Für Berliner Verhältnisse ist er exorbitant groß und nahezu quadratisch. Zum Haus und zum Geländer hin stehen große Töpfe mit wuchernden Großpflanzen, dazwischen kleinere Gefäße, die ebenfalls mit Blumen bestückt sind. In der Mitte steht ein runder

Tisch, der wunderschön eingedeckt ist: ein Windlicht, Gläser, eine Karaffe mit Wasser und ein Weinkühler, aus dem der Hals einer Flasche lugt. Die Plätze sind mit weißen Stoffservietten und einer Besteckarmee gedeckt. Während ich mich setze, zähle ich schnell durch: Zwei Messer, drei Gabeln und zwei Löffel. Etwas erschrocken kaue ich auf meiner Unterlippe herum. Nicht nur, dass das ein lukullisches Mahl verspricht, ich habe auch keinerlei Ahnung, was hier wann zum Einsatz kommen soll.

»Vorsicht«, ertönt es hinter mir. Ich drehe mich über die Schulter und lehne mich ein Stück nach hinten. Lars kommt mit zwei riesigen Tellern an den Tisch und stellt den einen mit einer gekonnten Geste vor mir ab.

»Carpaccio vom Rinderfilet mit Champignons, Ruccola und Parmesan, mit einer Auswahl von Bio-Brot aus Brandenburg«, erklärt er stolz. »Köstlich«, seufze ich. Obwohl wir so weit oben sind, sind aus dem Hof die Restaurantgeräusche zu vernehmen, ein Klirren, Lachen und Reden, die in der Luft schwirren.

»Wein?«, fragt Lars, und ich schüttle den Kopf.

»Nur Wasser bitte.«

»Trinkst du gar nicht?«

»Kaum«, sage ich, was der Wahrheit entspricht, »ich neige nämlich dazu, einen überdimensional Kater zu kriegen, und gerade morgen kann ich das nicht gebrauchen.« Schulterzuckend gießt er sich ein Glas ein und setzt sich.

»Schön, dass du da bist«, sagt er und lächelt mich an. Ich spüre, wie mir die Hitze in die Wangen steigt.

»Finde ich auch«, sage ich und lächle verunsichert. Er lächelt zurück und wirkt dabei nicht viel selbstsicherer als ich. Dann lacht er plötzlich und schüttelt den Kopf. »Nicht, dass ich nicht genauso viel Spaß habe, mit dir Verbrecher aufs

Kreuz zu legen, aber um ehrlich zu sein, war ich ein bisschen enttäuscht, dass du gestern so schnell wieder verschwunden bist. Ich hatte gehofft, wir hätten danach ein wenig Zeit zusammen. Um den Triumph über den Bösewicht zu feiern. Du kannst dir nicht vorstellen, wie froh ich war, dass du dich dann noch einmal gemeldet hast.«

Ich blinzle. Mit so einem Geständnis hätte ich nicht gerechnet. Es wirft mich aus der Bahn. Was er da sagt, das klingt nach ernsthaftem Interesse.

»Ich dachte eben, vielleicht kommt deine Laura noch vorbei, da wollte ich nicht wieder stören«, antworte ich, alles andere als subtil.

»Laura?«, echot Lars und wird dann rot. »Ach du meinst sicher Lisa, oh Gott, das habe ich fast vergessen, dass du Lisa kennst.«

»Kennen ist zuviel gesagt, ich durfte nur dabei sein, als ihr euch so herzlich begrüßt habt.«

Lars wird noch röter und schüttelt dann vehement den Kopf, »Charlotte, das hast du missverstanden, also wenn du denkst, dass sie und ich … wir waren zwar mal zusammen, das ist aber wirklich ewig her. Sie ist nur, na ja, sie ist ziemlich anhänglich und will partout nicht einsehen, dass ich kein Interesse mehr an ihr habe.«

Er sagt das so zerknirscht, dass ich ihm augenblicklich glaube. Eine Psycho-Ex also. Nicht angenehm, aber um Längen besser, als wenn diese Lisa und Lars noch miteinander ins Bett steigen würden.

»Verstehe«, sage ich und spüre, dass auch ich jetzt rot werde, kein Wunder, man hört mir nämlich an, wie erleichtert ich bin. Lars lächelt und wechselt dann erstmal das Thema.

»Ist denn mit Matilda jetzt alles wieder im Lot?«, fragt er, während er munter seine Gabel bestückt. Erleichtert über diese simple Frage, erzähle ich ihm nicht nur von unserem Beisammensein am gestrigen Abend, sondern auch von meinen brandheißen Neuigkeiten und der riesigen Chance, die mich am nächsten Morgen erwartet.

»Nachrichten-Moderation? Ist das denn was für dich?«

»Das wollte ich immer schon machen. Warum bitte sollte das denn nichts für mich sein? Ich kann das!«

»Oh, ich bin sicher, dass du das kannst, so meinte ich das nicht. Ich dachte nur, so wie ich dich erlebt habe, vor allem bei unserem Dreh damals, bist du doch eher jemand, der gut mit Menschen kann. Ich meine, ich war so aufgeregt am Anfang, aber du hast mich ganz schnell entspannt. Ich war einfach nur am Tisch mit dir und habe geplaudert und gelacht, ohne dass ich groß auf die Kamera geachtet habe. Thorsten mochte dich auch sofort, und der mag eigentlich keinen. Du hast einen Draht zu Menschen, deswegen dachte ich, es sei schade, wenn du da so allein in einem Studio herumstehst. Irgendwie Verschwendung.«

»So habe ich noch nie darüber nachgedacht …«

Dann straffe ich den Rücken. »Es spielt aber auch gar keine Rolle, ob ich an dieser Stelle nun verschwendet wäre oder nicht. Ich meine, ich habe immer von diesem einen Job geträumt. Und wirklich lange darauf hingearbeitet. Das gibt man doch nicht einfach so auf!«

»Nimm es mir nicht übel Charlie, aber so wie du das sagst, klingt das ganz schön verbissen.«

»Verbissen?«

»Schon irgendwie.«

»Wie kommst du denn darauf?«

»Na ja … deine Stimme klingt auf einmal anders, irgendwie hart. Und du sitzt auch ganz verkrampft da. Leichtigkeit und Vorfreude stelle ich mir anders vor.«

Verblüfft stelle ich fest, dass Lars recht hat. Ich sitze tatsächlich so steif da, als hätte ich ausgiebig in Hemdenstärke gebadet, und mein Herz schlägt nicht bloß vor erwartungsvoller Aufregung so schnell, sondern auch vor Anstrengung und Anspannung.

»Weißt du …«, fährt Lars fort und lächelt schief dabei, »ich mag dir nicht da reinreden, aber es kommt mir so vor, als machst du dir unglaublich viel Druck. Unnötigen Druck. Vielleicht liege ich falsch, aber wenn du von der Moderation redest, macht es den Eindruck, als ob die Freude daran etwas zu kurz käme.«

»Aber … das wird mir sicher auch Spaß machen.«

»Bestimmt. Also, das kann natürlich gut sein. Nur wirkte es gerade eben nicht so. Entschuldige.«

Die unerwartete Wendung unseres Gesprächs erinnert mich an die fehlgeschlagene Intervention meiner Freunde vor ein paar Wochen – und an alles, was Frau Mai immer wieder zwischen Tür und Angel angedeutet hat. Und wenn da doch etwas dran ist?

»Du meinst also, ich bin da nicht locker genug?«

Wenn Lars mich weiterhin aus seinen grünen Augen so treu und liebevoll anschaut, fahren meine Abwehrkräfte gleich ganz auf Null.

»Es wirkt ein bisschen so. Schau, ich weiß doch selbst, wie das ist. Als ich das Restaurant aufgemacht habe, habe ich Tag und Nacht nur geschuftet, und wenn ich nicht gearbeitet habe, dann habe ich mir Sorgen gemacht. Tue ich genug? Kann ich das überhaupt? Werde ich jemals erfolgreich sein? Das wurde so schlimm, dass ich meine Mitarbeiter regelrecht malträtiert habe. Ich bin andauernd ausgerastet, habe jeden verdächtigt, faul zu sein oder gar, mir den Erfolg nicht zu gönnen. Das ging so weit, dass Thorsten kündigen wollte.

Ausgerechnet Thorsten! Ich meine, wir kennen uns gefühlt hundert Jahre. Aber das war genau der Weckruf, den ich gebraucht habe. Ich habe ihn angefleht zu bleiben, und er hat sich drauf eingelassen – unter der Bedingung, dass ich mir ein Hobby suche und auch mal frei mache. Aber vor allem, dass ich Fehler lockerer sehe, nicht nur die der anderen, sondern vor allem meine eigenen. Und weißt du was? Erst dann hat es wirklich geklappt mit dem Laden. Denn erst da habe ich mich wieder daran erinnert, dass das Leben auch Spaß machen sollte.«

Ich starre ihn an. Mein Herz schlägt mir bis zum Hals. Es berührt mich, wie offen und ehrlich er von sich erzählt, und vor allem, dass er es tut, weil er sich um mich sorgt.

»Mehr Spaß also?«, sage ich und hebe mein Wasserglas.

»Mehr Spaß!«, antwortet er und hebt seins ebenfalls. Wir schauen uns einen Moment lang einfach nur an, ich versinken im Grün seiner Augen, vergesse für einen kurzen Moment allen Druck und Ehrgeiz und will einfach nur mit Lars besagten Spaß durchdeklinieren.

Plötzlich steht Lars auf, errötet und murmelt etwas von Küche und zweitem Gang. Ich atme tief durch. Es scheint ein guter Abend zu werden, psychotische Ex und tausend Besteckteile hin oder her. Während ich noch rate, ob ich für das anstehende Hauptgericht nun Gabel oder Löffel oder beides brauchen werde, kommt Lars schon zurück, in der Hand zwei tiefe Teller.

»Als Nächstes gibt es ein Mitternachtssüppchen – auch wenn wir noch nicht Mitternacht haben, ich weiß, aber das ist das erste Rezept, das ich jemals wirklich gut zu Stande gebracht habe, und irgendwie finde ich das deshalb passend, auch wenn es nicht mit dem Rest des Menüs harmoniert. Aber du bist immer so interessiert an meiner Vergangenheit, also meiner Geschichte, und die Mitternachtssuppe ist ein großer Teil davon.«

»Was ist denn da drin?«

»Hackfleisch, Käse, Lauch, wie gesagt: Das ist jetzt nicht richtig passend für ein romantisches … äh … harmonisches Dinner, aber es ist eines meiner besten Rezepte, versprochen!«

»Wow, wird das hier ein Acht-Gänge-Menü?«

Er setzt die Suppenteller ab, erst meinen, dann seinen, und setzt sich. Ich gucke ihn an, und er fährt sich durchs Haar. Prompt steht auch auf der anderen Seite eine rote Strähne ab. Er sieht jetzt aus wie ein süßer Teufel.

»Bei mir gibt es das volle Programm«, grinst er und wird dann unerwartet knallrot. »Also am Tisch meine ich, beim Essen und so. Nicht dass du denkst … äh …«

»Schon klar«, sage ich lachend und fasse den Löffel, »ich bin gespannt darauf!«

Die Suppe ist göttlich, daran gibt es nichts zu rütteln.

»Was macht eigentlich der Kater?«

»Ist immer noch namenlos. Irgendwie komme ich auf keinen Namen, der zu ihm passen könnte, und Matildas Sterndeutung hat auch zu nichts geführt. Na ja, vielleicht wird ihr Blick nach oben klarer, jetzt, wo Gerald nicht mehr die Sicht versperrt!«

Er lacht und ich stimme mit ein. Die nächste halbe Stunde plaudern wir vergnügt und fröhlich. Lars ist ein ausnehmend unterhaltsamer Gesprächspartner; voller Anekdoten und kluger Nachfragen, außerdem ehrlich interessiert an allem, was ich zu erzählen habe, und nicht weniger neugierig, als ich selbst es bin. Wir lachen sehr viel und sehr herzlich, und je länger wir zusammen sind, desto mehr frage ich mich, ob Matilda Recht hat. Verschließe ich mich für neues Glück, weil ich an alten Träumen hänge? Ich muss gestehen, dass unser Gespräch über meine beruflichen Träume und die Art und Weise, wie ich ihnen nachjage, mich nicht richtig loslässt.

»Glaubst du wirklich, das mit der Moderation ist nichts für mich?«, frage ich.

Lars spürt, dass mir die Sache wichtig ist, denn er nimmt sich die Zeit, ausführlich über meine Frage nachzudenken.

»Weißt du«, sagt er dann, »letzten Endes geht es ja gar nicht darum, was, sondern nur wie. Ich meine, es schadet bestimmt nicht, es auszuprobieren. Nur blockieren sollte es dich nicht. Ich kenne das von mir. Ich habe das Restaurant, was schon als Kind mein Traum war, und das ist toll, aber manchmal habe ich das Gefühl, dass das auch alles andere von mir weghält, was ich sonst tun könnte. Wie die Kochschule, du weißt schon. Beides zu jonglieren, das ist eben doch sehr viel Arbeit, denke ich, und ich will meine Leidenschaft auch nicht so aufteilen müssen. Andererseits wäre es sicher nicht verkehrt, es erstmal auszuprobieren mit der Schule und dann zu sehen ob beides geht. Und ich meine, bei dir ist doch sicher auch mehr als eines möglich, oder? Also Moderation heißt doch wahrscheinlich nicht, dass du alles andere aufgeben musst?«

»Erstmal ist es nur eine Vertretung, insofern kann ich erst ausprobieren, wie sich das alles anfühlt, das ist vermutlich ganz gut.«

»Ich drücke dir auf jeden Fall die Daumen! Und zugucken werde ich natürlich. Wann wird das denn gesendet? »

»Wir machen eine Stunde am Morgen und zwei am Abend«, erkläre ich, »los geht es um halb neun, da wird so ein bisschen die Nacht aufgearbeitet.«

»Das klingt gut«, grinst er. Ich grinse zurück. Es lässt sich nicht bestreiten: Etwas funkt zwischen uns. Etwas, mit dem ich seit der Party damals nicht mehr gerechnet habe und von dem ich ein klein wenig überfordert bin.

»Ich hol dann mal den Rest«, sagt Lars und wirkt dabei ebenso durcheinander wie ich. Während er weg ist, überprüfe ich im Handspiegel noch einmal mein Make-Up. Dabei muss ich unwillkürlich wieder an Oliver denken, der immer darauf geachtet hat, dass nichts verrutscht. Mehr als einmal hat er mich vor einer peinlichen Lage gerettet, indem er meine Kleidung korrigiert oder meine Frisur gerichtet hat. Damals war ich dankbar dafür. Jetzt frage ich mich, ob das nicht auch nur eine andere Form von Druck war, den er mit seiner angeblichen Sorge um mich aufgebaut hat.

»Es geht weiter!«, schallt es aus dem Wohnzimmer, und ich schrecke aus meinen Gedanken, die hier auch wirklich fehl am Platz sind.

»Weißwein-Risotto!«, ruft Lars aus, als er an den Tisch tritt. »Ein Gedicht, ich verspreche es, das Rezept ist von meiner Oma.«

Wie die ersten beiden Gänge ist auch das Risotto ein Geschenk der Götter. Ein Geschenk allerdings, das wirklich pappsatt macht. Etwas unbehaglich rutsche ich auf meinem Sitz rum. Auf meinem Schoß ruht mittlerweile ein kleiner Kugelbauch, da gibt es nichts dran zu rütteln. Plötzlich spüre ich Lars' Blick auf mir und blicke auf. Er lächelt mich zaghaft, fast schüchtern an, und ich lächle zurück, erst verlegen und dann nahezu herausfordernd. »Ich hole dann mal den Nachtisch …« stottert er. »Es gibt Devils Cake, das ist ein Schokoladenkuchen … »

Als er aufsteht und sich rüberbeugt, um meinen Teller zu nehmen, läuft mein Körper Amok. Mein Herz flattert hysterisch, mein Atem geht schnell und unter dem Tisch schlottern mir die Knie. Und das alles nur, weil er mir so nahe ist.

Es ist, da bin ich plötzlich sicher, ein Jetzt-oder-Nie-Moment. Ohne weiter nachzudenken, fasse ich sein Handgelenk. Überrascht guckt er zu mir. Ich zittere leicht, als ich aufstehe und noch dichter an seinem großen Körper bin. Von unten her schaue ich ihn an. Seine Augen entwickeln schon wieder diesen eigentümlichen Sog, und plötzlich muss ich mir mit dem nächsten Satz gar keine Mühe mehr geben.

»Ich dachte, der Nachtisch wäre etwas ganz anderes«, sage ich leise. Seine Pupillen weiten sich, genau wie mein Herz. Meine Finger liegen noch immer leicht um sein Handgelenk, das er jetzt an seinen Körper zieht und mich so noch ein kleines Stück näher holt. Zögernd beugt er sich zu mir. Er riecht nach fremden Gewürzen und nach Erde, als hätte er das Paradies um uns herum eben erst gepflanzt, extra für mich. Mir ist, als würde ich gleich das Bewusstsein verlieren, so unwirklich schwebend und leicht ist dieser Moment. Als er mich dann endlich küsst, vorsichtig erst und dann immer heftiger, bin ich plötzlich ganz furchtbar dankbar für den Schokokuchen. Denn wer weiß, ob es ohne den überhaupt zu diesem Kuss gekommen wäre. Vom Rest ganz zu schweigen. Und dieser Rest, der hat es weiß Gott in sich.

Am Morgen schieße ich so abrupt hoch, als hätte mir jemand einen Elektroschock verpasst. Die erste Sekunde, in der ich wach bin, ist auch die Sekunde, in der ich realisiere, dass ich ohne Wecker in einem fremden Bett eingeschlafen bin und folglich keine Ahnung habe, wie viel Uhr wir haben. Und das an dem Tag, an dem ich meinen großen Auftritt haben soll.

»Charlie?«

Lars dreht sich verschlafen zu mir herüber, als ich laut fluchend aus dem Bett springe und in meiner Tasche nach dem Handy suche.

»Mist, Mist, Mist!«

»Was ist denn los?«

»Ich bin zu spät!«

Zu spät ist gut, es ist fünf vor zwölf. Also nicht fünf vor zwölf, sondern viertel nach acht, und damit fünf vor zwölf für mich. In fünfundvierzig Minuten soll ich auf Sendung sein und sehe vermutlich aus, als hätte mich einer durch die Mangel gedreht. Die acht verpassten Anrufe von Adrian machen mir auch nicht unbedingt Mut. Panisch gucke ich von rechts nach links, auf der Suche nach meinen Kleidungsstücken.

»Mach dir keine Sorgen«, sagt Lars, »ich kann dir ein Taxi rufen, dann schaffst du das schon.«

»Aber ich muss mich noch fertigmachen!«, heule ich auf, »so kann ich da doch nicht aufschlagen!«

»Du schaffst das, Charlie, bleib ruhig. Das Taxi ist doch sofort da. Wo musst du hin?«

»Ostbahnhof!«, jaule ich, als läge selbiger direkt neben Singapur, »bis zum Ostbahnhof, und das am Montagmorgen!«

»Easy, das sind keine zwanzig Minuten, und du hast noch das Doppelte.«

In seiner Welt vielleicht. In meiner möchte ich gern noch in die Maske und auch gern erfahren, was ich denn eigentlich genau moderieren soll. Ich spare mir eine Antwort und rufe lieber meinen Chef an.

»Charlotte?! Wo in drei Teufels Namen steckst du?«

Adrian klingt genauso, wie ich mich fühle, und ich kann es ihm nicht verübeln.

»Bin auf dem Weg, ich bin rechtzeitig da, versprochen. Es tut mir leid, ein Notfall!«

»Ein Notfall?!«, ruft Adrian, hin und her gerissen zwischen krankhafter Sorge und gesundem Misstrauen.

»Das Gluten!«, rufe ich, »ich hatte Gluten im Essen, bin

davon ohnmächtig geworden und gerade erst aufgewacht, das ist mir noch nie passiert, ich bin ganz fertig!«

»Um Gottes Willen! Kannst du überhaupt moderieren?«

»Darauf kannst du Gift nehmen!«

»Na ja, Charlotte, ich weiß nicht…«

Während ich mein Höschen auf links drehe und die Schuhe unter dem Sideboard hervorfische, versichere ich, dass die Ohnmachtsanfälle vorbei seien und ich auch einen ganzen Moderationsmarathon hinlegen könnte, wenn ich müsste. Wirklich überzeugt ist Adrian nicht, aber er hat keine andere Möglichkeit, als mir zu vertrauen. Es gibt einfach niemanden, der so spontan einspringen könnte.

»Ich schicke dir dann die Themen, die heute dran sind, per Mail, okay? Du wirst da dann wohl improvisieren müssen.«

Werde ich wohl, aber was soll's. Dass ich spontan sein kann, das habe ich gestern Abend zur Genüge bewiesen. Das Opfer meiner Spontaneität ist während meines Gesprächs aus dem Bett gekrochen und im Flur verschwunden. Ich habe mir nicht einmal die Zeit genommen, seine nackte Rückansicht zu bewundern. Denn wenn ich nicht voranmache, und zwar dalli, dann ist gleich wirklich alles zu spät.

»Ich mache dir schnell ein Rührei!«, ruft Lars, als ich aufgelegt habe, und ich verdrehe die Augen. Als ob ich jetzt Zeit für Frühstück hätte!

»Ich mag diesen deftigen Kram nicht morgens!«, rufe ich, während ich in mein Höschen steige und den BH verhake. Dem Kleid hat es nichts ausgemacht, dass Lars es ziemlich rabiat von meinem Körper gerissen hat, immerhin. Das kann ich gut noch einmal tragen, auch wenn ich eigentlich etwas anziehen wollte, das nach Kompetenz und Professionalität aussieht und nicht nach C-Promi mit Starallüren.

»Dann eben was Süßes«, kommt es zurück, und ich spare mir eine Antwort. Bis Lars was zusammengeschustert hat, bin ich längst über alle Berge. Ich stolpere ins anliegende Bad, wo mein verschmiertes Make-Up mich fast in Tränen ausbrechen lässt. Ich vermute mal, mein Gastgeber hat nur wenig Damenkosmetik, ich selbst habe nur Puder und den Lippenstift dabei, aber das muss dann wohl reichen. Kaum dass ich mit den Ausbesserungsarbeiten begonnen habe, klopft Lars auch schon vorsichtig an und lugt durch den Türspalt.

»Was ist denn?«, frage ich leicht genervt, mache ihm aber auf. Er hat sich ein T-Shirt und eine Boxershorts übergezogen und sieht, das erkenne ich selbst in meinem Nebel aus Angst, ausnehmend süß darin aus. Nicht so süß allerdings wie das Ungetüm von Kuchenstück, das er vor sich herträgt.

»Du musst doch etwas frühstücken!«, sagt er und hält mir den Teller hin. Entgeistert starre ich ihn an und drehe mich dann ruckartig zurück zum Spiegel.

»Willst du, dass ich einen Kugelbauch habe, wenn ich vor die Kamera gehe?«, sage ich und rubble mir die verschmierte Tusche unter den Augen weg, wodurch meine Haut einen ungesunden Rotstich bekommt.

»Was bitte?«

»Ich kann nicht direkt vor der Moderation essen«, erkläre ich, während ich mir mit den Fingern hektisch die Haare käme und versuche, die künstlichen Wimpern wieder in Form zu bringen, »dann sehe ich doch aus wie im fünften Monat! Außerdem habe ich jetzt auch gar keine Zeit zum Essen! Meinst du, ich will diese Chance verpassen?! Ich dachte, du hast begriffen, wie wichtig mir das ist! Warum kannst du mich nicht unterstützen, statt mich aufzuhalten und mir zu sagen, dass ich eh nicht moderieren kann!«

Bei jedem Wort bin ich lauter und hysterischer geworden, nicht mit Absicht, sondern weil ich wirklich in Panik bin und außerdem das Gefühl habe, dass hier mal wieder einer dieser Augenblicke ist, wo ich mich knallhart durchsetzen muss. Denn Nettigkeit könnte mich meinen brandneuen Job kosten.

»Das habe ich doch so nie gesagt!«

Lars klingt so schockiert, dass ich augenblicklich wieder runterkomme. All der Druck, von dem wir gestern gesprochen haben, liegt zwar immer noch bleischwer in meinem Magen, und ich kann das auch nicht einfach ignorieren und so tun, als wäre alles locker und entspannt. Eines aber kann ich: Meinen Stress nicht an diesem so großartigen Mann auslassen. Doch bevor ich mich entschuldigen kann, macht Lars plötzlich einen halben Schritt ins Bad und funkelt mich an. »Du spinnst doch, Charlie«, sagt er wütend, »du hast dich so in diese Nummer reingesteigert, dass du gar nichts anderes mehr mitbekommst!«

So schnell er mich runtergeholt hat, so zackig bekommt er mich auch wieder auf 180. »Meinst du?«, antworte ich entsprechend schneidend, »ich bekomme sehr wohl was mit, nämlich dass du versuchst, mich von meinem Traum abzuhalten. Erst mit deiner Rede gestern und jetzt mit diesem bescheuerten Kuchenfrühstück. Aber ich habe keine Lust, mir von dir sagen zu lassen, was gut für mich ist. Ich habe hart an mir gearbeitet, damit ich kompetent und hübsch genug bin für den Bildschirm. Und das ist wichtiger als alles andere!«

Lars prallt zurück. Er guckt immer noch sauer, aber seine Stimme ist ganz ruhig, als er sagt: »Charlie, du musst doch auch als Moderatorin nicht perfekt sein. Außerdem wirkst du immer umwerfend, auch ohne hippe Frisur oder Modelmaße. Ich hab mich schließlich in dich verliebt, bevor du dich auf perfekte Moderatorin getrimmt hast.«

Ich gebe es auf, mein Gesicht richten zu wollen, und spare es mir auch, Lars eine Antwort zu geben, allein schon, weil ich gar nicht richtig hingehört habe. Gerade gibt es einfach Wichtigeres.

»Ich muss jetzt los«, murmle ich und schiebe den Koch zur Seite. Er bleibt regungslos an Ort und Stelle. Ich kralle mich an meine Handtasche und renne in großen Schritten zur Wohnungstür, ohne einen Blick zurückzuwerfen. Vage denke ich dabei, dass das gerade ganz schön daneben war, und zwar alles: mein Gekreische, die Sache mit dem Kuchen und mein überstürzter Abgang. Außerdem ist mir, als wäre mir in meiner aufgebrachten Hektik etwas sehr wichtiges entgangen, dass er gesagt oder getan hat, aber ich habe jetzt keine Zeit, darüber nachzudenken – und erst Recht nicht für Reue.

Ich komme acht Minuten vor Sendung ins Studio. Ich hätte auch zehn geschafft, aber rennen hätte mich nur noch schlimmer aussehen lassen, also bin ich ins Gebäude geschlendert, als liefe alles ganz phantastisch, was es natürlich nicht tut. Auch wenn (und damit habe ich mich an jeder roten Ampel getröstet) es bei einem Online-Format nun wirklich nicht so wichtig ist, absolut pünktlich anzufangen.

Adrian sieht das natürlich anders. Er sitzt schweißgebadet in der Regie und ist um gute zehn Jahre gealtert. Tiefe Falten haben sich in seine Stirn gefressen, das Borstenhaar wirkt grau im kalten Licht der zwanzig Bildschirme, die alle möglichen regionalen Fernsehsender, Online-Konkurrenten und mir völlig rätselhafte Daten anzeigen. Als ich die Tür öffne, dreht mein Chef sich in Zeitlupe um, so als wäre er bang zu sehen, ob es wirklich ich bin oder doch nur die Putzfrau. Seine Augen sind verquollen.

»Charlotte«, sagt er, »in letzter Minute, den Göttern sei Dank. Warst du in der Maske?«

Ich schüttle den Kopf. Die Maske ist eh nicht mehr als ein umfunktioniertes Gästeklo, weshalb ich Visagistin Lilian nur kurz reingerufen habe, sie solle bitte direkt ins Studio kommen und vor Ort retten, was zu retten sei. Ihre Antwort war kühl ausgefallen, was mich nicht erstaunt. Wer zweimal am Tag mit Sandrine rumhängt, hält mich sicher für eine Kreuzung aus Mata Hari und einem gehirnamputierten Nilpferd.

»Lilian kommt gleich«, sage ich und rufe dann noch ein engagiertes Hallo in den kleinen Raum. Es sieht hier aus wie in der Zentrale eines paranoiden Computerclubs mit zu viel Geld. Der Rest der Truppe, allesamt Männer und allesamt in alten Band-T-Shirts, interessiert sich nicht die Bohne dafür, dass ihre Moderatorin, also ich, endlich hereingeschwebt ist. Günther, der zweite Kameramann, ächzt sich aus dem Stuhl. Für ihn ist es ein wahres Glück, dass die Studiokameras nicht mehr leibhaftig, sondern nur noch mit Knöpfen gesteuert werden. Er geht gefühlt auf die achtzig zu und sieht aus, als hätte er 1976 das letzte Mal die Sonne gesehen. Mit eiskalten Fingern fummelt er mir ein kleines Knöpfchen ins Ohr, durch das ich dann alle Anweisungen hören kann, die er oder Adrian mir einflüstern wollen. Denn während der Moderation gleich werde ich mutterseelenallein im Raum sein, was mir aber nichts ausmacht, denn ich weiß ja, dass ich zu Millionen spreche. Nun gut, nicht Millionen, noch nicht, aber potentiell Millionen. Wie beim Lotto, da spekuliert man ja auch immer auf den Höchstgewinn. Nur dass ich hier eine höhere Chance habe, eines Tages wirklich ein großes Publikum anzulocken. Wenn ich es jetzt nicht versaue.

Das Tonkabel versteckt Günther recht rabiat an der Rückseite meines Kleides und bedeutet mir dann immer noch wortlos, meinen Hintern ins Studio zu bewegen.

»Schaffst du das?«, fragt Adrian ängstlich, als ich mich gerade gehorsam abwenden will.

»Sicher«, sage ich mit einer Fröhlichkeit, die ich nur halb empfinde, »kein Problem, Boss!«

»Vier Minuten«, sagt er und deutet auf eine rote Digitaluhr, die über der ersten Reihe von Bildschirmen hängt. Ich nicke und mache mich auf die Socken, mit zitternden Händen und einem Herzschlag, der an den Techno der frühen Neunziger erinnert: schnell, monoton und erbarmungslos.

Das Studio liegt links von der Regie und ist genauso, wie ein Studio sein muss, nur als Miniaturausgabe: ein fensterloser Kasten mit grün bespannten Wänden, über dem ein Sammelsurium aus Lampen, Kabeln und Schienen hängt. In der Mitte steht ein Pult – mein Pult! – aus schwarzem Plexiglas, auf dem der pinke Schriftzug Friendz prangt, von unten nach oben und mit Ausrufezeichen. Darauf liegen ordentlich meine ebenfalls schwarz-pinken Moderationskarten, die aber genauso falsch sind wie die stylischen Aufnahmen von Berlin, vor denen ich stehe, sobald man sich unsere Sendung auf einem Bildschirm anguckt. Denn natürlich lese ich meinen Text von einem Teleprompter, dem praktischen Gerät an den zwei monströsen Kameras, das mir netterweise alles einblendet, was ich sagen soll, während ich zeitgleich so aussehe, als schaute ich voll konzentriert in die Linse. Das heißt, normalerweise ist es so, aber da ich keine Anmoderationen geschrieben habe, gibt es auch nichts, was ich ablesen könnte. Schade, aber nicht zu ändern.

»Wie siehst du denn aus?«

Lilian, eine Mittzwanzigerin mit langen Beinen, Grübchen und Flechtzopf in Eisblond legt mir die Hand auf die Schulter und zieht mich ins Licht.

»Das ist ja abartig«, befindet sie, »wirklich abartig. Da kann ich auch nicht mehr viel machen, vor allem nicht in zwei Minuten.«

Dass sie es trotzdem versucht, liegt sicher nicht an meiner charmanten Art, sondern daran, dass der Chef mit Argusaugen zuguckt. Sie pudert aggressiv an mir herum und murmelt dabei etwas, das erschreckend nach Schlampe klingt. Ich ignoriere das geflissentlich.

»Noch eine Minute«, nuschelt jemand in mein Ohr. Ich bin also gleich live. Live in meinem eigenen Traum. Ganz automatisch strahle ich los, nicht nur, weil das von einer kompetenten Moderatorin erwartet wird, sondern weil ich mich plötzlich wirklich richtig gut fühle. Alles ist vergessen, die Hetze, die Ängste, der Ärger mit Lars. Das ist mein Augenblick, und ich werde ihn auskosten, komme, was wolle.

»Ich bin gleich drauf«, sage ich zur Visagistin. Die Leute klicken schließlich nicht in unsere Sendung, um zu sehen, wie ich geschminkt werde, sondern um zu erfahren, was für geile Parties, spektakuläre Polizeieinsätze und 12-Stunden-Pop-Up-Stores sie diese Nacht wieder verpasst haben. Nicht unbedingt die Art von Nachrichten, die ich in Zukunft am liebsten verkünden will, was aber vielleicht gar nicht so schlecht ist. Mit Unterhaltungsthemen kenne ich mich aus, insofern ist unsere Magazinsendung ein wunderbar fließender Übergang vom fröhlichen Reporterhäschen zur überkompetenten Nachrichtensprecherin.

»So geht es«, antwortet Lilian mit einem letzten prüfenden Blick und macht, dass sie verschwindet. Ich eile, nein schwebe, zu meinem Pult. Alles wird gut, da bin ich mir sicher. Ich habe mir genauestens eingeprägt, worüber wir heute berichten. Mit dem frischen Make-Up im Gesicht, der angelernten kompetenten Haltung und der neuen Figur fühle ich mich auch schön genug, um der Welt zu zeigen, wer die neue Moderations-Göttin ist. Barbara Schöneberger kann einpacken. Und Sandrine, die sowieso.

Unten auf dem Boden, so dass ich sie von jeder Position aus gut erkennen kann, stehen zwei Monitore. Rechts sehe ich mich im Studio, ohne künstlichen Hintergrund oder andere Spielereien. Das ist mehr oder weniger mein Spiegel. Auf dem linken Schirm dagegen kann ich das Bild im Auge behalten, das wir rausgeben, sprich das, was der Zuschauer sieht.

»30 Sekunden«, höre ich im linken Ohr, just als ich meinen Blick nach unten auf besagte Bildschirme richte. Ein katastrophaler Fehler. Lilian hat mir als Rouge zwei breite rote Streifen auf die Wangen gemalt, und der Lippenstift, den sie gewählt hat, ist lila, eine Schattierung, die nicht nur Krieg mit meinem lachsfarbenen Kleid führt, sondern außerdem so aussieht, als hätte ich einen Schierlingsbecher geleert und läge nun im Sterben.

»10, 9, 8 …«, erklingt es, aber ich kann mich nicht von meinen grausamen Anblick losreißen. Denn dass ich aussehe, als käme ich vom Straßenstrich für frisch Verstorbene, ist nicht das Schlimmste. Viel furchtbarer ist, dass ich wirke wie eine propere Madame: Mein Bauch wölbt sich ungünstig nach vorn, meine Arme scheinen aus Pudding, und mein Kopf könnte auch eine Melone mit Perücke sein. Von der aufrechten dominanten Haltung und dem eiskalten Analytikerblick, den ich wochenlang vor dem Spiegel geübt habe, ist nichts mehr übrig. Da steht keine kompetente Moderatorin, sondern eine überforderte Vogelscheuche.

»Charlotte, hochgucken!«, kreischt Adrian in mein Ohr, und die Panik in seiner Stimme reißt mich aus der schockierten Trance.

»Los«, schreit er, und ich mache los.

»Guten Morgen, schlaflose Seelen und halbwache Hipster«, spreche ich gut gelaunt und wohlmoduliert, »willkommen zu *Nightlive*, der Stunde, in der wir euch alles zeigen, was sonst geheim bliebe.«

»Rechte Kamera!«, schnaubt Günther, und ich drehe mich brav nach rechts, wo ein rotes Licht mir bestätigt, dass ich in die richtige Linse schaue. Meine Anspannung ist vergessen. Ich bin so sehr damit beschäftigt, keinen Fehler zu machen, dass ich die Kapazität nicht habe, mich zu sorgen.

»Konzert am Kotti gefällig?«, säusle ich ins Nichts, »warum nicht?! Denn dass die U-Bahn in Berlin für alles taugt, nur nicht zum Fahren, das weiß ja – außer spanischen Touristen – eigentlich jeder. DJ Mottenflott nutzte die späte Stunde gestern Nacht für ein spontanes Live-Set seiner minimalistischen Elektrojazzperformance – ein Auftritt, der illegal ist, aber ganz bestimmt nicht unmelodisch. Wir haben den Clip dazu.«

Der so hochtrabend angekündigte Clip wird prompt abgespielt, und ich puste erleichtert Luft durch gespitzte lila Lippen.

»Super«, seufzt Adrian in mein Ohr wie ein Lover nach dem Höhepunkt, »super!«

»Können wir vielleicht was mit dem Licht machen?«, frage ich in den leeren Raum hinein, »ich sehe irgendwie so käsig aus auf dem Schirm.«

Irgendwer drückt irgendwas, und es wird heller, aber nicht besser, denn leider sieht man bei dieser Festbeleuchtung nur allzu gut die Panik in meinen Augen.

»Nein, so nicht!«, rufe ich verzweifelt.

»10 Sekunden!«

Ich schlucke den Protest herunter und konzentriere mich auf die nächste Geschichte. Was war das noch gleich? In meinem Gehirn herrscht absolute Stille. Da ist nichts als ein schwarzes, saugendes Vakuum, in dem jeder vernünftige Gedanke verschwindet. Völlig gelähmt starre ich in die Kamera.

»4, 3…«

Dann sehe ich, dass irgendwer so freundlich war, wenigstens das nächste Thema in den Teleprompter zu füttern. Kaum lese ich die Stichworte, als mir auch mein hastig entworfener Text wieder ins Gedächtnis kommt. Ich strahle aus purer Erleichterung noch breiter als beim ersten Mal und plappere los.

»Ist sie etwa die neue Micaela Schäfer? Nackt vor dem Reichstag posierte Arabella Anderson für ein Shooting zu später Stunde – und lud Passanten ein, sich ebenfalls auszuziehen und ablichten zu lassen.«

»Was ist denn das an deinem Auge?«, höre ich Adrians panische Stimme in meinem Ohr und habe deshalb Mühe, mich in meinem eigenen Satz nicht zu verstolpern.

»Ähm, also jeder konnte mitmachen, ein Foto, ähm, mit blankem Star-Appeal…«

»Mach das weg um Gottes Willen!«

Tatsächlich habe ich einen Schatten vor dem rechten Auge, kann allerdings schlechterdings nach unten gucken, um zu überprüfen, ob da eine Fliege auf meiner Wange liegt oder ich schlichtweg den Verstand verliere. Ich darf schließlich den imaginären Augenkontakt mit dem Publikum nicht abbrechen.

»Wir haben die Bilder«, ende ich verzweifelt meine Ankündigung, »aber Achtung, es wurde scharf geschossen!«

»Was ist denn das bloß?«, fluchen Adrian und ich gleichzeitig. Meine Hand schießt in mein Gesicht. Prompt weiß ich, was da schwarz und störend in meinem Blickfeld baumelt. Es ist eine der künstlichen Wimpern. Sie hängt schlaff und schief herunter. Hektisch knibble ich sie ab und sehe danach noch bizarrer aus. Verzweifelt reiße ich also auch die zweite Wimper weg, woraufhin meine Augen auch den letzten Glanz, aber nicht den Ausdruck von Todesangst verlieren.

»Wo ist Lilian?«, rufe ich. Ich fühle mich hilflos und allein und klammere mich an die Hoffnung, dass die Make-Up-Artistin zu professionell ist, um mich hängen zu lassen, egal was sie über mich denkt. »Lilian?«

»30 Sekunden!«

»Kann nicht mal einer was machen, ich sehe doch aus wie ein schlecht geschminktes Flusspferd!«, rufe ich. Nichts passiert. Keine Lilian, kein schmeichelndes Licht, nicht einmal ein gutes Zureden. Meine Verzweiflung überrollt alle Vernunft. Es kann doch nicht sein, dass ausgerechnet jetzt auch noch die Technik versagt, doch nicht heute, nicht an diesem Tag, nicht wenn ich endlich hier stehe.

»Hallo, hört mich denn keiner?«, kreische ich. Wieder gucke ich nach unten und diesmal scheint alles noch viel schlimmer zu sein. Ich stehe schief und krumm, meine Hände zittern wie wild, und statt cool und gelassen wirke ich planlos und albern. Meine Kehle ist staubtrocken. Ich muss es einsehen: Optimal-Charlotte gibt es nicht. Egal was ich tue, mir fehlt die Kompetenz und Erhabenheit, die es für diesen Job braucht. Da kann ich noch so witzig sein oder so engagiert. Ich bin hier fehl am Platz.

»Noch zehn.«

»Da muss doch jemand mal was machen«, höre ich mich panisch plappern, »guckt doch mal, so kann mich doch keiner auf den Schirm lassen, ich sehe doch aus wie ein Witz! Jetzt dämmt doch endlich das verdammte Licht! Ich wirke wie eine hirnlose Kuh, wenn ihr nicht was macht, das will doch keiner, ihr wollt doch auch nicht, dass eure Moderatorin unseriös und inkompetent dasteht, bitte, jetzt tu doch einer was! Mein Gesicht! Ich brauche mehr Schminke!«

Ich merke, dass ich schreie. Unbewusst nehme ich wahr, dass drei oder vier Leute gleichzeitig in mein Ohr reden, aber was sie sagen, dringt nicht zu mir vor. Mein Blick klebt am linken Monitor, wo meine Haut einen Haufen hektische rote Flecken hat und in meinen weit aufgerissenen, nunmehr nahezu wimpernlosen Augen ein Funkeln liegt, dass bei aller Liebe nur irre zu nennen ist. Dann wird mir klar, dass der rechte Monitor, also der, der mir zeigt, was das Publikum sieht, genau das gleiche Bild hat wie der linke. Erschrocken gucke ich hoch zur Kamera. Das rote Lämpchen bestätigt meine schlimmste Befürchtung: Ich bin auf Sendung, und das bestimmt nicht erst seit eben. Mein Mund formt ein rundes O.

»Charlotte, reiß dich zusammen!«, vernehme ich Adrian aus dem Stimmengewirr, aber dafür ist es zu spät. Die ganze Welt hat mitbekommen, wie ich die Kontrolle verloren habe. Mein ganzer Monolog ist ausgestrahlt, unwiderruflich da draußen. Mein Atem verselbständigt sich, und ich röchle, um nicht zu ersticken. Meine Brust ist so eng, dass ich glaube, meine Lungen könnten sich nie wieder ganz mit Luft füllen, und meine Wangen sind zwar blutleer, aber glühen trotzdem wie heiße Herdplatten. So muss es sich anfühlen, wenn man vor dem Jubel des Volkes hingerichtet wird.

Endlich kommt einer auf die Idee, einfach den nächsten Clip einzuspielen, damit man nicht länger mein verzerrtes Gesicht ertragen muss. Mir hilft das jetzt aber auch nicht mehr, mein Leben ist vorbei, endgültig. Schließlich vergisst das Internet nicht, und ich weiß, dass meine psychologische Kernschmelze die besten Chancen hat, innerhalb der nächsten halben Stunde zum Social-Media-Hit zu mutieren. Jeder, jeder wird sehen, wie ich meine größte Chance in den Sand gesetzt habe, Sandrine, die Schnepfe, Lars, Oliver, oh mein Gott, Olivers Freundin, jeder zukünftige Arbeitgeber und wahrscheinlich jeder Mensch, den ich auf der Straße treffe.

»Charlotte, hörst du mich? Hörst du mich?«

Deswegen ist nun auch wirklich alles egal. Ich zerre mir das Ohrstück aus dem Gesicht, lege es mit zitternden Händen auf das Pult, gucke noch einmal auf das grausame Abbild des Monitors und dann laufe ich. Ich laufe aus dem Studio, ignoriere Adrian, der aus der Regie schießt und mir nachrennt, ich laufe aus dem verfluchten Gebäude dieses Senders, zu dem ich nie gewollt habe, und dann laufe ich einfach weiter und weiter, so lange, bis meine Beine nicht mehr können und ich auch nicht. Dann setze ich mich in eine Bushaltestelle und weine. Das heißt, ich will weinen, aber ich komme nicht dazu. Denn auf der gegenüberliegenden Straßenseite zeigt plötzlich ein Jugendlicher mit Schnauzbart auf mich, stößt seine radikal kopfrasierte Begleiterin an und fängt lauthals an zu lachen. Ich möchte gern im Erdboden versinken und mache, dass ich wegkomme. Ich muss schwarzfahren, um in meine vier Wände zu gelangen, denn meine Handtasche mit allem drum und dran liegt noch in der Regie. Deshalb muss ich auch wohl oder übel zuerst ins Yoga-Studio. Meinen Ersatzschlüssel finde ich an Matildas Schlüsselbund in der obersten Schublade des Empfangstresens. Leise und wortlos nehme ich ihn mir und gehe dann endlich nach Hause. Dort schließe ich die Tür hinter mir und entscheide, nie wieder hinauszugehen. Nie, nie wieder.

Dr. Hagenbecks Selbsthilfe-Tipps
Vier Schritte, mit Fehlern zu leben

1. Akzeptieren Sie: Machen Sie sich eine Liste mit Personen, die Sie mögen. Dann schreiben Sie zu jeder ein oder zwei Fehler auf, die diese gemacht haben. Sie werden merken, dass es niemanden gibt, der nie fehlgeht. Sie sind nicht allein!

2. Verstehen Sie: Wenn Ihnen ein Fehler passiert, schauen Sie, warum er passiert ist: Hatten Sie nicht alle Fakten? Oder haben Sie die Vernunft ignoriert? Es hilft zu erkennen, warum ein Fehler passiert ist. So fühlen Sie sich weniger hilflos und können in Zukunft genauer auf sich achten.

3. Verzeihen Sie: Wenn Ihre innere Stimme Ihnen Vorwürfe macht, dann machen Sie ihr und sich klar, dass Fehler jedem passieren, Gründe haben und außerdem helfen, zu lernen.

4. Glauben Sie: Manchmal zweifeln wir nach einem Fehler daran, dass all diese Arbeit an uns etwas bringt. Machen Sie trotzdem weiter, schaden kann es schließlich nicht!

Kapitel vierzehn

Matilda klopft ab nachmittags immer wieder Sturm an meiner Tür, aber ich lasse sie trotz Bitten und Flehen nicht herein. Wie könnte ich? Ich schäme mich für mein Versagen, für die Hysterie durch die ich alles in den Sand gesetzt habe. Irgendwann gibt sie auf, und ich schäme mich noch mehr, als sie durch die geschlossene Tür ruft: »Dann eben nicht, Charlotte, dann mach halt alles alleine. Dir ist doch nicht zu helfen!«

Dabei bin ich gar nicht alleine. Ich habe Honigpfote, der spürt, dass ich am Ende meiner Kräfte bin, und immer dicht an meiner Seite bleibt. Auch als ich am nächsten Morgen aufwache, verwundert, dass ich überhaupt eingeschlafen bin, liegt er auf meinem Bauch und schnurrt.

»Ach Honigpfote«, sage ich und kraule sein weiches Fell. Ich habe keine Ahnung, wie viel Uhr es ist. Einen Wecker habe ich nicht, und mein Handy liegt mit all meinem anderen Kram im Büro, und da kann es von mir aus auch gern bleiben. Im Grunde bin ich dankbar, dass ich nicht darauf schauen kann, selbst wenn irgendein selbstmörderischer Trieb mich verleiten würde, es nach dem Desaster gestern in die Hand zu nehmen. Momentan möchte ich Maulwurf sein, tief vergraben in der Erde und für alle unerreichbar.

Als es an der Tür klingelt, will ich dementsprechend erstmal nur liegen bleiben. Aber dann fällt mir ein, dass das auch der Paketbote sein könnte und dass mich die Klamotten, die ich bestellt habe, vielleicht doch ein wenig aufmuntern könnten. Gut, ich weiß nicht, wie viel Freude ich daran haben werde, wenn ich sie einsam und allein in meiner Wohnung trage, aber man weiß ja nie. Ich springe also doch aus den Federn und renne die Treppe runter in den Flur.

Es ist tatsächlich der nette Postmann aus Sri Lanka, und er hat so viele Pakete auf dem Arm, dass ich ihn dahinter gar nicht sehe. Auch auf dem Boden stehen Kartons.

»Viel bestellt, ja?«, kommt es hinter dem Berg hervor.

»Ein bisschen«, sage ich und nehme ihm in mehreren Durchgängen die gesammelte Post ab. »Wohl wegen des Videos?«, fragt der Postbote in einem Tonfall, der vermutlich tröstlich sein soll. Meine Hand mit dem Stift verharrt kurz vor der Unterschrift.

»Wegen des Videos?«, wiederhole ich fassungslos. Er nickt betroffen, aber in seinen Augen funkelt es schelmisch.

»Zum Trost, ja? Hab das gestern auf Facebook gesehen, habe Sie fast nicht erkannt, Frau Mai. Aber Sie hätten sich nicht aufregen müssen. Sie sind doch so nett.«

»Danke«, sage ich tonlos und setze mit zitternden Fingern meinen Namen auf das Touchpad, das er mir zuvorkommend entgegenhält.

»Aber es war auch witzig, das müssen Sie schon zugeben. Sie sind der Hit bei Facebook! *Ich sehe aus wie eine Kuh!*«, zitiert er mich strahlend, »*ich brauche mehr Schminke!* Grandios, Frau Mai.«

»Ja, grandios«, sage ich und knalle ihm die Tür vor der Nase zu. Ich bin also der Hit bei Facebook. Na prima. Die heimliche Hoffnung, dass mein Live-Anfall sich im Äther des Internets blitzschnell wieder verlieren würde, kann ich offensichtlich begraben. Wenn sogar dein Postbote dich in seinem Social-Media-Feed ganz oben findet, dann ist es Zeit für's Grab. Ich schließe die Augen bei dem Gedanken daran, mit wem der Briefträger meinen Ausraster geteilt hat und wie viele von diesen spekulativen Personen das Ganze dann ebenfalls gepostet haben und wie viele von denen ... Dann stoße ich Gott sei Dank an die Grenzen meiner mathematischen Fähigkeiten und höre auf, mir auszurechnen, wie viele zehntausend Menschen mich heute herzlich ausgelacht haben.

Ziemlich geknickt schleppe ich die Pakete ins Wohnzimmer. Der schicke blaue Overall, den ich aus dem ersten Päckchen ziehe, macht mich noch trauriger. Denn den, so hatte ich gedacht, würde ich zur nächsten Sendung tragen. Ich lege ihn weg und hoffe, dass die Röcke, die ich bestellt habe, mich glücklicher machen. Tun sie nicht, vor allem weil ich zu schlapp bin, sie anzuprobieren. Mal ganz abgesehen davon, dass ich schon wieder arbeitslos, also bald pleite bin.

Beim vierten Paket schaue ich nicht mehr auf den Absender. Leider bin ich sicher, dass die nächste Bluse oder Jeans meine Stimmung auch nicht heben werden. Umso überraschter bin ich, als ich nicht auf Kleidung blicke, sondern auf einen Haufen Briefe. Manche stecken in klassischen Umschlägen, weiß und mit Fenster, aber andere sind bunt oder sogar bemalt oder mit Stickern beklebt. Fast alle sind per Hand beschriftet, nicht wenige mit Filzstift oder fröhlichem Gold-Gel-Maler. Neugierig nehme ich ein paar heraus und lese den Empfänger, der immer dieselbe mysteriöse Dame ist: Rebecca Hagenbeck. Manchmal steht ein Doktor davor, darunter immer die gleiche Postfachnummer.

Ich runzle die Stirn. Der Name kommt mir irgendwie vertraut vor. Dass der arme Postbote ein falsches Paket in meine Fuhre gepackt hat, wundert mich nicht. Er ist wahrscheinlich davon ausgegangen, dass seine gesamte Wagenladung mir gehört. Trotzdem bleibt es ein Rätsel, warum ich den Namen der eigentlichen Empfängerin kenne und warum zum Kuckuck diese Person so viele Briefe bekommt. Ich könnte natürlich einfach Google anwerfen und das Geheimnis so lüften, aber ich habe nicht vor, das Internet zu besuchen, so lange ich befürchten muss, dass mein Ausraster auf sämtlichen Seiten ganz oben steht. Also im Zweifelsfall das nächste halbe Jahr. Gerade als ich ernsthaft erwäge, einen der fremden Briefe einfach aufzumachen, kommt mir die Erleuchtung.

Ich springe auf und stürze an mein Bücherregal. Wo ist es denn bloß? Ich erinnere mich, das gesuchte Buch vor geraumer Zeit zweckentfremdet zu haben und renne auf den Balkon. Dort liegt es so unangetastet wie vor zwei Monaten auf dem kleinen Beistelltisch. Gut, nicht ganz so unberührt wie es einmal war, der ein oder andere Regentropfen hat es nämlich etwas aufquellen lassen, und der Kater hat offenbar auch drauf geschlafen. Ich zwinge mich zu Gelassenheit, nehme das Buch hoch und wische mit der Hand darüber: *Dr. Rebecca Hagenbeck*, steht da, *Das Geheimnis der Selbstliebe – 15 kurze Listen für ein besseres Leben.* Verblüfft lasse ich mich auf meinen Balkonstuhl fallen. Ich habe doch tatsächlich die Fanpost von der Selbsthilfe-Autorin bekommen. Matilda würde sicher sagen, dass das ein Zeichen ist. Nur was für eins, bitteschön? Dass ich das Buch endlich lesen soll? Etwas zögerlich schlage ich es auf, was gar nicht so einfach ist, weil die Seiten zusammenkleben. Genervt lasse ich mich neben das Paket auf mein Sofa fallen. Mein Blick fällt auf das Adressetikett, und ich zucke zusammen.

»Frau Mai!«, ruft die Adressatin des mysteriösen Pakets erfreut, als sie mir die Tür aufmacht. Dann legt sie den Kopf schief und mustert mich. »Nanu, alles in Ordnung? Sie sind ja noch im Schlafanzug!«

Dass ich meinen türkisfarbenen Sommerpyjama trage, habe ich im Eifer des Gefechts vergessen. Meine werte Nachbarin von oben dagegen sieht wieder einmal so aus, als hätte sie eine Luncheinladung vom Königshaus. Sie trägt ein lindgrünes Kostüm mit weißer Bluse, hat das weißblond gefärbte Haar gekämmt und in Wellen gelegt.

»Oh je, ich … äh«, stottere ich, »kann ich vielleicht kurz reinkommen, Frau Mai? Oder störe ich?«

»Aber nein, bitte, kommen Sie doch herein, ich freue mich.«

Wieder einmal staune ich, wie wenig es hier nach alter Dame aussieht. Moderne Kunst hängt an den Wänden, die Sitzgelegenheiten sind nicht beige oder graurosa, sondern türkis, eckig und mit kleinen Stahlfüßen. Eine Wand ist völlig von einem weißen Bücherregal eingenommen.

»Möchten Sie Tee? Oder lieber Kaffee?«

»Kaffee gern, danke«, antworte ich, während ich mich setze und versuche, mich in meinem Pyjama nicht allzu albern zu fühlen. Das Paket halte ich im Schoß wie ein kleines Baby. Während Frau Mai in der Küche verschwindet, mustere ich die Fotos, die in silbernen Rahmen vor den Büchern stehen. Viele zeigen traumhafte Nordlandschaften: weite Moore, Eisberge, Kiefernwälder, Sonnenuntergänge in rot, gelb und pink, eine Möwenschar. Dazwischen stehen typische Schnappschüsse, einige noch in Sepia, vier junge Damen auf einer Wiese beim Picknick, ein Mann mit Segelohren, der ernst in die Kamera guckt, ein kleines Kind mit riesiger Schultüte. Die meisten aber sind aus den letzten Jahren: ein fröhliches Paar, das aus einem Heißluftballon winkt, eine Gesellschaft ganz in Weiß bei Tisch, eine junge Frau im Arztkittel. Ich beuge mich vor. Ja, kein Zweifel: Das ist Frau Doktor Hagenbeck, ihres Zeichens Autorin meines Buches und Empfängerin der Briefe, die bei mir gelandet sind.

»Ihre Tochter?«, frage ich, als Frau Mai mit einem Tablett zurückkehrt, auf dem sie Kaffee, Milch, Geschirr und Kekse balanciert.

»Meine Nichte«, erklärt Frau Mai, »ich habe leider keine eigenen Kinder. Aber nun zu Ihnen, Frau Mai. Wo drückt denn der Schuh?«

»Ich glaube, ich habe ein Paket für Sie bekommen. Also für Ihre Nichte«, erkläre ich, nachdem ich mich noch einmal für das Getränk bedankt habe, »ich habe nicht genau hingeschaut und es aufgemacht, das tut mir leid.«

Frau Mai winkt lächelnd ab und nippt an ihrem Kaffee.

»Jedenfalls habe ich gesehen, was drin ist und da ... Frau Mai, ist Ihre Nichte etwa die Autorin von diesem Listen-Buch? Dem Selbsthilferatgeber?«

Die Tasse verharrt auf halbem Weg zurück zum Tisch. Frau Mai, leicht vorgebeugt, guckt mich aus ihren braunen Augen an, etwas nachdenklich, sehr amüsiert und nicht im Mindesten erstaunt. »Gegenfrage«, sagt sie dann, stellt in einer eleganten Bewegung die Tasse ab und lehnt sich zurück, »Sie haben es nicht gelesen, oder?«

Ich schüttle errötend den Kopf.

»Und noch eine Gegenfrage, allerdings eine ganz andere: Ich habe das Video Ihrer Moderation bei Friendz gesehen, Sie wissen sicher, welches ich meine. Und seitdem frage ich mich: Sind Sie wirklich viel glücklicher, jetzt, wo Sie ihr Ziel erreicht haben?«

Vor Verblüffung schwappt mir fast der Kaffee über. »Privileg des Alters«, sagt Frau Mai, die gemerkt hat, dass ich etwas irritiert bin, »da muss man nicht mehr um den heißen Brei herumreden, wenn man nicht möchte. Außerdem hat man gelernt, Geheimnisse für sich zu behalten. Sie verlieren also nichts, wenn Sie ehrlich sind, Frau Mai, nicht bei mir.«

Sie macht eine kurze Pause, lehnt sich zurück und seufzt sehr tief. »Wissen Sie«, sagt sie, »vor vielen, vielen Jahren, als ich noch jünger war, da war ich sehr verliebt, bis über beide Ohren, wie man so schön sagt. Wir gingen in dieselbe Berufsschule, und Herbert war klug, charmant, witzig. Alles, was ich mir von einem Mann erträumt hätte. Hin und wieder blitzte etwas auf in seinen Augen, von dem ich dachte, es sei eine Art von Interesse, aber ich verbat mir stets, daran zu glauben. Wissen Sie, wieso? Weil ich mich unglaublich langweilig und spröde fand. Ich dachte: Welcher vernünftige Mann will so eine gehemmte Trine wie mich an seiner Seite? Wer könnte sich ernsthaft in mich verlieben, wo ich doch weder Witz noch Esprit habe, weder Ausstrahlung, noch Charme? Ich war mir sicher, dass Herbert mich nicht wollte, schlicht, weil ich mich selbst an seiner Stelle nicht gewollt hätte. Sie ahnen vielleicht, was passiert ist. Kaum war die Schule vorbei, als auch unser Kontakt abbrach. Er heiratete eine andere, ein nettes Mädchen aus Wilmersdorf. Aber wie der Zufall es wollte, trafen wir uns nur zehn Tage nach seiner Hochzeit auf einem Geburtstag wieder. Zu diesem Zeitpunkt hatte ich endlich einige Dates gehabt, war erfolgreich im Beruf, was damals nicht selbstverständlich war, und war alles in allem ein anderer, selbstbewussterer Mensch. Auf jener Hochzeit also, als Herbert und ich uns wiedersahen, trat ich anders auf, als ich es früher getan hatte, und wir tranken zu viel, alle beide und … nun, ich bin nicht stolz darauf, aber wir küssten uns. Wir erschraken beide darüber, er noch mehr als ich, er war nicht der Typ für solche Techtelmechtel. Er fragte mich, wann das bloß begonnen habe zwischen ihm und mir, und während ich noch überlegte, ob es nach dem vierten oder dem sechsten Drink angefangen hatte, zwischen uns zu funken, antwortete er sich selbst: ›Damals, als wir für die erste Prüfung gelernt haben, oder?‹ Ich konnte es nicht glauben: Ich hatte mich getäuscht oder vielmehr recht gehabt; Herbert hatte mich damals schon attraktiv gefunden. Ich hatte mir sein Interesse nicht eingebildet. Aber weil es mir unmöglich schien, dass er mich mögen könnte, wo ich selbst mich doch so furchtbar fand, hatte ich ihn unbewusst abgewehrt und auf Abstand gehalten. Ich habe einen wunderbaren, tollen Mann an eine andere Frau verloren, nur weil ich selbst mich nicht wertschätzen konnte. Und ich wette mit Ihnen, dass das nicht das Einzige war, was ich mir verbockt habe mit all diesen Zweifeln. Denn es geht im Leben um mehr als nur um Männer, nicht wahr? Aber es ist ein gutes Beispiel, ein Fall, bei dem ich mich nicht herausreden kann, wo völlig klar ist, dass ich das nicht bekommen habe, was ich wollte, weil ich mich selbst nicht geliebt habe. Ich war sehr lange nur auf meine Nachteile konzentriert, auf Dinge, die am Ende gar nicht wichtig sind – oder so nicht einmal stimmten. Auch wenn ich alles in allem sehr glücklich bin mit meinem Leben – ich möchte nicht wissen und kann nur ahnen, wo ich stünde, hätte ich das früher und konsequenter überwunden.«

Ich schaue sie mit weit aufgerissenen Augen an und weiß nicht richtig, was ich sagen soll. Ihre Geschichte trifft mich sehr. Sie spricht etwas aus, das ich all die Zeit nicht hören wollte. Und es ist erschreckend einfach, zu bestimmen, was genau das ist, was sie da anrührt, wahrscheinlich, weil eine gewisse Ahnung davon immer in mir war.

Egal wie sehr ich mich ändere, wie viele Kurse ich besuche und welche neuen Kleider ich mir kaufe: So lange ich den Menschen, der ich bin, nicht mit Liebe und Respekt behandle, wird das auch kein anderer tun. Doch ich habe das Gegenteil getan: mich nicht liebevoll und achtsam um mich gekümmert, sondern mit der Strenge eines Fräulein Rottenmeiers auf Koks. Kein Wunder, dass ich unter dem Druck zusammengebrochen bin, den ich mir selbst auferlegt habe.

»Ich hatte damals schon überlegt«, sagt Frau Mai noch, »Ihnen davon zu erzählen, als wir so nett mit Ihren Freunden zusammensaßen, aber Sie waren so überzeugt davon, dass Sie das Richtige tun ... ich hatte das Gefühl, ich hätte Sie nicht erreichen können. Außerdem, Gruppen können hilfreich sein, aber wenn jemand hineingezwungen wird, nun, dann ist der Effekt meistens nur halb so stark oder schlägt sogar in das Gegenteil um. Auch wenn man oft einen Anstoß braucht – man selbst muss auch etwas ändern wollen.«

»Das stimmt wohl«, sage ich leise, »ich habe mich sehr daran geklammert, die perfekte, makellose Moderatorin sein zu wollen. Aber jetzt? Jetzt ist das anders, oder es beginnt zumindest, sich zu ändern. Denn nein, es macht mich nicht glücklich, immerzu taff und seriös sein zu wollen. Ich dachte, das würde es, aber eigentlich ist alles genau wie vorher. Nur mit mehr Panikattacken.«

»Schauen Sie, Frau Mai, das eine habe ich damals schon gesagt, und ich sage es noch mal: Es geht nicht darum, dass Sie sich nicht ändern dürfen. Das dürfen Sie! Sie dürfen Ihr Leben besser machen wollen. Aber nicht auf Kosten von Genuss und Selbstliebe. Nehmen wir Ihre Diät als Beispiel. So lange Sie glauben, Sie müssten die perfekte Figur haben, um erfolgreich zu sein, werden Sie davon ausgehen, dass ihr Wohlbefinden an die Waage geknüpft ist. Dabei sollten Sie sich vielmehr klar machen, dass beides nicht zusammenhängen muss. Sie können dünn und glücklich sein, aber genauso gut auch dick und glücklich oder irgendwas dazwischen und glücklich. Nur eines wird sicher nicht klappen: Glücklich sein, nur *weil* Sie dünn sind. Oder perfekt Chinesisch sprechen. Oder nie die Contenance verlieren. Glücklich werden können Sie nur, wenn Sie lernen, sich zu akzeptieren, auch mit Fehlern und Schwächen.«

Vor einem halben Jahr hätte ich sie ausgelacht. Aber nun, da ich bitter lernen musste, dass mein Weg zu Optimal-Charlotte nicht geradewegs ins Glück führt, verstehe ich, was Frau Mai meint. Trotzdem tut es weh, es ausgesprochen zu hören. Frau Mai scheint das zu spüren. Sie beugt sich vor und legt ihre Hand auf meine. Sie fühlt sich warm und tröstlich an.

»Klammern Sie sich nicht an Ihre Ängste – leben Sie lieber Ihre wahre Stärke!«

»Das schreibt wohl Ihre Nichte?«

Sie schnaubt, recht unfein für eine adrette Dame. »Meine Nichte hat vom Schreiben keine Ahnung. Aber ich mag meine Ruhe und meine Anonymität. Also leihe ich mir ihr Gesicht und ihren Namen, mit ihrem Einverständnis natürlich, sie fühlt sich da natürlich auch geschmeichelt, außerdem hatte sie die Idee, und so sind alle zufrieden.«

Ruckartig hebe ich den Kopf. »Augenblick mal«, sage ich, »verstehe ich das richtig? SIE haben das Buch geschrieben?«

»Habe ich«, sagt sie vergnügt, »das hätten Sie jetzt nicht gedacht, oder?«

»Nein«, gebe ich kopfschüttelnd zu, »das hätte ich nicht gedacht.«

Ich lehne mich zurück und lasse diese Enthüllung sacken. »Machen Sie das schon lange? Ich meine, sind Sie Schriftstellerin? Oder Psychologin oder so?«

»Eigentlich bin ich Krankenschwester. Es war früher für Frauen nicht so leicht mit dem Studium, ich wäre lieber Ärztin geworden. Was ich aber geschafft habe, das ist Lebenserfahrung zu sammeln, wissen Sie? Und viel, viel zu lesen, mit Neugier und Aufmerksamkeit. Dieses Buch, das habe ich mehr aus Spaß geschrieben. Aber meine Nichte war Feuer und Flamme und nun ja … sie hat mich davon überzeugt, dass es anderen Menschen von Nutzen sein könnte.«

»Und warum dann nicht Ihr eigener Name?« Ich runzle die Stirn, als ich zaghaft auseinandernehme, was Frau Mai mir da gerade alles erzählt hat. »Denn wenn ich ehrlich bin, dann finde ich das auch ein wenig … fragwürdig? Geht es denn in Ihrem Buch nicht darum, sich selbst lieben zu lernen? Das steht jedenfalls hinten drauf. Und ist es dann, bitte seien Sie mir nicht böse, aber ist es dann nicht etwas verlogen, wenn die Autorin gar nicht die Autorin ist, sondern Sie?«

»Sehen Sie, Frau Mai«, sagt sie ernst, »ich mag Aufmerksamkeit nicht besonders. Und ich weiß auch ohne die Schmeichelei meines Namens auf einem Cover, wer ich bin, was ich will und was mich glücklich macht. Ich wollte nur ein bisschen helfen, und da braucht es keinen eitlen Lohn für. Bestätigung bekomme ich dadurch, dass ich mich selbst liebe.«

Jetzt kommen mir wirklich die Tränen. Frau Mai zaubert aus irgendeiner Kostümfalte ein Stofftaschentuch hervor und reicht es mir. Ich schnäuze herzhaft hinein. Und dann löst sich meine Zunge und auch mein Herz: Ungehemmt und aufgewühlt erzähle ich Frau Mai von meinem desaströsen Wochenende, von Olivers Angebot, dem Streit mit Lars, und dass ich niemanden habe, der mir helfen kann, weil ich einsam und allein bin und keinen sehen will, nicht einmal Matilda, die nicht verstehen will, dass ich mich selbst furchtbar finde, die das nie verstanden hat, weil sie solche Probleme gar nicht kennt.

»Das stimmt doch gar nicht. Sie sind nicht allein.«

»Aber wen habe ich denn?«, schluchze ich verzweifelt.

»Sie haben sich selbst!«, antwortet sie und lacht, »und ich glaube, Sie unterschätzen Ihre Freundin. Haben Sie Vertrauen. Aber erstmal«, sagt sie, »sollten Sie gerade rücken, was Sie verbogen haben, und das können Sie nur, wenn Sie ehrlich zu sich sind – und lernen, sich nicht so viel Druck zu machen.«

Es sticht mich in der Brustgegend. Denn genau das hat mir auch Lars geraten. Allerdings ist es mir schon ein paar Stunden später absolut nicht gelungen, diesen guten Rat auch umzusetzen. Im Gegenteil. Statt mein Verschlafen locker zu nehmen, bin ich komplett ausgerastet. Und damit nicht genug; ich habe Lars in meinen albernen Irrsinn reingezogen – und damit wahrscheinlich für immer verprellt.

»Glauben Sie mir, Frau Mai«, fährt meine Nachbarin indes fort, »Sie müssen sich erlauben, nicht das zu wollen, von dem Sie denken, dass Sie es haben müssten, sondern das, was Ihr Herz verlangt. Fangen wir bei Ihrem angeblichen Traumjob an – der wirkte wie Ihr schlimmster Albtraum.«

»Spaß hat mir das Moderieren nicht gemacht, das stimmt. Oder nur ganz kurz. Es war anders, als ich es mir vorgestellt habe. Und oh Gott, blamiert habe ich mich, bis auf die Knochen. Ich kann da nicht mehr hingehen!«

»Doch, das können Sie. Genauso wie Sie sich eingestehen können, dass Sie keinen Mann brauchen, der Sie nur dann liebt, wenn Sie seinen Ansprüchen genügen, sondern einen, der Sie so schätzt, wie Sie sind.«

»Wie ich bin?«, frage ich unsicher.

»Ja, so wie Sie sind und nicht so, wie Sie sein könnten. Wenn das stimmt, was Sie mir gerade erzählt haben, dann ist dieser Oliver einer, der andere dominieren muss, um sich selbst ernst nehmen zu können. Aber Sie haben das doch gar nicht nötig, Frau Mai.«

»Charlotte«, pruste ich in mein Taschentuch, »sagen Sie doch Charlotte«, und nachdem ich mich kurz erschrecke, weil es nicht nur ein Privileg des Alters ist, frei Schnauze zu reden, sondern auch, als Erster das Du anzubieten, merke ich, dass es das erste Mal seit Langem ist, dass ich mich mit meinem vollen Namen vorstelle. Und irgendwie macht mir das Mut. Denn ich bin nicht Lotte, die treudoofe Nudel mit Hüftspeck und Selbstzweifeln. Aber ich bin auch nicht Charlie, die aufstrebende Moderatorin, perfekt und professionell. Ich bin Charlotte – mit all meinen Fehlern. Charlotte, die jetzt ihr Leben auf die Kette kriegen muss, und zwar dalli.

»Aber es gibt gar kein Gluten«, sage ich jammervoll und sehr verlegen. Ich habe den Pyjama gegen Trauerkleidung getauscht und sitze reuig und totenblass im Büro meines Chefs. Auf dem Weg hierher bin ich mehrfach wieder umgedreht, überwältig von Schamgefühlen und Selbsthass-Attacken. Doch die Worte von Frau Mai haben mich ein jedes Mal zurück auf den richtigen Weg gebracht. Und auch wenn es schmerzhaft war, diesen zu Ende zu gehen, bin ich froh, dass ich es bis hierher geschafft habe. Ebenso froh bin ich, dass Adrian mich überhaupt empfangen hat. In seinem Großmut geht mein Chef ziemlich weit. Denn anstatt mir die Leviten zu lesen, hat er mich erst einmal in den Arm genommen und getröstet. Er scheint zu denken, mein Ausraster sei nichts als eine weitere tragische Folge meiner angeblichen Gluten-Allergie. Dabei kann das doch selbst ein Adrian, der nach außen gern den Strengen gibt, aber vor Mitleid zerfließt, wenn ein Vogel zwei Zentimeter neben dem Nest landet, nicht ernsthaft glauben. »Es gibt kein Gluten«, wiederhole ich also mit Nachdruck.

»Doch, doch, gibt es. Du bist doch allergisch dagegen. Arme Charlotte, du bist ja immer noch ganz durch den Orkan.«

»Nein, mir geht es gut. Es ging mir immer gut. Das versuche ich dir gerade zu sagen: Ich habe keine Allergie. Hatte ich nie. Ich habe gelogen, damit ich nicht mehr Fast Food essen muss.«

»Das verstehe ich jetzt nicht.«

»Ich bin nicht allergisch, auf nichts«, wiederhole ich, lauter und deutlicher, aber nicht weniger gramvoll, »ich habe mir das ausgedacht, weil ich einfach verzweifelt war. Schau, ich habe damals gerade mit meiner Diät angefangen, weil ich... weil ich gehofft habe, dass ich dann endlich einen Moderationsjob bekomme, hier oder anderswo. Damals wusste ich ja nicht, dass ich mich bei so was nicht unbedingt mit Ruhm bekleckern würde.«

»Moment mal«, unterbricht Adrian meine Erklärung, »da komme ich nicht mit. Das sind doch zwei völlig verschiedene Paar Hosen! Was hat das eine mit dem anderen zu tun?«

»Na, weil ich doch zu dick und zu ungelenk war dafür«, murmle ich verlegen, »um Moderatorin zu sein.«

»Was hat denn das damit zu tun?«

Ich presse ein wenig verärgert die Lippen zusammen und wische mir die Schweißperlen von der Stirn.

»Ach komm schon, Adrian, es ist nun kein Geheimnis, dass man als Frau gewisse Ansprüche erfüllen muss, wenn man auf den Bildschirm will. Die Zuschauerumfragen sprechen da doch eine klare Sprache. Ein Klaus Kleber oder Hans Meiser kann ruhig salopp oder mopsig sein, aber die Frau daneben? Für die reicht Intelligenz nicht aus, die muss auch hübsch sein, und hübsch heißt dünn. Du hast mich doch auch erst moderieren lassen, als ich abgenommen hatte. Wobei, noch einmal, es tut mir wirklich, wirklich leid, dass ich das so versaut habe.«

»Ja, aber«, ruft er entrüstet und ignoriert meine zum zehnten Mal geäußerte Entschuldigung, »doch nur, weil Sandrine sonst so gesund ist. Wäre sie früher krank gewesen, hätte ich dich doch genauso gefragt, ob du einspringst! Zufällig habe ich vom ersten Augenblick daran geglaubt, dass du super rüberkommst, da hätte ich meinen Fuß für ins Wasser gelegt! Ich habe dir mein Baby gegeben! Mein Baby!«

»Welches Baby?«

»Die Restaurant-Tests! Immer schon wollte ich das machen, mir fehlte nur das Personal, die richtige Person, jemand mit Charisma und Bodenständigkeit. Jemand, dem man das glaubt, der ehrlich wirkt. Nach drei Minuten mit dir wusste ich: Das ist meine Reporterin. My girl monday! Das hatte doch nix damit zu tun, wie du aussiehst!«

»Oh«, sage ich kleinlaut und füge dann verteidigend an: »Aber das wusste ich doch nicht, und ich war so unglücklich, und dein Baby, also dein Baby stand mir im Weg. Was sollte ich denn machen? Du warst so fixiert auf Fast Food und dann noch die ganzen Intrigen, die Sandrine gegen mich spinnt! Das macht es vielleicht nicht besser, aber ich war wirklich verzweifelt.«

Es ist kein schönes Gefühl, hier zu sitzen und offen zuzugeben, dass ich Adrian angelogen habe. Aber auch wenn ich mir furchtbar dumm und egoistisch vorkomme, ist es befreiend, nicht länger herumzudrucksen.

»Was hat Sandrine?«

Ich schaue auf. Erst will ich mich schützend vor meine fiese Kollegin stellen. Heinrich der Vierte ist schließlich auch nicht nach Canossa gegangen und hat dann alle Schuld dem nächstbesten Herzog in die Schuhe geschoben. Andererseits, warum sollte ich für Sandrine lügen? Sie hatte ja auch keine Skrupel, mich schlecht zu machen. Also erzähle ich Adrian in knappen Worten, was passiert ist. Während ich spreche, beobachte ich, wie Adrian erst noch wütender wird, dann nachdenklich, dann unruhig und schließlich fast peinlich berührt.

Als ich fertig bin, wirkt er vor allem resigniert: Er seufzt, steht auf und kommt um seinen Schreibtisch herum zu mir herüber. Er lehnt sich gegen die Tischkante, verschränkt die Arme und guckt etwas verloren auf mich herunter. Dann faltet er sich auseinander und lässt nun seinerseits den Kopf hängen.

»Sandrine …«, sagt er, schiebt sich zwei Finger unter die Brille und kneift sich in den Nasenrücken. »Was soll ich da nur machen?«

Er unterbricht sich und starrt auf einen undefinierten Punkt hinter mir. Dann strafft er den Rücken und lächelt. Es ist ein tapferes Lächeln, entschuldigend und ein bisschen angestrengt.

»Pass auf, Charlotte. Ich mag dich. Du machst hervorragende Arbeit, von gestern mal abgesehen, du bist freundlich und, das dachte ich wenigstens, ehrlich. Wie gesagt, ich wusste sofort: Du passt zu uns. So richtig. Ohne Kompromisse, aber mit Engagement, davon hast du ja wirklich alle Hände voll. Du sitzt ja jetzt auch hier, oder?«

Ich nicke.

»Eben. Und deshalb verdienst du auch ein wenig Hilfe, oder?«

»Äh … ja? Ja«, sage ich versuchsweise, woraufhin er erst erstrahlt und dann ein wenig verzweifelt mit den Schultern zuckt. »Leider«, sagt er dann zögernd, »kann ich nicht so viel machen, sie hat mich in der Hand, sozusagen, ich bin nämlich … also ich habe, äh … wir wollten …«

Jetzt werde ich neugierig. »Was wolltet ihr denn? Und wer überhaupt? Du und Sandrine?«

»Ja. Sandrine und ich. Heiraten«, sagt er und wird puterrot, »wir wollten heiraten, damals, als wir noch in Böblingen waren. Wir sind da aufgewachsen, weißt du? Zusammen, also nicht in einem Haus, natürlich, nur in derselben Stadt, dieselbe Schule, du weißt schon. Wie lange ist das jetzt her? So sechs, sieben Jahre.«

Ich glaube, ich habe mich verhört. Heiraten?

»Aber nun ja«, spricht Adrian weiter, »ich bin nun einmal gar nicht interessiert an, ähem, Frauen, ich habe das damals erst entdeckt oder mir eingestanden, also ich meine … ich wollte keine Lüge leben, das wäre auch für sie nicht fair gewesen, aber ich war auch noch sehr jung und sehr impulsiv, und ich wusste mir nicht zu helfen, und da habe ich … nun, reden wir nicht um die kalte Suppe herum: Ich hab sie vor dem Altar stehen lassen.«

Mir fällt fast die Kinnlade runter. Nicht nur, dass Sandrine in Adrian verliebt gewesen ist – warum sonst hätte sie ihn heiraten wollen? –, er hat sie auch noch im denkbar ungünstigsten Moment sitzenlassen. Genug Munition für unsere Moderatorin, ihn auf ewig emotional zu erpressen. Oder eben sogar ganz real, mit sicherem Job und konkurrenzfreiem Arbeitsplatz.

»Aber sie kann mir ja nicht ewig auf der Stirn rumtanzen, oder?«

Adrians Blick hat sich irgendwo in einer Ecke der Zimmerdecke verloren, seine Hände reiben unbewusst aneinander, so als stiege eine innere Kälte in ihm auf, und er wiegt nachdenklich den Kopf hin und her. Ich verharre regungslos in meiner Position und warte gespannt darauf, was er als Nächstes sagen wird. Doch obwohl ich nach dem, was ich bis jetzt schon gehört habe, wohl mit allem rechnen sollte, hauen mich seine nächsten Worte schon wieder fast um: »Aber ich verrate dir etwas über sie, etwas, dass dir Macht über sie gibt, mehr oder weniger. Dafür wird sie mir den Himmel kalt machen, aber was soll's? Ich mag dich und das mit den Gerüchten über deine … äh … Promiskuitivität. Das geht zu weit«, er holt tief Luft und fokussiert mich. Ich starre ihn an, die Lippen leicht geöffnet und voller Erwartung. Diese wird auch nicht enttäuscht: »Sandrine heißt gar nicht Sandrine. Ihr Name ist Ute.«

Als ich das höre, möchte ich weinen vor Glück. Der Name schmeckt piefig, provinziell und langweilig, nach allem eben, was unsere Moderatorin auf keinen Fall sein will. Es muss ihr jeden Tag eine furchtbare Qual sein, dass ihre Eltern sie so gestraft haben.

»Ute?«, hauche ich verzückt.

»Ute Büscher. Sie ist auch keine 29, schon lange nicht mehr, sie wird im Dezember 36. Niemand hier weiß das, und sie wird auch nicht wollen, dass jemand das herausfindet. Du weißt ja, wie sie ist. Sehr bedacht auf ihr Image.«

Ich bin sprachlos. Eine ziemlich abgefahrene Geschichte ist das – und ein wirksames Mittel gegen Sandrine. Aber will ich es wirklich einsetzen? Vehement schüttle ich den Kopf.

»Es ist lieb, dass du mir das sagst, Adrian, aber ... so gerne ich Sandrine eins auswischen will, das wäre nicht richtig. Dann bin ich ja auch nicht besser als sie.«

»Charlotte, du bist ein Goldstück. Hätte ich das nicht vorher schon gewusst, spätestens jetzt ...« Er schüttelt ergriffen den Kopf.

»Das heißt, du feuerst mich nicht?«

»Charlotte«, sagt Adrian ernst und nimmt die Brille ab, »jeder verdient eine zweite Chance. Jeder. Aber ich möchte, dass du sie ernst nimmst. Hör auf, darüber nachzudenken, ob du perfekt genug bist, es reicht, wenn wir eine von der Sorte hier rumlaufen haben. Du bist gewitzt und klug, und du kannst hier Großes erreichen – wenn du die Sachen machst, die dir liegen und dich nicht auf etwas versteifst, was am Ende, nun ja, vielleicht einfach nicht dein Ding ist.«

Während er das sagt, kommt mir plötzlich ein Einfall.

Einer, der alles zusammenbringt, was Adrian verlangt. Und mehr noch; der mir die Möglichkeit gibt, mich endlich mit mir selbst anzufreunden. So, wie Frau Mai es mir geraten hat und wie auch mein Chef es mir jetzt dringend nahelegt.

»Das werde ich«, sage ich feurig, »und wie ich das werde! Ich habe nämlich eine Format-Idee, die dir nicht nur gefallen wird, sie wird dich umhauen. Eine ganz neue Sendung, eine, die wirklich mal von Nutzen ist.«

Adrians Augen leuchten auf. Spätestens jetzt ist mein Missgeschick vergessen. Sobald er eine gute Idee riecht, ist all sein Sinnen darauf gerichtet, sie im Detail auseinanderzunehmen und – so hoffe ich – auch umzusetzen.

»Was denn? Erzähl, erzähl!«, sagt er und beugt sich vor. Erst will ich gehorchen, aber dann fällt mir ein, dass mein Plan nicht nur von mir abhängt. Sondern von einem Menschen, der allen Grund hat, mich in die Wüste zu schicken.

»Später«, verspreche ich, »das ist mir gerade so spontan gekommen … und ich will dich nicht enttäuschen, weißt du? Nicht, dass sich hinterher alles in Luft auflöst. Ich muss da erst noch ein bisschen was … recherchieren. Vielleicht, äh, könnte ich doch noch ein oder zwei Tage frei machen? Damit ich mich darum kümmern kann?«

»In Ordnung«, sagt er und winkt mit beiden Händen Richtung Tür, »für eine gute Idee kann man auch mal die Hüften still halten. Also, worauf wartest du? Abmarsch! *Friendz* zählt auf dich.«

Mein Heimweg führt mich über das Studio. So ganz ohne Portemonnaie und Telefon ist das Leben zu umständlich. Meine Handtasche liegt noch in der Regie. Wohl ist mir nicht dabei, in diese Katakomben des Terrors hinabzusteigen und mich dem wohlverdienten Hohn der Techniker zu stellen. Trotzdem gebe ich mir Mühe, meine Schritte schwungvoll und sicher zu setzen. Ich beschwöre mich innerlich, nicht beleidigt auf eventuelle Sprüche zu reagieren, sondern mit Humor. Schließlich muss man über sich selbst lachen können, wahrscheinlich eine Kleinigkeit, wenn man an und für sich mit sich selbst zufrieden ist. Leider habe ich nun gerade erst damit angefangen, mich auch fehlerhaft okay zu finden, insofern hoffe ich inständig, dass meine Fähigkeit, mich selbst zum Schießen zu finden, nicht jetzt schon auf die Probe gestellt wird.

Als ich die Doppeltür zum Studio aufdrücke, trällert es mir schon entgegen: »Charlie!«

Meine Augen weiten sich und mein Mund wird trocken. Sandrine!

Mit welcher schlimmen Krankheit sie auch immer darniedergelegen hat, sie ist vollständig geheilt. Jede Pore strahlt, die Lippen zucken in einem inneren Entzücken, und ihr Hüftschwung ist so dynamisch, dass ihr Hintern ein tanzendes Eigenleben zu führen scheint. Sie kommt auf mich zu, die Arme weit geöffnet, der pralle Busen unter der zarten Bluse straff, die langen Beine in den Peeptoes rasiert und gecremt, die Augen erfüllt von einem triumphierenden Glitzern.

»Arme, arme Charlie!«

Lilian, die Visagistin, steht neben dem Pult und grinst mich hämisch an. Ich will Sandrine ausweichen und in der Regie verschwinden, aber auch von dort strömt nun ein interessiertes Publikum zu uns: Günther, der uralte zweite Kameramann, Markus, der müffelnde Tontechniker, und die Praktikantin Lena drücken sich durch die Tür, um bloß nichts zu verpassen. Die Moderatorin ist mittlerweile bei mir und nimmt mich fest in den Arm. Dann legt sie mir die Hände auf die Schultern und schüttelt traurig den Kopf. Das alles geht so schnell, dass ich gar nicht dazu komme, etwas zu sagen.

»Arme Charlie«, wiederholt sie mit herablassender Freundlichkeit, »wenn ich du wäre, ich würde mich gar nicht mehr hierher trauen, ach was, ich würde gar nicht mehr aus dem Haus gehen. Du bist so tapfer. Ich meine«, sie dreht sich über die Schulter zu Lilian, die ihren Puderpinsel in der Hand hält wie einen Dolch, »würdest du nach so was noch vor die Tür gehen, Lili, Liebes?«

Lili-Liebes schüttelt den Kopf, und ich winde mich aus Sandrines Händen. Das heißt, ich versuche es, aber sie greift mich einfach härter und pinnt mich so recht rabiat an Ort und Stelle fest. Ich komme mir vor, als wäre ich wieder auf dem Schulhof. Da hat man mich auch einfach nicht in Ruhe gelassen. Im Gegensatz zu damals weiß ich mich jetzt aber zu wehren.

»Vorsicht«, sage ich also, aber so leise, dass nur Sandrine mich hören kann. Ich gucke ihr fest in die Augen und verziehe meine Lippen zu einem warnenden Lächeln. »An deiner Stelle würde ich jetzt aufhören.«

Sandrine kichert. Sie hält meine Worte für eine leere Drohung. Sie schlingt ihren rechten Arm um meinen Hals und schiebt sich neben mich, sodass wir Seite an Seite stehen. Kokett dreht sie uns in Richtung der Regie, wo ihr Publikum aus Technikern und Speichelleckern interessiert meiner Demütigung zuschaut. Sie muss sich wirklich großartig fühlen, die Schnepfe.

»Wir sollten Charlie helfen, das alles zu vergessen, ja? Es ist schlimm genug für sie, dass sie nie wieder einen ordentlichen Job bekommen wird und die ganze Welt sich über sie kaputtlacht. Wie war das noch …?«

»Ich sehe aus wie eine Kuh! Mehr Schminke! Mehr Schminke!«, hilft Lilian ihr eilfertig auf die Sprünge. Sie trifft meinen hysterischen Tonfall ziemlich gut, das muss ich ihr lassen. Ein Naturtalent der Nachahmungskunst, unsere Visagistin. Wenn es nach mir ginge, könnte sie sich auch gerne einen neuen Job in irgendeiner Comedy-Truppe suchen, weit weg von mir. Ich merke, wie Zorn in mir aufwallt. Klar, ich wollte die Sache mit Humor nehmen, aber wenn das heißt, Sandrine ihre fiesen Spielchen zu gönnen und mich nicht nur auszulachen, sondern wirklich beschämen zu lassen, dann sollte ich mir das vielleicht noch einmal überlegen.

»Genau«, sagt Sandrine, »Wenn mir so etwas passiert wäre … Charlie, wirklich, es tut mir so leid, und du bist so tapfer, ehrlich. Dich hier noch einmal hinzutrauen … da braucht es Mut für oder zumindest Ignoranz.«

Okay, das reicht jetzt. Ich muss zwar nicht auf Sandrines Niveau herabsinken, aber das heißt nicht, dass ich mich nicht wehren darf.

»Sandrine«, sage ich also mit lauter Stimme, »ich weiß nicht, was ich dir getan habe, um deinen Spott zu verdienen, denn ganz ehrlich: Ich habe nichts gegen dich und will nichts von dir. Du hast also kein Recht, mich immerzu so anzugehen. Dass ich hier keine Glanzleistung hingelegt habe, stimmt zwar, aber das heißt nicht, dass ich deshalb das Opfer deiner spitzen Zunge sein muss.«

»Also bitte …«

»Lass mich ausreden«, unterbreche ich sie. »Ich habe nämlich wirklich keine Lust mehr auf deine linke Art. Hör endlich auf, Lügen über mich zu verbreiten. Hör auf, die Leute gegen mich aufzuhetzen, und hör um Gottes Willen auf, dich so lächerlich zu machen.«

»Also ich glaube eher, du machst dich lächerlich!«

»Ganz und gar nicht. Ich bin ehrlich, das ist niemals lächerlich. Was du dagegen machst, das ist einfach nur armselig und traurig. Es tut mir leid, dass du glaubst, das nötig zu haben.«

Sandrine öffnet und schließt den Mund wie ein Fisch auf dem Trockenen. Die Blicke von Markus, Günther, Lena und Lilian liegen auf der sprachlosen Moderatorin. Wie jedes gute Publikum interessiert es unsere Zuschauer gar nicht so sehr, wer die Hand oben hat, sondern nur, dass überhaupt geprügelt wird. Ich kann spüren, wie das Interesse selbst unserer Praktikantin sich langsam verlagert. »Außerdem bin ich nicht gefeuert«, verkünde ich, »sondern bekomme sogar ein neues Format. Eines, in dem ich so viele Anfälle bekommen kann, wie ich will – denn seien wir mal ehrlich, das hatte einen hohen Unterhaltungswert!«

Günther nickt zustimmend und streicht sich über den Kopf.

»Meine Frau kann gar nicht aufhören, sich das anzugucken, die ist ganz verrückt nach deinem Clip«, sagt auch Markus, und es gelingt mir, dieses fragwürdige Kompliment so würdevoll entgegenzunehmen wie den deutschen Fernsehpreis.

»Super«, sagt auch die Praktikantin Lena, die sich denken kann, dass man sich wohl besser gut stellt mit jemandem, der trotz so einer Nummer vom Chef noch quasi befördert wird, »was ist das denn für ein Format?«

»Das verrate ich euch bald, da müssen erst noch ein paar Einzelheiten geklärt werden«, sage ich. Aber ganz so siegessicher bin ich gar nicht. Denn mein ach so tolles Format hängt von einem Menschen ab, der allen Grund hätte, mich der Tür zu verweisen. Und wenn das passiert, dann hilft es nichts, dass ich Sandrine endlich in der Hand habe. Denn dann stehe ich dummerweise doch wieder als Lügnerin da, und das ganz aus eigenem Verschulden. Keine besonders rosigen Zukunftsaussichten.

Dr. Hagenbecks Selbsthilfe-Tipps
Drei Schritte zu mehr Selbstbewusstsein

1. Streichen Sie unrealistische Vorbilder: denn die basieren nicht auf der Realität, sondern auf einer Phantasie. Sie werden nie aussehen wie das Model in der Hochglanzwerbung, weil das Model selbst nicht aussieht wie das Model in der Hochglanzwerbung. Jedenfalls nicht ohne einen Grafiker.

2. Verstecken Sie sich nicht: Bauchweg-Höschen und XXL-Shirts klingen vielleicht nützlich, sind aber oft hässlich und unbequem. Sie müssen sich nicht in Spandex zwingen, wenn Sie das nicht wollen. Sie dürfen zwei Nummern größer tragen – und Sie müssen sich auch nicht optisch kleiner schummeln.

3. Stehen Sie zu Ihren Gefühlen: Wie sollen Sie sich selbst lieben, wenn Sie Ihren Emotionen und Ihrer Meinung nie Ausdruck verleihen dürfen? Seien Sie offen und ehrlich!

Kapitel fünfzehn

Bevor ich mich um meine Zukunft kümmern kann, muss ich mich allerdings erst einmal der Vergangenheit entledigen, und dafür brauche ich dringend Hilfe.

»Du willst was?!«

Matilda hat mich verständlicherweise ein wenig kühl empfangen, obwohl ich mit Rotweinflasche und Entschuldigung vor ihrer Tür gestanden habe. Doch sobald ich ihr erzählt habe, was ich vorhabe und wer mich auf die richtige Spur gebracht hat, war vergessen, dass ich sie am Tag zuvor mehrfach vor meiner Tür habe stehen lassen. Jetzt sitzen wir wie in den guten alten Zeiten auf meinem Balkon, ein wenig angetrunken und mehr als bereit, meine Pläne gemeinsam in Angriff zu nehmen.

»Das ist die beste Nachricht, die ich seit Monaten gehört habe. Die gute alte Frau Mai, wer hätte das gedacht. Dass ausgerechnet unsere Nachbarin dich von deiner, Verzeihung, Dämlichkeit kuriert.«

»Manchmal braucht man eben einen gesitteten Arschtritt«, sage ich ebenso lachend, »und manchmal muss das auch weh tun. Weshalb …«

»wir so schnell wie möglich loslegen sollten. Da muss ich nicht erst die Sterne fragen, um zu wissen, was Sache ist.«

Gerade als ich zum gefühlt achtzehnten Mal unseren Plan durchgehen will, klingelt mein Festnetztelefon.

»Mai hier!«

»Schönen guten Tag, Ohlenbrecht mein Name, vom Umfrageinstitut Quotara! Frau Mai, hätten Sie kurz Zeit für ein paar Fragen?«

Ich rolle automatisch mit den Augen. Nachdem ich damals den halben Laden zusammengeschrien habe, hatte ich lange Zeit Ruhe vor diesen Anrufen, aber offenbar bin ich zurück auf die Liste der Frageopfer gerutscht.

»Es geht auch ganz schnell!«

Ich zögere. Es ist nicht so, dass ich grundsätzlich keine Lust habe, mit meinen Antworten Deutschlands Status zu beleuchten – ohne diese Umfragen würde uns Journalisten nämlich ganz schön viel Statistik fehlen. Aber gerade passt es mir wirklich nicht, außerdem stehen Quotaras Anrufe und meine Unfähigkeit, sie abzuwehren, irgendwie für all die Schwächen, die ich ablegen wollte. Kurz möchte ich dennoch nachgeben, allein aus alter Gewohnheit, dann wiederum will ich lieber wieder rumschreien, und dann wird mir plötzlich klar, dass auch das kein entweder oder ist.

»Herr Ohlenbrecht?«

»Ja?«

»Im Augenblick habe ich wirklich keine Zeit. Aber wenn Sie möchten, dann rufen Sie mich doch morgen früh an.«

Ich rechne halb damit, dass Herr Ohlenbrecht sich darauf nicht einlässt.

»Super, Frau Mai, das machen wir so!«

Verblüfft hebe ich die Augenbrauen. Der gute Mann klingt hoch erfreut und legt nach einer netten Verabschiedung auch tatsächlich auf.

»Umfrage?«, grinst Matilda.

»Genau. Ich wünschte, ich hätte früher gewusst, dass man mit denen auch Termine machen kann. Dann hätten die mich vielleicht nicht ganz so oft unter der Dusche erwischt.«

Plötzlich drängt sich ein dickes Fellbündel zwischen uns und verlangt nach einer ausgiebigen Streicheleinheit.

»Hast du es mal mit Klassikern probiert? Samtpfote? Kitty? Garfield? Morle?«

»Er heißt Kater«, antworte ich entschieden.

»Im Ernst jetzt?«

»Im Ernst. Er ist ein Kater und die Hälfte der Zeit nenne ich ihn eh schon so. Warum die Dinge nicht beim Namen nennen?«

»Da hast du recht – ich fürchte nur, Oliver wird deine neue Sicht der Dinge ganz und gar nicht gefallen. An seiner Stelle könnte ich auf Klartext gut verzichten.«

Ich lächle und lehne mich zurück.

»Deshalb erzähle ich ihm ja auch erstmal einen Haufen Lügen. So wie er seiner derzeitigen Freundin.«

Matilda nimmt einen Schluck Wein und kichert. »Der Ärmste. Wenn er nicht so widerlich wäre, dann könnte er einem fast leidtun.«

»Nein«, sage ich fest, »damit ist jetzt Schluss.«

Keine vierundzwanzig Stunden später ist es soweit. Ich warte nervös hinter meiner Tür, das Handy in der schweißnassen Hand. Bis zur letzten Minute bin ich nicht sicher gewesen, ob Oliver nicht einen Rückzieher machen würde. Als das Handy in meiner Hand vibriert, springe ich vor Aufregung einen halben Meter in die Luft, aber es ist nur Matilda, die mich in knappen Zeilen wissen lässt, dass ihr Gast angekommen und somit alles bereit für den nächsten Schritt sei. Ich hole tief Luft und hoffe, dass auch meine Verabredung pünktlich ist.

Tatsächlich warte ich keine zwei Minuten auf ihn. Ich stehe etwas abseits von der Eingangstür und dem Yoga-Studio, als Oliver auftaucht. In legeren Jeans, weißem Hemd und mit einem Ausdruck des Triumphs im Engelsgesicht. Bevor ich irgendetwas sagen kann, hat er schon meine Hände und das Wort ergriffen.

»Das wurde auch Zeit, dass du dich meldest, Lotte!«

»Ich weiß, Oliver«, sage ich betont demütig und senke den Kopf.

»Und dann auch noch diese Geschichte bei deinem Online-Dings, wirklich, Lotte, du solltest dich schämen. Die Moderationsstelle kannst du vergessen. Nicht nachdem, was ich da gesehen habe. Eigentlich sollte ich dich danach überhaupt nicht mehr akzeptieren.«

»Ich weiß, Oliver«, sage ich wieder.

»Ich kann nur hoffen, dass dieser Clip von deinem peinlichen Auftritt bald in der Versenkung verschwunden ist. Gut, dass meine Eltern mit dem Internet nichts anfangen können. So oder so; wahrscheinlich ist es besser, du arbeitest gar nicht mehr.«

»Wie du meinst, Oliver«, sage ich, habe aber Mühe, nicht mit den Zähnen zu knirschen oder ihm ins Gesicht zu spucken. Doch das kommt später. Jetzt kommt erst einmal die Versöhnung. Ich ziehe ihn noch ein bisschen näher an die Scheiben vom Yoga-Studio und presse mich dann an seinen Körper.

»Es tut mir leid, Oliver«, hauche ich, »wirklich!«

Befriedigt nickt er und nimmt mein Kinn in seine Hand. Ich strecke mich ihm entgegen, aber nicht, weil es mich sonderlich berauscht, wie er seine feuchten Lippen auf meine drückt, sondern weil ich hoffe, dass Matilda drinnen ihren Part spielt. Oliver zieht mich näher, drückt seine Hüften an meinen Unterkörper und schlabbert weiter in meinem Mund rum. Allerdings nicht für lange.

»Oliver?!«

Oliver löst sich schlagartig von mir und guckt irritiert zur Seite. Dort steht niemand anderes als seine Kerstin. Sie hat die braungebrannten Arme in die Hüften gestemmt und funkelt uns an.

Im Hintergrund sehe ich auch Matilda. Natürlich war sie es gewesen, die Kerstin unter einem Vorwand ins Studio gelockt hat. Sie hat die Moderatorin so vor den bodentiefen Scheiben positioniert, dass Oliver und ich genau in ihrem Blickfeld gewesen sind. Ein bisschen riskant, aber wenn drinnen kein Licht ist, kann man durch die Spiegelungen in der Scheibe Gott sei Dank nicht so gut rein – wie raussehen.

Kerstin guckt voller Entsetzen von Oliver zu mir und wieder zurück, wobei ihr Gesichtsausdruck sich immer weiter verdunkelt. Ihr scheint langsam bewusst zu werden, was die Szene, die sie gezwungenermaßen beobachten musste, tatsächlich bedeutet, nämlich das Ende ihrer Beziehung. Auf einmal tut sie mir unendlich leid. Natürlich haben wir schon früher darüber nachgedacht, dass es hart für sie sein würde, Oliver quasi auf frischer Tat zu ertappen, aber da dachte ich, dass es auch zu ihrem Besten sei, schließlich würde sie so ein für alle mal sehen, was Oliver für ein mieser Kerl ist. Aber als ich jetzt sehe, wie ihr die Tränen in die Augen treten, wird mir ganz schwummerig zumute. »Kerstin?«, sage ich also vorsichtig, »es tut mir leid, dass wir das so brutal gemacht haben. Aber keine weiß so gut wie ich, wie leicht Oliver einen becircen kann. Und warum hättest du mir glauben sollen, dass er dich verlassen will, ausgerechnet für mich?«

»Verlassen? Aber nein, ich will dich nicht verlassen, Kerstin, das war nur ein Ausrutscher!«

Ihre Augen verengen sich. Wirkte sie eben noch verletzt und verstört, macht sie jetzt einen gefährlichen Eindruck, als wäre sie nicht weit davon entfernt, handgreiflich zu werden. Gott sei Dank richtet sie ihre Wut aber zunächst einmal nicht gegen mich. »Ein Ausrutscher?!«, zischt sie Oliver an.

»Sie hat mich verführt!«, ruft dieser im Brustton der Überzeugung.

»So ein Unsinn!«, rufe ich empört, »dass er dich abservieren und mich ach so gnädig zurücknehmen wollte, das ist auf seinem Mist gewachsen. Auf seinem ganz allein!«

»Lotte!«, ruft der kalkweiße Oliver entsetzt.

»Ich heiße Charlotte«, sage ich kühl, »und nicht Lotte. Ich bin doch kein Pudel. Schon gar nicht deiner, der brav Männchen macht und sich auf dem Teppich rollt vor Freude, weil du sein Fell lobst. Oliver, ich weiß nicht, warum ich so lange so wild auf dich war, ich weiß es wirklich nicht. Wahrscheinlich, weil ich so unsicher und unzufrieden mit mir selbst war, dass es sich richtig angefühlt hat, jemanden zu haben, der mir andauernd bestätigt hat, dass ich verbesserungsbedürftig bin.«

Oliver steht schockiert vor mir und wird immer blasser im Gesicht. Sein Mund öffnet und schießt sich, ohne dass ein Ton herauskommt, und mit den Händen gestikuliert er abwehrend in der Luft herum.

»Ich musste mich leider erst vor der halben Welt zum Deppen machen, um zu erkennen, dass manche Träume das Leben nicht besser machen, sondern schlechter«, verkünde ich laut, »und das gilt auch für meinen Traum von dir. Du willst gar nicht mich, sondern jemanden, den du formen kannst. Nur deshalb ziehst du mich doch Kerstin vor, nicht weil du mich mehr liebst, sondern weil du denkst, mich hast du besser im Griff. Aber Pustekuchen. Niemand hat mich im Griff!«

Den letzten Satz hänge ich spontan dran, aber ich finde, er

passt. »Niemand!«, pfeffere ich also noch mal hinterher, damit es auch wirklich jeder versteht. Oliver ringt noch immer um Fassung und sucht sein Heil schließlich in einer entschiedenen Drehung Richtung Kerstin.

»Sie lügt, Mausi, ehrlich. Sie hat mir nur leidgetan, ich meine, schau sie doch an. Das war ein freundschaftlicher Abschiedskuss, nichts weiter. Im Leben habe ich nicht daran gedacht, dich für sie zu verlassen. Das ist doch alles Unsinn, was sie redet.«

Er versucht, die Hand seiner Freundin zu greifen, aber Kerstin macht einen entschiedenen Schritt zurück.

»Das soll wohl ein Witz sein?«

»Kerstin, nun lass uns doch erstmal in Ruhe darüber reden.«

»Geh mir aus den Augen. Wenn du denkst, du hättest irgendeine Chance, dich da herauszureden, dann irrst du gewaltig.«

»Aber ...«

»Nichts aber!«, zischen Kerstin und ich gleichzeitig. Er guckt von ihr zu mir und beginnt zu begreifen, dass er verloren hat. Einmal setzt er noch an, um zu reden, doch ein einziger warnender Blick reicht aus, damit er den Mund schließt. Seine Lippen sind so blutleer wie seine Wangen. Mit einem knappen, albernen Nicken dreht er sich um und geht. Seine Schultern sind eingesunken und sein weißes Hemd hat sichtbare Schweißflecke. Für einen Moment kann ich nicht anders, als Mitleid mit ihm zu haben. Auch er ist schließlich nicht gemein geboren worden. Es hat Gründe, dass er so ist, wie er ist. Keine guten vielleicht, aber wie Sandrine, die ihr Lebtag damit beschäftigt ist, die Ute in sich zu verdrängen, und wie ich selbst, die sich phanatisch auf die falschen Ziele fixiert hat, handelt auch er nur als Held seiner eigenen Geschichte. Aber in meiner macht ihn das nun mal zum Bösewicht. Ich drehe mich schüchtern zurück zu Kerstin.

»Es tut mir leid. Das war alles nicht ganz fair von mir. Ich hätte dich warnen sollen.«

»Vielleicht«, sagt sie kühl, »das wäre nicht verkehrt gewesen. Niemand mag es, so vorgeführt zu werden. Aber jetzt ist es eben so. Wenigstens weiß ich jetzt Bescheid.«

Matilda tippt ihr vorsichtig auf die Schulter. Kerstin dreht sich um und schenkt ihr ein schiefes Lächeln.

»Ich hoffe, du bist auch mir nicht böse? Wir hatten überlegt, mit dir zu reden, aber ich kenne dich nicht gut genug, um zu wissen, wie du reagiert hättest, und wenn ich ehrlich bin: Diesen Fatzke demütigen zu können, das war einfach eine zu große Versuchung, auch für mich.«

Kerstin nickt. Auch wenn sie blass um die Nase ist und ihre sonst so elegante Haltung ein wenig schlapp wirkt, umgibt sie ein Aura der Selbstsicherheit.

»Freunde?«, fragt sie und reicht mir eine manikürte Hand. Verblüfft nehme ich sie.

»Im Ernst?«, frage ich.

»Was du gemacht hast, war nicht nett, vordergründig betrachtet, aber es war nötig, und paradoxerweise war es auch sehr ehrlich. Du hättest auch mit ihm durchbrennen können oder einfach nein sagen und mich in mein Unglück rennen lassen können. Hast du aber nicht. Und den Wunsch nach Rache … das verstehe ich gut. Ginge mir nicht anders. Und für die Arbeit ist diese Sache auch nicht das Schlechteste.«

»Oh mein Gott«, rufe ich aus und schlage die Hand vor den Mund. Dass Kerstins Job genauso an Oliver gebunden ist, wie meiner es war, habe ich gar nicht richtig bedacht. »Es tut mir leid, ich hab gar nicht … ich meine, was machst du denn jetzt? Willst du kündigen? Vielleicht kann ich bei uns mal fragen wegen eines Jobs, das ist das Mindeste …«

»Quatsch«, sagt sie und zwinkert mir zu, »ich werde versuchen, jeden nur möglichen Vorteil aus der Situation zu ziehen. Wenn es nach mir geht, dann sitze ich demnächst in Olivers Stuhl und leite den Laden.«

Es ist bewundernswert, wie schnell sie das Positive an der Situation sieht. Immerhin hat sich ihre Zukunft gerade in Luft aufgelöst, und ich weiß am allerbesten, wie furchtbar sich das anfühlt. Kerstin scheint mein Erstaunen zu bemerken, denn sie strafft die Schultern und nickt entschlossen.

»Ich ziehe doch jetzt nicht den Schwanz ein und laufe vor ihm weg. Im Gegenteil. Der wird mich kennenlernen.«

»Und wenn er dich feuert?«

»Umso besser, dann verklage ich ihn von hier bis nach Oer-Erkenschwick!«

Beeindruckend, wirklich. Jetzt, wo ich nicht mehr gezwungen bin, sie zu hassen, muss ich sagen, dass ich Kerstin ganz schön cool finde. Ich sollte mir ein Beispiel an ihrer Haltung nehmen und dem Willen, sich nicht unterkriegen zu lassen. All das kann ich auch gebrauchen, wenn ich daran denke, was mir als Nächstes bevorsteht, nämlich der wohl schwierigste Schritt in meiner kleinen Entschuldigungs-Parade: zu Lars zu gehen.

Mir kommt es vor, als stünde mir der schwerste Gang in meinem Leben bevor, schlimmer noch als die Flucht nach meinem Totalausfall, denn Lars scheint richtig sauer zu sein. Er geht nicht ans Telefon und antwortet auch nicht auf meine flehenden Nachrichten. Also bleibt mir nichts übrig, als zum Burgerbegehren zu gehen in der Hoffnung, dass er es nicht übers Herz bringt, mich hinauszuwerfen. Um ihn milder zu stimmen, habe ich mich – sehr zum Erstaunen meines Katers, der so etwas noch nie erlebt hat – in die Küche gestellt und einen Kuchen gebacken, ein fettreiches Monstrum aus Butter und Schokolade. Zugegeben, so appetitlich wie auf den Fotos sieht mein Exemplar nicht aus. Er hat einen Buckel und die Farbe von Grippe-Durchfall. Während mir bei der Vorlage im Netz das Wasser im Mund zusammengelaufen ist, regt mein nachgebackenes Machwerk eher zum Kopfschütteln an. Matilda, die es sich genauso wie meine Laufgruppe nicht hat nehmen lassen, meinen Backprozess mit wohlmeinenden Sprüchen zu begleiten, lässt sich nicht anmerken, dass das Ergebnis meiner Bemühungen den Eindruck macht, als gehörte es in Quarantäne. Julian ist da weniger zurückhaltend.

»Du bist die geborene Backfee«, grinst er, als er das gute Stück begutachtet, »schicki, schicki. Muss ich mich impfen lassen, bevor ich da reinbeiße?«

»Der ist nicht für dich, der ist für Lars! Außerdem zählt der Gedanke, und der Gedanke ist wunderbar!«, verteidigt Nina mein Kunstwerk. Sie schiebt sich schützend zwischen den Rest unserer Gruppe und den Kuchen. Josefine wirkt nicht überzeugt: »Der Gedanke ist durch und durch wunderbar, daran kann nicht der geringste Zweifel bestehen, doch ich glaube, es wäre nicht verkehrt gewesen, sich ein bisschen Hilfe zu holen. Julian, ist deine Oma nicht Konditorin? Und ich backe auch ganz passabel … schließlich willst du damit einen Sternekoch verführen.«

Julian beißt sich auf die Unterlippe, um nicht laut loszulachen. Matilda stößt ihn in die Seite, hat aber selbst Schwierigkeiten, ernst zu bleiben. Mir wird warm ums Herz, als mir klar wird, das sich alle meine Freunde die Zeit genommen haben, mir bei meinen stümperhaften Backversuchen zuzuschauen und mich zu unterstützen. Ursprünglich wollten Julian, Nina, Josefine und ich heute trainieren, aber als ich per SMS vorgeschlagen habe, lieber ein frühabendliches Kaffeekränzchen abzuhalten, haben sie sofort zugestimmt.

Als ich ihnen eröffnet habe, dass ich mein Leben von nun anders aufziehen will, nämlich selbstbewusst, entspannt und ohne permanent einer Optimal-Charlotte hinterherzujagen, weil die Normal-Charlotte alles ist, was ich zum Glücklichsein brauche, waren sie begeistert. Begeisterter jedenfalls als von meinem Versöhnungs-Kuchen.

»Tja, was soll ich sagen«, lache ich jetzt, obwohl mir mulmig zu Mute ist, »Hilfe wäre geschummelt und mit Schummeln bin ich durch. Es wird Zeit für die Wahrheit!«

»Du und Lars!«, ruft Julian entzückt, »Dass ich das noch erleben darf!«

»Nix da erleben! Höchstens in der Nacherzählung. Es ist schlimm genug, dass ich da überhaupt hinmuss, da brauche ich nicht meinen halben Freundeskreis, der von der Seite Kommentare reinruft!«

»Schade«, seufzt Nina, »ich finde das so romantisch.«

Hoffentlich sieht Lars das genauso. »Wenn ich Lars wäre«, seufze ich und verstecke den Kuchen unter einer Plastikhaube, die ich mir von Frau Mai geliehen habe, »wäre ich im Augenblick nicht gerade auf Romantik gepolt. Ihr habt ja keine Vorstellung davon, wie blöd ich zu ihm war! »

»So schlimm wird es schon nicht gewesen sein.«

»Glaube mir, Nina, es war schlimmer!«

»Aber daran misst sich doch erst der wahre Wert des harmonischen Gleichklangs«, sagt Matilda resolut, »was nutzt das tiefe Gefühl, wenn es nur im Guten Bestand hat! Außerdem muss ich da auch noch mal die Sterne zitieren: Der früh geborene Stier ist ein tapferes Wesen und sollte im Monat September nach wahren Werten streben. Denn der Jupiter begünstigt das offene Wort und unter dem Licht der Venus wird er erfolgreich sein. Auch Asien-Reisen sind angeraten.«

»Gut, dann buche ich mir lieber ein Ticket nach Tokio.«

»Nein, nein, nein. Wenn schon, dann bucht IHR euch ein Ticket nach Tokio. Die Asien-Reisen sollen am besten gelingen, wenn sie romantisch befeuert werden. Das habe ich ganz eindeutig aus der Stellung der Sonne gezogen.«

»Gib jetzt nicht auf, Herzchen«, sagt Julian und tätschelt mir den Arm, »wenn Lars wirklich so ein toller Mann ist, wie wir denken, dann wird alles gut gehen. Und wenn nicht, dann hast du ihn eh nicht nötig. Win-Win-Situation, verstehste? Und was den Rest angeht, leichteste Übung! Ich mein, die Idee mit der Show, da zaubern wir doch ruckizucki einen anderen Koch aus dem Hut. Also Ohren steif halten!«

Julian hat gut reden. Nicht er ist es schließlich, der gleich einen Seelenstriptease hinlegen muss, sondern ich. Und dabei steht nicht nur meine tolle neue Format-Idee auf dem Spiel, sondern auch ein Mann, der es irgendwie geschafft hat, mich so sehr in den Bann zu schlagen, dass ich bereit bin, mich für ihn zum Affen zu machen.

Leider steht nicht mein Affendompteur hinter dem Tresen im Burgerbegehren, sondern Thorsten. Als er mich erkennt, reißt er die Augen auf, wirft einen hektischen Blick nach hinten, Richtung Küche, und setzt dann ein erzwungenes Lächeln auf.

»Hallo, was magste denn haben? Burger? Pommes? Zum Mitnehmen doch sicher?«

»Eigentlich bin ich auf der Suche nach Lars.«

»Der ist verreist«, antwortet er. Er zögert einen Moment und zeigt dann mit einem wedelnden Daumen Richtung Küche. Sein Blick bohrt sich tief und vieldeutig in meine Augen, während er unnatürlich laut weiterspricht: »leider verreist, der Gute. Tja, kann man nichts machen, einfach weg.«

Wenn ich mir Thorstens wildes Gestikulieren so ansehe, dann ging die Reise seines Chefs höchstens bis hinten zum

Kühlschrank. Meine Finger klammern sich fester um den eingepackten Kuchen, den ich wie einen Schild vor mir hertrage. Es ist voll im Laden, und ein, zwei Esser schauen bereits zu uns herüber. Aber egal, aufgeben kommt nicht in Frage.

»Lars?«, brülle ich, »bist du da?«

Thorsten nickt heftig, während er sagt: »Aber nein, er ist doch verreist!«

»Lars!«, rufe ich noch lauter. Nun haben fast alle Gäste mit dem Essen aufgehört und mustern mich interessiert. Das Blut schießt mir in die Wangen, und ich fühle, wie mein Brustkorb ganz eng wird. Gut, dass ich mich in den letzten zwei Tagen mental auf diese Situation vorbereitet habe, also renne ich nicht davon, sondern brülle: »Lars, bitte!«

Offensichtlich war das endlich laut – und verzweifelt – genug, denn nun kommt mein Koch doch noch aus der Küche. Er sieht wenig amüsiert aus. Bart und Haare stehen wild nach allen Seiten und schimmern noch röter als sonst, so als hätte der Zorn sie elektrisch aufgeladen. Lars' Wangen sind blass und seine sonst so warmen grünen Augen mustern mich kalt und hart.

»Charlotte, bitte. Lass. Das bringt doch nichts.«

Ich schrumpfe ein wenig in mich zusammen, bleibe aber tapfer an Ort und Stelle.

»Ich muss aber mit dir reden.«

»Musst du das?«

»Ja, ich muss. Ich muss wirklich, weil ... wegen ... du weißt schon.« Thorsten hat sich dezent zurückgezogen, die Gäste aber lauschen unserem Gespräch umso interessierter. »Bitte, können wir nicht kurz nach oben gehen?«

»Ich wüsste nicht, wozu. Du meinst es sicher gut, aber das ist nicht nötig. Nicht mehr.«

»Nicht mehr nötig?«

Verzweifelt schaue ich ihn an. Ich muss ihn wirklich sehr gekränkt haben. Er ignoriert, wie still es im Raum geworden ist, als er laut und deutlich erklärt: »Nein, es ist nicht mehr nötig, nicht nach dem, was passiert ist. Ich dachte einmal, mit dir könnte alles anders sein. Du warst so lustig, so charmant und ehrlich. Ganz anders als Lisa. Nicht so berechnend und undurchschaubar. Nicht perfekt und gerade darum so wahnsinnig liebenswert. Das dachte ich zumindest. Aber du bist genauso oberflächlich wie alle anderen, und ganz ehrlich? Das ist mir zu anstrengend. Das brauche ich nicht im Leben.«

»Das verstehe ich«, sage ich in die Stille hinein. Meine Stimme zittert. »Ich verstehe es sogar sehr gut, denn weißt du was: Ich brauche das auch nicht in meinem Leben.«

»Was soll denn das heißen?«

»Das soll heißen, dass ich diesen Irrsinn nicht mehr will. Ich will nicht mehr perfekt sein, ich will mich nicht länger auf die falschen Sachen konzentrieren oder meinen Wert daran bemessen, wie viel ich wiege und wie cool ich bin. Weißt du, mein ganzes Leben habe ich mehr oder weniger heimlich davon geträumt, schön und erfolgreich zu sein, weil ich dachte, dann hätte ich auch keine Probleme mehr. Aber das ist Unsinn, das habe ich jetzt begriffen. Es geht im Leben nicht darum, eine Vorbild-Moderatorin sein. Es geht darum, sich selbst so zu lieben, wie man ist, innerlich genauso wie äußerlich, und vor allem unabhängig von Anderen. Und ohne einen so wunderbaren und warmherzigen Menschen wie dich dafür zu bestrafen, dass man selbst zu unsicher ist, um glücklich zu sein. Denn du hast recht: Ich habe mir die ganze Zeit nur Druck und Stress gemacht und darüber völlig vergessen, dass es auch so etwas wie Spaß geben kann. Und den hätte ich am liebsten mit dir.«

Jetzt tut wirklich keiner mehr so, als wäre sein Essen wichtiger als wir. Alle verfolgen gebannt meinen Monolog, aber mittlerweile ist mir das egal. Dass meine Hände zittern und mein Herz rast, liegt nicht an den vielen Augen, die mich beobachten, sondern nur an der Angst, dass Lars mir nicht glauben könnte. Meine Stimme überschlägt sich fast, als ich weiterspreche: »Ich will mich bei dir entschuldigen, weil ich dich nie so hätte behandeln dürfen, wie ich es getan habe, und weil ich dir versprechen will, dass ich es nie wieder tun werde, wenn du mir bloß noch eine Chance gibst.«

»Ich weiß nicht, Charlotte«, sagt Lars, und es kommt mir vor als wäre es ein Zeichen, dass er mich das erste Mal bei meinem vollen Namen nennt. »Dieses ganze Drama hat mich echt getroffen. Du hast mich in Grund und Boden geschrien, nur weil ich dir ein Stück Kuchen angeboten habe.«

Hinter mir vernehme ich ein aufgeregtes Raunen. Wir bieten bessere Unterhaltung als jede Soap Opera. Bestimmt spekulieren ein paar der Zuschauer darüber, ob wir Bruder und Schwester in einem inzestuösen Liebesdreieck mit unserem Postboten sind oder im Keller die Leiche meines Ex-Lovers vergraben haben.

»Es tut mir leid. Wirklich. Ich hätte nie … ich weiß nicht, was mich da geritten hat.«

»Es tut dir leid …«

»Das tut es! Und ich schwöre dir, dass ich nie, nie wieder so etwas Bescheuertes machen werde. Schau«, ich hieve meinen Kuchen auf den Verkaufstresen und hebe den Deckel, »ich habe extra einen Kuchen gebacken, als Wiedergutmachung …«

Lars guckt verwirrt von mir zum Buckel-Kuchen und wieder zurück. Er scheint nicht ganz zu wissen, wie er mein Versöhnungsmanöver zu nehmen hat, aber da kann ich ihm helfen.

»Thorsten!«, schreie ich Richtung Küche, »bring mir ein Messer! Sofort!«

Aus der rechten Ecke kommt ein spitzer, kleiner Schrei des Schreckens.

»Für den Kuchen«, sage ich laut und rolle mit den Augen, »nur für den Kuchen.«

»Charlotte ...«

»Nein, Lars, ich meine das ernst. Ich will dir beweisen, dass ich wieder normal bin. Also normal, na ja, das werde ich wohl nie richtig sein, aber zumindest was diesen dummen Perfektionsdrang betrifft, habe ich mich geändert. Schau,« Thorsten, von meinem Befehlston auf Trab gebracht, reicht mir das verlangte Messer, und ich schneide ein großzügiges Stück aus meinem Backwerk, »ich werde dir zeigen, wie sehr ich Kuchen liebe, und ich werde jeden Bissen genießen, so wie ich es damals hätte machen sollen!« Ich beiße beherzt in mein Kuchenstück und muss feststellen, dass es harte Arbeit werden wird, mein Versprechen einzulösen. Trotz der Schokolade ist der Teig trocken wie Staub und auch ungefähr so schmackhaft. Ich kaue trotzdem weiter und schiebe sogar noch etwas nach, obwohl das so widerlich ist, dass ich Mühe habe, es herunterzuschlucken.

»Du spinnst doch«, sagt Lars, aber endlich mit einer Spur von Heiterkeit in seiner schönen Stimme.

»Tue ich«, sage ich mit vollem Mund. Thorsten verzieht missbilligend das Gesicht, als ich einige Krümelchen auf die Theke sprühe, »und dass es gar kein Drama mehr geben wird, das kann ich dir nicht versprechen, irgendwie ist immer ein bisschen Drama bei mir. Aber ich kann dir versprechen, dass es neben dem Drama auch ganz, ganz viel Vergnügen geben wird und Freude und Lockerheit und Genuss.«

»Stopp mal mit dem Kuchen«, sagt er, »bitte. Ich verstehe,

was du mir damit sagen willst, da musst du dir das doch jetzt nicht reinzwingen. Nicht, dass du noch platzt! Ich brauche dich schließlich noch.«

Meine Hand verharrt auf halbem Weg. Ich schlucke den dicken Teigbrocken herunter, der in meinem Mund immer mehr zu werden schien, und schaue ihn unsicher an.

»Du brauchst mich noch?«, frage ich atemlos. Ich fühle, wie mein Herz schneller und schneller schlägt. Er nickt und mir ist, als blühten tausend Tulpen in meiner Seele. Alles ist grün, frisch und lebendig, selbst der hässliche Schlammkuchen.

»Ja, ich glaube, ich brauche dich noch.«

Er wird rot und schneidet sich, wahrscheinlich um seine Verlegenheit zu überspielen, selbst ein Stück ab. Kaum dass er hinein gebissen hat, verzieht er allerdings das Gesicht.

»Was hast du denn da reingemixt? Arsen?«

»Ich sage doch immer, dass ich nicht kochen kann«, sage ich kleinlaut.

»Und backen offensichtlich auch nicht.«

»Noch nicht! Ich baue da auf dich und deinen Kochkurs.«

»Wirklich?«

»Ja! Das ist eine tolle Idee. Eine so tolle Idee, dass ich meinem Chef vorgeschlagen habe, ein Format daraus zu machen.«

Lars erstarrt mitten in der Bewegung.

»Wie meinst du denn das?«

»Na, ich dachte mir, normale Kochsendungen, die setzen einfach viel zu viel Wissen voraus. Ich verzweifle da jedes Mal! Aber wir würden bei null anfangen und jede Folge etwas mehr lernen, so lange, bis ich was kochen kann. Quasi ein Kochkurs zum Mitschauen.«

Als Lars schweigt und mich misstrauisch anschaut, dämmert mir, dass er das Ganze in den falschen Hals bekommen hat.

»Das ist aber nicht der Grund, warum ich hier bin«, beeile ich mich zu erklären, »ich bin hier, weil ich … weil ich dich mag und weil ich denke, wir beide, wir könnten wirklich … wir sollten es probieren, also miteinander. Das mit der Sendung, das ist nur so eine zusätzliche Idee. Ich koche mit dir, egal was ist. Ich dachte nur … für dich wäre das eine Werbung, ich hätte eine Aufgabe, die mir Spaß macht, und wir beide … nun, ich stelle es mir toll vor, so viel Zeit mit dir zu verbringen.«

»Dafür müssen wir doch nicht erst Kameras aufstellen«, antwortet er mit einem vielsagenden Lächeln. Endlich kommt er um die Theke herum und auf mich zu. Eigentlich dachte ich, mein Herz hätte sich ausgaloppiert, aber es nimmt noch einmal ordentlich Anlauf und macht einen meterhohen Sprung, als Lars mich an sich zieht, sich zu mir herunterbeugt und mich küsst. Es ist ein langer, intensiver und wunderschöner Kuss, so ehrlich und gefühlvoll, wie ich ihn mit Oliver nie erlebt habe. Wir beide versinken vollkommen darin, zufrieden und glücklich, ohne Wunsch nach mehr oder weniger, einfach nur verzaubert davon, wie perfekt und wunderbar ein derart geteilter Moment sein kann. Als wir uns nach einer halben Ewigkeit voneinander lösen, streiche ich ihm über das verrückte rote Haar und lächle beseelt.

»Ich mag dich«, sage ich leise, »ich mag dich sehr. Ich glaube, ich bin sogar ganz schön verliebt in dich.«

»Na, Gott sei Dank«, antwortet er, »ich dachte nämlich schon, ich bin der Einzige.«

»Der verliebt in dich ist?«

»Haha. Du weißt, was ich meine, Charlotte. Ich meine dich. Dich allein. Ich liebe dich.«

Eigentlich hätte ich seitens der Gäste an dieser Stelle ein wenig Applaus erwartet, aber kaum ist das Drama am Tresen zur Romanze geworden, wenden sich die Damen und Herren wieder gelangweilt ihrem Essen zu. Das ist aber auch völlig in Ordnung, denn es gibt Dinge, für die braucht man kein Publikum. Kein Publikum und keine Selbstzweifel.

»Ich liebe dich auch«, sage ich, »dich und mich.«

Dr. Hagenbecks Selbsthilfe-Tipps
Drei Hinweise zum Weitermachen

Diese ganze Sache mit der Selbstliebe hat es Ihnen irgendwie angetan? Dann machen Sie weiter! Zum Beispiel so:

1. Lesen Sie: Zum Thema Selbstwertgefühl gibt es eine Menge hervorragender Bücher. Seien Sie neugierig! Gehen Sie in die Bücherei oder in eine Buchhandlung und schnuppern Sie mal in alles hinein.

2. Diskutieren Sie: Reden Sie mit Ihren Freunden darüber! Vieles begreift man noch viel besser, wenn man es in fröhlicher Runde besprechen kann.

3. Holen Sie sich Hilfe: Wenn es Ihnen wirklich schlecht geht, dann zögern Sie niemals, Hilfe zu holen! Eine Therapie ist kein Stigma, sondern ein Zeichen, dass Sie sich selbst ernst nehmen und glücklich sein wollen.